1

Schreckliche Bilder einer dunklen Nacht brannten sich unauslöschlich in das Gedächtnis eines Kindes ein und weckten etwas in ihm, das er nicht beim Namen nennen konnte. Geplagt von wiederkehrenden Alpträumen, wächst das Kind zu einem Außenseiter heran, der sich immer mehr von der Umwelt abschottet.

Er hat diese Phantasien, die jedes Mal grausamer und brutaler werden. Irgendwann wird das Verlangen, sie in die Tat umzusetzen, zu groß.

Leonhard Stegmayer und Ella Greenwood gehören zum Team des Morddezernats Berlin. Zusammen jagen sie den Serienkiller, doch der Mörder scheint mit allen Wassern gewaschen zu sein, denn er ist seinen Verfolgern immer einen Schritt voraus.

Als Leonhard Stegmayer und Ella Greenwood soweit sind, den Täter endlich zu stellen, geraten die beiden selbst in tödliche Gefahr, denn das nächste Opfer des Killers ist ein kleiner Junge.

SEI.
ENDLICH.
STILL.

Thriller

NOAH FITZ

Impressum:
Noahfitz@gmx.de
Adresse:
Noah Fitz
Postfach 12 10
97962 Bad MGH

Covergestaltung © Traumstoff Buchdesign
traumstoff.at

Covermotiv © Alexander Sviridov shutterstock.com

Prolog

Graue Wolkenschwaden hingen wie zerfetzte Leichentücher über dem Wald. Die von Blättern bedeckte Erde war weich und roch nach morschem Holz.

Eine Gestalt kniete neben dem nackten Körper einer jungen Frau. Der Mann kauerte neben der Toten und weinte stumme Tränen.

Er sah ihr in die Augen. Dabei verspürte er Bedauern, weil er statt in zwei himmelblaue Murmeln in zwei schwarze Löcher starrte. Blut war darin zu einer breiigen Masse geronnen. Das musste so sein, das gehörte zum Ritual. Damals waren es die Krähen, die der Frau die Augen ausgepickt hatten. Aber er konnte sich ja nicht immer auf diese schlauen Lebewesen verlassen. Alles musste so sein wie beim ersten Mal, genau so und nicht anders.

Vor ihrem Tod war diese Frau recht hübsch gewesen. Mit ihren langen, schwarzen Haaren glich sie einer Fee. Den Klang ihrer Stimme konnte er immer noch hören.

Doch allmählich verblasste das vor kurzem Erlebte zu einem unsichtbaren Nichts. Bis auf den Schrei - ihren letzten Schrei.

Wie ein Flashback tauchte die Erinnerung plötzlich erneut vor seinem geistigen Auge auf. Er hielt sich die Ohren zu. Sie schrie in seinem Kopf. „Bitte, hör auf", flüsterte er beinahe ängstlich und sah sie an, um sich zu vergewissern, dass alles, was in seinem Kopf vorging, nur Einbildung war. Er schloss die Augen und sah ihren weit aufgerissenen Mund. Hörte, wie sie nach Luft schnappte. Dann sackte sie in sich zusammen und hauchte ihren letzten Atemzug aus. Mit weit aufgerissenen Augen, während die scharfe Klinge des zweischneidigen Messers in sie eindrang, klammerte sie sich mit ihren schmalen Fingern an einem Strick fest, den er ihr um den Hals gelegt hatte. Das Messer war ohne jeden Widerstand durch ihre weiße, weiche, dünne Haut gedrungen und hatte einen roten Strich hinterlassen, aus dem das Blut immer noch wie dunkelrote, dickflüssige Farbe strömte. Zum letzten Mal durchfuhr ein kaum merkliches Zucken ihre Glieder. Ihre Beine schabten über die Erde, die linke Faust schloss sich noch fester zusammen. Die Lippen öffneten sich. Ein leises Zischen kam durch ihren halbgeöffneten Mund und verscheuchte für einen Augenblick die Stille.

Ist es wirklich wahr, dass wir eine Seele besitzen?, überlegte er und kauerte sich neben das Mädchen, weil der Anblick ihn immer noch faszinierte. Wie ein Embryo lag die Tote nun auf dem kalten Boden.
Die Baumkronen spendeten Trost und warfen Schatten auf die beiden. Es war das erste Mal, dass er auf sein

Mädchen eingestochen hatte, als sie sich totgestellt hatte und ihn angreifen wollte. Nun lag sie da, einer Puppe gleich, neben seinen Füßen.

Er strich ihr das Haar aus dem kindlichen Gesicht und lächelte versonnen.

Wo sind jetzt all deine Sorgen hin? Hast du sie mit dir genommen? So, wie du deine Seele mitgenommen hast, oder lässt man alles, was einem hier das Leben zur Hölle gemacht hat, einfach liegen? Wirft man alles einfach von sich, samt dem Körper, wie eine viel zu schwere Rüstung? Ist der eigene Körper nur eine Bürde, ein viel zu enges Korsett?

„Das leblose Fleisch, das mit jeder verstrichenen Minute kälter und steifer wird, überlässt man oft den Würmern. Was bleibt uns also von den Toten übrig - nur die Erinnerung an ihr Dasein." Das hatte einst sein Vater mal zu ihm gesagt, als sie zusammen eine Suppe kochen wollten und er, sein Vater, ihn dazu zwang, die Innereien aus dem Huhn zu holen, die in eine Plastiktüte eingeschweißt waren.

Das war aber vor sehr langer Zeit gewesen, darum schob er diesen Gedanken beiseite.

Er sah sich um. Es war alles noch still um ihn, bis auf das Rascheln der Blätter und das Rauschen in seinem Kopf vernahm er keine weiteren Geräusche. Langsam drehte er sein Opfer auf den Rücken, um das erstarrte Antlitz besser betrachten zu können. Dabei berührte er nur ihre nackte Schulter. Ihre Glieder waren immer noch elastisch, die Haut hatte an manchen Stellen eine bläuliche Färbung angenommen.

„Ist dir kalt, meine Schöne?", fragte er sie, ohne dabei die Lippen zu bewegen. Seine Finger wanderten langsam über die schlaffe Brust und blieben zuckend über der Rundung in der dunklen Brustwarze hängen, ohne dabei die weiche Haut zu berühren. Er biss sich auf die Unterlippe und schmeckte sein eigenes Blut. Er musste der Versuchung widerstehen.

Noch war der Körper weich, meldete sich eine Stimme in seinem Kopf, die nach Fleischeslust gierte und dem Gedanken, was er alles mit ihr anstellen könnte, aber er blieb standhaft. Seine Finger flatterten jetzt über ihre Wange, die nass von heißen Tränen war, seinen Tränen. Er weinte stumm. Mit den Fingerspitzen fuhr er ihr über die rissigen Lippen.

Vögel sangen ihre Lieder. Das Rascheln der Baumkronen wurde lauter. Ein lauer Wind kam auf und wirbelte einige Blätter auf, eines, ein rotes Ahornblatt, flog einem verletzten Schmetterling gleich von oben herab und blieb auf ihrem Bauch liegen. Er nahm es mit spitzen Fingern an sich und legte es neben ihre Füße. Er wollte sie noch einen Atemzug lang betrachten. Ihre beinahe weiße Haut schimmerte in den Sonnenstrahlen, bis auf den gebrochenen Arm war sie makellos.

Der laue Wind strich durch sein Haar und über den feuchten Nacken. Ein unangenehmer Schauer durchfuhr seinen Körper. Er vernahm das trockene

Knacken von Ästen und erstarrte. Das Hemd klebte wie ein nasser Lappen an seinem Rücken.

Sein Atem stockte. Für den Bruchteil einer Sekunde blieb sein Herz stehen - da, da war es wieder. Panik stieg in ihm auf und lähmte ihn.

„Die kommen, um mich zu holen", flüsterte er. Seine Stimme klang so, als hätte er sich mit seinem Schicksal abgefunden, sogar so etwas wie Freude schwang da mit.

„Nein, ich will das nicht", flüsterte er und sah in die Ferne, so als sähe er jemanden auf sich zukommen. Sein Gesichtsausdruck verhärtete sich.

Wie ein Tier duckte er sich und machte sich ganz klein. Das Kinn an die Brust gedrückt, kroch er auf allen Vieren rückwärts.

Er verharrte und holte einmal tief Luft, nachdem er sich weit genug ins Gestrüpp gewagt hatte. Trockene Zweige schrammten über seine Wangen und hinterließen brennende Striemen.

Seine Augen wanderten über die Landschaft. Sein Kopf fuhr ununterbrochen in alle Richtungen. War er womöglich bei seinem Überfall beobachtet worden? Er war doch sehr vorsichtig gewesen. Schließlich war das hier nicht sein erstes Mal.

Er hatte nur seinen nächsten Auftrag erfüllt, nicht mehr - nicht weniger. Er war seit zwei Tagen wach, und die Müdigkeit forderte langsam ihren Tribut. Doch das Adrenalin, das durch seinen Körper schoss, verlieh ihm unerschöpfliche Energie.

Erneut verharrte er und lauschte.

Ein langer Pfiff durchschnitt die Luft und riss ihn grob aus seiner Starre. Er versuchte zu schlucken, doch seine Zunge blieb ihm am Gaumen kleben. Jemand kam direkt auf ihn zu. Das Rascheln von welkem Laub, das Knacken von trockenen Zweigen, das laute Pochen seines Herzens und das Rauschen seines Blutes, welches ihm durch den Kopf schoss, wurden zu einer ohrenbetäubenden Kakophonie, die ihn schier in den Wahnsinn trieb.

„Jessi, komm her. Jessi!", herrschte eine Stimme den neugierigen Hund an, dessen Schnauze für einen kurzen Augenblick zwischen dem Gestrüpp zum Vorschein kam und wieder verschwand. „Jessi!", hörte er die Stimme erneut.

Langsam senkte sich sein Puls. Alles um ihn herum erstarrte, wurde unecht.

Stille.

Absolute Stille.

Der Hund kläffte.

Vögel flatterten durch die Luft. Alles geschah wie in einem Zeitraffer.

Das graue Tier gab erneut einen Laut von sich und lief schließlich zurück zu seinem Herrchen. Endlich normalisierte sich alles, und er nahm die Welt wieder ohne jegliche Verzögerung wahr.

Er atmete erleichtert aus. Seine sämtlichen Glieder schmerzten vor Anspannung. Er hielt die Hände vor sein Gesicht, seine Finger zitterten wie an einem kalten Wintertag.

Nach einer gefühlten Ewigkeit traute er sich, sein Versteck wieder zu verlassen. Zuerst auf allen Vieren, dann in gebückter Haltung schlich er sich zurück zu der toten Frau. Sie war unentdeckt geblieben. Schnell legte er ihr die Schlinge um den Hals, warf das lose Ende über einen knorrigen Ast und zog daran.

Der lange Baumarm ächzte unter dem Gewicht des leblosen Körpers. Aber das tote Mädchen wog nach all dem Martyrium, das sie über sich hatte ergehen lassen müssen, keine vierzig Kilo mehr, schätzte er. Um sich ein wenig abzulenken, sang er leise ein Kinderlied, fand diese Idee aber doch blöd und hielt den Mund.

Endlich hing sie über dem Boden. Er hielt inne und betrachtete sein Werk.

Sie war wirklich dünn, sodass sogar ihre Rippen durch die Haut hervortraten und weiß hindurch schimmerten. Der flache Bauch war straff gespannt.

Er zog ein weiteres Mal an dem groben Strick. Schweiß trat auf seine Stirn. Er zog den schlaffen Körper soweit in die Höhe, bis nur die blau angelaufen Zehen mit ihren abgebrochenen Nägeln den Boden berührten.

Zufrieden mit dem Ergebnis band er das Seil unten an einer der Wurzeln fest und rieb sich die feuchten Hände an der Hose trocken. Dann griff er nach einer mit einer speziellen Mischung gefüllten Sprühflasche und pumpte etwas Luft hinein. Ein ätzender Sprühnebel umhüllte den toten Körper. Die zerstäubende Flüssigkeit brannte auf seiner Hornhaut, sodass er die Augen zu schmalen Schlitzen verengte.

Ich darf bloß keine Spuren hinterlassen, sprach er in Gedanken zu sich selbst und umkreiste den Leichnam mehrmals.

Die Tote war nun komplett vom Nebel umwölkt. Die Luft roch leicht süßlich und war beißend scharf.

„Okay …" Er zog das Wort in die Länge. Nachdem aus der Flaschendüse nur noch ein leises Zischen kam, senkte er den Arm.

Nun musste er sich beeilen. Denn jetzt schon hörte er das Summen von Insekten, die von den Pheromonen, die er gerade eben versprüht hatte, angelockt worden waren.

Er seufzte in sich hinein und packte alle seine Utensilien in eine unscheinbare Tasche.

Nachdem er einen prüfenden Blick um sich geworfen hatte, verließ er den Platz durch einen schmalen Pfad. Morgen müsste es regnen. Der Regen würde alle seine Spuren wegspülen und in der Erde versickern lassen. Alles, was hier übrig blieb, würde ein schlimm zugerichteter Körper an einem Ast sein, nicht mehr - nicht weniger.

Monate später

Kapitel 1

„Noch ein Fall? Das ist doch nur ein schlechter Scherz, oder nicht? Schon mal auf den Kalender geschaut? Heute ist Freitag", sagte Leonhard Stegmayer, ohne seine Empörung zu verbergen.

„Wie lange kennen wir uns schon, Reinhold, achtzehn Jahre?", fragte er seinen Vorgesetzten. Da sie allein waren, benutzte er das freundschaftliche Du, warf jedoch gleichzeitig dem Leiter des Morddezernats einen zornigen Blick zu.

„Zwanzig", verbesserte ihn Polizeihauptkommissar Reinhold Stettel. Ein kleiner Mann mit Glatze und der Statur eines in die Jahre gekommenen Ringers.

Leonhard stand in dem kleinen Büro von Reinhold Stettel und massierte sich die Schläfen. Dann kreiste er mit seinen breiten Schultern und knackste mit dem Hals, indem er seinen Kopf zuerst nach links, dann nach rechts neigte. „Hast du meinen Tisch gesehen? Da liegen unzählige Akten, die sortiert und geordnet werden müssen. Ich habe zehn unbearbeitete Fälle, dafür brauche ich dringend Unterstützung. Wer soll all den Papierkram bewältigen?" Leonhard fuhr sich durch das graumelierte Haar, das früher einmal blond gewesen war, und das er heute streng nach hinten gekämmt hatte. Er trug ein teures Hemd von schlichtem Grau, das an den Schultern und an der muskulösen Brust ein wenig spannte, und eine schwarze Hose mit Bügelfalten, dazu passende Schuhe: handgefertigt, schwarz und frisch poliert. An seinem rechten Handgelenk funkelte eine goldene Rolex. Er war Mitte vierzig, sah aber gut fünf Jahre jünger aus. Leonhard war seiner Meinung nach gutaussehend, war zweimal verheiratet gewesen, hatte jedoch keine Kinder, und ständig mehrere Affären, oft sogar gleichzeitig.

Der gutaussehende Kommissar mit den markanten Gesichtszügen achtete auf seine Ernährung und auf seinen Körper. Auch sein äußerliches Erscheinen war ihm sehr wichtig, da er ja immer noch ohne Frau in einem großen Haus wohnte. Er war pedantisch, akkurat, und stets von sich überzeugt, was man von seinem Vorgesetzten nicht behaupten konnte, sinnierte er, und taxierte den kleinen Mann mit finsterer Miene.

Reinhold Stettel stand am Fenster und biss ungerührt in ein Brötchen, das zur Hälfte in Alufolie eingewickelt war. Eine dünne Gurkenscheibe und ein weißer Klecks Remoulade quollen zwischen den beiden Hälften heraus.

Bei diesem Anblick zog sich Leonhards Magen krampfhaft zusammen. Er kräuselte angewidert den Mund und schüttelte leicht den Kopf. „Wieso isst du nicht einfach die Hinterlassenschaften deines Hundes? Die sammelst du schließlich ein und wirfst sie dann weg, schade um das gute Zeug. Ist bestimmt immer noch gesünder als das da." Leonhard wandte den Blick ab und sah auf ein weißes Blatt Papier, das vor ihm auf dem kleinen Tisch lag. Er nahm es an sich, um das Kleingedruckte zu überfliegen und sich dem unappetitlichen Anblick zu entziehen.

Reinhold ließ sich nicht provozieren und machte einen weiteren Bissen.

Leonhard hob den Kopf und sah, wie der weiße Klecks auf dem selbstgestrickten Pullover landete, der von dem stattlichen Bauch gestrafft wurde. Dieses hässliche Teil war eine Art Uniform, weil Stettel es von seiner Schwiegermama bekommen hatte - vor drei Jahren zu Weihnachten, wusste Leonhard, und seitdem oft zur Arbeit trug.

Der so schon genervte Kommissar senkte den Blick und überflog die Zeile ein weiteres Mal, er stieß ein leises Fluchen aus, er konnte sich bei dem Schmatzen, das Reinhold Stettel verursachte, einfach nicht auf das Wesentliche konzentrieren und musste den Text immer wieder aufs Neue durchlesen, ohne daraus schlauer zu werden.

Ohne jegliche Hast wischte sich sein Vorgesetzter den Klecks einfach mit der Hand weg. Aus einem Klumpen wurde eine verschmierte Schliere. Reinhold grunzte, zupfte ein Stofftaschentuch aus seiner Hose und rieb mit gesenktem Kopf, der leicht rot wurde, mehrmals über die Stelle. Danach aß er einfach weiter.

„Was passt dir eigentlich dieses Mal nicht?", fragte der Kommissionsleiter mit vollem Mund,

17

nachdem er sich den letzten Bissen in den Mund gestopft hatte. „Das hier ist nur eine formelle Sache", nuschelte Reinhold Stettel und knüllte die Alufolie zu einem kantigen Knäuel zusammen. „Du musst den Ort einfach nur anschauen, den Tathergang protokollieren, den Selbstmord als solches erkennen. Am Montag kannst du dann alles für den weiteren Schriftverkehr vorbereiten und dokumentieren."

Leonhard musste sich zusammenreißen, um nicht laut aufzulachen, so schlecht trug sein Vorgesetzter die Lüge vor. Er hob das Blatt in die Luft und wedelte damit. „Eine tote Frau ist nichts als eine formelle Sache? Wir sind hier beim Morddezernat, und das hier riecht nicht wirklich nach einem Selbstmord. Du willst mir wieder einen Mord unterjubeln."

Reinhold Stettel warf die Alufolie in Richtung Mülleimer, traf jedoch nicht. Kopfschüttelnd sah er Leonhard an und holte tief Luft.

„Selbstmord von einem Mord zu unterscheiden kann auch ein anderer. Das wird doch nicht so schwer sein." Leonhards Stimme wurde leiser.

„Sage ich doch", entgegnete der Polizeihauptkommissar schulterzuckend und griff nach einer Thermosflasche. „Du musst dich lediglich vergewissern, ob dem so ist, mehr nicht."

„Ach, fick dich doch, Reinhold, dazu habe ich nun wirklich keine Lust." Leonhard knallte das Blatt auf die Tischplatte.

„Diese rohe Ausdrucksweise, wie rückständig von Ihnen, Kommissar Stegmayer", zog Reinhold seinen langjährigen Kollegen und guten Freund mit einem frechen Grinsen auf und genehmigte sich einen Schluck Milch direkt aus der Flasche. „Aber manch eine Frau könnte auf diese raue, unbeherrschte Art stehen. Das macht heutzutage einen richtigen Mann aus. Habe ich recht?" Reinhold Stettel unterdrückte einen Rülpser und schraubte die Flasche wieder zu. Nach einem Augenblick des Schweigens zog der dicke Polizist an der obersten Schublade und förderte eine dünne Mappe zutage, die er dann über den Tisch schob, bis an die Kante, Richtung Leonhard. Mit einem angedeuteten Lächeln warf er seinem Gegenüber einen listigen Blick zu.

Leonhard schnaubte verärgert und schnappte danach. „Nur eine Begehung, mehr nicht!" Das war keine Frage, sondern eine Feststellung.

Reinhold Stettel nickte zustimmend.

Hastig überflog Leonhard die Daten. Die Tote lebte in der Nähe von Ostseeplatz, konnte der Kommissar aus den Unterlagen herauslesen, doch viel mehr stand da auch nicht. „Prenzlauer Berg", murmelte er und kaute nachdenklich an der Unterlippe. Ein Stadtviertel in Berlin, das mit mäßigem Erfolg gentrifiziert wird, sinnierte er und kratzte sich am Kinn. Er blätterte weiter und überflog die restlichen Informationen nur flüchtig, dann klappte er die Mappe zu. „Okay, ich mach das."

Auf Reinholds feister Miene breitete sich ein zufriedenes Lächeln aus.

„Aber nur gegen eine kleine Aufwandsentschädigung." Leonhard sah seinen Boss fragend an. „Schließlich könnte sich dieser Selbstmord zu einem Mord entwickeln", fügte er trocken hinzu und warf die Mappe zurück auf den Tisch.

Das Lächeln erstarrte zu einem dümmlichen Grinsen. Der Polizeihauptkommissar sah seinen Kollegen konsterniert an. Just in diesem Moment, als er auffahren wollte, klopfte jemand an die Tür.

Kapitel 2

„JA, bitte", rief der Polizeihauptkommissar und war froh, gestört worden zu sein.

Die Tür ging zögernd auf. Das attraktive Gesicht einer jungen Frau, die kaum älter als dreißig sein konnte, lugte durch den Spalt ins Büro.

Leonhard hob die Augenbrauen und drehte sich auf dem Absatz um.

Die Frau trat vollends ein und blickte unschlüssig von einem Mann zum anderen. In ihrer linken Hand hielt sie eine dünne Aktentasche aus hellem Lederimitat.

Sie trug einen dunklen Rock und einen noch dunkleren Blazer, darunter ein mintgrünes Oberteil. Alles von der Stange, konstatierte Leonhard und inspizierte flüchtig ihre Schuhe. Zwar aus echtem Leder, aber billig verarbeitet, stellte er fest und hob wieder den Blick.

„Das ist aber eine sehr interessante Koinzidenz", begann Reinhold und breitete die Arme aus. „Gerade eben musste ich wirklich überlegen, ob ich nicht ein wichtiges Gespräch vergessen habe, und wir beide, mein Kollege und ich, haben darüber diskutiert, wie wir unser Problem am besten lösen könnten, und da kommen Sie herein", freute sich der Mann und sah die Frau mit einem strahlenden Lächeln an.

„Ich habe heute einen Vorstellungstermin", sagte die Frau kleinlaut, weil sie sich nicht sicher war, ob sie das richtige Büro erwischt hatte.

„Hier ist die Lösung all unserer Probleme", freute sich der Kommissionsleiter weiter und breitete einladend die Arme aus. „Kommen Sie nur herein. Gerade eben haben wir beide darüber diskutiert, ob mein werter Kollege, Kommissar Stegmayer, nicht etwas Unterstützung bekommen könnte, und genau in diesem Moment hat uns der liebe Gott Sie persönlich geschickt", sagte er mit leutseliger Stimme.

Leonhard räusperte sich vernehmlich und trat von einem Bein auf das andere. Ihm war die Situation unangenehm. Auch die junge Polizistin bekam rote Wangen. Sie konnte ihre anfängliche Nervosität nicht verhehlen.

„Kommen Sie nur näher. Sie müssen Frau Greenwood sein."

Sie nickte und lächelte zaghaft.

„Das ist nicht Ihr Ernst", fuhr Leonhard auf und ging in eine förmliche Anrede über. „Sie wollen mir doch nicht einen Auszubildenden ans Bein binden?"

„Wenn schon, dann eine Auszubildende", korrigierte ihn Stettel. „Aber Frau Greenwood ist eine frischgebackene Kommissarin", wies er Leonhard sanft in seine Schranken.

„Das ist doch alles eine besch … sch … eidene Situation", entfuhr es Stegmayer. „Den Fall soll jemand anderer übernehmen", brummte er, ohne sich zu zügeln. Die Frau stand neben der Tür und beobachtete die beiden.

„Tut mir leid, aber mein Kollege hat ein Tourette-Syndrom", knurrte Stettel. „Und die Ausbrüche werden in Anwesenheit einer hübschen Frau immer schlimmer, aber da können Sie nun wirklich nichts dafür."

Die Polizistin nickte verständnisvoll und trat einen Schritt näher. „Meine Oma hatte das auch", sagte sie und lächelte zögerlich.

„Na schön, wenn Sie das wünschen, dann übernehme ich diesen Fall, aber Sie", Stegmayer schnappte nach der dünnen Akte und deutete damit in Richtung seiner neuen Partnerin, „Sie werden das ganze Papierzeug übernehmen, Frau Greenwood."

„Ella wäre mir lieber", rutschte es ihr durch die Lippen, was sie sofort bereute, das konnte Leonhard an ihrem Gesichtsausdruck erkennen.

„Na schön, ,Ella wäre mir lieber' ist für mich jedoch ein bisschen zu lang, Frau Greenwood. Sie werden alles dokumentieren und protokollieren."

Ella nickte. Sie war zierlich und nicht wirklich groß. Selbst mit Absätzen maß sie keine einsfünfundsechzig und sah in Leonhards Nähe wie ein kleines Schulmädchen aus. Ihr dunkelbraunes Haar glänzte seiden, als sei sie direkt nach dem Friseur hierhergekommen.

Leonhards Reaktion war für Reinhold Stettel keine Überraschung. Der korpulente Mann lächelte bedauernd und hob leicht die Schultern an. Die junge

Dame war keine dreißig, wusste er aus ihren Bewerbungsunterlagen, war ledig und hatte keine Kinder. Trotz ihres jungen Alters strahlten ihre Augen eine unbeschreibliche Unerschrockenheit aus.

„Ich bin hier fertig, Sie dürfen mir in unser Büro folgen", sagte Leonhard in scharfem Ton.

„Ihre Art, sich auf ein Gespräch einzulassen, ist bemerkenswert, darf ich vielleicht erfahren, wie Sie heißen?", konterte Ella und brachte Leonhard damit völlig aus dem Konzept. Auf seiner Stirn bildeten sich unzählige Fältchen. Im abfälligen Seitenblick konnte er auf Reinholds Visage ein selbstzufriedenes Grinsen erkennen.

„Kommissar Stegmayer." Seine Stimme bekam einen heiseren Unterton.

„Haben Sie auch einen Vornamen?"

„Wir belassen es fürs Erste bei ..."

„Also soll ich mich an Sie mit ‚Herr Kommissar Stegmayer' wenden?" Ella strich sich eine Strähne hinters Ohr. Ihre Frage klang auf keinen Fall sarkastisch.

„Ja. Das Leben der Erwachsenen folgt anderen Regeln als das der Teenager." Stegmayer ging zur Tür und riss sie auf. „Brauchen Sie eine Extraeinladung? Haben Sie überhaupt schon einen Führerschein?", fragte er über die Schulter. Er wollte einfach nicht lockerlassen. Er mochte sie nicht und wollte es ihr und Stettel mit aller Deutlichkeit zeigen. Sie hatte etwas an sich, das ihn an eine Musterschülerin erinnerte, und er hatte dabei ein Bauchgefühl, dass diese ‚Ella wäre mir

24

lieber' ihm mit ihrer korrekten Art noch mehr Überstunden bescheren würde.

Sein letzter Partner hatte aus freien Stücken gekündigt. Den Grund seiner Entscheidung, den Job beim Morddezernat an den Nagel zu hängen, wollte er partout nicht nennen. „Das geht dich einen Scheißdreck an", hatte ihm Valentin ganz vertraulich ins Gesicht geschleudert, vor der gesamten Mannschaft bei einem Weihnachtsfest. Taumelnd, weil er sich vorher mit viel Glühwein Mut angetrunken hatte, hatte Valentin seine Kollegen verlassen, für immer. Jetzt war er eine Art Berater zur Stressbewältigung.

„Ach ja, ich habe es beinahe vergessen ...", ertönte die Stimme des Vorgesetzten hinter Leonhards Rücken.

Der große Polizist, der gute einsfünfundachtzig maß, blieb einfach im Türrahmen stehen, ohne dabei Anstalten zu machen, sich umzudrehen.

„... ich möchte noch hinzufügen, dass der Fall von äußerster Priorität ist und diskret gehandhabt werden soll. Wir wollen damit kein unnötiges Aufsehen erregen. Die gegenwärtige politische Lage erlaubt uns keine Fehler. Sie, Kommissar Stegmayer, wissen sicherlich, worauf ich hinaus will!" Er erhob die Stimme, ohne auffahrend zu werden.

„Ja, die Polizei ist zum Arsch der ganzen Nation degradiert worden", erwiderte Leonhard Stegmayer bärbeißig. „Auch wenn wir das alles unseren Politiker zu verdanken haben, müssen wir diese Scheiße selbst auslöffeln, ohne Spesen, oder wie nennt man das, ach ja, ich vergaß - ohne Diäten." Dann stürmte er in den Flur.

Kapitel 3

Ella stand unschlüssig da.

„Machen Sie sich nichts draus", munterte sie der fettleibige Mann auf und nahm einen tiefen Schluck aus einer Thermosflasche. Ella kam sich immer noch wie fehl am Platz vor.

Der Kommissionsleiter bemühte sich um einen versöhnlichen Ton und schraubte die Flasche zu. „Er ist immer so cholerisch vor einem neuen Fall, aber das legt sich wieder. Verspätete Pubertät oder so. Dieses Imponiergehabe ist das Ergebnis seiner Kindheit und darauf zurückzuführen, dass es einem nicht wirklich gut tut, wenn man alles auf dem Präsentierteller serviert bekommt." Polizeihauptkommissar Stettel massierte sich das Nasenbein und versuchte es mit einem Lächeln. „Aber Spaß beiseite. Kommissar Stegmayer wartet eigentlich stets mit schlüssigen Argumentationen auf, die kein Platz für Zweifel lassen. Er wird Ihnen in Sachen Polizeiarbeit viel beibringen können. Seine Vorgehensweise lässt keinen Platz für Zweifel und ist im Gerichtssaal stets von wichtigster Bedeutung. Sie müssen sich nur in Geduld üben. Er ist ein Sonderling, der seinesgleichen sucht. Ein Einzelkind eben."

„Ich bin auch ein Einzelkind", flüsterte Ella.

„Dann werden Sie sicherlich gut miteinander auskommen", murmelte der Kommissionsleiter und deutete mit seinem Doppelkinn Richtung Tür. „Er wird ganz bestimmt nicht auf Sie warten. Und noch etwas."

„Ja?"

„Standen Sie schon jemals einem Mörder gegenüber?"

„Nein", log Ella und hoffte, dass ihre Lüge nicht auffliegen würde. Ihre Hand zupfte kurz am Saum ihres Jacketts. Dann berührte sie mit den Fingern ihrer rechten Hand den linken Ringfinger und tat so, als würde sie an einem Ring drehen.

„Was macht in Ihren Augen einen Mörder aus? Oder anders ausgedrückt, wann stehen die Chancen gut, einer solchen Kreatur zu begegnen?"

Draußen ertönten Stimmen. Ella ignorierte sie. War das eine Fangfrage? Gefangen in einem Wechselbad der Gefühle, schöpfte sie neuen Mut. Sie konzentrierte sich, überlegte einen Moment lang, wie sie die Frage am geschicktesten beantworten konnte, und sagte mit stoischer Miene das Erste, was ihr in den Sinn kam: „Das Risiko, einem Mörder zu begegnen und ihm zum Opfer zu fallen, ist nur dann höher, wenn mehrere Faktoren aufeinandertreffen. Im Umkehrschluss bedeutet dies auch, dass der Mörder erst dann zu einem Mörder werden kann, wenn diese Faktoren erfüllt und nicht von äußeren Einwirkungen gestört werden."

„Im Wesentlichen mögen Sie mit Ihrer Aussage recht haben. Ja. Aber ..."

28

Die Stimmen im Korridor wurden lauter.

Ella hörte eine Tür schwer ins Schloss fallen. Schritte hallten wider und wurden lauter. Jemand schrie auf.

Reinhold Stettel wandte seinen Blick von Ella ab und richtete seine kleinen Augen zum Flur.

Warnende Rufe prallten von den Wänden wider.

Ella gab sich Mühe, die Fassung zu wahren, und rührte sich nicht von der Stelle.

Eine männliche Stimme kreischte: „Du Wichser hast meine Frau gefickt, während ich auf KUR war!" Dann fiel ein Schuss.

Kapitel 4

„Hey", flüsterte er. „Hey, bist du noch da?" Er drückte seine Lippen gegen die Tür, dicht an den Spalt. Er schmeckte das Metall auf seiner Zunge. Fast schon wie Blut, dachte er und leckte sich über die spröden Lippen.

„Weißt du was?", sprach er etwas lauter und zuckte vor seiner eigenen Stimme zusammen.

Er lauschte und presste sein Ohr an das warme Blech.

„Ich mag dich", fuhr er mit brüchiger Stimme fort und achtete darauf, ganz leise zu sprechen.

Er wartete wieder auf eine Antwort oder eine Regung, vielleicht auf ein leises Rascheln, aber es blieb alles still.

Sein Atem ging schwer.

Die Enge im Keller erdrückte ihn beinahe. Auch das fahle Licht, das Schatten auf die grauen Wände warf und sie zum Leben erweckte, jagte ihm Angst ein.

„Er ist nicht hier", raunte er die Worte und wartete aufs Neue. Diese Pausen, in denen er seinen eigenen Herzschlag hören konnte, waren die schlimmsten. Schweißtropfen bildeten sich auf seiner Stirn. Seine Finger legten sich auf das weiß lackierte Metall. Der Lack war an vielen Stellen aufgeplatzt und schälte sich ab - wie Hautfetzen, dachte er und zog an einer der

Ecken. Die dünne Schicht ließ sich abziehen. Darunter war das Blech rot. Die dünne Lackschicht zerbröselte zwischen seinen Fingern zu Staub, als er die Fingerkuppen aneinander rieb.

„Sally?", begann er aufs Neue und hörte seine Stimme kaum. Darauf achtend, kein verräterisches Geräusch zu verursachen, rutschte er auf den Knien noch näher heran. „Sally?" Er schluckte und zog eine Grimmasse. Er sah verängstigt aus. Wie ein Kind, das nicht weiterwusste. „Sally, er ist fort", mutmaßte er und fuhr sich mit zittrigen Fingern über den Mund. Dann glitt seine Hand zur Türklinke.

Ist bestimmt abgesperrt, überlegte er.

Wie immer, fügte er in Gedanken hinzu und betastete den schwarzen Griff, ohne recht zu wissen, was er da tat. Seine Finger schlossen sich zu einer Faust. Er schluckte schwer und flüsterte unverständliche Worte, es klang nach einem Reim, nach einem Gedicht aus einem Kinderbuch. Er war unentschlossen und hatte Angst vor den Konsequenzen, dennoch war seine Neugier stärker als die Furcht.

Millimeter für Millimeter zog er an dem Griff und hörte das leise, metallische Schaben des Mechanismus und das ohrenbetäubende Pochen in seinem Kopf.

Klick.

Stille.

Selbst sein Herz schlug nicht mehr.

Klack.

„Die Tür war doch nicht abgesperrt", sprach er mit sich selbst. Wie ungewöhnlich, wunderte er sich und presste die Lippen fest aufeinander.

Er zog an der Türklinke. Nur einen Millimeter weit, dann noch etwas mehr.

Tatsächlich, sie war zum ersten Mal nicht abgeschlossen. Endlich würde er nachschauen können, was sich dahinter verbarg. Wie ein eingeschüchtertes Kind schaute er sich um. Sein Blick wanderte zur Treppe, dann langsam zurück zu der Tür, hinter der sich ein Geheimnis verbarg.

Der Spalt zwischen der Tür und dem Rahmen wurde größer. Ein unangenehmer Geruch stieg in seine Nase, er zog sie kraus, rieb sich mit dem Finger am Kinn und sammelte neuen Mut.

Er fasste sich ein Herz und schloss kurz die Augen. „Ich werde es tun", murmelte er.

„Sally", sprach er den Namen wie einen Fluch aus und strengte sich an, in der finsteren Schwärze, die den ganzen Spalt ausfüllte, etwas auszumachen.

Mit einem Mal wurde ihm bange zumute, und er fand seine Idee, hierher nach unten zu kommen, überhaupt nicht mehr gut. Die Aufregung machte der Panik Platz.

Dann ertönte ein leises Rascheln.

„Sally?" Seine Miene versteinerte sich. Der Blick wurde glasig. Aber er schlug sich mehrmals sanft mit der Faust gegen die Schläfe und vertrieb die Stimme aus seinem Kopf. Seine Brust hob und senkte sich wieder. Sein Atem war abgehackt. „Sally?", flüsterte er in die Stille hinein.

Die Stimmen gaben endlich Ruhe. Sein Mund wurde trocken. Er wiegte seinen Oberkörper hin und her. Nach einer Weile hatte er sich wieder unter Kontrolle. Die ganze Zeit hielt er sich an der Tür fest, seine Handgelenke verkrampften sich. Der Arm begann zu zittern.

Ganz vorsichtig spreizte er die Finger auseinander und ließ von der Türklinke ab, so als würde sie mit jedem Atemzug wärmer werden. Er brauchte einen Moment, um sich seines Aufenthaltsortes bewusst zu werden. Er befand sich immer noch im Keller: Dort, wo die Hexen lebten.

Er hob den Kopf zur Decke.

Klick.

Ein greller Lichtstrahl durchschnitt die Schwärze. Er zuckte zusammen und schloss erneut für einen Moment die Augen. Die Taschenlampe in seinen Händen zitterte. Die hatte er beinahe vergessen. Nun hielt er den Lichtkegel in den verborgenen Raum. Ein weißer Speichelfaden hing aus seinem Mundwinkel und zog sich in die Länge. Die Spinnweben in seinem Kopf wurden dichter.

„Ich drehe durch, ich drehe durch, ich drehe durch", wiederholte er diesen einen Satz mehrmals und zwang sich zur Räson. Sei kein kleines Baby, herrschte er sich an und konzentrierte sich auf den weißen Lichtkegel.

„Es war eine Spinne oder eine Maus oder Sally", sagte er schmatzend, so als habe er sich an jemand gewandt, der dicht neben ihm saß und seiner Geste folgte, denn er zeigte mit der linken Hand auf etwas, das von der Taschenlampe erleuchtet wurde. Der Kreis glitt unstet über das morsche Mauerwerk. „Hast du den Schatten gesehen? Das war ein Geist", schmatzte er weiter und kicherte.

„Dennis darf davon nichts erfahren." Er richtete den Kegel gegen die Decke und ließ ihn langsam nach unten gleiten. Das tat er früher oft, wenn er in seinem Zimmer im Bett lag und nicht einschlafen konnte, damals, als er noch ein Kind war.

Sein Mund formte Worte, ohne dabei einen Laut herauszubringen. Der Lichtstrahl traf erneut eine Wand und wanderte zuckend zur Decke. Dann kroch der helle Kreis zur linken Ecke. Er hob den linken Arm in die Höhe, dem weißen Lichtstrahl folgend starrten seine Augen auf ein Spinnennetz. Wie benommen streckte er den linken Zeigefinger aus.

„Eine Spinne", wiederholte er. Seine Aussprache war feucht und kaum verständlich, aber das war ihm egal. Er lächelte. Sein dümmliches Grinsen offenbarte eine Reihe gelber Zähne.

„Sally, hast du Angst vor Spinnen?", wollte er wissen, den Blick immer noch auf ein zuckendes Spinnennetz gerichtet, auf dem ein kleines, schwarzes Etwas vergeblich auf seine Beute lauerte. Dahinter sah er ein Gesicht, das war grau. Der Mund stand weit offen. Die Lippen waren blau, die Augen von einem grauen Film überzogen.

„Pff, pff", imitierte er das Geräusch eines Gewehrs und zielte mit dem Strahl seines Lichtstabes in eine andere Ecke. „Sally, ich habe sie alle erledigt, du kannst rauskommen." Er wischte sich den Sabber mit dem Hemdsärmel weg und drehte sich erneut zur Tür, die aus dem Keller führte und immer noch sperrangelweit offenstand. Kein Funke Neugierde regte sich in seinen Augen. Sein Blick war stumpf. Etwas hinter seiner Stirn beschäftigte ihn und trübte seinen Verstand.

„Komm jetzt, sonst ist er wieder da, und du verreckst in diesem Loch." Er presste die Lippen aufeinander wie ein bockiges Kind. „Dennis mag nicht, wenn ich ihm nicht gehorche. Er wird danach fuchsteufelswild und lässt mich mehrere Tage nicht mehr raus."

Er schwieg und lauschte.

„Komm jetzt", drängelte er weiter und wagte einen Blick durch den breiten Spalt, erst dann richtete er den Strahl seiner Taschenlampe nach unten und ließ ihn über den Boden wandern. Er hielt inne.

„Oh mein Gott", krächzte er wie ein Rabe und schlug sich mit der Hand auf den Mund.

Das, was er sah, verschlug ihm den Atem. So etwas wie Bedauern breitete sich in ihm aus. „Sally?" Der weiße Lichtkreis tanzte auf ihrem Gesicht. Er starrte in zwei Augen. Der gebrochene Blick sagte ihm, dass das Mädchen tot war, aber er wollte das nicht akzeptieren. Also war es gar keine Einbildung. Das tote Gesicht war Sally, seine Sally! Wutentbrannt schlug er die Tür zu, doch der Türschnapper rastete nicht ein. Stattdessen flog die Tür noch weiter auf. Erneut meldete sich eine Stimme in seinem Kopf. „DU MUSST AUF DEN STUHL", schrie sie ihn an.

„NEIN", brüllte er und brach in Tränen aus. Er würgte und schluckte die Kotze wieder hinunter, die in ihm hochstieg und seine Kehle verätzte.

Wie aus weit vergessener Vergangenheit hörte er den Klang ihrer Stimme. Sallys Mund war immer noch weit aufgerissen. „Nein … nein … nein", stammelte er und hielt sich die Ohren zu. Die Taschenlampe fiel zu Boden und rollte von ihm weg. Sallys zahnloser Mund passte nicht zu ihrem zierlichen Gesicht, das nun aschfahl und unnatürlich steif wirkte. Wie eine Maske aus einem Horrorfilm. Erst jetzt bemerkte er, dass Sally nackt war. Mit dem Rücken an die Wand gelehnt, die Beine auseinandergespreizt, saß sie auf der nackten Erde. Eine schwarze Pfütze hatte sich unter ihr gebildet und kroch über ihre Hände empor bis hin zu den Ellenbogen. Aus einem Arm ragte etwas Weißes, die Haut hatte an dieser Stelle zackige Ränder. Die weiße Haut war an vielen Stellen rot und hatte ausgefranste Wunden.

Er schloss die Augen und wackelte mit dem Oberkörper vor und zurück wie ein betender Gläubiger. Obwohl er die Gedanken aus seinem Kopf zu verdrängen versuchte, quetschten sich die hässlichen Bilder vor sein geistiges Auge und ließen sich nicht vertreiben.

„Ich muss zurück auf den Stuhl, ich muss zurück auf den Stuhl", sprach er in einem Singsang vor sich hin und wurde lauter. „Ich muss auf DEN STUHL, ICH MUSS ZURÜCK AUF DEN STUHL!!!", brüllte er, sprang auf und stürmte über die steile Treppe nach oben ins Helle, dort, wo keine Geister lebten. Endlich ließen die Bilder von ihm ab. In der Küche angekommen, schaltete er das Licht an, obwohl es draußen noch hell war, und setzte sich auf den hölzernen Stuhl.

Ein hastiger Blick auf die Uhr, die leise tickte.

Sie hing direkt über der Tür. Fast hätte er den Zeitpunkt verpasst, aber nur fast.

Seine Brust hob und senkte sich, er atmete schwer, dennoch schloss er die Augen. Dann versank er im Nirgendwo.

Kapitel 5

Ella folgte dem korpulenten Polizeihauptkommissar in den Korridor. Auf dem Boden lag ein Mann, auf ihm saß rittlings ihr neuer Kollege und legte dem Uniformierten Handschellen an. Einige Polizisten standen daneben und verfolgten die Szenerie mit unterschiedlichen Mienen. Ella brauchte einen Moment, um das Gesehene zu verdauen.

„Ich habe sie nicht gefickt, sie war diejenige, die die Initiative ergriffen und mich ins Bett gezerrt hat. Ich habe mich dabei vehement gegen ihre Avancen gewehrt", knurrte Leonhard, der aus der rechten Schulter blutete. Ungeachtet der stark blutenden Wunde zerrte er seinen Kontrahenten an den Armen hoch auf die Beine und rammte ihm die linke Faust in den Solarplexus. Der gehörnte Polizist keuchte und taumelte rückwärts. In der frisch gestrichenen Wand klaffte ein zackiges Loch. Auf dem Boden lagen Stuck und Staub.

Leonhard Stegmayer fuchtelte mit der Pistole und drückte den Lauf gegen die Stirn des verängstigten Mannes. „Nur so kannst du mich abknallen, du Schwachkopf. Kein Wunder, dass deine Frau dir untreu ist. Weil du keinen Mumm hast", knurrte er und drückte die Waffe einem anderen der Männer energisch gegen die Brust. „Abführen. Du wirst zwar vom Dienst suspendiert, Steffen, aber ich werde dich nicht verklagen. Ein Polizist verpfeift niemals seine Kollegen, auch wenn er von ihnen angeschossen wird."

„Aber Frauen von Kollegen darf dieser ach so noble Herr bumsen?", keifte der Mann zurück und begann zu zappeln, nachdem zwei der Männer Anstalten machten, ihn an den Armen zu packen. „Macht mich los, ich werde selbst kündigen", blaffte er und streckte die Arme aus.

Leonhard nickte und sah zu Ella. „Mein Hemd ist ruiniert", fluchte er und steckte einen Finger durch das Loch. „Sie, Greenwood, Sie fahren allein zum Tatort." Er bückte sich nach unten und hob die Mappe auf, die er Ella zuwarf. Sie fing sie nur mit viel Glück auf. „Ich werde mich umziehen müssen und komme nach, so schnell ich kann." Ohne ein weiteres Wort lief er zu den Treppen und verschwand.

Ella schluckte den harten Brocken hinunter und sah zu Reinhold Stettel. Dieser hob und senkte die Schultern. „Das wird mächtig viel Ärger nach sich ziehen. Aber dem Mann seinen Brotjob zu kündigen, das werde ich nicht wollen", sagte er grüblerisch. Nachdenklich rieb er sich über das Kinn. „Sie, Sie und Sie", er zeigte auf die zwei Beamten und Ella, „Sie verschwinden hier und werden später behaupten, dass Sie von all dem nichts mitbekommen haben." Noch bevor Ella etwas erwidern konnte, fuhr Stettel ihr mit einem weiteren Satz über den Mund: „Sie müssen eine Leiche untersuchen, schon vergessen? Nun gehen Sie schon", schob er unwirsch nach und wedelte abweisend mit der fleischigen Hand. „Ihr drei kommt mit, und du, Steffen, wirst dich einem psychologischen Test unterziehen lassen und diesen nicht sofort bestehen. Hast du mich verstanden? Danach fährst du wieder Streife. Und keine Widerrede! Noch Fragen?"

Ella stand immer noch da.

„Na los, verschwinden Sie schon. Ach, bevor ich es vergesse", der Polizeihauptkommissar ging zurück in sein Büro und kam mit einem Dienstausweis heraus, „der gehört ab heute Ihnen, den müssen Sie immer mit sich tragen. Sie haben bei Ihrem Vorstellungsgespräch einen sehr guten Eindruck hinterlassen. Nach einer kurzen Besprechung haben wir uns für Sie entschieden. Und jetzt machen Sie, dass Sie hier verschwinden."

Kopfschüttelnd und auf zittrigen Beinen lief sie zu den Aufzügen.

„Und wer, in drei Teufels Namen, sind Sie?", vernahm Ella die aufgebrachte Stimme ihres Vorgesetzten.

„Ich bin die Frau von Steffen Bolzen, er hat mich herbestellt. Steffen, warum bist du voller Blut, ist etwas passiert?"

Die Türen zum Aufzug gingen auf. Ella stieg ein und drückte auf den Knopf. Die Türen glitten wieder zu und ließen die Stimmen verstummen.

Kapitel 6

Ella hatte das mehrstöckige Haus sofort gefunden, nur mit der Suche nach einem Parkplatz hatte es etwas gedauert. Nachdem sie nicht fündig geworden war, stellte sie ihren Porsche einfach am Gehweg unweit des Hauses ab.

„Und Sie sind wer?", begrüßte sie ein Mann, der vor der Eingangstür Wache stand und jeden kontrollierte.

„Ella Greenwood, Morddezernat."

Der Mann prustete los. Er hatte einen Schnauzbart, der ihn wie ein Walross aussehen ließ, seine wässrigen Augen wurden zu schmalen Schlitzen. „Da oben hängt eine Leiche. Diese Sache da ist etwas für Erwachsene und nicht für kleine Schulmädchen. Sind Sie vielleicht eine Reporterin?" Er schniefte und verschränkte provokativ die Arme vor der Brust.

Ella kramte in ihrer schlichten Aktentasche, ohne fündig zu werden. Hektisch verschwand ihre Hand in der Innentasche ihres Jacketts. Mit einem erleichterten Seufzer fischte sie ihren Dienstausweis heraus und hielt diesen dem Mann direkt vor die fleischige Nase. Das Lächeln erstarb. Der Polizist räusperte sich. „Dritter Stock. Und halten Sie das Ding parat. Sonst werden Sie nicht durchgelassen. Sie sind doch neu, oder?"

Ella nickte knapp und steckte den Ausweis zurück in die Innentasche. Mit einem kecken Lächeln beäugte sie den Mann, weil er seinen Blick zu ihrem Wagen wandern ließ.

„Und wie kommen Sie zu so viel Geld, dass sie so einen Schlitten fahren können?"

„Mein letzter Ehemann war reich, alt und hatte ein schwaches Herz. Er starb noch im Bett ..." Sie ließ den zweideutigen Satz in der Schwebe hängen und zwinkerte dem verdutzt dreinblickenden Mann keck zu.

Dieser hüstelte verlegen in die Faust. „Das erklärt aber immer noch nicht, wie eine junge Frau wie Sie es ins Morddezernat geschafft hat. Mussten Sie nicht vorher Streife fahren und Knöllchen verteilen?"

„Mein vorletzter Ex war übrigens der Berliner Polizeipräsident."

„Sie nehmen mich auf den Arm."

„Wer weiß", lächelte Ella und schlüpfte durch die Tür, während eine ältere Dame mit ihrem Rollator und einem Langhaardackel mühselig die Tür vor sich herschob.

„Mein Schlüssel", rügte sie mit erstaunlich klarer Stimme und zeigte auf das Schloss, in dem ein Bund aus mehreren Schlüsseln hängen geblieben war.

„Oh, ich bitte um Entschuldigung", sagte Ella schnell und gab der Dame das zurück, wonach sie mit herrischem Gesichtsausdruck verlangt hatte.

„Ich bekomme den Schlüssel nicht mehr so schnell aus der Tür", murmelte die Dame. „Und Babsy hat sich mit ihrer Leine um mein Bein gewickelt. Die ist ja noch ungeschickter als ich es bin. Babsy, zieh nicht so. Sonst musst du wieder zum Tierarzt." Der Hund winselte.

„Der nette Polizist will Ihnen sicherlich bei dem kleinen Malheur helfen." Ella warf ihm ein freches Grinsen zu.

„Aber natürlich, gnädige Frau", knurrte der Polizist.

„Das ist aber lieb", freute sich die betagte Frau und richtete sogar kurz ihre weißen Locken. Der Hut saß schief auf ihrem kleinen Kopf, doch dieser passte gut zu ihrem restlichen Ensemble, stellte Ella fest und dachte bei sich: Ob ich in dem Alter auch so fit bleibe? Schon kehrte sie den dreien den Rücken und nahm die Treppe. Ihre Absätze klackerten auf den Stufen und kündigten ihr Kommen an.

Kapitel 7

Auf dem obersten Treppenabsatz stieg ihr ein unangenehmer Geruch in die Nase, herb und süßlich. Vor der Tür zur linken Wohnung stand, sichtlich übermüdet und auch gelangweilt, ein uniformierter älterer Polizist und starrte auf einen imaginären Punkt vor sich. Erst nachdem Ella ihm ihren Polizeiausweis vorwies, würdigte er sie eines Blickes und nickte knapp zur Tür.

Die Tür war nicht verschlossen. Ella fiel sofort auf, dass sie brachial aufgebrochen worden war, denn in der Zarge klaffte ein großes Loch, und der Schlossriegel ragte immer noch aus der Tür. „Die Kollegen vom KDD haben sie aufbrechen müssen, wenn ich richtig informiert wurde", setzte sie der ältere Polizist in Kenntnis. Sein Blick hing nicht mehr in der Leere, sondern auf ihrem Po. Ella schüttelte nur den Kopf und fand sich nach einem kurzen Augenblick des Zögerns in einem geräumigen Flur wieder, der in schlichtem Weiß gehalten wurde, selbst der Boden war weiß gefliest.

„Sind Sie mit der Toten irgendwie verwandt? Wer hat Sie eigentlich reingelassen?" Ein bulliger Mittfünfziger stand ihr direkt gegenüber und musterte sie streng. Sein hageres Gesicht war von grauen Bartstoppeln übersät. Er sah übernächtigt und nicht wirklich gut gelaunt aus. Auch nachdem Ella sich ausgewiesen hatte, besserte sich seine Laune nicht wirklich.

So etwas wie Hohn funkelte in den stahlgrauen Augen des Mannes. Ein knappes, abschätziges Lächeln huschte über den schmallippigen Mund.

„Stellen sie jetzt schon unschuldige Mädchen ein? Wo ist Stegmayer?"

„Er ist verhindert, ich bin seine ...", sie haderte mit sich selbst, weil sie sich nicht sicher war, ob das Wort Partner tatsächlich eine gängige Beschreibung für einen Kollegen war. „Wir arbeiten zusammen", sagte sie dann und hielt dem bohrenden Blick doch noch stand.

„Herzliches Beileid."

„Danke", entgegnete sie trocken, ohne näher darauf einzugehen. „Darf ich fragen, ob Sie sich ausweisen können?", fragte Ella dann in demselben neutralen Ton.

So etwas wie Respekt funkelte in seinen Augen. Er hob die Augenbrauen und griff zur Gesäßtasche. „Das Küken zeigt Zähne, gefällt mir. Kommissar Mittnacht mein Name, doch alle nennen mich Harry. Aber jetzt mal im Ernst, ist es denn um das Berliner Morddezernat so schlecht bestellt, dass sie jetzt auch schon Schülerinnen einstellen?"

„Ich weiß nicht, bei wem ich schlechter aufgehoben wäre, bei Ihnen oder Herrn Stegmayer. Wenn ich beim ersten Mal über Ihren Witz nicht gelacht habe, werde ich auch dann nicht lachen, wenn

45

Sie ihn noch weitere drei Male wiederholen werden", konterte Ella und deutete zur Tür. „Jetzt wollen wir aber zu unserer Arbeit übergehen. Musste die Tür aufgebrochen werden?"

„Ja, die Kollegen vom KDD, damit ist der Kriminaldauerdienst gemeint, haben die Tür aufbrechen müssen."

Ella ließ sich nicht aus der Ruhe bringen. Sie wusste, was die ganzen Abkürzungen bedeuteten. „Die Tür war jedoch nicht abgeschlossen, nur verriegelt", sagte sie ruhig und beäugte noch einmal das klaffende Loch im Türstock.

„Ist das denn von irgendeiner Bedeutung? Bei einem Suizid ist es einerlei, ob die Tür nur zugeschlagen oder abgeschlossen war."

„Warum sollte eine Frau Selbstmord begehen, wenn sich ein kleines Kind mit in der Wohnung befand? Das macht keine Mutter, egal wie verzweifelt sie auch sein mag. Sie hätte erst dafür gesorgt, dass ihr Kind bei jemandem aufgehoben wurde."

„Hm, Sie sind wohl einer dieser Supercops? Woher wussten Sie von dem Kleinkind, können Sie etwa hellsehen?"

„Nein, ich beobachte nur gern." Sie deutete mit einer knappen Kopfbewegung zum Sideboard, auf dem das Telefon und eine Milchflasche standen.

„Auch dieser Punkt geht an Sie. Nur so wurden die Nachbarn auf das hier aufmerksam. Das Schreien eines Kindes brachte die Nachbarin dazu, die Polizei zu verständigen. Das Kind befindet sich momentan in der Obhut der Ärzte. Das Mädchen war dehydriert und wirkte verstört, aber es ist zu klein, um das ganze Ausmaß des Schreckens zu begreifen."

„Das würde ich nicht so unterschreiben wollen", erwiderte Ella.

„Sie sind aus demselben Holz geschnitzt wie Leonhard, sie lassen sich auch nicht verbiegen, was?"

„Ich muss der jungen Dame recht geben", intervenierte ein kleiner Mann in einem weißen Schutzanzug und stellte sich zu den beiden. Er atmete schwer und zupfte sich die Schutzmaske von Mund und Nase. „Die Kinder begreifen oft mehr, als uns lieb ist. Meine Enkelin ist auch so eine. Aber das nur nebenbei erwähnt. Was ich eigentlich sagen wollte, ist Folgendes ...", er beäugte zuerst Ella, dann Kommissar Mittnacht, „... wir haben es hier nicht mit einem Suizid, sondern mit einem Mord zu tun. Der Mörder wollte es nur als solchen aussehen lassen. Halswirbelbruch, C3 und C4 sind verschoben, ungefähr hier ..." Der Mann zeigte auf seinen Nacken und wollte mit seinem Bericht fortfahren, wurde jedoch von Kommissar Mittnacht unterbrochen.

„Kann es bei einer Strangulation nicht dazu kommen, dass die Wirbel brechen?"

„Schon, aber erst ab einer bestimmten Fallhöhe. Hier war der Abstand viel zu gering. Außerdem würde eine Mutter so etwas nicht im Beisein ihres Kindes tun. Nie im Leben." Der Mann von der Spurensicherung sah zu Ella, so als ob er nach Bestätigung suchte.

Ella nickte zustimmend. „Darf ich mir den Tatort ansehen?"

„Das hier muss nicht zwangsläufig der Tatort sein", verbesserte sie der Mann im Tyvek-Schutzanzug und zeigte mit der behandschuhten Hand auf den Boden. „Achten Sie jedoch bitte auf den Trampelpfad." Im Fachjargon wurde damit der Bereich bezeichnet, der von den Polizisten betreten werden durfte, wusste Ella. Auf dem Boden verliefen parallel zwei gelbe Streifen, die den Weg markierten.

„Sie können mich Richie nennen, das machen alle. Ich mag diese formellen Bezeichnungen nicht. Gekränkte Eitelkeiten und verletzte Gefühle, all das gehört nicht zu unserem Job, darum lasse ich diesen ganzen Firlefanz bei mir zu Hause. Hier muss man das Private vom Beruflichen sehr sorgsam trennen, sonst geht man sehr schnell ein. Aber das ist nur ein Rat von mir, Sie sind erwachsen genug, um für sich den richtigen Weg zu wählen."

Ella erschien der Mann auf Anhieb sympathisch.

„Und wie heißen Sie?"

„Ella", sagte sie schlicht und folgte dem älteren Beamten ins Wohnzimmer.

Kapitel 8

„Wir haben schon die ersten Maßnahmen eingeleitet, um den ungefähren Todeszeitpunkt festzustellen, aber das ist bei dieser Zimmertemperatur sehr schwer. Eine Garantie für raschen Erfolg gibt es in unserem Beruf nicht. Da gehören zu viele Faktoren zusammen. Manchmal sind die Abgründe der menschlichen Seele schrecklicher als jede Fiktion. Und glauben Sie mir, ich habe schon vieles gesehen. Sich am Leid der anderen zu laben, scheint bei manchen zur Lebensaufgabe geworden zu sein. In diesem Fall sieht jedoch alles nach einem Streit aus, der eskaliert und schließlich in einem Mord geendet ist. Die müssen Sie sich noch überstreifen." Richie reichte ihr zwei blaue Handschuhe und blieb stehen.

Ella sah nicht zum ersten Mal, wie eine Frau durch Strangulation getötet worden war.

„Hier passen viele bedeutsame Punkte nicht, die auf eine Verengung der Luftwege hindeuten sollten", ertönte eine tiefe Stimme. Sie gehörte einem Mann, der gerade dabei war, der Toten mit einer kleinen Taschenlampe in den Mund zu leuchten. Mit dem Daumen hob er die beiden Lider nacheinander an und sah in die trüben Augen der Toten. „Keine Petechien. Die Augenlidstarre hat sich komplett zurückgebildet, die Körperstarre noch nicht ganz."

Ella vergegenwärtigte sich noch einmal die Situation und ließ den Blick über die Einrichtung schweifen. Mit nachdenklicher Miene sah sie sich in dem rechteckigen Raum um. Auch hier dominierte die Farbe Weiß. Die Möbel waren nicht teuer, aber auch nicht billig. Der einzige Farbtupfer war das Grün der Baumkronen, das durch das große Fenster zu sehen war. Die Tote lag neben einem Heizkörper. Sie hing an einem Strick, der an ein dünnes Rohr festgeknotet war, das in der Decke verschwand. Adrenalin breitete sich in ihrem Körper wie ein Flächenbrand aus und schärfte ihre Sinne. Sie musste sich konzentrieren. Das hier war ihr erster Fall. Sollte sie ihn verpatzen, konnte sie sich die Karriere abschminken. Darum hoffte sie inständig, nicht in ein Fettnäpfchen zu treten. Der Umgang bei der Polizei war rau, weil jeder hier überarbeitet war.

„Wer leitet hier die Ermittlung?", wollte der Mann mit der tiefen Stimme wissen und stand auf. „Sie?" Zwei schwarze Augen waren auf Ella gerichtet. Der scharfe Unterton in seiner Stimme machte ihn keinen Deut sympathischer. Auch er trug einen Overall.

Ella nickte knapp.

„In welcher Art von Schwierigkeiten mochte die Frau wohl gesteckt haben?", murmelte Richie neben ihr und brachte somit den Mann mit dem finsteren Blick durcheinander.

Einen Moment lang sah der große Mann sie noch einmal prüfend an, dann nahm er eine entspannte Körperhaltung an. „Und wo ist unser Choleriker?" Hier und da ertönte gedämpftes Gemurmel, das

50

entfernt nach leisem, abgehacktem Gelächter klang, und zu dieser angespannten Situation überhaupt nicht passte, fand Ella. Aber sie war ja noch nicht so lange dabei, um so abgebrüht zu sein, wie der Rest der Truppe.

„Willkommen im Klub", vernahm Ella eine Frauenstimme. „Irgendwann gewöhnst auch du dich an den Tod. Unser Tom ist gar nicht so ernst, wie er immer tut", sagte die Frau und deutete auf den Mann mit den rabenschwarzen Augen, der immer noch neben der Toten stand.

„Danke, Renate", sagte dieser und schüttelte leicht den Kopf. „Aber sie hat recht. Ich bin von der gerichtsmedizinischen Abteilung und dafür zuständig, die Art des Todes und dessen Ursache festzustellen. Die anschließende Obduktion wird in der forensischen Abteilung vorgenommen. Ich wäre hier soweit fertig. Jochen, Arnold, ihr könnt das Seil durchtrennen, aber weit oberhalb des Knotens", instruierte er zwei Männer, die seine Anweisungen ohne Widerrede befolgten. „Leonhard wird sich den Knoten später anschauen wollen", schob er den letzten Satz wie eine Warnung nach. „Dafür lege ich meine Hand ins Feuer", sagte er ruhig und verließ den Raum schweigend.

„Das ist ein einfacher Palstek", sprach Ella und hielt den Blick auf den Knoten gerichtet. Mit diesem Satz brachte die junge Polizistin alle hier Anwesenden zum Verstummen. Tom, der Gerichtsmediziner, blieb auf einmal in der Tür stehen.

„Ein was?", entfuhr es ihm, während er sich zu Ella umdrehte. Einen der Handschuhe hatte er bereits ausgezogen, der andere hing noch an seiner linken Hand.

„Ein einfacher und zugleich wichtiger Seemannsknoten, mit einem nicht zuziehbaren Auge, auch Schlinge genannt. Aber er wurde nicht professionell …"

„Segeln Sie etwa?", fiel ihr der Gerichtsmediziner ins Wort.

„Nein, ich habe mich einfach dafür interessiert", sagte sie laut und fügte in Gedanken hinzu: Allein dieser Eigenheit habe ich es zu verdanken, dass ich noch am Leben bin.

„Also wurde ihr der Strick post mortem um den Hals gelegt, das erklärt auch, warum wir hier auf dem Boden unregelmäßige Schleifspuren entdeckt haben", erfüllte Richies Stimme die Stille.

Ella sah die dazu gehörigen Markierungen mit den entsprechenden Nummern.

„Was fällt Ihnen noch auf?", wollte der große Mann wissen und zog auch den zweiten Handschuh ab, um nach zwei neuen zu verlangen. „Kommen Sie ruhig näher und lassen Sie sich Zeit", ermutigte Tom sie.

Ella trat näher und hielt den Atem an. Der Geruch nach Verwesung stach ihr in die Nase. Sie unterdrückte den Drang, sich übergeben zu müssen, und fokussierte ihr ganzes Augenmerk auf den blau angelaufenen Hals, der an der Stelle um den Knoten aufgedunsen war.

„Der Knoten wurde falsch gebunden", gab sie mit ruhiger Stimme von sich.

„Und weiter?" Tom stand neben ihr.

Die beiden Männer hielten den Leichnam so hin, dass Ella freies Sichtfeld auf den Knoten hatte. Die Schlaufe schnitt der toten Frau seitlich ins Fleisch. Der Strick verlief dicht am Ohr. Die Leiche trug nur ein Nachtkleid.

„Okay, das reicht fürs Erste", sagte Tom mit seiner rauen Stimme, als hätte er Rasierklingen gefrühstückt, und ging. Dieses Mal verließ er aber endgültig das Wohnzimmer. Die beiden Männer hievten die Leiche in die Höhe, einer der Männer kappte das erschlaffte Seil mit einem Messer.

Kapitel 9

Ella versank in der Welt der Vergangenheit. Sie sah sich als Kind, wie sie an einem Seil aufgehängt wurde. „Wie ein Straßenköter", hörte sie die tiefe Stimme des Mannes, der ihr das angetan hatte. Ihre zierliche Gestalt zeichnete sich kaum von der dunklen Wand aus grünem Laub ab. Die Erde war warm an diesem Tag, die Luft kühlte nur langsam ab und roch nach Regen. Nebel stieg vom Boden auf und umhüllte sie.

Eine Stimme wie von einem Geist rief nach ihr. Schrie ihren Namen. Die Stimme glich einer verzweifelten Frau, die ihr Kind verloren hatte. Das verzweifelte Rufen gehörte ihrer Mutter, die unweit der Waldlichtung vergewaltigt und aufgeschlitzt worden war. Das ungeborene Kind lag in ihren Armen. Immer noch mit der Nabelschnur verbunden, kämpften die beiden um ihr Leben, was aussichtslos war.

„Lassen Sie mich zu ihr", schrie jemand und riss Ella grob aus ihren Erinnerungen, die sie seit Jahren zu vergessen versucht hatte - vergeblich.

Kapitel 10

„Das hier ist ein Tatort", ermahnte die Stimme einer Frau den Eindringling.

„Das ist mir scheißegal", blaffte der Mann, den Ella noch immer nicht sehen konnte. Er klang hysterisch.

„Bitte, bleiben Sie stehen, sonst müssen wir Gewalt anwenden. Sie widersetzen sich der Staatsgewalt und stören die Beamten bei der Aufklärung eines möglichen ..."

„Das da ist meine Schwester, lassen Sie mich zu ihr", keuchte der Mann. Etwas polterte zu Boden.

„Handschellen!"

„Halt ihn fest, verdammt."

„Ich habe seine Beine."

„Fuck, meine Lippe."

„Ahhh ..."

„Los, her mit den Flossen."

Mehrere Stimmen vermischten sich zu einem Wirrwarr aus Befehlen, Schreien, Fluchen, Verwünschungen und unverständlichen Wortfetzen.

„Bitte. Ich habe nur sie", weinte der Mann nach einer kurzen Pause.

„Das hätten Sie sich vorher überlegen müssen", sagte jemand.

Ella wagte einen Blick durch die Tür zum Flur. Eine Frau in Uniform mit zerzauster Frisur stand mit dem Rücken zu ihr und richtete hastig ihr blondes Haar zu einem kurzen Pferdeschwanz. Zwei Männer mit puterroten Gesichtern flankierten einen Mann, der bitterlich weinte, und richteten ihre Uniform. Der Mann in Handschellen keuchte und blutete aus dem Mundwinkel. Sein graues T-Shirt hatte einen tiefen Riss, der rechte Ärmel hing lose in seiner Armbeuge.

Zur Unbeweglichkeit verdammt, überdachte der Mann seine Situation neu und suchte bei Ella nach einem Ausweg. „Ist sie dort?"

Er starrte sie kurz an, mit der Hoffnung auf ein Nein. Dann wanderte sein Blick ins Wohnzimmer. Die Erkenntnis riss ihm den Boden unter den Füßen weg. Sein Kinn begann zu beben. Tränen füllten seine Augen. Er senkte den Blick zu Boden.

„Jungs, wir gehen." Richie trommelte seine Mannschaft zusammen. „Sollen wir ihn mitnehmen?"

„Ja. Bring ihn aufs Präsidium, er wird einer außerordentlichen Befragung unterzogen, oder wollen Sie eine Vorladung?"

Kommissar Mittnacht fuhr sich mit der Zunge über die Lippen.

„Ich will mit Ihnen darüber sprechen", sagte der Mann. Er hob den Blick und sah erneut zu Ella.

„In Ordnung", stimmte sie zu.

„Aber nicht hier."

„Abmarsch, Sie sind vorläufig festgenommen, aber nicht verhaftet, daher brauchen wir auch keinen

Haftbefehl. Ich lese Ihnen dennoch sehr gerne Ihre Rechte vor, weil Sie unter Verdacht stehen könnten. Zudem sind Sie betrunken, ich rieche die Fahne trotz der Pfefferminz-Pastille", brummte Mittnacht und packte den Mann am Ellenbogen. „Sie können heute Abend oder morgen früh miteinander reden, wenn der Sachverhalt geklärt wurde. Einen richterlichen Beschluss brauchen wir nicht, weil es hier eindeutig nach Fluchtgefahr riecht, außerdem haben Sie mehrere Beamte verletzt. Ich habe jetzt auch keine Zeit, mit Ihnen über weitere Folgen zu sprechen, falls Sie sich erneut meinen Forderungen widersetzen sollten. Richie, kommst du mit? Ich gebe heute einen Milchshake aus."

Richie berührte Ella sanft am Oberarm und drückte sachte zu. „Das ist nicht immer so. Wir werden uns morgen alle an einen Tisch setzen, jetzt gehört die Wohnung Ihnen ganz allein."

Der dicke Reißverschluss verursachte ein lautes, ratschendes Geräusch. Die Leiche verschwand in einem schwarzen Sack und wurde auf einer Rolltrage aufgebahrt.

Die Wohnung leerte sich.

„Kommen Sie zurecht?" Renate sah Ella abwartend an.

„Ich kann Ihnen noch etwas Gesellschaft leisten, bis Leonhard hier auftaucht."

„Nein, danke. Ich schaue mich solange um."

„Ich wünsche Ihnen noch einen schönen Tag, und lassen Sie sich nicht von den Jungs unterkriegen."

Über Ellas Mund huschte so etwas wie ein trauriges Lächeln.

„Tom, kommst du mit, oder willst du der jungen Dame den Hof machen?", zog Renate ihren Arbeitskollegen mit einem verschmitzten Lächeln auf.

Der große Mann sah ohne den Overall ganz anders aus. Er trug einen grauen Hoodie, weite Hosen und blaue Sneaker. Das dunkelblonde Haar sah gewollt zerzaust aus und stand in krassem Kontrast zu seinen schwarzen, ständig lauernden Augen. Ella schätzte ihn auf Ende dreißig, und wäre sie ihm auf der Straße begegnet, würde sie ihn für einen Skater halten. Renate boxte ihn gegen die Schulter und riss ihn so aus der Starre. Sein Blick löste sich von Ella.

„Hey, ich war nur nett", brummte er, schulterte sich eine dicke Ledertasche auf und verließ ohne ein Wort zu sagen die Wohnung.

„Bevor Sie gehen, müssen Sie dafür sorgen, dass die Wohnung versiegelt wird. Das machen die Jungs schon, die draußen im Treppenhaus auf Sie warten werden. Aber Sie sollten dies dennoch überprüfen. Nicht nur, weil Sie hier neu sind, sondern weil Ihr Partner nicht da ist, darum könnten sich die Jungs rächen."

„Danke", sagte Ella nur.

„Keine Ursache."

Einer unerklärlichen Eingebung folgend, lief Ella zuerst ins Badezimmer. Vielleicht deswegen, weil das Gesicht der Frau an einem Auge stark geschminkt war, an dem anderen fehlte die Schminke ganz. Sie hatte sich also bettfertig gemacht und das Make-up abgetragen. Womöglich hatte sie auch die Milch für das Kind aufgewärmt und sie zum Abkühlen auf das Sideboard gestellt. Mit diesen Gedanken zog sie sich Handschuhe über und öffnete die Tür.

Kapitel 11

Leonhard stieg aus dem Taxi und stürmte zum Haus. Eigentlich sollte er den Tag im Krankenhaus verbringen, aber da hatten die Ärzte die Rechnung ohne ihn gemacht. Er war einfach gegangen. Nachdem der Krankenpfleger den Raum verlassen hatte, lief er einfach zum Ausgang.

Ihn fuchste der Gedanke, dass er sich von Reinhold hatte so leicht verarschen lassen.

Ein Selbstmord, dass ich nicht lache, dachte er. Ein Selbstmord, aus dem ein Mord wurde, welchen er nun an der Backe hatte.

Auch der Zwist mit Steffen stimmte ihn nicht gerade fröhlich, nun wussten alle von seinem Ausrutscher. Aus Mutmaßungen wurde nun nackte Realität. Ja, er hatte die Frau eines seiner Kollegen gebumst, na und, schließlich war das ihre Idee, er hatte nur nicht *Nein* gesagt, mehr nicht.

Mit zornesrotem Gesicht schob Leonhard Stegmayer einen jungen Mann einfach aus dem Weg.

„Hey", empörte sich dieser.

Leonhard hob sein T-Shirt an, sodass der Jugendliche einen Blick auf seine Dienstwaffe werfen konnte.

„Wenn du mich noch einmal anbrüllst, schieße ich dir ins Knie", brummte Leonhard missgelaunt. „Mach die Tür auf", befahl er dem zu Tode erschrockenen Teenager, der eine Bierdose in der Hand hielt und dessen linkes Auge nervös zu zucken begann. „Mach schon", drängelte Leonhard. „Ich bin ein verdammter Bulle, kein Einbrecher, hier ist sogar mein Dienstausweis." Er wies sich aus.

„Als ob ich weiß, wie ein echter Ausweis aussehen muss", stammelte der Halbstarke und strich sich über das schwarze T-Shirt, das ihm mehrere Nummern zu groß war.

„Oversized ist scheiße, so kriegst du kein Mädel ab, Kumpel, und Bier saufen ist auch nicht gerade cool. Bist du eigentlich schon sechzehn?" Leonhard knurrte, nahm dem Jungen die Dose ab und sah sich kurz um. Warum wurde der Eingang nicht bewacht? Noch mehr ärgerte ihn die Tatsache, dass er ein billiges Shirt trug. Er warf einen hastigen Blick auf seine Uhr. Der junge Mann sah ihn konsterniert an und verengte verängstigt die Augen. „Ich wohne hier gar nicht", gab er kleinlaut zu.

„Dann verpiss dich einfach. Das Bier bleibt aber hier."

Das ließ sich der blonde Kerl mit den langen Dreadlocks nicht zweimal sagen. Er schnappte nach seinem Longboard, das an die Wand gelehnt gestanden hatte und sah zu, dass er hier verschwand.

Leonhard drückte auf sämtliche Knöpfe und wartete auf das Schellen des Türöffners. Die Bierdose ließ er vor der Tür stehen. Ein latentes Unbehagen und die unnatürliche Stille brachten sein Blut in Wallung.

Dann endlich hörte er ein Rauschen und eine gebrechliche Stimme. „Ja?"

„Post", sprach Leonhard in die Sprechanlage und ging auf die Tür zu. Das mechanische Knattern ertönte. Er drückte die Tür auf und stieß beinahe mit einem Polizisten zusammen.

„Warum ist der Eingang unbewacht?", fuhr Leonhard Stegmayer den Uniformierten an. Die Kaumuskulatur trat durch seine Haut und unterstrich seinen Unmut.

„Ich bin doch hier", widersprach ihm der Polizist knapp und sah ihn unbeeindruckt an. Auf ein reumütiges Geständnis würde er noch lange warten müssen, sagte sein Gesichtsausdruck.

Leonhard beließ es dabei und ging zum Aufzug. Seine Schulter schmerzte immer noch. Zu seinem Glück war es nur ein Streifschuss gewesen, dennoch war die Blamage nicht wieder gut zu machen.

Er stieg in den engen Lift und wunderte sich, dass die Wände mit kruden Graffitis besprüht waren. Es roch immer noch nach Lösungsmittel und Lack. Jemand hatte vergeblich versucht, die Farbe abzuwaschen.

Leonhard klopfte mit der Faust gegen den Knopf mit der Zahl drei und schloss kurz die Augen, dabei massierte er sich die Schläfen. Die Tür glitt scheppernd zu. Ein metallisches Kratzen erfüllte den Raum und jagte Leonhard eine unangenehme Gänsehaut ein.

Nach einer gefühlten Ewigkeit begann sich der Aufzug endlich nach oben zu bewegen.

Kapitel 12

Im dritten Stock angelangt, begegnete er zwei Jugendlichen in Hoodies und Jogginghosen, die laut lachend an ihm vorbei die Treppe nach unten stürmten.

„Sind Sie Kommissar Stegmayer?"

Leonhard hob verwundert die Augenbrauen. Ein gelangweilter Kerl, Mitte bis Ende Dreißig mit lichtem Haar, stand an die Fensterbank gelehnt da und wartete auf eine Antwort. Er trug einen grauen Kittel. Vor seinen Füßen stand ein Metallkoffer. Seine Augen waren rot umrandet. Trotz seines relativ jungen Alters sah der Mann verlebt aus. Dunkle Ringe und angeschwollene Tränensäcke waren der Tribut eines Trinkers, den er für seine Saufgelage zahlen musste. Seine Leber war bestimmt größer als die Lunge, überlegte Leonhard und trat näher.

Der Mann starrte ihn mit seinen grauen, wässrigen Augen an und wartete die Situation ab.

Der Kommissar fuhr sich mit der Zunge über die Innenseite seiner Wange und steckte beide Daumen in die Hosentaschen.

„Ich bin der Hausmeister, soll hier so lange warten, bis ein gewisser Herr Stegmayer auftaucht. Groß, graue Haare, schlecht gelaunt und gut gekleidet", zählte der unbekannte Mann mürrisch die Eigenschaften auf und hielt drei Finger in die Luft.

Sein Blick huschte unstet hin und her. „Die Beschreibung trifft im Groben auf Sie zu. Nur Ihre Klamotten und die Uhr vom Polenmarkt sind zwei Komponenten, die nicht wirklich zutreffen, aber was weiß ich schon von Mode. Können Sie sich eventuell ausweisen?" Jetzt klebten die stahlgrauen Augen an Leonhards Nasenspitze. Sein Gegenüber vermied jeglichen direkten Blickkontakt.

Er verheimlicht mir etwas, sinnierte Kommissar Stegmayer mit nichtssagender Miene und schwieg einen Moment lang weiter.

Der Hausmeister hüstelte und regte sich vernehmlich. „Ich kann nicht jedem dahergelaufenen Proleten aufs Wort glauben, dass er ein Bulle ist."

Leonhard zückte seinen Ausweis und hielt ihn dem Mann vor die Augen. Dieser nickte gelangweilt, ohne einen Schritt näher zu kommen.

„Und Sie?", gab sich Leonhard trotzig und versperrte dem Mann den Weg.

Der Hausmeister richtete sich auf und klopfte mit dem rechten Zeigefinger gegen den Aufnäher auf seiner Brust. ‚Sternwart' war darauf in weißen Buchstaben sein Name gestickt. Unter dem Fingernagel sah Leonhard einen schwarzen Strich. Auch sonst machte der Kerl keinen sonderlich gepflegten Eindruck auf ihn. Die Fahne nach billigem Schnaps war trotz des latenten Minzgeruchs noch deutlich wahrnehmbar. Leonhard rümpfte die Nase.

„Wo ist die Wohnung von Frau Jung?", fragte er dann und machte einen Schritt zur Seite.

„Einmal um die Ecke." Der Hausmeister schnappte sich den Koffer und streckte den linken Arm aus. Er kaute nun heftiger auf seinem Kaugummi und deutete immer noch mit dem linken Arm in eine bestimmte Richtung.

„Als ich hiervon hörte, konnte ich es kaum fassen." Hausmeister Sternwart legte eine kurze Pause ein, bevor er weitersprach, so als müsse er ständig darüber nachdenken, was er von sich gab. „Wie oft schon habe ich Gisela ermahnt, den Schlüssel nicht in der Tür stecken zu lassen."

„Kannten Sie die Frau gut?"

„Ich kenne alle hier gut", lautete die schlichte Antwort.

Sie liefen nur wenige Schritte um den Aufzug herum, schon sah Leonhard einen seiner Kollegen vor einer geöffneten Tür stehen. Bei Leonards Anblick nahm der Polizist eine straffe Körperhaltung an und steckte hastig sein Smartphone weg.

„Hat mein plötzliches Auftauchen Ihre heutigen Pläne konterkariert? Haben Sie nach dem Wort Feierabend gegoogelt?" Leonhard trat näher an den jungen Polizisten. Dieser schluckte nur. Schamesröte kroch aus seinem Kragen und befleckte die glattrasierten Wangen.

„Sie haben einen Schlüssel erwähnt?" Leonhard Stegmayer sah über die Schulter. Hausmeister Sternwart stellte den Koffer ab. Etwas schepperte darin metallisch.

„Ja, das war so eine blöde Angewohnheit von ihr."

„Was ist daran falsch?"

„Nichts, wenn der Schlüssel ..."

„Sie meinen, der Schlüssel steckte von außen", unterbrach ihn Leonhard Stegmayer.

„Sag ich doch. Einmal hat sie sich ausgesperrt, sodass der Typ vom Schlüsseldienst das Schloss aufbohren musste. War teuer, das Ganze. Darum ging die gute Frau lieber das Risiko ein, ausgeraubt zu werden, als sich erneut auszusperren. Jetzt hat sie den Salat."

„Hatte", verbesserte ihn Leonhard und inspizierte den Türrahmen.

„Wurde von unseren Jungs aufgebrochen", beeilte sich der junge Polizist zu sagen, der seinen Fehltritt irgendwie wiedergutzumachen wollte.

„Ist Gisela etwa tot?" Der Hausmeister kratzte sich am Hinterkopf und wirkte überrascht. Wie vor den Kopf geschlagen rieb er sich nervös am Kinn.

„Kann man wohl sagen", brummte der Kommissar und zog sich zwei blaue Einweghandschuhe über. „Sie bohren zwei Löcher, hier und hier", wandte er sich ungerührt an den Hausmeister und zeigte mit dem Zeigefinger seiner rechten Hand ungefähr auf die Stellen, die er meinte. „Da bringen Sie bitte ein Vorhängeschloss an, den Schlüssel geben Sie dann mir."

Ohne eine Antwort abzuwarten, betrat er die Wohnung. Er bemerkte die Anwesenheit eines Menschen. Die flüchtige Ahnung eines Parfüms, die über dem penetranten Leichengestank schwang, verriet ihm, dass es seine neue Kollegin war, die sich hier aufhielt. „Greenwood?", rief er nicht besonders laut und machte noch drei weitere Schritte durch den kleinen Flur. Er durchmaß mit zwei weiteren Schritten den länglichen Raum, weil er ein Geräusch vernahm.

Kapitel 13

Ella zuckte zusammen und ließ das Stäbchen beinahe fallen, welches sie in dem unaufgeräumten Spiegelschrank gefunden hatte. Es handelte sich um einen Schwangerschaftstest, der positiv ausgefallen war.

Sie schritt rasch in den Flur und begegnete ihrem störrischen, aufmüpfigen und arroganten Kollegen, der jedoch etwas an sich hatte, das sie ein klein wenig anziehend fand.

„Leonhard?"

„Für Sie immer noch Herr Stegmayer. Ich wüsste nicht, dass wir uns nahestehen. Bisweilen hat es noch keinen Grund gegeben, uns zu duzen. Wir arbeiten zusammen und sind kein Paar. Also, wir sind Kollegen, das Wort Partner vergessen Sie lieber ganz schnell. Was haben Sie dort gemacht? Sind Sie schwanger und haben das Bad während meiner Abwesenheit dazu benutzt, um sich zu vergewissern, dass das Ausbleiben Ihrer Tage ..."

„Sind Sie komplett bescheuert?", entfuhr es ihr, nachdem ihr bewusst wurde, wohin seine Äußerung lenkte. Ihr tat ihr Wutausbruch auch gar nicht leid. Sie kochte innerlich vor Wut.

Leonhard Stegmayer kniff die Augen zusammen. „Die Wunde unter der dicken Bandage juckt unangenehm", sagte er und lächelte schief.

„Sie sind wirklich ein Idiot!"

„Das gefällt mir besser." Sein schiefes Grinsen wurde breiter.

Dieser Typ war ja noch schlimmer, als sie es befürchtet hatte. Sie fand ihn auch nicht mehr sympathisch. Am liebsten hätte sie ihm das Stäbchen ins Auge gerammt. „Warum behandeln Sie alle wie Dreck?", wollte sie wissen und presste die Zähne fest aufeinander, um ihm keine weitere Beleidigung an den Kopf zu werfen.

„Weil ich ein Dreckskerl bin, und ihr Frauen steht auf solch ungehobelte Kerle mehr als auf die, die euch den Arsch nachtragen. Würde ich mich anders verhalten, so bin ich mir sicher, würden die anderen mich wie Dreck behandeln. Jetzt zurück zu unserem Job, das andere heben wir für später auf. Was haben Sie da gefunden? Und noch etwas: Sie lernen lieber ganz schnell, sich zu beherrschen, um sich von solch blöden Sprüchen wie von vorhin nicht sofort aus der Ruhe bringen zu lassen. Damit sie nötigenfalls in angespannten Situationen nicht gleich explodieren. In einer prekären Lage werden Sie sich des Öfteren an diesen Rat erinnern, glauben Sie mir. Ich spreche aus Erfahrung."

„Waren Sie schon immer so?"

Er bedachte sie mit einem abschätzigen Blick.

„Also war Gisela Jung schwanger?"

Ella war auf eine solch abrupte Wendung nicht vorbereitet.

„Ja. Ich habe auch den Kassenbon gefunden. Den Tester hat sie vorgestern in der Drogerie gekauft, die sich nur eine Straße weiter befindet."

„Weiter?"

„Ich war nochmal im Wohnzimmer."

Er zuckte gleichgültig mit den Schultern. „Ist diese Information von Belang, oder kommt noch etwas hinzu?"

„Kommen Sie einfach mit", sagte Ella und tätschelte seine verletzte Schulter.

Leonhard sog zischend die Luft ein, sagte jedoch nichts. Ella grinste in sich hinein und lief durch den Korridor. Leonhard folgte ihr und hielt sich ein leicht parfümiertes Taschentuch vor die Nase, um den Gestank nach Verwesung zu minimieren.

Kapitel 14

Ella stand mit dem Gesicht zur Wohnwand direkt unter der Lampe. Leonhard stand neben ihr. Er holte Luft und sagte: „Nehmen wir mal an, ich wäre gut gelaunt und hätte alle Zeit der Welt." Er klang dabei mehr als gereizt. „Was in aller Welt soll ich hier, warum starren wir den Fernseher an?"

„Fällt Ihnen diese Disharmonie nicht auf?" Ella klang nicht minder angespannt.

„Nach einer gründlich durchgeführten Spurensicherung sieht es oft noch disharmonischer aus als jetzt. Auf diesen Feng-Shui-Kram habe ich keinen Nerv", gab er sich schnippisch.

„Ich meine damit nicht die Unordnung, sondern die gebrochene Symmetrie."

„Jetzt spucken Sie schon aus, wir Männer betrachten die Welt von einer anderen Warte - nämlich der gegenteiligen. Die Frau muss gut aussehen und vielleicht kochen können, auch Sex ist für uns wichtig, den Rest bildet ihr Frauen euch nur ein. Daher sehen wir die Welt aus völlig unterschiedlichen Perspektiven. Unsere Betrachtungsweise ist automatisch kontrovers."

Ella begann an sich zu zweifeln. Hatte sie sich nur etwas eingebildet? Das Flüstern der Skepsis in ihrem Kopf wurde lauter, doch Kommissar Stegmayer schwieg. Er legte den Kopf leicht schräg zur Seite.

„Da fehlt ein Bild", murmelte er nachdenklich und steckte das Taschentuch weg, „aber nicht der Symmetrie wegen, sondern wegen des rechteckigen Flecks an der Wand." Er trat näher. Der lange Flor-Teppich, der mit dunklen Blutflecken gesprenkelt war, dämpfte seine Schritte. Er blieb vor der Wohnwand stehen und betrachtete eine Stelle eingehend, dann warf er einen prüfenden Blick zum Fenster. „Jemand hat eines der Bilder mitgenommen. Oder die Frau hat es einfach aussortiert. Die Erklärung kann genauso simpel wie ..." Eine lustige Melodie unterbrach seinen Redefluss. Umständlich griff er mit der rechten Hand nach seinem Telefon.

„Ja? ... Natürlich hast du meine ungeteilte Aufmerksamkeit, Tom", sprach er, jedes Wort betonend, und fuhr mit dem Finger über die glatte Oberfläche an der Wand. Dort, wo auch Ella den Platz für das verschwundene Foto vermutet hätte. Dann rieb er die Finger aneinander. „Wenn du mit der Information aufwarten willst, dass die Tote schwanger war, können wir das Gespräch beenden." Er lachte kurz auf. „Was hast du noch?" Leonhard bedachte Ella mit einem nichtssagenden Blick und lauschte. „Halswirbelbruch - wie anfänglich vermutet? Hast du etwas, das ich nicht schon weiß? ... Wann beginnst du mit der Obduktion? ... Morgen? ... Ja. ... Bis morgen." Er legte auf.

„Sie mögen recht haben mit der Annahme, dass das Bild mitgenommen wurde. Die Tür wurde aufgebrochen ..."

„Von der Polizei", unterbrach ihn Ella.

Doch Leonhard fuhr in demselben Ton fort: „Dies wirft eine andere Frage auf: Wie kam der Täter in die Wohnung?"

„Er hat geklingelt und hat sich als Postbote ausgegeben."

„Mitten in der Nacht?"

„Wie kommen Sie darauf?" Ella glaubte zwar an ihre Theorie, dass der Überfall sich in der Nacht zugetragen hatte, dennoch wollte sie sich damit nicht brüsten.

„Die Frau hat sich abgeschminkt. Ich habe einige Pads auf der Waschmaschine im Bad gesehen."

„Das hat Ihnen Tom verraten", murmelte sie.

„Und die Notizen in Ihrem Block, den Sie im Flur liegen gelassen haben." Der Kommissar freute sich und deutete auf das Sideboard im Flur. Darauf lagen Ellas Schreibunterlagen. Sie fluchte in sich hinein. „Aber ich wäre ein miserabler Bulle, wenn ich mich nur mit fremden Federn schmücken würde. Ich habe mit dem Hausmeister geredet, und er meinte, Frau Jung hatte eine Angewohnheit, den Schlüssel außen in der Tür stecken zu lassen, doch der Blick auf den Schlüsselkasten sagte mir, dass keiner der Schlüssel fehlte. Frau Jung hatte nur einen Schlüssel und keinen Ersatz. Als ich aus dem Krankenhaus hierher kutschiert wurde, habe ich ein Gespräch mit der Hausverwaltung geführt. Ergo, sie hat den Täter reingelassen. Auch hat hier ein Kampf stattgefunden. Sehen Sie diese Fingerabdrücke am Türrahmen? Sie hat sich daran festgehalten." Er machte eine Pause und sah Ella fragend an. „Wären Sie bereit, diese kleine Auseinandersetzung, die für Frau Jung tödlich ausging, nachzustellen? So können wir eventuell herausfinden, wie groß der Mann ist und in welcher körperlichen Verfassung er sich befindet. Die Tote ist ungefähr von derselben Statur wie Sie. Nur mit größerer Oberweite und breiteren Hüften, was aber nicht sonderlich ins Gewicht fällt." Erneut huschte ein Schmunzeln über seinen Mund.

Kapitel 15

Leonhard freute sich auf den bevorstehenden Akt. Er wollte seiner Kollegin eine Lektion in Sachen Selbstverteidigung erteilen. Auch wenn er gehandicapt war, so wollte er ihr zeigen, wie verletzlich eine Frau sein kann, wenn sie nur auf sich allein gestellt ist.

„Stellen Sie sich mit dem Rücken zu mir. Ja, genau so." Er nahm sie an den Schultern und positionierte sie so, dass Ella genau in dem Türrahmen stand, den Körper leicht zur Seite verdreht, den Blick zum Schlafzimmer, in dem ihre kleine Tochter schlief - oder auch nicht. Er legte ihr den rechten Arm um den Hals. Er spürte ihre Anspannung. Seine Wunde begann jetzt schon zu brennen. „Bereit?" Während er das fragte, erhöhte er den Druck und spannte seinen Bizeps an. Ella legte ihre Hände um den muskulösen Unterarm.

„Nein, Sie müssen sich schon am Türrahmen festhalten, ich meinerseits werde Sie ins Wohnzimmer zu zerren versuchen. Auf drei geht's los. Drei", sagte er schnell und bekam einen harten Schlag mit dem spitzen Schuhabsatz genau zwischen die Beine, dann bohrte sich schon der Ellenbogen in seine Magengrube. Leonhards Augen wurden groß, er schnaubte und stöhnte vor Schmerz. „Er war deutlich kleiner als ich", wisperte er und versuchte stoisch das

Gesicht zu wahren. Erst beim zweiten Versuch gelang es ihm, sich aufzurichten. Er schluckte laut. „Karate?", keuchte er mit schmerzverzerrtem Gesicht und tränenden Augen.

„Jiu-Jitsu", entgegnete Ella trocken.

Leonhard nickte wissend und hielt sich an der Wand fest. „Sie wissen schon, dass das hier für die Katz war, Sie haben sich nicht an meine Instruktion gehalten", krächzte er und holte tief Luft.

„Möglich. Aber warum glauben Sie, dass der Angreifer kleiner war als Sie?"

Leonhards Gesicht war immer noch schmerzerfüllt. „Ich hatte hier keine Bewegungsfreiheit. Sehen Sie diese Vase hier?" Er zeigte mit dem Kinn auf eine schmale, durchsichtige Vase. „Ich hätte sie beinahe mit dem Knie umgestoßen, weil ich zu groß bin und tief in die Knie gehen musste, um Sie festhalten zu können. Ich hätte Sie sonst nicht am Hals packen können." Er stöhnte leise und kniff vor Schmerz die Augen zusammen. „Und die Haare von Frau Jung waren immer noch halbwegs zu einem kurzen Pferdeschwanz gebunden, so wie Ihres. Also hat er sie nicht an den Haaren gezerrt. Die Leute von der Spurensicherung haben zu wenige Haare auf dem Boden gefunden. Daraus lässt sich resultieren, dass der heftige Kampf nur von kurzer Dauer war."

„Die Schlussfolgerung ist gar nicht so abwegig. Warum konnte er sie dann so schnell überwältigen?

Und woher sind Ihnen so viele signifikante Details bekannt, trotz der Abwesenheit der Leiche?"

„Frage Nummer eins", er hob den Daumen, „Richie hat genügend Fotos hochgeladen. Zu der digitalen Akte, die ich für Frau Jung angelegt habe, haben nur die engsten Mitarbeiter des Morddezernats Zugang. Sie werden später den Zugangscode von mir bekommen. Nun zu der Frage Numero zwei", jetzt folgte der Zeigefinger, „Gisela Jung hatte einen sehr wunden Punkt." Leonhard legte eine Pause ein, um seiner Aussage mehr Deutlichkeit zu verleihen.

„Das Kind", flüsterte Ella.

Leonhard nickte stumm. „Wir müssen herausfinden, mit wem Gisela Jung verheiratet war. Denn alles deutet auf einen Familienstreit hin. Vielleicht ging es dabei um das Sorgerecht oder nicht bezahlten Unterhalt."

„Oder um das ungeborene Kind. Vielleicht ist die Frau fremdgegangen und hat so den Streit ausgelöst, weil der Ehemann dahintergekommen ist."

„Und das aus Ihrem Mund." Leonhard richtete sich endlich auf. „Sie unterstellen also, dass die Frau ..."

„Ich unterstelle nichts, ich sammele nur mögliche Indizien."

„Ein sehr guter Ansatz. Ich schau mich hier noch in Ruhe um. Danach lassen Sie uns was essen gehen." Er sah auf seine Rolex. „Für ein Mittagsbuffet ist es leider schon zu spät", brummte er in sich hinein und hob den Blick. „Ich brauche unbedingt etwas Kühles für meine Schwellung. Ab morgen kümmern Sie sich um Herrn Jung und besorgen sich andere Klamotten, vor allem bequemere Schuhe. Ich werde mich derweil mit dem Bruder der Toten unterhalten. Vielleicht weiß er Näheres und kann uns in Sachen Liebesleben der Familie Jung weiterhelfen."

Ella blieb ihm eine Antwort schuldig. Sie ging ins Schlafzimmer und ließ ihren Kollegen allein.

Kapitel 16

Leonhard biss sich nachdenklich auf die Lippe und sah sich um. Auf der weißen Kunstledercouch lag eine Decke. Davor befand sich der langflorige Teppich, der verrutscht war.

Über dem Zweisitzer, denn das Sofa war wirklich klein, hing ein formschönes Regal. Er streifte die Buchrücken, die nach Farbe sortiert waren, mit einem flüchtigen Blick. Die Bücher dienten zur Zierde und wurden kein einziges Mal gelesen. Die Luft war warm und stickig, der Heizkörper immer noch eingeschaltet. Er rieb sich nachdenklich das Kinn und überlegte, was ihn hier so störte.

Im Kopf ging er erneut alle Eckdaten durch. Gisela Jung, vierundzwanzig Jahre alt, blond, nicht geschieden, lebt jedoch in Trennung. Noch-Ehemann ist nicht zu erreichen. Arbeitet als Zimmermann. Nicht aktenkundig und war bisher nicht negativ aufgefallen. Kein Eintrag, nicht einmal ein Strafzettel. Kind, ein Mädchen, ein Jahr alt.

Leonhard ging zum Fenster und sah sich erneut eingehend die Stelle an, an der die tote Frau gefunden wurde. Die Vorhänge waren nicht zugezogen, Rollläden gab es nicht. Er sah durch das von Staub bedeckte Glas, konnte jedoch kein Haus erkennen, aus dem man etwas beobachtet haben könnte.

Die weißgetünchte Wand wies ein paar Blutspritzer auf, dasselbe galt für den Heizkörper. Er hob den Arm und vergewisserte sich, dass der Angreifer tatsächlich kleiner war als er. Er holte mit der Hand aus und vollführte eine Bewegung, die einen Schlag simulieren sollte. Einssiebzig, nicht größer, notierte er in Gedanken und holte sein Handy raus. Er scrollte die Bilder durch und studierte die Tote. Durch im Gewebe gebildete Gase hatten sich unter der Haut bereits erste Blasen formiert und färbten sich dunkel. Besonders war die linke, dem Heizkörper zugewandte Seite betroffen. Die rechte Gesichtshälfte hatte schon einen grün-bläulichen Ton angenommen.

Eine grüne Schmeißfliege flog ununterbrochen gegen das Glas und störte Leonhard beim Denken. Die Leichenstarre hatte sich bereits teilweise gelöst. Das bedeutete, dass Gisela seit höchstens sechsunddreißig Stunden tot war. Eher weniger, weil das Kind zwar dehydriert, dennoch bei Bewusstsein war. Also wurde der Frau heute Nacht das Leben genommen. Die Hitze begünstigte die Lebensbedingungen für die saprotrophen Organismen. Die Bakterien und Pilze gaben Enzyme ab, die die komplexen Verbindungen in ihre Einzelteile zerlegten. Dieser biochemische Prozess war dann für die Verwesung verantwortlich. Hinzu kamen die Larven der Haus- und Schmeißfliegen. Aber Tom fand nur wenige Eier an den Augen und am Hals, dort, wo die Haut aufgerissen war.

Erneut hielt er sich das Papiertaschentuch vor Mund und Nase. Die Luft war immer noch von dem widerwärtigen Gestank faulenden Fleisches geschwängert. Schweißperlen bedeckten seine Stirn.

Halt, da war er, der Gedanke, den er endlich zu fassen bekam.

Hier drin war es eindeutig zu warm. Draußen herrschten fünfundzwanzig Grad, und die Heizung ging immer noch. Entweder war der Hauptregler, der die Heizung automatisch abschaltete, sobald sich draußen die Luft über 20 Grad erwärmte, kaputt, oder er wurde absichtlich manipuliert. Aber ohne Zugang zum Heizraum war dies nicht möglich.

Leonhard stürmte durch den Flur zur Tür. „Wo ist der Kerl?", fuhr er den Polizisten an, der erneut in sein Handy starrte und es vor Schreck und Leonhards plötzlichem Auftauchen beinahe fallen ließ.

„Sie ... Sie meinen den Hausmeister?"

„Nein, den Präsidenten, natürlich den Hausmeister, wen denn sonst?"

„Er hat irgendwas vom Schloss gesagt. Dass er es nicht dabei hatte und gleich wiederkäme."

„Darum hat er auch den Werkzeugkasten mitgenommen?"

„Man könne zurzeit niemandem trauen, nicht mal der Polizei, hat er gesagt."

Leonhard stürmte die Treppe nach unten. „Falls er vor mir da ist, halten Sie ihn fest, so lange, bis ich wieder da bin!", schrie er über die Schulter und nahm zwei Stufen auf einmal, bis sich seine Wunde meldete.

Mit verzerrter Miene zügelte er seinen Gang, beeilte sich jedoch trotzdem.

Kapitel 17

Unten angekommen, sah sich Leonhard hastig um und fühlte sich für einen Augenblick um Jahre in die Vergangenheit katapultiert. Als Kind hatte er sich in ebenso einem Wirrwarr an Gängen in einem Keller verirrt und war sich dabei ziemlich verloren vorgekommen, er hatte es nur mit viel Glück und lautem Geschrei aus dem Labyrinth geschafft, nachdem er von einem der Bewohner entdeckt wurde. Auch damals stand er in einem langen Flur, das war jedoch in einem Hotel, als er sich im Stockwerk geirrt hatte.

Jetzt starrte er den langen Korridor entlang, der von metallenen Türen flankiert war.

„Wie oft habe ich dir das eingetrichtert? Wenn du etwas rausholst, musst du es auch sofort wieder zurücklegen", hallte eine aufgebrachte Stimme von irgendwo her. Leonhard kniff angestrengt die Augen zusammen.

„Ich hätte niemals zustimmen sollen, dich bei mir aufzunehmen." Die Stimme, die von den grauen Wänden abprallte, gehörte definitiv dem Hausmeister, da war sich Leonhard mehr als sicher. „Wo ist der verdammte Akkuschrauber?", fuhr Hausmeister Sternwart seinen Stift - mutmaßte Leonhard - in barschem Ton an. „Diese Inklusion macht mich fertig. Hat man dich deswegen ... hey, bleib stehen ...!"

Leonhard schritt schneller der Stimme nach und stieß beinahe mit einem Mann zusammen, der durch eine Tür in den Gang hinausstürmte und davonlief. Den Kopf hielt er nach unten gesenkt. Seine Schritte erfüllten die Stille, die kurz darauf von dem cholerischen Hausmeister vertrieben wurde. Er verfolgte seinen Schützling bis in den Gang. „Wenn du jetzt gehst, brauchst du nie wieder ... hörst du?" Zornesröte färbte sein Gesicht dunkel. Verzweiflung und Wut verzerrten sein Antlitz zu einer bösen Maske. Er presste die Lippen zusammen. Eine dicke Ader schwoll an seinem Hals fingerdick an. „Dann brauchst du nie wieder zurückzukommen", warf er dem Schatten die lasche Drohung hinterher und starrte den Kommissar entgeistert an. „Was wollen Sie denn schon wieder von mir? Hat der begriffsstutzige Kerl Ihnen etwa nicht ausgerichtet, dass ich gleich wieder da bin?"

Leonhard warf einen kurzen Blick auf seine Uhr. „Autorität scheint nicht unbedingt Ihre Stärke zu sein. Wenn Ihnen schon die Stifte einfach so weglaufen ..." Leonhard ließ den Satz in der Schwebe und verzog die Mundwinkel zu einem abwertenden Lächeln.

„Er heißt Luis, dieser Taugenichts, und sein Verstand ist wie das Wetter, mal scheint die Sonne, mal herrscht da oben totale Finsternis."

„Und jetzt herrscht hier im Keller ein Donnerwetter", witzelte der Kommissar weiter, blieb dabei jedoch ernst. „Wo ist hier eigentlich der Heizungsraum?", wechselte Leonhard schnell das Thema und brachte den Hausmeister aus dem Konzept.

„Was'n das schon wieder für 'ne Frage? Soll ich nun das Schloss anbringen oder die Heizung reparieren?"

„Nur den Thermostat. Oder warum knallt die Heizung selbst bei 22 Grad Außentemperatur, als würden draußen nordische Klimaverhältnisse herrschen? Haben Sie eine Wasserpumpenzange?"

„Ich bin hier der Hausmeister, oder ist Ihnen diese Information entgangen? Trage ich den Kittel einfach so zum Spaß?"

„Sie sind ein Säufer, und dennoch sehe ich kein Etikett einer Schnapsflasche auf Ihrer Stirn", konterte Leonhard nonchalant und grinste schief.

„Wozu brauchen Sie denn eine Wasserpumpenzange?" Der Hausmeister klang schnippisch. Seine rechte Hand verschwand in der Tasche seines Kittels. Er fummelte darin herum und warf sich einen weiteren Kaugummi in den Mund. „Der Thermostat ist nicht kaputt. Gisela …", er schluckte und verhaspelte sich, „… Frau Jung war eine Frostbeule, und der Typ von Gegenüber hat was dafür springen lassen, wenn ich die Temperatur aufdrehe."

„Also, Sie kannten Gisela so gut, dass Sie sie duzten?" Leonhard hob die Augenbrauen und griff nach einem kleinen Schreibblock, der in seiner Gesäßtasche steckte, um sich diese Information zu notieren.

Der Hausmeister zupfte am Revers seines Kittels und schien zunehmend unruhiger zu werden. „Nicht so, wie Sie sich das vorstellen", murmelte er mit dem Unterton in der Stimme jener Menschen, die etwas zu verbergen haben und sich gleichzeitig in die Ecke gedrängt fühlen. Schweißperlen benetzten seine von Aknenarben übersäte Stirn. Für den Bruchteil eines Augenblicks wirkte er traurig, als ihn die Erinnerung einholte, dass die Frau, über die sie gerade sprachen, tot war. „Ich hatte nichts mit Gisela." Seine Stimme flackerte. „Aber ich gebe zu - ich empfand so etwas …", er hüstelte, „… ich hegte Gefühle für sie. Aber sie war verheiratet und hatte eine Tochter. Das ist eine Tabuzone für mich", sagte er entschieden und verschwand hinter der Tür. Leonhard folgte ihm.

Kapitel 18

Der Raum, der als Werkstatt und Sammelsurium für diverse Gegenstände fungierte und alles Mögliche beherbergte, wirkte klein und unordentlich.

„Ich bin kein Mörder." Herr Sternwart bemaß den Kommissar mit kaltem Blick. „Ihre Visage geht mir langsam auf den Zeiger." Sein Gesichtsausdruck verdeutlichte dem Polizisten, dass er sich lieber vorsehen sollte. Der aufgebrachte Hausmeister schnappte nach einem Hammer und wog ihn abschätzig in der Hand, um ihn dann scheppernd in eine Ecke zu pfeffern. „Der, der ihr das angetan hat, muss genauso elendig verrecken", zischte er und schlug sich die Hände vors Gesicht.

„Warum gehen Sie von einem Mord aus? Was macht Sie da so sicher? Haben Sie etwa die Leiche zu Gesicht bekommen? Haben Sie den Tatort ohne unser Wissen betreten? Oder haben Sie da einen konkreten Verdacht? Wer ist dieser Mann, dem Sie das zutrauen würden?" Leonhard klang gefasst und ruhig. „Wenn Sie mir die Wahrheit sagen, werde ich nachsichtig sein", fuhr der Kommissar fort und klang weiterhin verständnisvoll.

„Nachsichtig sein", echote Sternwart und nahm die Hände wieder weg, um Stegmayer mit seinen rot unterlaufenen Augen einen kalten Blick zuzuwerfen.

„Das war dieser Typ, dieser Nachbar, der tagein, tagaus bei ihr ein- und ausging. Ich glaube, sie hatten sogar etwas miteinander. Seinetwegen ist der Ehemann auch abgehauen. Er war total verstört, kam auf mich zu und meinte, Gisela sei etwas zugestoßen. Seitdem habe ich ihn nicht mehr gesehen."

„Wen, den Ehemann? Wann war das?" Leonhard steckte den Schreibblock weg.

„Nein, der Nachbar war das. Es war gestern Abend. Ich hatte Feierabend und eine leere Flasche Schnaps. Kann mich nur schemenhaft daran erinnern. Ich schlafe hier manchmal auch, selbst wenn das gegen die Hausordnung verstößt." Er deutete auf eine zusammengerollte Luftmatratze, die in der Ecke hinter einem verbeulten Spind stand.

„Ich höre Ihnen zu." Leonhards Stimme klang wie die eines Psychologen, die einen dazu einlud, sich alles von der Seele reden zu wollen, weil er wusste, dass man einen Bären am besten mit Honig fing.

„Er hat nach einem Ersatzschlüssel gefragt." Sternwart schluckte, als habe er Staub eingeatmet. „Ich habe einen Generalschlüssel für Notfälle." Der Hausmeister knetete die Hände, atmete tief ein und zitternd wieder aus. „Aber ich weiß wirklich nicht, wo die scheiß Schlüssel sind, und ob ich die dem Typen ausgehändigt habe oder nicht. Ich verliere dieses Mal wirklich diese verkackte Stelle, außer der ich nichts mehr habe." Er legte die Hände zusammen, Fingerspitzen an Fingerspitzen, und hielt sie sich vor die Lippen wie zu einem Gebet. „Ich habe sie nicht umgebracht", winselte er beinahe und trat näher, dann stieß er Leonhard grob gegen die Brust und stürmte aus dem Raum.

Leonhard war auf alles gefasst, aber nicht auf diese plötzliche Wendung.

Eher er sich versah, lag er schon auf dem Rücken. Bei dem Sturz hatte er sich eine Platzwunde am Hinterkopf zugezogen, weil er gegen die scharfe Kante eines der Schränke geprallt war. Etwas klimperte laut zu Boden. Nägel und Schrauben verteilten sich um ihn herum. Noch mehr Zeug prasselte auf ihn von oben ein wie scharfkantige Schrapnellsplitter. Leonhard schützte sein Gesicht mit den Unterarmen.

Als er sich keuchend auf die Ellenbogen stützte, sah er, wie die schwere Tür ins Schloss fiel. „Verdammter Hurensohn", krächzte er und drückte sich weiter vom Boden weg. Mit schmerzverzerrter Miene rappelte er sich auf die Beine und stellte fest, dass einer der Nägel sich in seinen linken Handrücken gebohrt hatte. Im linken Unterarm steckte ein dreieckiger Glassplitter. Er zog den Splitter heraus, zerrte den Nagel mit den Zähnen aus der Hand, spuckte ihn auf den Boden und wankte auf die Tür zu. Mit einem hastigen Griff drückte er den Türgriff ruckartig nach unten.

Er hat mich tatsächlich eingesperrt, ärgerte sich Leonhard und schlug mit der Faust gegen das Blech.

Sein Handrücken blutete, auch von seinem Unterarm tropfte Blut, doch all das war zweitrangig, auch das dumpfe Pochen in der Schulter ignorierte der aufgebrachte Kommissar. Wie stünde er nun da vor seiner neuen Kollegin, falls ihm keine Lösung einfiel? Er, der Ermittler des Morddezernats, hatte sich von einem halbbetrunkenen Hausmeister vorführen lassen, mehr noch, er sah auch noch so aus, als hätte ihn dieser Typ vermöbelt.

Mit zusammengepressten Lippen fischte er sein Handy aus der Hosentasche und wählte die Nummer seines Chefs.

„Stettel", meldetet sich der Polizeihauptkommissar.

„Kannst du bitte jemanden runter in den Keller schicken? Ja … Ja, ich bin immer noch in dem Haus. Hab mich ausgesperrt … Eigentlich eingeschlossen. Die Tür geht nicht auf. Die sollen einen Winkelschleifer mit einer Trennscheibe nehmen." Plötzlich ertönte ein metallisches Schaben. „Warte kurz, vielleicht hat sich das Problem schon von alleine gelöst."

„Was soll das, Leonhard? Versuchst du schon wieder, irgendwelche Spielchen zu spielen?", empörte sich Reinhold Stettel mit vollem Mund.

„Jetzt spiel dich nicht wie ein Gockel auf. Ich wollte dich nicht bei deinem dritten Mittagessen stören", murmelte er und starrte auf die Tür, die langsam aufging.

Kapitel 19

In dem immer breiter werdenden Spalt erkannte Leonhard eine zierliche Gestalt auf Stöckelschuhen. Schnell steckte er das Telefon weg, er drückte seinen Boss einfach aus, und wischte grob das Blut von der Stirn weg.

„Was machen Sie hier?" Ella sah sich um und machte dabei einen verwirrten Eindruck. „Ist das eine Art Prüfung? Oder haben Sie sich unter Vorspiegelung falscher Spuren hier einschließen lassen, um festzustellen, ob ich einen Kollegen schnell genug finden kann, falls er in der Klemme stecken sollte?"

„So in etwa. Die Schlüssel steckten ja nicht umsonst in der Tür."

Ellas Augen wurden zu zwei schmalen Schlitzen. „Warum bluten Sie dann wie ein Schwein?"

„Sollte alles möglichst realitätsnah aussehen. Ihr Frauen behauptet, dass ihr auf Männer mit Ecken und Kanten steht, die uns so maskulin erscheinen lassen, aber in Wahrheit turnt euch das nicht wirklich an. Nur in Filmen vielleicht. Oder ist Ihr Typ eher der, der Ihnen in den Mantel hilft und Ihnen die Türe aufhält?" Die Wunde an seinem Unterarm brannte nun doch deutlich stärker. Auch die Beule an seinem Kopf bescherte ihm ein Gefühl der Schwerelosigkeit, bei der sich einem der Magen umdrehte.

„Ich stehe mehr auf Männer, die mir statt eines Mantels die Hand reichen und statt mir die Tür aufzumachen, sich lieber selbst öffnen, um mit mir über alles reden zu können. Sie jedoch haben nur Ecken und Kanten, bei denen man sich blaue Flecken holen kann, falls man sich dazu entschließen sollte, sich Ihnen zu nähern. Sie sind ein egozentrischer Macho."

„Sind Sie eine Psychiaterin oder so?", brummte er und tastete seinen Hinterkopf ab, um danach die Finger zu begutachten. Kein Blut war auf den Fingerkuppen zu sehen.

„Ich hatte ein Promotionsmodell für Psychologie erstellt, habe es dann aber sein lassen."

„Weil?"

„Weil ich etwas anderes ausprobieren wollte."

„Also sind Sie ein Genie?"

„Kann sein." Ella klang eher traurig als aufgebracht.

„Ich habe Streber immer gehasst."

„Und ich mag dumme Menschen nicht." Wohlüberlegt waren die Worte nicht, aber Ella war nun mal so. Wenn man sie reizte, dann sagte sie alles, was ihr auf der Zunge lag.

Leonhard ballte die Hand zu einer Faust. „Wie haben Sie mich hier gefunden?"

„Ich habe den Hausmeister wegrennen sehen. Er sah dabei nicht einmal halbwegs so ramponiert aus, wie Sie es sind. Er hat Ihnen wohl den Weg zeigen können, wo der Pfeffer wächst, und zwar so deutlich, dass Sie jetzt selbst wie eine zerklüftete Landkarte aussehen, mit all den Kratern, Flüssen und Bächen. Hier, wischen Sie sich damit das Blut ab." Ella zog ein schneeweißes Taschentuch aus dem Ärmel und reichte es dem Kommissar.

Kapitel 20

Ellas Augen huschten durch den Raum. Doch dann blieb ihr Blick erneut an ihrem Kollegen haften. Er band sich das Taschentuch um den Unterarm. Der Stoff färbte sich sofort rot.

„Es gibt Menschen, die zwischen den Zeilen lesen können, Sie scheinen eine von denen zu sein, die sich dazu noch Randnotizen macht?", murmelte Leonhard. Eigentlich sollte der Satz schnippisch klingen, doch irgendwie wurde er zu einem Kompliment. So hatte zumindest sie es aufgenommen. Leonhard machte einen weiteren Knoten, dabei hielt er das zweite Ende mit den Zähnen fest.

„Danke", nuschelte sie.

„Eigentlich wollte ich Sie damit ärgern", knurrte er mit dem Stück Stoff zwischen den Zähnen und zog den Knoten noch fester zu.

„Sie erinnern mich an ein Kind, das von den Eltern vernachlässig wurde. Darum versuchen Sie, die fehlende Nähe durch Ihre abweisende Art zu kompensieren."

„Auf Ihre altklugen Kommentare pfeife ich. Ich habe in der Zeit, in der Sie da oben auf mich gewartet haben, zwei Dinge herausgefunden." Er streckte ostentativ den Daumen hoch.

Ella wartete auf das, was jetzt kam. Sie sah den Kommissar abwartend an.

„Der Hausmeister war in die Tote verknallt." Darauf folgte der Zeigefinger. „Und es gibt einen Nachbarn, der etwas mit Gisela Jung hatte. Er lebt auf demselben Stockwerk. Wenn ich mich recht entsinne, sind es jeweils vier Wohnungen pro Etage."

„Ich habe ein dunkles Haar im Siphon gefunden", konterte Ella. Sie trug immer noch die Einweghandschuhe. Als sie Leonhards Gesicht erblickte, stieg so etwas wie ein leichter Hauch von Schadenfreude in ihr auf. „Sie wissen nicht, was ein Siphon ist, habe ich recht?"

„Ein U-förmiges Stück Rohr, das zum Geruchsverschluss dient, aber dass Sie als …"

„… Frau das auch wissen, damit hätte ich im Leben nie gerechnet", fiel sie ihm ins Wort und beendete den Satz.

„Beinahe wortgetreu", lächelte Leonhard.

„Das ist Sexismus."

„Das ist mir scheißegal. Sie verblüffen mich mehr und mehr. Und wie haben Sie die Verschraubung gelöst?" Er lächelte verschmitzt und abwartend.

„Der junge Mann vor der Tür war sehr behilflich."

„Hat er vorher googeln müssen?"

„Mich wundert's, dass man Sie all die Jahre nicht totgeschlagen hat für Ihr Mundwerk."

Er zuckte nur die Achseln.

Beide schwiegen.

Kapitel 21

Leonhard rieb sich über das kantige Kinn und ließ den Blick durch den Raum schweifen, weil die entstandene Pause auch für ihn unangenehm war. Ella mit ihren dunkelbraunen, leicht rötlichen Haaren, ihrer gebräunten Haut, die von Natur aus einen dunkleren Teint hatte, all das erschien ihm in diesem Augenblick mehr als sympathisch, aber er durfte sich nicht erneut seinen männlichen Trieben hingeben. Mit ihren dunkelblauen Augen scannte sie die Werkstatt ab.

Auch Leonhard inspizierte die Regale und die Schränke. Während er einen Schritt zur Seite tat, stieß er mit der Schulter gegen eine verbeulte Tür und stöhnte auf. Zuerst massierte er sich die Schulter, dann bediente er sich unflätiger Worte, die sonst nicht zu seinem Wortschatz gehörten, wenn eine Frau anwesend war. Dann schlug er die Tür mit voller Wucht wieder zu. Nach einer weiteren Salve ähnlicher Begriffe kühlte sich sein Gemüt allmählich ab. Er schlug die Tür erneut zu, weil sie langsam aufschwang. Dann sah er hoch, weil sich dort etwas bewegte. Augenblicklich blieben seine Augen an einer Schnur kleben, die oben auf dem grünen Schrank lag. Das lose Ende baumelte nicht mehr und hing nun schlaff herunter.

„Mit demselben Seil wurde Gisela aufgehängt", flüsterte er.

„Ist das nur ein dummer Zufall, oder spielt hier jemand ein perfides Spiel?"

„Sie meinen, dass dieser Hinweis fingiert ist? Das kann man nie ausschließen. Haben Sie noch ein Paar von diesen Gummidingern?" Er deutete mit dem Kinn auf Ellas Hände.

„Nicht in Ihrer Größe", entgegnete sie knapp und trat näher an den Schrank.

„Das Seil wurde durchgesägt. Mit einem handelsüblichen Messer bekommt man die Ummantelung nicht durchgeschnitten, das sehe ich an den ausgefransten Fasern", warf Leonhard die lapidare Bemerkung in den Raum und sah sich um. Unter seinen Schuhen knirschten Glassplitter und anderes diverses Kleinzeug, während er sich der einzigen Werkzeugbank näherte, über der an der kahlen Betonwand mehrere Gegenstände hingen. „Vielleicht mit dieser Metallsäge?"

„Dann bedeutet das, dass die Tat nicht im Affekt geschah, sondern von langer Hand geplant und kaltblütig durchgeführt wurde?"

„Das habe ich nicht gesagt, Greenwood, aber der Mörder kam zu Frau Jung mit der Absicht, sie zum Schweigen zu bringen, weil sie etwas gegen ihn in der Hand hatte oder sie ihn verlassen wollte, darum hat er sie gewürgt. Wissen Sie, wie lange so ein Kampf dauert, bis ein Mensch stirbt, während man ihm die Luftzufuhr unterbricht?"

„Manchmal sogar länger als eine Viertelstunde. Ein sehr qualvoller Tod. Oft nässen sich die Opfer bei dem Todeskampf ein oder machen sich in die Hose."

Leonhard nickte zustimmend, ohne den Blick von dem Lochblech abzuwenden, an dem er das Werkzeug in Augenschein nahm, ohne es dabei zu berühren.

„Der Streit geriet außer Kontrolle. Dem Angreifer glitt die Situation aus den Händen, genauso wie der Hals, den er fest zudrückte. Frau Jung konnte sich aus seinem Griff befreien, weil er körperlich seinem Opfer nicht sonderlich überlegen war. Können Sie mir soweit folgen, Greenwood?"

„Tom, unserem Gerichtsmediziner, sind Kratzspuren am Hals und im Nacken aufgefallen. Stellen Sie sich folgende Situation vor ...", sagte sie schnell, weil sie sich an dieses Detail erinnerte.

Leonhard wandte sich von der Wand ab, drehte sich auf dem Absatz um und sah in Ellas blaue Augen, die vor fiebriger Anspannung zu glänzen schienen. „Er dringt ... Nein", verbesserte er sich schnell und spann den Gedanken weiter. Mit nach innen gekehrtem Blick rieb er sich mit Daumen und Zeigefinger den Nasenrücken. „Die Tür war nicht aufgebrochen ..."

„Entweder, er schlich sich in die Wohnung, weil er einen Schlüssel besaß ...", insistierte Ella.

„... oder Frau Jung macht ihm die Tür auf. Fast hätten wir ein Detail vergessen. Gisela Jung ließ des Öfteren den Schlüssel in der Tür stecken, und zwar von außen. Damit vergrößert sich der Kreis der

Verdächtigen um mehrere Kilometer. Aber weil keiner der Schlüssel fehlte, hätte es doch möglich sein können, dass sie sich einen nachmachen ließ, ohne jemanden darüber in Kenntnis zu setzen."

„Doch hier handelt es sich um eine komplexe Einheit, jeder der Schlüssel hat eine Nummer. Hier muss auf jeden Fall die Hausverwaltung informiert werden. Oder der Vermieter", widersprach sie erneut mit einer matten Empörung in der Stimme.

„Man kann das jedoch umgehen, wenn man den Hausmeister darum bittet."

„Das stimmt."

„Okay, wir konzentrieren uns jetzt nur auf diesen Kampf, der stattgefunden hat. Er packt sie also am Hals, von vorne, und sieht ihr in die Augen. Dabei registriert er den gebrochenen Blick und merkt, wie sein Opfer sich immer schwächer zur Wehr setzt, weil es erkennt, dass es kein Entkommen gibt. Aber was kann einer Frau unsägliche Kräfte verleihen, einer Frau, die Mutter ist?"

„Ein schreiendes Kind", flüsterte Ella.

„Lassen Sie uns wieder hochgehen."

Kapitel 22

Ella spürte, wie ein kalter Schauer ihr den Rücken hinaufkroch. Sie stand oben in der Wohnung. Sah alles mit den Augen der sterbenden Frau. Alles um sie herum begann sich zu drehen, wie damals, als sie in der Schlinge hing. Das Atmen wurde zu einem Kampf. Alles schwoll an. Das Umfeld war mit schwarzen und hellen Punkten befleckt. Sie hörte Leonhards Stimme wie aus weiter Ferne.

Sie stellte sich vor, was Gisela Jung zu dem Zeitpunkt durchmachen musste. Keiner ist imstande, die plötzliche Wende zu begreifen, zu akzeptieren, dass man gleich sterben muss. Manche bezeichneten alles, was mit ihnen geschah, als Schicksal, doch für Ella war das nur eine Abfolge von Ereignissen, die einem nur dann vorbestimmt war, wenn man sich nicht dagegen wehrte. Auch wenn man keine Fehler beging, konnte vieles im Leben falsch laufen, dachte sie und hörte sich beim Reden zu. Ihr Blick war immer noch konzentriert, in Gedanken befand sie sich oben in der Wohnung, obwohl sie immer noch in der kleinen Werkstatt standen, in der die Luft zunehmend nach Altöl roch. Ella hörte ihre eigene Stimme wieder klar und deutlich. Sie hatte jedoch einen bebenden Unterton, weil zu viele Gedanken durch ihren Kopf rasten, aber verständlich. Sie bekam nur einige

Fragmente der Bilder, die vor ihrem inneren Auge vorbei rasten, zu fassen. Leonhard stand ihr direkt gegenüber und lauschte.

Leonhard wirkte körperlich beeindruckend, die frisch zugefügten Wunden ließen ihn regelrecht bedrohlich erscheinen. Aber seine Augen spiegelten seine Intelligenz wider. Ella sah in sie hinein und sprach ihre Gedanken laut aus. „Er packt mich am Hals. Seine Finger drücken gegen meinen Nacken, die Daumen verkrampfen sich um meine Kehle. Er hat mich gegen die Wand gepresst. Das Glas eines Bildes hinter meinem Rücken bekommt Risse. Es knirscht. Der Rahmen bricht. Er drückt weiter zu." Ella leckte sich die Lippen ab. Ihr Atem ging flach. Etwas huschte hinter ihren Augen vorbei und ließ alles um sie herum dunkler werden. Die Umrisse von Gegenständen bekamen weiche Konturen. Leonhards Silhouette verschmolz mit der Umgebung. Sie schloss die Augen, um sich besser konzentrieren zu können. „Ich kann mich nicht mehr wehren, der Griff lockert sich nicht. Das Bild an der Wand fällt zu Boden. Ein dumpfes Geräusch und das helle Klirren von Glas weckt meine Tochter. Mein Kind schreit. Das Leben erwacht aufs Neue in mir. Ich reiße mich los und will zu ihr. Zwei Arme zerren mich zurück. Dann wird wieder alles dunkel um mich herum." Ella hörte ein hässliches Geräusch, hörte das Knacken ihrer Halswirbelsäule. Das Brechen von Knochen ließ sie zusammenzucken. Langsam hob sie die Lider und wartete auf Leonhards Reaktion.

Er klatschte zweimal in die Hände und grinste. „Nicht schlecht, bis auf ein kleines Detail. Das Bild. Es war nicht da."

„Ein Hund mit gefletschten Zähnen sieht freundlicher aus als ein Mensch mit einem falschen Lächeln. Ihr falsches Grinsen steht Ihnen nicht wirklich", sagte sie matt. „Der Mörder hat die Scherben zusammengekehrt. Ich habe eine Einkerbung im Boden entdeckt, und die Wand wurde an einer kleinen Stelle, dort, wo der Nagel drin steckte, neu verputzt. Das Bild war da. Bewusst herbeigeführte Umstände lassen sich von den zufälligen leicht unterscheiden, aber nur, wenn man aufmerksam danach sucht. Ich weiß auch, dass vielschichtige Verkettungen von Geschehnissen die Ermittlungen erschweren, aber sie auch gleichzeitig interessanter machen."

Das Grinsen auf Leonhards Mund erlosch langsam.

„Der Mörder ist vielleicht handwerklich nicht sehr begabt." Ella machte eine kleine Pause. „Aber er kennt sich in einigen Dingen aus."

„Also ist er schon mal kein Musiker ..."

„Und keine Frau", sagte Ella kühl und starrte Leonhard in die Augen. Aber noch konnte sie seinem kalten Blick nicht standhalten, darum ging sie zum Schrank und nahm das Seil zwischen Daumen und Zeigefinger. „Ich werde mich schlau machen, wo ich genau so ein Seil kaufen kann."

„Aber zuerst gehen wir nach oben, ich möchte mich mit dem Verehrer unterhalten."

Leonhard verließ den Raum als Erster, ohne Ella die Tür aufzuhalten. Er griff nach seinem Telefon. Mit knappen Worten beorderte er einen kleinen Trupp für die Spurensicherung und gab kurze Anweisungen. „Ich muss dich doch nicht instruieren, Philipp. ... Sag mal, magst du deinen Job noch behalten? ... Und noch etwas, frag Tom, ob die Fingerkuppen der Frau, die heute bei ihm eingeliefert wurde, mit irgendwelchen chemischen Mitteln behandelt wurden. Mir schienen ihre Fingernägel zu grob geschnitten zu sein. Nein, so brechen die Fingernägel nicht ab. Sie hatte sich diese künstlichen Dinger aufkleben lassen. Ja, ich glaube, dass unser Mann ihr die Nägel geschnitten und die Finger anschließend gereinigt hat. Das konnte ich zumindest an den Bildern erkennen ... Ich war anderweitig verhindert und konnte mir die Leiche nicht persönlich anschauen ... Die Männer von der Spurensicherung sollen unten im Keller nach einer Feile suchen ... Nein ... keine Nagelfeile, eine normale Feile, wie die eines Handwerkers ... Philipp, du machst mich kirre ... Auch ich habe schon eine Doppelschicht hinter mir ... Er könnte ihr damit die Nägel abgefeilt haben ... Der Kerl ist vielleicht nicht sonderlich intelligent, aber einfallsreich, was ich von dir momentan nicht behaupten kann ..."

Ella hörte ihrem Kollegen nicht wirklich zu. Ein Gedanke beschäftigte sie am meisten: Welche Kreatur tötet eine Frau und lässt das Kind schreiend zurück in der Wohnung, neben seiner toten Mutter?

Kapitel 23

Ich muss sie hier wegbringen. Er raufte sich die Haare und sah die Tote mit geweiteten Augen an. Seine Pupillen waren zwei schwarze Murmeln, die zu pulsieren schienen.

Er knetete die Finger und knackte mit den Knöcheln.

Murmelnd lief er nach oben ins Haus und blieb im Flur stehen, weil er eine Bewegung wahrnahm.

Er lief zu der kleinen Kommode und schnappte sich den kleinen Spiegel. Verstohlen betrachtete er sein Gegenüber - sein Spiegelbild, sein zweites Ich. „Was schaust du mich so an? Du hättest sie nicht sehen dürfen. Jetzt sieh hin, was du angerichtet hast. Sie ist tot!", schrie er. Spucke flog aus seinem Mund. Er hielt den kleinen Schminkspiegel zwischen seinen Fingern und betrachtete das Gesicht, welches seinem sehr ähnelte. Er holte tief Luft und wollte den Spiegel gegen die Wand schleudern, besann sich aber anders. Der durfte nicht kaputt gehen, der gehörte seiner Mutter. Das war ein Heiligtum. Der Gestank nach Verwesung kratzte in seinem Hals und juckte in seiner Nase.

Das Haus stand abseits in der kleinen Siedlung. Die Ruhe und Abgeschiedenheit waren perfekt für das, was er tat, aber irgendwie war ihm bei seinem letzten

Akt alles aus dem Ruder gelaufen. Er war nicht mehr der Jäger, sondern wurde zum Gejagten.

Und Sally war einfach zu früh gestorben. Er hätte ihr nicht den Arm brechen dürfen. Aber sie, sie hätte ihn nicht schlagen dürfen, nicht so, nicht wie seine Mutter es immer tat, wenn Papa seinen Zorn an ihr ausgelassen hatte. Vorsichtig stellte er den Spiegel zurück an seinen Platz und schlug mit dem Fuß gegen das Holz. Das Möbelstück ächzte leise.

Er presste die Fäuste gegen die Schläfen und gab einen gutturalen Laut von sich. Sein Augenlid zuckte. Dieses konvulsive Zucken nervte ihn.

Er quetschte die Finger fester zusammen, bis die Fingernägel sich tief in die Haut bohrten, und ging zum Fenster. Die Enge der Räume machte ihn schier wahnsinnig, wenn er aufgeregt war. Draußen loderte das Abendrot wie eine Feuersbrunst über den Baumkronen. Der Wald schien zu brennen.

Wie ein Hologramm spiegelte sich sein Antlitz in der Glasscheibe. Er hatte den Eindruck, sich selbst von der Seite beobachten zu können.

Bilder in anachronistischer Abfolge rauschten hinter seiner Stirn vorbei. Sein Spiegelbild starrte ihn an. Er musste sich zwingen, den Blick von den durchdringenden Augen abzuwenden.

Er sah wieder sich selbst. Er war zehn. Zuerst sah er die Erinnerungen wie durch ein Laryngoskop. Dieses Instrument hatte er einmal bei einem Arzt gesehen, weil der Mann sich seinen Kehlkopf anschauen wollte, nachdem er kurz zuvor ein Stück einer Rasierklinge geschluckt hatte. Das war eine Mutprobe. Sich selbst nannte er Sallys Freund, die anderen nannten ihn Dennis oder einfach nur Ratte. Sein Stiefvater nannte ihn so. Die Stiefmutter sagte Deni zu ihm. Sie lag jetzt im Garten vergraben, weil keiner sie vermisst hatte. Sie war als Pflegerin für seinen Vater aus Polen eingereist. Sein Vater war seit vielen Jahren krank und konnte nicht mehr laufen. Aber er hatte Geld, viel Geld, darum durfte er noch leben.

„Ich habe einen riesigen Fehler begangen", murmelte er. Furcht und Begreifen mischten sich in seinen Augen zu einem eisigen Blick zusammen. Doch die Bilder aus seiner Vergangenheit verdrängten dieses Gefühl aus seinem Kopf und nahmen all seine Sinne ein. Er war wieder ein kleiner Junge.

Kapitel 24

„Du miese Ratte", hörte er die lallende Stimme seines Vaters. „Du hast schon wieder ins Bett gepisst", brüllte er weiter. Der Wortschwall, der aus dem Mund kam, der nach faulen Eiern und schalem Bier stank, verwirrte den Jungen nachhaltig und brachte ihn zum Schweigen. Er war immer noch von dem unruhigen Schlaf benommen und begriff zuerst gar nicht, was mit ihm geschah. Er sah immer noch nach unten auf den feuchten, gelben Fleck zwischen seinen Beinen, die er in einem Winkel gespreizt hatte, als säße er auf einer Wiese. Er stützte seinen hageren Oberkörper mit ausgestreckten Armen und traute sich nicht, den Blick zu heben. Eine Welle aus Abscheu, Ekel und Scham erfasste ihn und schnürte ihm die Kehle zu.

Sein Stiefvater brüllte weiter und wurde mit jeder Sekunde zorniger, seine Stimme überschlug sich beinahe. Dennis verstand die Worte nicht wirklich, aber die Wut, die sich darin verbarg, umso mehr. Wie ein Berg stand der Mann über ihm und packte ihn am Ohr, um ihm hinein zu schreien, was für eine bepisste Ratte er doch war. „Du bist eine miese Ratte, die in ihrer eigenen Pisse hockt!"

In Dennis' Kopf begann es zu pfeifen. Das Ohr brannte wie Hölle. Er wollte schreien, konnte aber nicht. Eine von harten Schwielen übersäte Pranke lag auf seinem Mund und seiner Nase. Im letzten Aufbäumen seines Lebenswillens nahm er all seinen Mut und seine Kraft zusammen und biss seinen Stiefvater in den Finger, so fest er nur konnte. Der brüllte wie ein angeschossener Bär, riss sich los und schlug seinem Stiefsohn ins Gesicht.

Dennis wurde von einem Schwindel erfasst und fiel mit dem Kopf voraus aus dem Bett.

Die Erinnerung war so real, dass Dennis laut aufschrie, und von diesem einen kurzen, erstickten Schrei zurück in die Realität gerissen wurde. Er war schweißgebadet. Das Hemd klebte wie ein nasser Lappen an seinem Körper.

Er taumelte rückwärts, dann lief er in die Küche und übergab sich in die Spüle. Der Waschlappen darin roch genauso wie der Atem seines Stiefvaters. Dennis drehte den Wasserhahn auf, der protestierend quietschte und gurgelte, dann erst zu tropfen begann. Ein von Rost getrübter Wasserstrahl ergoss sich über die halbverdaute Brühe und verschwand langsam im Abfluss. Dennis wischte sich mit dem Handrücken über die Lippen und setzte sich auf einen wackeligen Stuhl. Den Kopf tief in den Nacken gelegt, starrte er gegen die Decke. *Was würde geschehen, wenn es diesen Stuhl nicht mehr geben würde?*, dachte er mit pochenden Schläfen.

Fleckige, vom Alter gezeichnete Tapeten wurden vom grauen Licht des Abends erhellt. Schatten huschten über die ansonsten kahle Wand. Der Anblick hatte etwas Schauderhaftes. Mit den Menschen, die ihr

Zuhause verlassen, verschwindet auch das Leben darin, danach stirbt auch das Haus. „Wir sind die Seelen unseres Heims", hörte er die Worte seiner Mutter, auch hörte er sein kindliches, unbeschwertes Lachen. Für einen Moment erblickte er ein Kind mit Sommersprossen und strohblondem Haar. Er stand auf einem Stuhl direkt über der Spüle und schleckte einen Löffel ab, der nach Zimt und Schokolade schmeckte. Die Luft roch nach warmen Plätzchen. Auch diese Erinnerung jagte ihm eine Gänsehaut ein, weil sie zu viele Emotionen in ihm aufwirbelte, aber er wollte die Bilder in seinem Kopf nicht verscheuchen.

Dann wurde der heimelige Frieden von einer kalten Windböe erfasst. Wind peitschte und schlug die Tür gegen das Haus. Dumpfe Schritte von schweren Stiefeln hatten die leise Weihnachtsmusik, die aus dem Radio plätscherte, in den Boden gestampft. Alles, was von dem schönen Abend geblieben war, waren schmutzige Schuhabdrücke, die sein Stiefvater über den Boden verteilt hatte. Er war wie so oft betrunken. „Hey! Ist jemand Zuhause?!", schrie der wankende Mann und kam dann in die Küche. An den Türpfosten gelehnt grinste er die beiden an. Dann erstarrte seine Visage und wurde zu der Fratze eines Monsters. „Warum sieht er schon wieder wie ein Schwein aus? Hat er etwa Scheiße mit einem Löffel gefressen!?", wollte er im Brustton auffahrenden Zorns von seiner Frau wissen, den Blick hielt er jedoch auf seinen Sohn gerichtet.

„Das ist nur Schokolade", fiepte seine Mutter und hielt inne. Zwischen ihren mit Mehl bestäubten Fingern hielt sie ein frisches Plätzchen, welches sie vor Angst zu Staub zerbröselte.

„Ab in den Keller mit euch!"

„Nein", schrie die Mutter flehend und der Verzweiflung nahe, dann fiel sie auf die Knie.

Dennis schluckte. Die Bilder verschwanden, doch der Geschmack nach Zimt und Schokolade blieb auf seiner Zunge. Er stand auf und lief nach draußen. Im Augenblick der aufgesetzten Zuversicht, dass er sein Leben halbwegs im Griff hatte, musste er erneut an die Tote im Keller denken.

Morgen, morgen würde er sich der Leiche entledigen müssen, schwor er. Danach würde er sein Leben in eine andere Richtung lenken.

Er strich sich über das Haar, sah auf die Uhr und lief zurück zur Straße. Der letzte Bus fuhr in einer halben Stunde ab, wusste er. Also hatte er noch genügend Zeit für eine Zigarette. Gemächlich schlenderte über den schmalen Weg. Kies knirschte unter seinen Schuhen. Warme Luft strich ihm über die Wangen. Er musste geweint haben, denn die Haut fühlte sich an einigen Stellen nass und kühl an.

Er blickte sich nur kurz um, um sich zu vergewissern, dass er die Tür tatsächlich abgeschlossen hatte. Ein harter Klumpen blieb in seinem Hals stecken. Die Tür stand sperrangelweit offen. In der Küche brannte Licht.

Er musste zurück auf den Stuhl, denn jemand anderer wartete dort in der Stille auf ihn.

Kapitel 25

Leonhard war immer noch hundemüde. An Schlaf war diese Nacht nicht zu denken. Nach einer kalten Dusche und einem Besuch bei Doktor Tom, so nannte Leonhard den Gerichtsmediziner, wenn er ihn aufziehen wollte, begab er sich sofort auf den Weg zu seinem Büro. Auch wenn Toms Patienten allesamt tot waren, verstand er das Handwerk, wie man Wunden versorgte, besser als jeder andere Arzt. Doch das Beste an dem Ganzen war, dass Leonhard nicht wie sonst ewig in einem Wartezimmer darauf warten musste, bis er an der Reihe war. Keiner der Patienten hatte was dagegen, wenn er sich vordrängte, sie hatten ja alle Zeit der Welt. Nachdem Tom seine Schulter und die unzähligen Schnittwunden verarztet hatte, stand Leonhard Stegmayer vor einem Kaffeeautomaten und stierte mit mattem Blick auf die Tasten, weil er nicht wusste, ob er sich einen doppelten Espresso oder eine scharfe Suppe nehmen sollte. Am liebsten würde er sich den Kaffee direkt in die Vene spritzen.

„Na, hat dich die Neue nicht schlafen lassen? Sie scheint ihr Handwerk sehr gut zu beherrschen", zog ihn einer seiner Kollegen auf und zwinkerte ihm beim Vorbeigehen zu. Die Zweideutigkeit seiner Andeutung war mehr als eindeutig, dachte Leonhard, ohne darauf zu reagieren.

Den Witz fanden die anderen beiden Polizisten scheinbar sehr gelungen, denn sie lachten schallend und schüttelten die Köpfe.

Das war dann doch zu viel für Leonhard und sein Ego.

„Mir ist zu Ohren gekommen, dass du, Georg", wandte Leonhard sich an den Witzbold mit den schwarzen Haaren, der abrupt stehen blieb und immer noch breit grinste, „nach einer neuen Wohnung suchst. Richte deiner Frau aus, dass mein Haus groß genug ist für sie und eure zwanzigjährige Tochter, deinen nichtsnutzigen Sohn kannst du behalten. Ich habe oft gehört, dass der Kleine ganz der Vater ist."

Das Grinsen des Mannes gefror.

Mit steifer Miene warf Leonhard mehrere Münzen in den Schlitz. Das Klimpern klang ohrenbetäubend laut in der entstandenen Stille. „Du kannst mich gern danach erschießen, wenn ich mit den beiden fertig bin. Aber du musst besser zielen als Steffen." Der Kaffeeautomat brummte und spie einen Becher aus.

Georg ging auf die Provokation nicht ein und wurde von seinen beiden Begleitern nur dumm beäugt. „Fick dich, Stegmayer", brummte er nur und wandte sich zum Gehen.

„Leg dich niemals mit einem Sadisten an, es sei denn, du stehst auf Schmerzen", sagte Leonhard ruhig und schnappte nach dem Becher. Er nippte an der heißen Brühe, die nach alten Socken roch, und fixierte seinen Kontrahenten über den dampfenden Rand. Georg sah ihn noch einmal über die Schulter an. Ohne

116

etwas hinzuzufügen, verschwand er bei der nächsten Biegung in dem langen Korridor, der von weißen Leuchtstoffröhren erleuchtet wurde, dicht gefolgt von den beiden Kerlen, die hinter seinem Rücken leise miteinander tuschelten.

Kapitel 26

Ella beeilte sich. Sie trug heute eine schlichte mausgraue Hose, eine weiße Bluse und eine dunkle Jacke, dazu bequeme Schuhe mit kleinen Absätzen, die nun bei jedem ihrer Schritte verräterisch klackerten. Die Mappe unter ihrem rechten Arm wurde mit jedem Atemzug schwerer. In der linken Hand hielt sie ihre Aktentasche, die nicht weniger wog. Sie blieb vor ihrem neuen Arbeitsplatz stehen und versuchte, mit dem Ellenbogen die Türklinke nach unten zu drücken.

„Eine abgeschlossene Tür mit dem Ellenbogen zu öffnen, grenzt an eine Selbstüberschätzung der menschlichen Fähigkeiten, es sei denn, Sie haben übernatürliche Kräfte", ertönte eine ihr sehr wohl bekannte Stimme. Es war Leonhard, wusste sie, und blieb einen Moment mit dem Gesicht zur Tür gewandt stehen, damit die Schamesröte, die ihr in die Wangen schoss, wieder verblassen konnte.

„Machen Sie Platz, damit ich die Tür aufschließen kann. Ich möchte nicht, dass die Kollegen davon etwas mitbekommen und noch mehr zum Tratschen haben. Als Frau dürfen Sie denen keine Angriffsfläche bieten", sagte er mit einer Beiläufigkeit, die von der Selbstsicherheit eines von sich überzeugten Mannes durchtränkt war, der stets alles im Griff hatte, und sich von niemandem lenken ließ. Ella stellte Ihre

Aktentasche ab und griff nach ihrem Schlüssel, der nicht sofort durch den Schlitz wollte. Unter dem Druck der Überheblichkeit ihres Kollegen klemmte der Schlüssel und ließ sich erst nach einem zweiten Versuch umdrehen.

„Seit wann interessiert es Sie, was andere Menschen über mich denken?", fragte Ella und stieß die Tür auf.

„Seitdem wir zusammen arbeiten", entgegnete er und betrat als Erster das Büro. „Konnten Sie heute Nacht gut schlafen?"

„Diese Information liegt weit außerhalb Ihres Zuständigkeitsbereichs, daher muss ich diese Frage auch nicht beantworten." Sie wuchtete alle Dokumente auf ihren Tisch. „Ich bin ja schließlich da und sehe weit mehr erholter aus, als Sie es sind, obwohl ich eine Frau bin und meist zwei Stunden länger im Bad brauche, um mich schön zu machen."

„Das stimmt allerdings, damit meine ich diese zwei Stunden. Nun genug des Privaten, wir wollen ja hier einen Mörder dingfest machen. Haben Sie herausfinden können, wo der Hausmeister wohnt, wenn er seinen Rausch nicht in der Kammer ausschläft?"

„Dazu brauche ich eine richterliche Verfügung, darauf besteht die Hausverwaltung. Mit der neuen DSGVO-Verordnung kann niemand wirklich etwas anfangen." Ella sortierte die einzelnen Mappen neu und achtete darauf, dass diese parallel zueinander und zu der Kante des Tisches lagen.

„Waren Sie jemals verheiratet, Greenwood?" In dieser Frage lag kein Funke Sarkasmus. Ella blickte auf.

„Nein", log sie und räusperte sich. Die Erinnerung an ihren Mann und die gemeinsame Zeit war eine Art Trost dafür, dass es im Leben auch schöne Momente gibt, die leider wie alles andere vergänglich sind. Nur diese Erinnerung war alles, was ihr von Elmar geblieben war.

„Hat er Sie verlassen?"

„Warum fragen Sie mich das? Hat das alles etwas mit unserem Fall zu tun?"

„In gewisser Weise schon. Wir haben eine Frau, die sich von ihrem Mann trennen wollte und eine Beziehung führte. All diese Komponenten haben dazu geführt, dass sie tot ist. Falls Sie auch verheiratet waren und diese Trennungsphase durchlebt haben, so können Sie sich vielleicht eher in die Opferrolle der Frau hineinversetzen", sprach Leonhard mit ruhiger Stimme, nippte an seinem Kaffee und setzte sich auf die Tischkante eines Tisches, der komplett leer war, sein Tisch dagegen war mit diversen Akten überhäuft.

„Mein Mann ist bei einem Autounfall ums Leben gekommen. Beantwortet das vielleicht Ihre Frage?"

„Tut mir leid, ich wollte die schlecht verheilten Wunden Ihrer Seele nicht erneut aufreißen." Auch dieser Satz klang ehrlich. „Wir haben bisher noch niemanden gefunden, der die Leiche identifizieren kann. Der Exmann kommt erst heute Abend, in dieser Zeit würde ich gerne mit Ihnen zusammen den

Nachbarn befragen. Er hat eine Vorladung zugeschickt bekommen, weil er sich ja gestern vehement geweigert hat, eine Aussage zu machen. Was wäre die Welt ohne die älteren Nachbarn, die ihren Alltag damit zu verbringen scheinen, alles um sie herum im Auge behalten zu wollen?"

„Tja, die alte Dame hat mir vieles über ihren Nachbarn verraten, auch das, was sie nicht sehen, sondern nur hören konnte." Ellas Mundwinkel zuckten leicht. Tatsächlich war eine alte Dame sehr auskunftswillig gewesen, ihnen zu berichten, dass ein gewisser Herr Krakowitz ein heimlicher Verehrer von Gisela Jung gewesen war. Sie hatte sogar die Zeiten seiner nächtlichen Gänge aufgeschrieben und durchnummeriert. Sie war früher in der Buchhaltung tätig, gab sie bereitwillig zu, und konnte mit weiteren Informationen aufwarten, die jedoch nicht wirklich informativ genug waren. Dennoch hatte sich Ella bei der Dame bedankt, mit Leonhard wollte die Rentnerin jedoch nicht reden, weil er nicht wie ein Polizist aussah.

„Vielleicht ist es nur Intuition oder sogar nur der Instinkt eines verantwortungsvollen Beamten." Leonhard zog Ellas Aufmerksamkeit wieder auf sich, denn er hielt eine dünne Mappe zwischen seinen Fingern, die er kurz zuvor aus seinem Schrank herausgezogen hatte. „Ich würde Sie gern noch in einen weiteren Fall involvieren, der bisher ungeklärt geblieben ist. Wie Sie schon richtig festgestellt haben, starb die Frau nicht infolge der Strangulation. Dieser

Akt diente auch nicht der Vertuschung. Dieses Aufhängen ist ein Ritual."

„Ein Ritual?", echote Ella und merkte, wie ihr der Mund trocken wurde.

Ein mühsam unterdrücktes Grinsen huschte über Leonhards Lippen. „Unser Lebensverlauf wird allein durch unsere Entscheidungen gelenkt." Er hob die Mappe in die Luft. „Also, trauen Sie sich zu, sich einem Serienmörder in den Weg zu stellen? Und seien Sie gewarnt, Sie passen vielleicht in sein Beuteschema."

„Ich war noch nie diejenige, die sich vom Größenwahn blenden ließ, aber ich habe auch noch nie gekniffen, wenn es brenzlig wurde", lautete ihre Antwort. Ella bemühte sich darum, ihre Stimme unter Kontrolle zu bekommen, damit diese nicht verräterisch zitterte. Nicht, weil sie sich fürchtete, sie hatte nur Angst zu versagen. Ihre Gedanken schweiften kurz in die Vergangenheit ab, doch Ella schob sie entschieden beiseite.

„Das hier ist nur das Register, die Akten, die hier aufgelistet sind, befinden sich in diesem Schrank." Leonhard Stegmayer warf die dünne Mappe mit einem leisen Klatschen auf den Tisch, machte zwei Schritte nach rechts und öffnete beide Türen. Der stabil wirkende Schrank aus hellem Holz beherbergte mehrere dicke Ordner, die allesamt durchnummeriert waren. Alle drei Reihen hatten je eine dazugehörige Farbe.

„Es gibt mehrere unverkennbare Parallelen, die mich dazu veranlassen zu glauben, dass wir es hier nicht mit einem Nachahmungstäter zu tun haben, sondern um den Würger, nach dem wir schon seit mehr als zwölf Jahren fahnden. Seine Handschrift hat sich mit den Jahren zwar geändert, aber dennoch ist das Muster dasselbe geblieben."

Ellas Blick verweilte für zwei Herzschläge auf den Ordnern. „Wie viele?", lautete ihre schlichte Frage.

„Elf", gab Leonhard Stegmayer lakonisch zur Antwort.

„Jedes Jahr eine?"

Leonhard schüttelte den Kopf. „Nein. Es gibt keine Konstante, die wir irgendeinem Ereignis zuordnen können. Seine Taten sind willkürlich, was den Zeitpunkt betrifft, so gibt es kein bestimmtes Datum. Auch die Orte sind um Berlin herum verstreut, nur die Gegebenheiten sind dieselben. Es ist immer ein Wald mit Wanderpfaden und Fahrradwegen. Und das Beuteschema: Bis auf die letzte Frau sind seine Oper dunkelhaarig und nicht mehr ganz jung. Er erwürgt sie und hängt sie danach auf." Leonhard legte eine kurze Pause ein. „Und es ist immer eine Eiche, auf der er seine Opfer zur Schau aufhängt. Dieser Ordner beinhaltet alle wesentlichen Hinweise auf den Täter." Leonhard zog den dicksten Ordner aus dem Schrank und wuchtete ihn auf den leeren Tisch. „Werfen Sie ruhig einen Blick hinein, ich gehe solang nach oben zu unserem Chef", war alles, was er von sich gab.

Ella sah, wie er einfach zur Tür hinausging und sie leise ins Schloss fallen ließ.

Kapitel 27

Mit einer unbändigen Erleichterung wachte Luis im Bett neben seiner Ehefrau auf. Er rieb sich vom unruhigen und viel zu kurzen Schlaf die Augen und richtete sich auf.

Immer noch benommen sah er auf den Wecker. Sein Kopf drohte zu platzen. Es war kurz vor neun. Er musste wieder zur Arbeit. Gestern war sein freier Tag, an den er sich nicht wirklich erinnern konnte, weil er sich wieder volllaufen ließ, nachdem ihn dieses Arschloch von Sternwart zum zigsten Mal zusammengestaucht hatte.

Hoffentlich kratzt der Kerl bald ab, dachte Luis und massierte sich die Schläfen. Er war unendlich froh darüber, dass alles, was er geträumt hatte, nur ein Hirngespinst seiner Phantasie war.

„Larissa, Steven hat wieder ins Bett gemacht", flüsterte er mit vom Schlaf rauer Stimme und deutete auf den Fleck, in dem sein Sohn unruhig schlief. Auch Luis' Unterhose war nass. Die Decke war kalt und fühlte sich klamm an. Der penetrante Geruch nach Urin reizte seine Nase. Ekel verzog seine Züge. Obwohl er seinen Sohn unendlich liebte, so ärgerte er sich jedes Mal darüber, dass sich der achtjährige Junge fast jede Nacht zu ihnen ins Bett schlich und sich einnässte, so als täte er dies mit voller Absicht.

Mit vor Zornesfalten durchfurchter Stirn schälte sich Luis aus dem Bett und lief auf nackten Füßen ins Badezimmer.

Er müsse sich beeilen, wenn er nicht zu spät kommen wollte, drängte Larissa mit gedämpfter Stimme, die er jedoch geflissentlich ignorierte.

Er warf seine nasse Unterhose in die Badewanne, in der ein Turm schmutziger Wäsche immer größer wurde, und stieg in die Dusche. Sein Zorn glitt langsam in den Hintergrund und verschwand samt dem eiskalten Wasser, das über seinen Körper floss, im Abfluss. Der mit bunten Blumen gemusterte Duschvorhang warf Wellen und blieb ständig an Luis' Rücken kleben. Er atmete tief ein und wieder aus. Ich brauche diesen Job, um aus dieser Bruchbude fliehen zu können. Eine Idee nahm in seinem Kopf Gestalt an, die zugleich aberwitzig wie auch der einzige Ausweg aus seinem Dilemma war. Wenn er nur mehr verdienen könnte und nicht immer den Handlanger spielen müsste, so hätte er gewiss eine höhere Chance auf eine bessere Bleibe. Dieser Gedanke erfüllte ihn mit frischer Energie. So gut hatte er sich schon seit langem nicht mehr gefühlt. Er drehte den Wasserhahn zu und schob den Vorhang beiseite. Wasser plätscherte in den kleinen Raum.

Larissa saß mit bis zu den Knöcheln heruntergelassenem Höschen auf dem Klo und pinkelte.

„Kannst du das bitte lassen?", murmelte Luis. „Ich will nicht, dass Steven dir dabei zusieht. Und trage gefälligst ein Oberteil. Ich will auch nicht, dass er deine nackten Brüste anstarrt. Vielleicht ist das der Grund, warum er ständig in unser Bett kriecht." Doch im selben Augenblick verspürte er eine Regung zwischen seinen Lenden. Er stieß die Tür zu und schloss sie. Seine Gedanken überschlugen sich angesichts des bevorstehenden Aktes und der Lust, die sich in Larissas Augen widerspiegelte.

„Doch nicht schon wieder", sagte sie und drückte auf die Spülung. Sie stand nun splitterfasernackt vor ihm. Ihre schlaffen Brüste störten ihn nicht im Geringsten. Auch die Narbe unter dem Nabel war nur ein stummer Zeuge des Wunders, das sie vollbracht hatte. Sie gebar ihm vor mehr als acht Jahren einen Sohn.

Kapitel 28

„Kommen Sie schon", drängte Leonhard Ella zur Eile und winkte ungeduldig vor dem Eingang des Mehrfamilienhauses, damit sie durch die offene Tür hineingehen konnte. Zwei Polizisten standen Wache, der Tatort war noch nicht freigegeben. Seit zwei Tagen mussten die Beamten Klinken putzen - ohne Ergebnisse. Es gab viele Aussagen, jedoch keine richtigen Hinweise. Jeder wollte etwas gesehen haben, ohne dabei richtig hingeschaut zu haben, und das war zermürbend.

Heute stand die Befragung eines der Verdächtigen auf der Tagesordnung.

„Ich dachte, Sie haben ihn zu einer Befragung vorgeladen. Werden Sie ihm jetzt die Leviten lesen und ihn festnehmen?" Ella strich eine ungebändigte Strähne hinter ihr Ohr. Ein einzelner Sonnenstrahl verfing sich in dem kleinen Brillant ihres Ohrsteckers und blendete Leonhard für einen Augenblick.

Er zwinkerte mehrmals mit einem Auge. Ella verstand seine Regung als dumme Anmache, glaubte er aus ihrem Gesichtsausdruck herauszulesen. „Tragen Sie niemals Schmuck bei der Arbeit", brummte er und deutete auf ihr Ohrläppchen. „Das war das letzte Mal, dass ich Sie darauf hinweisen muss. Jetzt kommen Sie schon rein. Und nun zurück zu Ihrer Frage: Um einen

Menschen zu einem Sinneswandel zu bewegen, bedarf es oft extremer Veränderungen oder auch überzeugender Argumente." Er ging ihr voraus zu den Treppen.

„In Form von Gewaltandrohung, wie es sonst Ihre Art ist?"

„Unter anderem, ohne sie in die Tat umzusetzen. Da haben Sie gut aufgepasst, Greenwood. Heute spielen wir aber die Guten. Guter Cop, böser Cop funktioniert nur in Filmen oder in den Ländern, in denen man bei einem Verhör ein Telefonbuch verwenden kann, um seinen Worten mehr Gewicht zu verleihen." Leonhard lachte über seinen Flachwitz.

„Rein hypothetisch ...", hörte er Ellas Stimme und das leise Klackern ihrer Absätze auf den grauen Fliesen.

„Ich höre." Er blieb abrupt stehen und drehte sich schnell um, dabei lief Ella beinahe in ihn hinein. „Ich hasse es, wenn einer einen Satz anfängt und darauf wartet, bis ich etwas sage. Wenn Sie etwas wissen wollen, dann sprechen Sie diesen Satz gefälligst zu Ende. Haben Sie mich verstanden, Greenwood? Ein einfaches Nicken würde genügen."

„Ja. Mal angenommen, jetzt laufen Sie schon weiter ... Mal angenommen, dieser Markowitz ..."

„Krakowitz", verbesserte er sie.

„Ich weiß, dieser Krakowitz, wenn er etwas mit dem Mord von Frau Jung zu tun hat, bedeutet dies nicht, dass er auch all die anderen Frauen umgebracht hat, weil er für die Taten viel zu jung ist? Er ist jetzt vierundzwanzig, vor elf Jahren war er noch ein Kind."

„Er war dreizehn. Wissen Sie, was ein Teenager alles machen kann? Noch nie was von Kindersoldaten gehört? Aber Sie haben recht, es wäre sehr unwahrscheinlich."

„Und wenn ich es aus den Akten richtig herausgelesen haben, weiß weder die Presse noch sonst jemand von diesem speziellen Knoten."

„Auch das ist richtig. Also, Sie haben heute den Vortritt, lassen Sie Ihren weiblichen Charme spielen, Greenwood. Männer stehen auf Frauen mit Ihrer Figur. Schade, dass Sie nicht hellblond sind, sonst könnte man Sie nicht nur für jung und hübsch halten, sondern auch noch für naiv. Ich weiß, das sind alles Vorurteile, aber uns Männern gehen diese Vorurteile sonst wo vorbei. Wir benutzen nicht immer unseren Kopf, wenn eine Frau, die so gut duftet wie Sie, in unserer Nähe ist. Und Sie können mich für ein Arschloch halten, aber ich habe Sie jetzt auf die perfekte Arbeitstemperatur gebracht. Hier." Er reichte ihr mehrere kleine Asservatenbeutel, die Ella in ihrer Aktentasche verschwinden ließ.

„Ist es überhaupt rechtens, etwas aus der Wohnung zu entwenden ohne die Erlaubnis des ..."

„Hier besteht Gefahr im Verzug."

„Aber brauchen wir dafür nicht eine richterliche Verfügung?"

„Ich zwinge Sie doch nicht, eine chinesische Vase mitzunehmen. Ein Haar oder eine Faser wird keiner vermissen. Schließlich werden wir keine Durchsuchung und nicht einmal eine Befragung durchführen. Es handelt sich hier lediglich um ein Gespräch, ansonsten werde ich dem Mann mit einer Verhaftung drohen, danach werden wir so eine Verfügung beantragen müssen."

Unvermittelt klopfte seine Hand gegen die Tür. „Nicht, dass die Klingel noch kaputt ist", flüsterte er ihr ins Ohr. Sie roch tatsächlich sehr gut, stellte er fest und vernahm ein Rascheln hinter der Tür. „Herr Krakowitz, öffnen Sie bitte die Tür, ansonsten werde ich Sie leider Gottes mitnehmen müssen. Schauen Sie durch den Spion. Diese Dame möchte mit Ihnen reden." Er packte Ella am Ellenbogen und schob sie direkt vor die Tür. Sie stolperte leicht, blieb aber stehen. Er sah, wie die Pulsader an ihrem Hals pochte.
„Sie übernehmen jetzt den Part", raunte er ihr ins Ohr und trat einen Schritt nach hinten, so als wolle er ihr den Rücken stärken wollen. „Und denken Sie daran, wir wollen den Eindruck erwecken, dass dieser Kerl nicht unser Hauptverdächtiger ist. Machen Sie ihn zu unserem Verbündeten."

Kapitel 29

Ella wusste nicht, wie ihr geschah, schon stand sie im Mittelpunkt. Angst packte sie mit ihren kalten Fingern.

Ella biss die Zähne aufeinander und wartete kurz die Situation ab. Das Gefühl des Unwohlseins verflüchtigte sich mit jedem Atemzug, den sie tat. Nichts bereitete ihr mehr Kopfschmerzen als Dinge, die sich nicht fassen oder die sich nicht benennen ließen. Ich muss mich nur konzentrieren, sagte sie zu sich selbst. *Willst du besser sein als deine Kollegen, so musst du damit rechnen, dass du von den meisten gehasst wirst,* hörte sie die Worte ihres Mentors. Ist *Stegmayer deswegen so unbeliebt?*, grübelte sie nach. Ihr Kollege stupste sie leicht zwischen den Schulterblättern an, so als habe er ihre Gedanken gehört.

„Herr Krakowitz, wir möchten Ihnen nur ein paar Fragen stellen bezüglich Herrn Sternwart, des Hausmeisters in Ihrem Haus." Ella entschied sich, einen Umweg zu nehmen.

„Ich wusste, dass Sie ein schlaues Köpfchen sind", lobte Stegmayer sie kaum hörbar.

Die Tür öffnete sich langsam. In dem schmalen Spalt, der von einer Kette versperrt war, tauchte eine Gestalt auf.

Ein Mann starrte Ella an. Auf seinem aschfahlen Gesicht machte sich ein Ausdruck der Beunruhigung breit.

Der Mann war hager. Die Wangen waren eingefallen und von hellen Bartstoppeln übersät. Die flaschenbraunen Augen standen leicht hervor. Sein Gesicht war von Sommersprossen besprenkelt, das rötliche Haar war zerzaust. Er machte auf Ella einen kränklichen Eindruck, dabei glaubte Ella einen leichten Leichengestank wahrzunehmen, der aus der Wohnung ins Treppenhaus schwappte. Aber das war nur eine olfaktorische Täuschung, weil sie mit dem Anblick des Mannes den Tod der Frau verband, und das war falsch. Sie durfte die Befragung nicht voreingenommen durchführen.

„Ich habe sie nicht umgebracht, wir hatten auch nie was miteinander zu tun, ich meine, wir hatten keine Beziehung oder so", krächzte der Mann und unterdrückte ein Schluchzen, damit riss er Ella aus ihrer Starre.

„Das hat hier auch niemand behauptet. Nur ist es nicht wirklich von Vorteil, wenn Sie auf eine Vorladung nicht reagieren und sich seit zwei Tagen in Ihrer Wohnung verschanzen."

„Zwei Tage?" Der Satz klang wie eine Frage. Bestürzung zeichnete sich auf seinem Gesicht ab.

„Haben Sie etwas genommen? Schlaftabletten, Drogen?", tastete sich Ella voran und ließ dem Mann viel Zeit.

„Nur Aspirin und Gin", gab der Mann kleinlaut zu und senkte kurz den Kopf. Dann fiel die Tür ins Schloss. Ich habe versagt, schoss der Gedanke hinter Ellas Stirn und hinterließ einen eiskalten Schweif in ihrem Kopf.

Kapitel 30

Etwas schepperte. Ella atmete erleichtert aus, nachdem der hagere Mann erneut vor ihr erschien. Er trug ein graues T-Shirt und eine graue Jogginghose, die an den Knien ausgebeult war. „Kommen Sie rein", nuschelte er. Die Luft roch muffig, war von angebranntem Essen und schalem Alkoholgestank durchtränkt, und schien in dem dunklen, schmalen Korridor zu flimmern.

„Sie können im Wohnzimmer auf mich warten. Ich hole mir nur ein Bier."

„Ich nehme auch eins", meldete sich Stegmayer zu Wort, „und meine Kollegin würde gern ein Wasser haben, wenn's Ihnen nichts ausmacht."
Markus Krakowitz blieb stehen und beäugte die beiden skeptisch.

„Ich helfe Ihnen dabei, Sie sind ja schließlich kein Krake mit sieben Armen."

„Acht, ein Krake hat acht Tentakel, und ich möchte nie wieder mit diesem Tier verglichen werden."

„Hat man Sie damit früher in der Schule aufgezogen?"

Ella sah, wie Krakowitz zusammenzuckte.

„Mich nannten die Kinder immer Steckdose. Stegmayer, Steckdose, Kinder können manchmal grausam sein. Ob Sie es glauben oder nicht, aber auch ich war ein Außenseiter, genauso wie Sie", sprach

Leonhard mit einer Leichtigkeit in der Stimme, als wären die beiden Männer beste Freunde. Er legte dem eingeschüchterten Mann sogar kurz die Hand auf die Schulter, um ihm ein Gefühl der Sicherheit vorzutäuschen.

Tatsächlich schien sich Krakowitz in Sicherheit zu wiegen, dass von Leonhard keine Gefahr ausging, denn seine Gliedmaßen entspannten sich. Er sah in dem gut gekleideten Polizisten, der nach teurem Parfüm roch und eher wie ein erfolgreicher Startup-Unternehmer aussah als ein Polizist, einen Verbündeten, der mit ihm nur ein Bier trinken wollte.

„Wir holen zuerst das Bier. Frau Greenwood, Sie wollten doch auf die Toilette. Wir werden derweil in der Küche auf Sie warten."

Obwohl der Mann einen abgewrackten Eindruck machte, war die Wohnung sauber. Die Möbel waren nicht teuer, dennoch war alles mit viel Überlegung aufeinander abgestimmt. „Wohnen Sie hier schon immer allein?", fragte Ella mit einem Lächeln.

„Nein, erst seit einem Jahr."

„Hmm ..." Ella deutete ein unterdrücktes Lächeln an. „Das habe ich nur an der Art, wie die Wohnung eingerichtet ist, feststellen können. Ihr Männer habt dafür kein Auge." Mit diesem einen Satz brachte Ella den Schutzwall, den Krakowitz aufgebaut hatte, endlich zum Einsturz.

Leonhard lachte und klopfte Markus Krakowitz auf die knochige Schulter. „Das stimmt." Der Kommissar lachte künstlich auf, er war kein sonderlich guter Schauspieler, wenn es um das Vortäuschen von echten Gefühlen ging, fiel Ella auf. Seine Augen lachten nicht mit, sie waren ernst und durchdringend. Oder war das genau seine Absicht? Ella wurde gewahr, dass Leonhard etwas im Schilde führte, und konzentrierte sich auf jede seiner Bewegungen. „Und wer macht Ihnen die Wäsche? Ich bringe meine in die Reinigung."

War das eine Andeutung?, überlegte Ella.

„Ich selbst oder meine Mutter. Sie kommt jedes Wochenende und schaut nach dem Rechten. Ich fahre mit ihr dann einkaufen." Markus Krakowitz hustete verlegen.

Ihr Kollege strich dem Mann sachte mit seinen gepflegten Fingern erneut über die Schulter und warf Ella einen listigen Blick zu.

Ella folgte Leonhards Augen. Ein Haar löste sich von dem T-Shirt und fiel langsam zu Boden.

„Das Bad ist drüben." Krakowitz zeigte auf eine Tür, auf der zwei verchromte Buchstaben angebracht waren, das C hatte eine Schräglage.

„Was ist mit Ihrer Schulter passiert?", wollte er dann von Leonhard wissen.

„Habe mich gestern impfen lassen, und dieser Idiot von einem Arzt hat alles falsch gemacht. Die Schulter hat sich entzündet. Selbst hier traf er die Vene nicht." Leonhard streckte seine Hand aus. Das war die Hand, in der vor zwei Tagen ein Nagel gesteckt hatte, wusste Ella, und der Handrücken einen gelben Fleck und einen schwarzen Punkt hatte. „Das sind alles

Pfuscher, sage ich Ihnen", log Leonhard weiter und schüttelte entrüstet den Kopf.

„Da gebe ich Ihnen recht", pflichtete Krakowitz dem Kommissar nichtsahnend bei.

Die beiden Männer verschwanden in der Küche.

Ella holte eine der kleinen Tüten aus der Hosentasche und schnappte mit einem Pinzettengriff nach dem Haar. Sie hielt das Haar mit zwei Fingernägeln fest und begutachtete es kurz. Da war tatsächlich eine Wurzel dran, ohne die wäre das Beweismaterial nutzlos.

Schnell packte sie es in die Tüte, ließ sie in ihrer Tasche verschwinden und lief ins Bad. Sie sollte die Schmutzwäsche und das Schränkchen durchsuchen, glaubte sie aus Leonhards Blick herausgelesen zu haben. Jetzt erschien auch die Erwähnung der Schmutzwäsche mehr als plausibel. Ihr Herz pochte vor Aufregung, im Hintergrund hörte sie männliche Stimmen, die sich freundlich miteinander unterhielten. Ein typisches Geräusch für das Ploppen einer Bierflasche ertönte, gefolgt von dem zweiten, das etwas lauter war.

Ella zog sich schnell Gummihandschuhe über und betrat das kleine, mit gelben Fliesen gepflasterte Zimmer. Die Badewanne und die Kloschüssel waren grün, die Klobrille war aus durchsichtigem Plastik, in der bunte Fische schwammen. Sie war natürlich nach oben geklappt.

Ella rümpfte die Nase und atmete flacher.

Hier roch die Luft unangenehm nach Moder, Schweiß und anderen Ausscheidungen.

Ella schloss sich ein und begann alles akribisch durchzuschauen, dabei achtete sie sehr genau darauf, kein verräterisches Geräusch zu erzeugen, um ja nicht aufzufliegen.

An der Tür hing bloß ein Bademantel, und es gab hier nur eine Zahnbürste. Doch im Wäschekorb wurde sie tatsächlich fündig. Ein Damenslip hatte sich darin verirrt. Der würde aber niemals in den blöden Beutel passen, fluchte sie in sich hinein.

Sie musste improvisieren. Ein rascher Blick in den kleinen Mülleimer ließ sie aufatmen. Der war leer und mit einer Mülltüte versehen. Schnell verstaute sie darin den Slip und steckte ihn in die Aktentasche. Ihr war bewusst, dass der Schlüpfer kein sachdienlicher Beweis war und vor keinem Gericht als solches akzeptiert werden würde, aber Stegmayer brauchte ein Druckmittel. Nachdem sie die klammen Wäschestücke zurück in den Wäschekorb gestopft hatte, wandte sie sich dem Spiegelschrank zu. Ich darf nur nicht das Runterspülen vergessen, und ich muss mich beeilen, ich war ja nur pinkeln, spornte sie sich zur Eile an. Und die Klobrille muss ich auch noch nach unten klappen.

„Ja", schrie sie beinahe laut auf, nachdem sie den Spiegelschrank geöffnet hatte. Ein Zahnputzbecher mit dem Foto von Gisela darauf stand direkt vor ihrer Nase. Den konnte sie natürlich nicht mitnehmen, darum machte sie mit ihrem Handy ein Foto davon.

Das war ein deutlicher Hinweis, dass die beiden etwas miteinander gehabt haben mussten.

Ein Klopfen an der Tür brachte sie dazu, zu erstarren. Ein kaltes Kribbeln kroch ihr das Rückgrat hinauf. Im Augenwinkel sah sie, wie sich die Türklinke nach unten bewegte, auch die Tür ging ein Stück weit auf. „Das Schloss schließt nicht richtig", hörte sie die Stimme von Markus Krakowitz. Kurz darauf folgte ein leises, metallisches Zuschnappen. „Man muss sie schon fester zuziehen." Die Worte klangen nun gedämpfter, jedoch arglos. „Tut mir leid, falls ich Sie erschreckt habe", entschuldigte sich der Mann.

Ella atmete flach und unregelmäßig. Ihr Hals war wie ausgedörrt.

„Die Klospülung funktioniert nicht richtig. Habe seit gestern versucht, den Hausmeister zu erreichen, aber er geht nicht ans Telefon."

„Danke", brachte Ella kaum heraus, weil ihre Brust so eng wurde, als habe man ihr ein viel zu enges Korsett umgelegt.

Schnell, du musst hier schleunigst raus, sagte sie zu sich selbst, ließ die Klobrille herunter, betätigte mehrmals die Taste für die Spülung. Tatsächlich plätscherte das Wasser erst nach dem dritten Versuch. Ein kurzer, prüfender Blick. Alles war wieder an seinem Platz. Ella machte einen Atemzug und wappnete sich für das bevorstehende Gespräch.

Kapitel 31

Der Mann schien auf etwas zu blicken, auf das nur er sehen konnte, obwohl seine Augen auf eine graue Wand aus Beton gerichtet waren.

Die vor Überraschung weit aufgerissenen toten Augen flehten stumm um Hilfe. Der Gesichtsausdruck war beinahe flehend. Sein stumpfer Blick war gebrochen, kein Leben spiegelte sich in den milchig-trüben Augen.

Dennis stand daneben und atmete schwer. Der Todeskampf dauerte erstaunlich lang, er hatte ihn genossen, alles in sich aufgesogen. Ambivalente Gefühle schwappten wie eine warme und gleichzeitig kalte Welle über ihn. Erregung und Angst vermischten sich zu einem tosenden Wasserfall und begruben ihn unter sich. Er vermochte es wirklich nicht zu sagen, was ihn am Sterben so faszinierte, aber ohne den Tod konnte er nicht leben.

„Du hast es nicht anders verdient", flüsterte er und zuckte zusammen. Ein ekstatisches Beben erfasste seine Glieder. *Manchmal, um Schlimmeres zu verhindern, müssen die Menschen vor anderen Menschen geschützt werden,* hörte er die Worte seines Vaters und verließ die Kellerräume.

„Wie können andere über dich ein moralisches Urteil fällen, wenn auch sie selbst ihre Hände nicht in

Unschuld gewaschen haben? Wir sind allesamt Sünder, denn das hier ist die Hölle. Wir alle sind zum Sterben verdammt. Du und ich. Hier darf man tun und lassen, was man will. Wenn du tötest, dann lass es wie ein Unfall aussehen. Sei schlauer als die anderen, werde zum Jäger und nicht zu seiner Beute, denke an meine Worte", klang die Warnung wie eine Drohung in seinem Kopf.

Dennis rieb sich mit dem Daumen nervös über die Fingerknöchel, die ihm immer noch wehtaten. Er wollte diesen Typen ausknocken, doch in letzter Sekunde, nachdem er sich ihm genähert hatte, musste er sich umdrehen. Der Schlag traf seine Beute an der Stirn und nicht an der Schläfe und schrammte an der feuchten Haut vorbei.

Jetzt war alles wieder in Ordnung. Er zog die Gummihandschuhe ab und ging nach draußen. Er musste sich beeilen, sein heutiger Zeitplan musste eingehalten werden.

Der tote Körper schwebte in der Luft. Die Sicherheitsschuhe berührten kaum den Boden. Der Gehängte trug einen grauen Kittel mit dem Namensschild - Sternwart -.

Kapitel 32

In diesem Augenblick banger Erwartung verspürte Luis so etwas wie das Summen von Schmeißfliegen in seinem Bauch, so wie jetzt.

Er befand sich in der kleinen Werkstatt. Zwei Polizisten standen vor ihm, ein großgewachsener Mann mit breiter, durchtrainierter Brust und Oberarmen, die so dick waren wie seine Oberschenkel. Obwohl sein Haar grau war, sah er ziemlich fit und überhaupt nicht alt aus. Er wurde von einer sehr attraktiven Frau begleitet, die in ihm kein Gefühl des Unwohlseins erweckte.

Der Polizist fuhr gedankenverloren über seine bandagierte Schulter und wiederholte seine Frage.

„Und Sie wissen tatsächlich nicht, ob Ihr Vorgesetzter, in Ihrem Fall ist es Herr Sternwart, sich für heute den Tag frei genommen oder krankgemeldet hat?"

Luis schwieg beharrlich, weil er ja schon darauf geantwortet hatte. War das eine Fangfrage? Ein Stachel des Misstrauens bohrte sich durch seine Brust.

„Verdächtigen Sie mich denn etwa, dass ich was mit der ganzen Sache zu tun haben könnte?" Er sprach ruhig, dennoch zitterte er am ganzen Leib.

„Müssen wir das denn?", mischte sich nun die kleine Polizistin ein und öffnete eine dünne Mappe mit seinem Foto darin. Luis erkannte, dass es sich um seine Bewerbungsunterlagen handelte.

Er schluckte den taubeneigroßen Kloß der Angst hinunter und zog an dem Kragen seines T-Shirts, weil er ihn zu erwürgen drohte.

„Nein", fuhr Luis auf und hob den Blick. In seinen Augen schwammen Tränen. Er strich sich hastig mit dem Handrücken über die Lippen und gab sich Mühe, sich wieder zu fangen. „Ich brauche diesen Job hier. Diese Chance bedeutet alles für mich."

„Hatten Sie Meinungsverschiedenheiten mit Herrn Sternwart? Er war ja letztes Mal nicht sehr gut auf Sie zu sprechen. Er hat Sie sogar fortgejagt", sagte der Polizist und stellte sich breitbeinig vor Jürgens Spind, in dem er seine privaten Habseligkeiten aufbewahrte.

„Jürgen, ich meine", Luis räusperte sich, und setzte neu an, „er war manchmal aufbrausend, aber normalerweise kamen wir gut miteinander aus."

Der Polizist stand mit dem Rücken zu ihm und spielte mit dem kleinen Anhängeschloss - wie in diesen Krimiserien. Luis schwitzte, weil diese Szenerie keine Spannung erzeugte, sie machte ihm eine Heidenangst.

„Wissen Sie, wann Herr Sternwart seinen Geburtstag hatte?", ertönte die Baritonstimme des Mannes.

„Irgendwann im September. Nein. Warten Sie, er hat seinen Geburtstag eingekreist. Das tat er immer."

Der Polizist sah ihn prüfend an. Die Frau blätterte weiter in ihren Unterlagen.

Luis rang mit den Fingern. „Darf ich?", wandte er sich an niemand bestimmten. Der Kommissar drehte sich doch noch um, die Polizistin hob den Blick. Luis deutete auf einen Kalender mit nackten Frauen, der auf der linken Seite des Spindes hing. Jürgen hängte ihn immer am ersten Januar auf, jedes Jahr. *Das nennt man ein Ritual,* hatte er letztes Mal im Brustton der Vorfreude auf das bevorstehende Weihnachtsgeld verkündet, das immer mit der Januarabrechnug überwiesen wurde.

„Nur zu", ermutigte ihn der Kommissar mit einer unbeschreiblichen Ruhe und machte eine entsprechende Geste mit der rechten Hand.

Die Polizistin zog leicht irritiert die Stirn kraus und sah Luis mit geschürzten Lippen an. „Sie hatten bisher keine richtige Anstellung, nicht einmal eine Ausbildung haben Sie angestrebt."

„Das ist jetzt schwierig zu erklären, aber ich habe mir vorgenommen, mein Leben umzukrempeln. Wir haben ein Kind, um das wir uns kümmern wollen. Diese Chance, damit meine ich diesen Job hier, bedeutet mir alles." Luis stand unschlüssig da und hielt sich am Kalender fest, so als wäre das glänzende Blatt der sogenannte Strohhalm, an dem sein Leben hing. Dann, als niemand etwas sagte, hob er mehrere Blätter an. Erst bei September sah er die mit rotem Stift eingekreiste Zahl. „Am dreizehnten September."

„Eins, Drei, Neun", murmelte der Mann. Nach einem kurzen Hantieren am Schloss öffnete er dann die Tür, die leise quietschend aufging. „Was haben wir denn alles da?", brummte der Polizist und konzentrierte sein Augenmerk auf den Inhalt des Spindes. Er hüstelte und hielt dann zwischen Daumen und Zeigefinger ein Damenhöschen. „Welche Größe ist das? Was meinen Sie, Greenwood? Sie sind hier die Einzige, die sich darin auskennt."

Die Polizistin verdrehte die Augen.

„Oder trug Ihr Vorgesetzter so ein Spitzenteil unter seinem Kittel? Haben Sie etwas davon gewusst? Hat er ihr nachgestellt, oder waren Sie es? Wir werden Sie bitten müssen, mit uns zusammenzuarbeiten."

Binnen Sekunden veränderte sich sein Leben. Wurde er jetzt zum Verdächtigen? Wie kamen die Bullen auf ihn?

„Wir werden hier alles durchsuchen müssen, und Sie werden leider die nächsten Tage ohne Arbeit bleiben."

Das war's dann wohl mit meinen Plänen, dachte er. Eine unsägliche Leere breitete sich ihn ihm aus.

„Aber ich brauche das Geld", krächzte Luis.

„Tut mir leid, das hier könnte ein Tatort sein", warf der Polizist ein.

„Waren Sie mit Herrn Sternwart im Clinch? Gab es Meinungsverschiedenheiten zwischen Ihnen beiden?"

Luis schüttelte verneinend den Kopf und sah den Mann stumm an.

„Warum ist er heute nicht zur Arbeit erschienen?" Leonhard Stegmayer erwähnte nicht, von wem er die Schrammen hatte. Und diese Ella schwieg und ließ

146

ihren Partner reden, Luis jedoch würde sich lieber mit ihr unterhalten.

„Er hat Urlaub." Schnell blätterte Luis den Kalender um und klopfte mit den Fingern auf eine markierte Zahl.

Der Kommissar trat näher und machte: „Hmm ..."

Kapitel 33

Ella warf Stegmayer einen zornigen Blick zu, welcher von ihrem Kollegen einfach abprallte. Er hielt das Höschen immer noch zwischen den Fingern. Danach sah sie den eingeschüchterten jungen Mann an, der fieberhaft an einem Schlüsselbund hantierte.

Das Gespräch, das sie vor Kurzem mit dem geheimnisvollen Verehrer geführt hatten, hatte doch noch einiges zutage bringen können. Die Erwähnung des Zahnputzbechers und des eingetüteten Schlüpfers hatten seine Zunge gelockert. Er konnte jedoch nicht mit einem deutlichen Hinweis aufwarten, der sie direkt zu dem Mörder führte. Dann, mittendrin, während die Details intimer wurden, wurde der Kerl von einem epileptischen Anfall übermannt und musste ins Krankenhaus gebracht werden. So tappten sie weiterhin im Dunkeln.

Spätestens übermorgen würden sie ihr Gespräch weiterführen können, hatte eine junge Notärztin den beiden Polizisten versichert.

Markus Krakowitz hatte erwähnt, dass der Hausmeister wohl auch von Gisela Jung angetan war. Sie jedoch wollte, dass er durch jemand anderen ersetzt werden sollte, so unzuverlässig war der Mann. Auch seine Avancen waren ihr nervig, auch wenn er nie aufdringlich wurde. Immer, wenn Not am Mann war, war der Typ betrunken. Einmal habe sie ihn sogar dabei erwischt, wie er etwas in einem Teppich weggeschafft hatte, das verdächtig nach einer Leiche ausgesehen hatte. Später hatte sich jedoch alles aufgeklärt. Es war eine Mannequin-Puppe, die er restauriert hatte. Er hatte ein Faible für solche Dinge. Trotzdem war er als Hausmeister mehr als unzuverlässig. Auf die Frage, ob Gisela wirklich oft fror, kam ein hämisches Grinsen als Antwort. „Dieser Sternwart war höchstwahrscheinlich ein Spanner, ein Voyeur, wir haben zwar keine Kamera gefunden, aber Gisela und ich waren uns sicher, dass es seine Absicht war, die Heizkörper im Wohnzimmer und im Schlafzimmer so zu manipulieren, dass sie gezwungen war, fast nackt in der Wohnung herumzulaufen", hatte er mit vor Zorn belegter Stimme berichtet.

„Wieso hat man keine Firma damit beauftragt, diesen Fehler zu beheben?", hatte Ella wissen wollen.

„Die würde zu viel kosten", lautete die knappe Erklärung.

Markus Krakowitz hatte nach einer eindringlichen Folge von Fragen schließlich zugeben müssen, dass die beiden ein Verhältnis miteinander hatten, aber es war nichts Großes gewesen.

Warum sie den Schlüssel in der Tür stecken ließ, darauf konnte er keine plausible Antwort geben. Aber Ella fand, dass dieser Sachverhalt der Vermutung des Hausmeisters entsprach. War diese Gisela doch nicht so keusch, wie sie das annahmen?

„Gisela hat sich bei dem Vermieter über Sternwart mehrmals beschwert. Auf ihr Drängen hat sich die Hausverwaltung darum bemüht, einen Ersatz für den Mann zu finden. Ich habe mich für seine Stelle beworben, aber sie wollten mir nicht so viel zahlen, sodass es sich für mich nicht gelohnt hätte, diese Stelle anzunehmen. Für mehr als einen Handlanger hat das Geld wohl nicht gereicht. Aber dieser junge Mann ist wenigstens zuverlässig", hatte Markus Krakowitz mit schmerzverzerrter Miene gesagt. Mit geweiteten Augen fing er plötzlich an zu zucken und bekam Schaum vor dem Mund.

Nun standen Ella und Stegmayer im Keller vor dem jungen Mann, dem sie einige Fragen stellen wollten.

Stegmayer spannte die Unterhose so, als wolle er die Größe schätzen, und hielt das Kleidungsstück, die Arme vor sich ausgestreckt, ins Licht, das von einer Leuchtstoffröhre gespendet wurde.

„Die Größe steht auf dem kleinen Etikett. Wenn Sie auch Unterhosen tragen, dann müssen Sie wissen, was ich damit meine", entgegnete Ella und schlug die Mappe zu. „Aber es ist fast dieselbe, die ich oben in der Wohnung gefunden habe. Das sehe ich an dem Label."

Leonhard Stegmayer musterte die zwei roten Buchstaben auf dem weißen Hintergrund, die schon verwaschen waren. „Dieses Kleidungsstück wurde getragen und gewaschen, anders als das Ihre", konstatierte der Kommissar mit der Andeutung eines schiefen Grinsens und hob das Höschen an die Nase.

Ella zog die Stirn kraus.

Der junge Mann sah zuerst sie, dann Leonhard an. Kein Wunder, was sollte er sich nach solch einer zweideutigen Aussage auch zusammenreimen.

„Wo ist eigentlich Ihr Lehrmeister?", wandte sich Leonhard Stegmayer unvermittelt an den jungen Mann und verstaute das Beweismaterial in einer dafür vorgesehenen Tasche. Die OP-Handschuhe warfen unzählige feine Falten auf seine Hände.

„Herr Sternwart meldet sich für gewöhnlich nie bei mir ab."

„Dann zeigen Sie uns doch bitte den Trockenraum." Kommissar Stegmayer griff zum Telefon. Er erteilte Befehle in kurzen und knappen Worten. Zuerst drängte er jemanden zur Eile, dann schickte er einen Streifenwagen zu Sternwarts Adresse. „Die Männer sollen sich Einlass in die Wohnung verschaffen", sagte er trocken. Die Wohnung wurde seit Tagen observiert, doch von dem Mann fehlte jede Spur, wusste Ella.

„Ein richterlicher Durchsuchungsbeschluss wird hier nicht benötigt, wir haben Gefahr im Verzug", brummte er in den Hörer, bevor er aufgelegt hatte.

Danach musterte er Luis mit einem fragenden Blick. „Los, los, wir haben keine Zeit zu verlieren", sagte er und zeigte mit der Hand auf die Tür. „Zeigen Sie mir den Weg."

„Der ist abgeschlossen. Dieser Raum wird renoviert wegen Wasserschaden", stotterte Luis.

„Sie haben bestimmt einen Schlüssel?"

Luis nickte unschlüssig und inspizierte den Schlüsselbund in seinen Händen. „Das müsste dieser hier sein."

„Sie begleiten ihn und suchen nach Dingen, die nicht unbedingt in eine Werkstatt passen." Diese Anweisung galt Ella.

Sie erwiderte nichts darauf.

Ella musste den beiden Männern Platz machen. „Warten Sie kurz draußen auf uns, am besten vor der Treppe, und wehe, Sie versuchen zu fliehen, draußen stehen zwei Beamte, sie werden bei der Festnahme nicht sehr zimperlich sein. Ich komme gleich nach, Sie warten brav, bis ich da bin, und rühren sich nicht vom Fleck", ermahnte Kommissar Stegmayer den jungen Mann und drehte sich zu Ella um, weil ihm etwas Wichtiges eingefallen zu sein schien.

Der eingeschüchterte Mann senkte den Kopf und ging zu den Treppen. Dort blieb er dann stehen, ohne sich zu rühren.

„Ich möchte, dass Sie unvoreingenommen an die Sache herangehen. Ich möchte keine Vermutungen und keine Mutmaßungen, auch keine Ideen, die sich noch entwickeln müssen. Ich will nur Fakten. Haben Sie mich verstanden? Was ist los? Warum schauen Sie mich so an? Was liegt Ihnen auf dem Herzen? Nun spucken Sie es schon aus, Greenwood. Was passt Ihnen diesmal nicht?"

„Wir hatten an der Uni einen jungen, attraktiven Studenten. Er trug immer einen perfekten Anzug, roch gut und fuhr einen schicken Wagen. Aber keiner der Mädchen wollte mit ihm tanzen, nicht, weil er nicht tanzen konnte. Nein, er war einfach ein von sich überzeugtes Ekel und wollte uns bei jeder sich darbietenden Gelegenheit an die Wäsche. Sein Ruf eilte ihm voraus."

„Armer Kerl", entgegnete Stegmayer. „Jetzt sehen Sie zu, dass Sie etwas Brauchbares finden. Sie haben schließlich bewiesen, dass Sie einen Riecher dafür haben." Er zwinkerte ihr zu und strich Ella einen unsichtbaren Fussel von der Schulter. „Und starren Sie mich nicht so an. Ich kann diese durchdringenden Blicke nicht ausstehen. Diese Scheiße funktioniert nur bei intelligenten Menschen. Darum schlage ich Ihnen vor, dass Sie es lieber sein lassen, sonst sehe ich mich gezwungen, Sie aus meinem Team auszuschließen. Haben Sie mich verstanden?"

Ella blieb ihm eine Antwort schuldig.

Leonhard hob den Mundwinkel an und ging wortlos durch die Tür.

Eine unerklärliche Ungeduld hatte sie überfallen. Warum war dieser Mann nur so ein Ekel? Sie blinzelte den restlichen Nebel ihres Zorns weg und sah sich um. Sie hörte die Männer im Korridor, wie sie laut miteinander sprachen.

Ella durchsuchte den Spind, ohne fündig zu werden. Dann hob sie den Blick und betrachtete das Seil. Langsam ließ sie ihren Blick zur Werkbank schweifen. Sie näherte sich der Säge, dann nahm sie einen Seitenschneider in die Hand. Ihr Vater war ein begeisterter Hobby-Handwerker, darum kannte sie sich in dieser Materie gut aus. Der Seitenschneider hatte vom vielen Abzwacken von Drähten eine Einkerbung. Sie lief zurück zum Seil und musterte das ausgefranste Ende. Hier waren einige Fäden länger als die anderen. Dieses Muster passte zu ihrer Vermutung, das Seil wurde mit diesem Werkzeug durchtrennt.

Kapitel 34

Während Luis zwischen den Welten driftete und nicht akzeptieren wollte, dass das, was er sah, tatsächlich passierte und nicht eine erneute Ausgeburt seiner Phantasie war, lief er weiter durch den dunklen Raum. Seine Hand tastete nach einem weiteren Lichtschalter, fand jedoch keinen. Der Polizist blieb irgendwo hinter ihm stehen. Er hörte ein leises Klacken.

„Warum geht hier das Licht nicht an?", empörte sich der Kommissar.

„Der Raum wird saniert, das habe ich Ihnen doch schon vorhin gesagt. Die Kellerräume waren marode", hörte er seine sich überschlagende Stimme. *War das nur eine Sinnestäuschung oder doch Wirklichkeit?*, fragte er sich selbst und ging wie von Zauberhand geführt einfach weiter. Die Dunkelheit, von der er umnachtet wurde, wurde zu einer zähen, flüssigen Masse. Seine linke Hand glitt in die Hosentasche seiner Jeans und zog ein Klappmesser heraus. Mit zittrigen Fingern klappte er das Messer auf.

„Hey, bleiben Sie sofort stehen." Eine starke Hand riss ihn an der Schulter und ließ ihn herumwirbeln. Es kam so plötzlich, dass Luis rückwärts taumelnd gegen die Wand flog, doch sein Blick war immer noch auf den Schatten gerichtet, der in der Luft schwebte. Rückblickend wünschte er sich, heute zu Hause geblieben zu sein, um all das nicht erleben zu müssen. „Wir müssen ihn da runter nehmen", flüsterte er kaum hörbar und hob die Hand, in der er immer noch das Messer hielt.

„Geben Sie es her", blaffte der Polizist und riss ihm grob das Messer aus den Fingern.

Luis Beine knickten ein. Er rutschte zu Boden. Der Polizist half ihm zurück auf die Beine. In seinem Gesicht stand Entschlossenheit.

Kapitel 35

Leonhard rief sich resolut zur Konzentration. Durch ein kleines Fenster schien ein gleißend heller Sonnenstrahl und erleuchtete das tote Gesicht, obwohl der restliche Körper in der Dunkelheit zu einem Schemen verschwamm. Die weit aufgerissenen Augen trotzten dem Licht. Der Tote blinzelte nicht, er starrte in das grelle Gelb der Sonne. Leonhard drückte Luis gegen die Wand. „Du bleibst hier einfach so stehen", flüsterte er.

Luis nickte kaum merklich.

Leonhard klopfte dem jungen Mann sachte auf die Schulter und bewegte sich dann zu dem Mann, der an einem Seil aufgehängt an der Decke hing, den Mund zu einem ewigen Schrei aufgerissen. Als er nah genug vor Sternwart stand, hielt er ihm den Lichtstrahl seiner Taschenlampe in die toten Augen. Sie hatten eine leichte Trübung angenommen.

Eine laute Melodie ertönte. Vor Schreck ließ Leonhard beinahe die Taschenlampe fallen. „Fuck", fluchte er in sich hinein.

„Ich muss da dran gehen, das ist meine Frau, sie macht sich bestimmt Sorgen", hörte der Kommissar Luis' beinahe weinerliche Stimme.

„Dann gehen Sie gefälligst raus in den Gang, aber Sie dürfen das Haus nicht verlassen, bis wir hier alles

Nötige erledigt haben", knurrte Leonhard Stegmayer und tastete die Leiche mit dem Lichtkegel seiner Taschenlampe ab. Die ausgeprägten Totenflecken an den Händen wiesen darauf hin, dass der Hausmeister mindestens seit vierundzwanzig Stunden tot war. Stegmayer nahm die kalte linke Hand in die seine, drückte sie zusammen und wartete kurz, nach dem Loslassen beäugte er die Stelle mit konzentriertem Blick. Der Fleck wurde für einen Moment wieder heller. Seine Gedanken wurden von der stotternden Stimme des jungen Mannes gestört, der im Gang mit seiner Frau sprach und ihr die Situation schilderte. Leonhard lief um den Toten herum und entdeckte eine Ungereimtheit. Der Lichtkreis scannte den nackten Hals des Mannes, der von dem dünnen Seil eingeschnürt war. Oberhalb des linken Ohres entdeckte er eine leichte Schwellung. Kam das von einem Sturz oder doch von einem Schlag?

Die Luft hier drin roch tatsächlich nach Moder und hatte einen leichten Leichengeruch angenommen. Flusen tanzten in dem Lichtkegel, Leonhard stellte sich vor, wie er kleine Teilchen der Leiche einatmete und kräuselte die Nase. Mit einem fahlen Geschmack auf der Zunge verließ er den Raum und rief Tom an. Kurz darauf forderte er ein Team von der Spurensicherung an. „Und Sie ..." Leonhard Stegmayer taxierte Luis mit durchdringendem Blick. Dieser stand mit dem Rücken an die Wand gelehnt da, den Blick leicht zu Boden gerichtet. „Sie müssen darüber Stillschweigen bewahren, auch Ihre Frau, sonst müssen wir Sie beide einsperren."

Luis nickte stumm. Tränen füllten seine Augen.

„Wo ist hier der Stromkasten?"

„Wie bitte?" Luis blinzelte. Ein betrübter Ausdruck erschien auf seinem Gesicht. „Ist Herr Sternwart", er schluckte, „ich meine, hat er sich etwa das Leben genommen? Er hat das immer wieder angedeutet, aber dass ... dass er es wirklich über sich bringt." Seine Stimme klang rau, und er kämpfte um Fassung.

„Wo ist der Stromkasten?" Leonhard verbarg seine Ungeduld nicht, jedes Wort klang wie ein Hammerschlag.

„Kommen Sie mit."

Sie liefen bis zum Ende des Ganges und bogen nach links ab. „Das ist er. Aber ich habe keine Ausbildung. Ich darf nichts anfassen, wovon Menschenleben abhängen können", rechtfertigte sich Luis und hielt gebührenden Abstand zu dem Schrank.

„Ist schon okay." Augenscheinlich hat auch hier seit geraumer Zeit keine Modernisierung mehr stattgefunden, stellte Leonhard fest und öffnete eine der Türen. Der Sicherungskasten war nicht abgeschlossen. Er betrachtete alle Schütze und Sicherungen eingehend und betätigte einen der Hebel, über dem mit einem Bleistift das Wort ‚Wäsche' hingekritzelt worden war. Es klackte trocken.

Kapitel 36

Ella lief zu den Kellerräumen. Leonhard hatte etwas gefunden, das er ihr unbedingt zeigen wollte.

„Wir haben eine weitere Leiche?", prophezeite sie und ließ den Satz wie eine Frage klingen.

Leonhard Stegmayer bedachte sie mit einem abschätzigen Blick. „Kommen Sie mit."

Der Raum wirkte im hellen Licht der Deckenbeleuchtung kahl. Bis auf den toten Mann, der an einem der Haken hing, der für die Wäscheleinen vorgesehen war, war hier alles für die Sanierungsarbeiten weggeschafft worden, mutmaßte Ella und blieb im Türrahmen stehen. Ihr Kollege stand dicht hinter ihr. Der Tote mit seinen blauen Lippen, der angeschwollenen, dunklen Zunge, die aus seinem Mund hing, und den trüben Augen wirkte unecht.

„Wir sollten den Raum nicht weiter verunreinigen, Greenwood. Wer weiß, vielleicht ist es gar kein Selbstmord, und der Mörder hat absichtlich alles so geschickt in Szene gesetzt, um uns in die Irre zu führen."

„Warum tut er das? Was verschafft einem den Kick, wenn er einem anderen das Leben nimmt?"

„Macht", entgegnete der Kommissar ruhig und machte zwei Schritte zurück. Ella drehte sich um.

Luis saß in der Hocke, den Kopf tief in den Nacken gelegt, stierte er zur Decke.

„Macht?", echote Ella.

„Es gibt Bedürfnisse, besser gesagt: Triebe, die wir nur dann stillen können, wenn wir in Interaktionen mit anderen menschlichen Wesen treten, Sex ist eine davon, Mord ist nur eine Steigerung."

„Und die Liebe?"

„Liebe ist nur ein Vorwand."

„Wie bitte?"

„Liebe ist nur ein Gefühl, Greenwood. Eine Täuschung. Liebe ist ein Mittel zum Zweck. Für die Liebe sind manche bereit zu sterben, die anderen würden dafür sogar töten."

„Sind Sie schon immer so ein Romantiker gewesen?"

Die beiden schwiegen sich angespannt an.

„Ich bin pragmatisch veranlagt, diesen Firlefanz mit der rosaroten Brille überlasse ich lieber den anderen. Wir schweifen zu sehr von unserem Fall ab. Haben Sie weitere relevante Informationen für mich, haben Sie in der Werkstatt etwas finden können?"

„Ich nehme stark an, dass das Seil mit einem Seitenschneider durchtrennt wurde, und ich habe ein Foto gefunden, welches aus der Wohnung von Gisela Jung entwendet wurde. Ich gehe davon aus, dass der Hausmeister sich unerlaubten Zutritt zu ihrer Wohnung verschafft hat. Ich habe alles an Ort und Stelle liegen lassen", fügte sie ruhig hinzu. „Gute Arbeit, Greenwood. Womöglich hat er sie sogar gefilmt. Er war ein Spanner. Vielleicht hat er sogar die Videos online gestellt, wer weiß?"

„Ihr Männer seid in einer Hinsicht alle gleich, ihr meint, etwas besitzen zu können, ohne euch vor Augen zu führen, dass besitzen und behalten nicht ein und dasselbe ist."

„Mir fällt da etwas ein, Greenwood. Wussten Sie, dass unerfüllte Wünsche, damit sind sexuelle Impulse gemeint, oft in Gewalt übergehen, besonders dann, wenn sie nicht wahr werden? Ich habe mal ein Interview mit einem Sexualstraftäter geführt. Er hat es so beschrieben, dieses Gefühl, das einen in seinen Besitz nimmt, hat etwas Zwingendes an sich, ich kann diesem Zwang kein Paroli bieten, nichts mehr schreckt mich davor ab, kein Gesetz, nicht einmal der Tod."

„Und was empfinden die unmittelbar nach der Tat?"

„Ich weiß nicht, ob man das pauschalisieren kann, aber dieser Mann lag mehrere Tage Zuhause in seinem Bett einfach nur da, wie in einem existenziellen Schockzustand. Alles, zu was er fähig war, war das Atmen. Er hat sich später das Leben genommen. Bei seinem letzten Gespräch hat er mir etwas offenbart, das mich bis heute beschäftigt. ‚Ich finde für mich keinen Ort auf dieser Welt, wo ich mich verstecken kann, oder zumindest die Fantasien in mir.' Er hat mir schreckliche Dinge erzählt. Seine Vorstellungen waren grausam und endeten immer mit dem Tod."

„Heutzutage ist das Internet voll davon. Unser Leben ist mit krankhaften Bildern verseucht, egal, wohin man schaut, findet man Perversion in all ihren Facetten."

Leonhard schwieg, holte tief Luft und sagte: „Wir modernen Menschen sind zu einer voyeuristischen Gesellschaft verkommen, sehen uns bemüßigt, die anderen zu überwachen, und im gleichen Zug bangen wir darum, dass niemand unsere Geheimnisse veröffentlicht."

Schritte hallten durch das Treppenhaus und prallten von den weiß getünchten Wänden ab, die von metallenen Türen flankiert waren. Die beiden drehten sich in die Richtung um, aus der die Geräusche kamen. Das atmosphärische Rauschen eines Funkgeräts verriet, wer die Neuankömmlinge waren. „Bitte kommen", verklang eine mechanische Stimme, die von schweren Schritten überlagert wurde.

„Unsere Kollegen sind da", sagte Leonhard und lief den Männern entgegen.

Kapitel 37

„Luis, was ist mit dir los?"

Luis saß am Tisch und verspürte keinen Hunger. Seine Frau hatte Bratkartoffeln mit Speck gemacht. An ein kühles Bier hatte sie auch gedacht. Doch er würde heute keinen Bissen runterbekommen.

„Papa, darf ich später Mama heiraten?" Sein Sohn sah ihn mit glänzenden Augen an. Steven stocherte mit einer Gabel im Essen herum und schob die knusprig gebratenen Speckstreifen an den Rand seines Tellers.

„Wieso willst du Mama heiraten?" Luis lächelte traurig und nippte an seinem Bier, weil ihm die Kehle trocken wurde.

„Wenn du sie nicht mehr liebhast, dann kann ich sie doch heiraten. Du hast mit ihr wieder gestritten, gestern und heute auch, das macht ihr oft. Ich habe sie im Bad schreien hören." Er griff mit den Fingern nach dem Speck und biss hinein.

„Oh Gott." Larissa schlug sich die Hand vor den Mund und bekam rote Wangen.

„Ich glaube, du musst ins Bett, doch vorher solltest du nochmal aufs Klo gehen." Luis atmete schwer aus. „Ich werde wohl eine Runde joggen. Ich habe heute Nachtschicht."

„Schon wieder?" Larissa legte die Gabel beiseite.

„Ja."

„Aber du hast doch jetzt diesen neuen Job als Hausmeister."

„Nur auf Probe, und jetzt, wo der Kerl, du weißt schon ... Aber behalte es bitte für dich."

„Aber du hast nichts gegessen."

„Kein Hunger." Er stand auf und ging ins Schlafzimmer, um sich umzuziehen. „Ich werde vielleicht lieber einen Spaziergang machen, um den Kopf frei zu bekommen. Ich komme spät, eigentlich sehr früh nach Hause. Meine Schicht endet um zwei, also bin ich etwa gegen drei Uhr da."

Larissa blieb in der Küche, um den Tisch abzuräumen. Ihr gemeinsames Kind half ihr dabei. „Papa, wenn du immer weg bist, dann muss ich Mama heiraten", rief er durch die ganze Wohnung und meinte es scheinbar ernst. Luis war von der kindlichen Naivität schon immer begeistert gewesen. Er zog sich schnell um und lief zurück in die Küche, um sich von den beiden zu verabschieden.

„Du kannst gerne für mich arbeiten gehen, und ich bleibe zu Hause", scherzte er und sah sich die beiden an.

„Dafür musst du in die Schule", konterte Steven und steckte ein schmutziges Messer in den Besteckkorb.

„Für deine Noten brauche ich nicht in die Schule zu gehen."

„Ich habe eine Eins in Sport. Ich will später eh Fußballer werden. Als Profi werde ich Millionär."

„Klar", sagte Luis, drückte seiner Frau einen Kuss auf die warme Wange und zerzauste seinem Sohn das Haar.

Kapitel 38

Ella und Leonhard befanden sich immer noch in Herrn Sternwarts Wohnung, immer noch leuchtete der Blitz eines Kriminalfotografen.

Der Gerichtsmediziner war mit seiner ersten Untersuchung fertig.

„Was hast du alles für uns, Tom?", wandte sich der Kommissar an seinen Kollegen, der in einem weißen Tyvek-Schutzanzug steckte und sich erst jetzt die Maske von Mund und Nase nahm.

„Die Leiche weist starke petechiale Würgemale auf. Im Hals und Nackenbereich, was darauf hindeutet, dass das Opfer gewürgt und losgelassen wurde, gewürgt und losgelassen. Aber auch, dass der Mörder lange Finger haben muss. Mit den Stumpen, wie der Hausmeister sie hat, würde er sie nicht so umschließen können, seine Finger sind viel zu kurz dafür. Aber das ist nur eine Annahme."

„Was fällt Ihnen auf, wenn Sie die Leiche betrachten, Greenwood?" Leonhard sah sie fragend an.

„Sie passt wieder in das Beuteschema, aber sie wurde nicht aufgehängt wie die Frauen im Wald."

„Korrekt."

„Ich staune immer wieder darüber, dass Frauen emotional viel stärker sind als Männer", sagte Tom und bedachte Ella mit einem festen Blick, der so etwas wie Erstaunen ausdrückte. „Normalerweise kotzen sich die Neulinge fast immer vor die Füße, wenn sie ihre erste Leiche sehen", sagte er. In seinen Worten schwang kein Hohn mit, sondern eine Art Bewunderung. *Oder will er sich bei mir Sonderpunkte erhaschen?*, überlegte sie, verriet jedoch ihre Gedanken mit keiner Regung.

„Unser Tom ist viel netter als ich. Ich hingegen bin immer noch der Meinung, dass Frauen sich gut verstellen können und gar nicht so lieb sind, wie sie manchmal tun. Können Sie dem zustimmen, Greenwood? Was sagen Frauen über Männer, wenn sie unter sich sind?"

„Männer sind eine Form der Fehlgeburt, euch fehlt die Steuerung eurer Triebe."

Tom grinste, Stegmayer spannte die Kaumuskeln an und holte tief Luft. „Und was sind in ihren Augen Serienmörder? Sind ja mehr als neunzig Prozent auch Männer."

Der Leichengestank wurde intensiver. Der Tatort wurde noch immer nicht freigegeben. Sie standen im Flur, irgendwo wurde ein Fenster oder eine Tür geöffnet. Mit der Luftzufuhr kam auch der Verwesungsgeruch. Ella sah stumm ins Wohnzimmer. Dorthin, wo die Leiche auf dem gelben Sofa drapiert war. Sie saß mit gekreuzten Beinen da, so als würde sie fernsehen. „Serienmörder sind suizidgefährdete Kreaturen. Sie zerstören nicht nur sich selbst, sondern auch das Leben ihrer Opfer und deren Angehörigen."

„Welchen Eindruck haben Sie von unserem Mörder? Ist er impulsiv? Handelt er aus dem Affekt heraus oder plant er seine Taten akribisch? Warum inszeniert er seine Taten auf ein und dieselbe Weise, doch bei diesem Opfer scheint er sich anders entschieden zu haben? Sie haben behauptet, dass Sie als Psychologin Fuß fassen wollen, beweisen Sie Ihr Können anhand dieser Gegebenheiten."

„Das war nur ein Modell. Aber ich habe viel über die Psyche dieser Geschöpfe gelesen. Viele sprechen von einem Emotionskontinuum. Manche Mörder weinen beim Anblick eines Kätzchens, aber sie sind gefühlskalt, wenn es darum geht, einen Menschen umzubringen. Ihnen fehlt die Empathie. Ein Sexualmörder, und mit so einem haben wir es hier meiner Meinung nach zu tun, wird meistens mehr durch seine Phantasien befriedigt als durch seine Taten. Zwischen den Morden entsteht eine Abkühlphase. Diese Zeit nutzt er für seine Planung. Sie werden jedoch immer kürzer, weil die Wunschvorstellungen nicht den Tatsachen entsprechen. Irgendwann müssen sie wieder töten. Ein Mörder ist ein Sadist und schwelgt in Erinnerungen an seine Taten, bis diese irgendwann verblassen. Der Schmerz und die nackte Panik der Opfer sind das, wonach er aus ist. In dem Augenblick, in dem er den Hals zudrückt, spielt er Gott, nur er allein bestimmt über den Tod. Darum hat er sich bei dieser Frau besonders viel Zeit gelassen. Er hat zugedrückt und losgelassen, gewartet, bis sie wieder zu sich kam, danach hat er wieder zugedrückt und losgelassen, zugedrückt und losgelassen. Auf das spätere

Aufhängen im Wald hat er dieses Mal aus einem bestimmten Grund verzichtet."

„Also zeigt unser Mörder doch Reue? Ist es eine emotionale Wiedergutmachung? Hat er die Frau deswegen zwar entkleidet, aber nicht entwürdigt, indem er sie in der Öffentlichkeit präsentiert hat?"

Stegmayer sah sie abwartend an. „Sie müssen tiefer graben, Greenwood."

„Er ist ein Perfektionist, er ist ständig in einem Kampf mit sich selbst, er bemüht sich, das Chaos, das sein Leben mit sich bringt, in Ordnung zu bringen, um permanent an diesem Versuch kläglich zu scheitern. Wir haben ihn aufgeschreckt, darum fingiert er seine Spuren."

„Also gehen auch Sie nicht davon aus, dass Herr Sternwart der Mörder ist?"

„Nein. Sie ist halb verwest. Doch der Leichengeruch hat sich noch nicht in allen Räumen festgesetzt."

„Er kann sie doch woanders aufbewahrt haben."

„Kein Serienmörder bringt sich auf dieselbe Weise um, wie er seine Opfer tötet."

„Sie sagten doch selbst, dass Mörder potenzielle Selbstmörder sind."

„Die sind suizidgefährdet. Aber mir ist noch kein Fall bekannt, bei dem sich einer dieser Kreaturen das Leben außerhalb der Gefängnismauern genommen hat."

„Wie kommen Sie darauf, dass er ein Perfektionist ist?", intervenierte Tom. Sein Interesse war echt.

„Ich habe die Knoten studiert. Die sind alle gleich, haben dieselbe Form, die Schlaufe hat immer den gleichen Umfang."

„Von exakt sechzig Zentimetern", ertönte Stegmayers Stimme und brachte Ella für einen Augenblick durcheinander.

„Ich würde sogar behaupten, dass er Linkshänder ist", sagte sie dann, nachdem sie sich wieder gesammelt hatte.

„Weil?" Stegmayer hob die Brauen. Die Ungeduld, die in seiner Frage mitschwang, war nicht zu überhören.

„Mein Papa war Linkshänder. Wie gesagt, er segelte gern, und anfänglich waren seine Knoten spiegelverkehrt, weil er das Seil immer falsch herum gehalten hat."

Eine Frau gesellte sich zu der kleinen Gruppe. „Wir sind soweit fertig. Sie dürfen den Leichnam in Augenschein nehmen. Doch der Körper darf vorerst nicht bewegt werden."

„Danke, Renate", sagte Tom, sich an die Kollegin gewandt. „Wollen wir?" Er bedachte zuerst Ella, dann Stegmayer mit einem fragenden Blick. „Sei nicht zu streng mit ihr, Leonhard."

„Meine anfängliche Skepsis verflüchtigt sich zwar langsam, aber eine gewisse Vorsicht ist immer noch vorhanden. Ich habe damals genauso angefangen wie sie", entgegnete er ruhig und sagte es so, als sei Ella überhaupt nicht anwesend.

Kapitel 39

Leonhard hielt sich ein Taschentuch vor Mund und Nase. „Irgendwelche Merkmale, die sich von den anderen Frauen unterscheiden?"

Die Wohnung war genauso chaotisch und vollgestopft wie der Kellerraum, stellte Leonhard fest.

Renate blieb zwei Schritte vor dem Sofa stehen. Auch Leonhard lief nicht weiter.

„Ihr rechter Arm ist gebrochen."

„Das ist neu."

„Ja", stimmte sie mit ruhiger Stimme zu. „Trotz des fortgeschrittenen Verwesungsprozesses wurde auch diese Leiche gewaschen."

„Weil die Opfer sich schmutzig machen", sagte Leonhard beiläufig wie zu sich selbst.

„Sich einkoten und einnässen ist bei dieser Tötungsart ein natürlicher Vorgang und nimmt dem Opfer seine letzte Würde." Renates Stimme bebte.

„Trotz all unserer Bemühungen haben wir nichts in der Hand. Durch unser Tappen im Dunkeln fühlt sich dieser Mistkerl sicher und ist bereit, größere Risiken einzugehen." Leonhard ließ seinen Blick durch den Raum schweifen. Das Wohnzimmer glich einer Werkstatt. Auf einem kleinen Tisch lag ein Lötkolben. Im Aschenbecher sah er einen Klecks des Lötzinns. Der Fernseher war ein altes Modell. Die Verkleidung fehlte komplett. Eine Antenne ragte aus dem Hintergrund. Auf dem Fenstersims stand ein irdener Blumentopf, darin steckten eine vertrocknete Pflanze und eine Blume aus vergilbtem Plastik.

„Vielleicht täusche ich mich, aber es wäre doch möglich anzunehmen, dass er sich tatsächlich das Leben genommen hat?", hörte er Renates Stimme.

Leonhard wiegte den Kopf.

„Wir haben einen partiellen Fingerabdruck auf dem großen Fußnagel am linken großen Zeh gefunden", sprach ein junger Polizist etwas aufgebracht und hielt ein kleines Gerät auf die besagte Stelle. Eine ohrenbetäubende Stille legte sich über den Raum. „Wir brauchen uns keine allzu großen Hoffnungen machen, aber immerhin", sprach er, so als wolle er sich Mut zusprechen und sich für seinen Einsatz loben. Er stand nicht etwa bei der Leiche, sondern neben dem Couchtisch, der von Fernsehzeitschriften überhäuft war. „Er hat ihr den Zeh mit einem Messer oder einem anderen scharfen Gegenstand abgetrennt", berichtete der junge Forensiker weiter. „Ich war eigentlich schon beim Zusammenpacken. Dann fand ich den Zeh unter dem kleinen Tisch."

Auch das war neu. Leonhard kaute nachdenklich an der Unterlippe. *Er spielt mit uns. Dieses miese Schwein.* Ein Anflug von Zorn loderte in seinen Augen auf, er hasste es, vorgeführt zu werden. „Sind die Spurensicherungsarbeiten soweit abgeschlossen?

Wenn ja, dann möchte ich, dass Sie alle gehen, bis auf Greenwood."

„Los, Jungs, packt die Leiche ein und lasst uns hier verschwinden, bevor es ungemütlich wird." Tom kannte Leonhards Stimmungsschwankungen, darum war er bemüht, ihm jetzt aus dem Weg zu gehen.

„Nicht so schnell", mischte sich Richie ein. Der stämmige Gerichtsmediziner hatte keine Angst vor Leonhards Ausbrüchen. „Dieses Detail müssen wir selbst erst gründlich verifizieren. Damit ist der Tatort noch nicht freigegeben. „Diese Aufgabe ist immer noch mir, dem Leiter der Spurensicherung, vorbehalten. Leonhard, du kannst solange deine Partnerin zum Kaffee einladen."

Der junge Polizist, der den Zeh eintütete, grinste selbstgefällig, das konnte Leonhard trotz des Atemschutzes erkennen. Das Lachen wird dir noch vergehen, dachte er und wandte sich an seine Kollegin. „Kommen Sie, Greenwood, wir drehen eine Runde ums Haus und gehen in den Keller."

„Ich leiste euch Gesellschaft", erklärte Tom sich dazu bereit, sie zu begleiten. Leonhard hatte nichts dagegen, bedachte den Mann jedoch mit einem zweideutigen Blick.

„Bei all den Leichen möchte ich sicher gehen, dass ich als Erster vor Ort sein kann."

Leonhard zuckte die Schultern, seine Kollegin schien sogar erleichtert aufgeatmet zu haben.

„Ach ja", Leonhard hob theatralisch den Zeigefinger an die Schläfe. „Günter, nicht wahr?" Der

Forensiker nickte und verstaute die Tüte in einer Kühlbox. „Ihre Frau ist doch schwanger?" Erneutes Nicken. Doch die Augen glänzten nicht mehr. Argwohn schlich sich in den abwartenden Blick mit ein.

„Sagen Sie Ihrer Frau, dass sie mich nicht mehr anrufen soll."

In dem kleinen Raum herrschte eine angespannte Atmosphäre.

„Richten Sie ihr aus, dass ich mit verheirateten Frauen nichts mehr zu tun haben möchte." Er deutete auf seine Schulter. „Nichts für ungut, aber an Ihrer Stelle wäre ich einem Vaterschaftstest nicht abgeneigt."

„Sie Arschloch", entfuhr es dem Mann. Jetzt war es Leonhard, der lachte, doch er verriet seine Freude mit keinem Zucken. Niemand hatte das Recht, ihn zu verspotten.

„Renate, du bleibst bei dem Leichnam", sagte Tom knapp.

Leonhard wartete nicht, bis jemand ihm folgte. Er lief zur Tür. Ein Polizeibeamter werkelte immer noch an dem Schloss. „Die Tür wurde nicht aufgebrochen", rapportierte der Mann mit einem Schnurrbart, der ihn wie einen Matrosen aussehen ließ, ohne aufzustehen. Mit seinen geschickten Händen hielt er eine Taschenlampe und einen Dietrich fest umklammert.

„Können Sie uns begleiten und die Kellertür aufbrechen?"

„Vorher müssen wir aber erst die Nachbarn fragen, wo sein Keller war", mischte sich Ella ein und erntete dafür einen zerstörerischen Blick von Leonhard.

„Die Wohnungen sind durchnummeriert sowie die Kellerräume auch, diese Häuser aus der guten alten DDR-Zeit sind nämlich alle gleich", entgegnete er knapp und sah den vor der Tür kauernden Mann fragend an.

„Am besten, Sie nehmen einfach die Ersatzschlüssel. Die hier hingen neben der Tür und sind beschriftet. Sie liegen in der Box." Er deutete mit dem Kinn vor seine Füße. „Die wurden schon auf Fingerabdrücke untersucht, also sind die auch freigegeben."

Tatsächlich sah Leonhard noch die Staubreste. Er beugte sich vor, klaubte den Schlüsselbund aus der roten Schale und begab sich ohne ein weiteres Wort zu den Treppen.

„Warte", vernahm er Toms Stimme und spürte im selben Moment seine starke Hand, die sich um seinen Bizeps schloss. Leonhard blieb am oberen Treppenabsatz stehen. „Musst du alles auf Sex reduzieren?", flüsterte er. „Er kann schließlich nichts dafür, dass du alles bumst, was nicht bei drei auf dem Baum ist. Du benimmst dich in der letzten Zeit wie ein pubertierender Teenie. Wann hast du das letzte Mal an andere gedacht als nur an dich?"

„Du bist ein Rechtsmediziner, demnach auch ein Arzt, stimmt's?"

„Ich habe eigentlich eine Doktorarbeit geschrieben."

„Das ist egal, Tom."

Tom wartete die Frage ab und sah kurz zu Ella. Sie stand unweit von ihnen, wagte jedoch nicht, sich den beiden Männern zu nähern. Leonhard schwieg. „Welcher Reiz treibt dich dazu, mit Frauen der Kollegen zu schlafen? Ist es Adrenalin, in flagranti erwischt zu werden, oder etwas anderes? Welchen Kick verspürst du dabei? Kannst du mich bitte aufklären?"

„Hattest du schon mal Sex mit einer deiner Patientinnen?" Leonhard sprach absichtlich so laut, dass auch Ella ihn klar und deutlich hören konnte. Als er fertig war, mahlte er mit den Kiefern.

Tom ließ von ihm ab. Sein Gesicht nahm einen Ausdruck an, als hätte er in einen sauren Apfel gebissen. „Du und deine Witze sind krank", knurrte er und wischte seine Hand an der Brust ab.

„Ich bin gern allein", erwiderte Leonhard und lief pfeifend die Treppen nach unten.

Kapitel 40

Dennis stand in der Küche, er war schweißgebadet. Die Erinnerung an die wie aus dem Traum klingende Stimme seiner toten Mutter verstärkte das Zittern seiner Glieder. Die alles verzehrende Panik in ihm ließ seine Kehle trocken werden. Er saß auf dem Stuhl und war nicht fähig, sich zu bewegen. „Dein Papa ist ein Mörder, er wird uns irgendwann umbringen. Dieses Mal mischst du dich nicht ein, hast du mich verstanden? Sonst müssen wir beide sterben", wiederholte er die Warnung, dabei bewegte er nur die Lippen.

„Dennis, bist du das?", ertönte eine altersschwache Stimme, die von unzähligen Zigaretten rauchig und feuchtschmatzend klang. Dennis spürte die Präsenz seines todkranken Vaters, der sich durch seine Art selbst im Krankenhaus verhasst gemacht hatte, sodass der Arzt sich geweigert hatte, ihn länger zu behandeln. Sein Vater wollte es selbst so, hatte sogar dafür ein Papier unterschrieben. Nach vielen Jahren des Aufenthalts in unzähligen Sanatorien war er wieder da. Der Geruch nach kaltem Rauch, einem herben Moschus-Duft und leichter Verwesung war allgegenwärtig. Diese Mischung, dieser giftige Cocktail, war zum Körpergeruch seines Vaters geworden und ließ sich nicht mehr abwaschen.

„Dennis", krächzte der Alte und bekam einen Hustenanfall.

Dennis saß immer noch einfach nur da. Er atmete in kurzen, abgehackten Stößen.

„Ich zähle von fünf herunter!"

Diese Drohung flößte Dennis keine Furcht mehr ein, trotzdem kroch ein kalter Schauer seinen Rücken empor.

„Ich habe mir in die Hose gemacht, komm sofort hoch, du verdammter Hurensohn, und wisch mir den Arsch ab", brüllte sein Vater, so als wäre Dennis derjenige, der an dieser Misere schuld war.

Dennis stand auf. Auf wackeligen Beinen torkelte er zur Spüle, ließ das Wasser eine Weile laufen, erst dann beugte er sich vor und trank gierig. Das Wasser schmeckte nach Rost, *wie Blut,* dachte er, und hielt seinen Kopf unter den Strahl.

Mit einem klammen Geschirrtuch rieb er sich das Haar trocken und lief zurück zum Tisch, auf dem ein Blatt Papier lag und ein Diktiergerät, später würde er alles in einem seiner Bücher festhalten. Das tat er oft, um das Erlebte zu verarbeiten.

Irgendwo in der Ferne schlug die Glocke und lud die Kirchenbesucher zum Beten ein. Doch Dennis wusste, dass die Dorfkirche auch heute leer sein würde. Niemand glaubte mehr an Gott. Warum auch, wenn man dafür Geld zahlen musste, Geld, das keiner hatte.

Das dumpfe Schlagen der Glocke hörte auf. Eine konzentrierte Stille breitete sich in dem Haus aus. Er glaubte sogar, das Schaben von Mäusen unter den Bodendielen hören zu können. Er hob den Blick und sah zum Fenster. Eine Suizidfliege schlug sich fortwährend den Kopf ein. Sie flog ununterbrochen gegen die schmutzige Glasscheibe. Die vergilbten Vorhänge hingen wie Lumpen an der Gardinenstange, die wegen der Rostflecke schmutzig wirkte.

Dennis blinzelte, weil sein Blick trübe wurde. Mit beiden Händen an die Tischkante gestützt, las er die Nachricht, die ER für ihn hinterlassen hatte. ER, das waren all die, die er nie zu Gesicht bekommen würde. Sie waren ihm alle fremd, obwohl sie in seinem Körper hausten. Das fand er unheimlich und konnte es nicht wirklich begreifen, er wollte es nicht begreifen, er wollte normal sein wie alle andere auch. Doch in der hintersten Ecke seines Bewusstseins wusste er, dass er anders war als der Rest der Welt. Sein Psychiater hatte bei ihm eine Spaltung des eigenen Ichs diagnostiziert. Und das machte ihm immer zu schaffen.

Dennis kam damit nicht klar. Aber er fand eine Lösung, wie er mit den anderen Persönlichkeiten Kontakt aufnehmen konnte. Sie kommunizierten miteinander mithilfe eines Zettels und des Diktiergerätes, das er von seinem Psychiater geschenkt bekommen hatte. Er sollte damit seine Eindrücke festhalten und die Kassetten in den Briefkasten werfen. Pustekuchen, dachte Dennis und überflog die Nachricht zum zweiten Mal.

„Ich habe alles erledigt. Selbst den Zeh habe ich mit einem Küchenmesser abgetrennt und neben der

Leiche versteckt. So, wie du es mir aufgetragen hast. Das Messer war aus Damaszenerstahl. Dieser Hausmeister hatte ein Faible dafür." Die Nachricht war mit einer krakeligen Schrift geschrieben, wie die eines Kindes aus der Grundschule, und endete mit einem bösen Smiley.

Dennis setzte sich wieder auf den Stuhl und griff mit beiden Händen nach dem Diktiergerät. Sein Finger schwebte über der Playtaste. Was erwartet ihn dieses Mal? Was hatte eins seiner anderen Ichs für ihn hinterlassen? Er konnte nicht mit Sicherheit sagen, wie viele Ichs in ihm lebten. Aber er hatte das Gefühl, dass es immer mehr wurden.

Sein Vater brüllte vor Zorn und wurde erneut von einem ekelerregenden Hustenanfall unterbrochen.

Dennis sah sein feistes Gesicht vor sich. Sah, wie aus seinem weit aufgerissenen Mund Schleim tropfte. Zwei Reihen schwarzer Stümpfe und eine bläuliche Zunge tauchten vor Dennis' geistigem Auge auf. Er roch den faulen Atem und sah die wässrigen Augen, das linke war vom grauen Star blind geworden. „Komm her und mach mich sauber", rief sein Vater zornig, doch in seiner Wut lag auch Verzweiflung.

„Das soll gefälligst die Frau machen, für die du Geld bezahlst", rief er über die Schulter.

„Die kommt aber erst in drei Stunden", brüllte sein Vater zurück.

„So lange wirst du eben aushalten müssen", entgegnete Dennis kaum hörbar und drückte auf die Taste.

Doch sein Vater schrie weiter, hustete und brüllte noch lauter. Dennis drückte auf die Stopptaste und stampfte nach oben.

„Wusste ich's doch", freute sich sein Vater, als Dennis in der Tür zum Schlafzimmer erschien, in dem sein Vater auf den Tod wartete. „Ich bin vielleicht todkrank, aber ich habe immer noch genügend Geld, um dich zu beugen und in den Arsch zu ficken. DU machst genau das, was ich sage, sonst bekommst du keinen Cent, du nichtsnutziger Bastard!" Er grinste gehässig, doch dann entglitten ihm seine Gesichtszüge, weil Dennis die Tür ins Schloss warf. „Du kommst sofort zurück", erklang die gedämpfte Stimme, die immer leiser wurde, je weiter Dennis sich von ihr entfernte. Die Stufen klagten quietschend unter seinem Gewicht, der Handlauf bot keinen Halt mehr, wackelte bei jeder Berührung und drohte zusammenzubrechen. Das Haus würde in Flammen aufgehen, sobald sein Vater seinen letzten Atemzug getan hatte, schwor Dennis sich und begab sich zurück in die Küche. Vielleicht würde auch sein bisheriges Leben in Flammen aufgehen, und er wäre endlich frei. Wie der Phönix würde er aus der Asche auferstehen, gen blaues Firmament fliegen und alles hinter sich lassen. Vielleicht, nur vielleicht, könnte er auch mit dem Morden aufhören.

„Dennis!", kreischte sein todkranker Vater selbstquälerisch, doch auch jetzt ignorierte Dennis ihn. „Ich werde dich enterben", erklang die lasche Drohung, die eher einem verzweifelten Ruf glich.

Dennis wurde einfach das Gefühl der immerwährenden Demütigung nicht los.

Er konzentrierte sich auf das, was er gleich hören würde, sobald sein Zeigefinger den Playknopf des Diktiergerätes betätigt hatte. Die feinen Fältchen um seine wachen Augen wurden ungewollt tiefer. Er lauschte angestrengt den leisen Geräuschen und knipste alles um sich herum aus. Ein Ausdruck der Befürchtung zeichnete sich auf seinem Gesicht ab. Das leise Rascheln wurde deutlicher und endete in einem dumpfen Poltern, das von einem Stöhnen begleitet wurde. „Ich bin aus dem Bett gefallen, du dämlicher Idiot! Nun komm endlich hoch und hilf mir, wieder aufzustehen, ich muss mich waschen", rief sein Vater ihm zu und zerstörte damit alles.

„Fick dich", knurrte er und stampfte in den Keller.

Endlich verklangen alle Geräusche, die von der stickigen Dunkelheit verschluckt wurden. Nur das Flackern einer Kerze spendete Dennis etwas Licht. Er saß auf einer dünnen Matratze und lehnte mit dem Rücken gegen die warme Wand. Ein leises Klacken durchzuckte die Stille. Zuerst hörte er nur das leise Summen des kleinen Motors und die Drehbewegungen der Mini-Kassette. Dann das aufgeregte Atmen. Sein Herz wummerte vor Aufregung.

„Ich habe mir die Daumenkuppe abgeschliffen, so wie du es mir aufgetragen hast." Dennis drückte auf Pause und rutschte auf Knien näher ans Licht. Er hielt den Daumen an das zuckende Zünglein und verengte die Augen zu schmalen Schlitzen.

Er starrte auf seinen rechten Daumen. Die Haut nässte und war glatt. Er ließ die Aufnahme weiterlaufen. „Dieser Typ, er war stark, aber ich war stärker. Wir waren stärker. Wir waren schon immer die besten - du und ich." Die Stimme klang wie von einem Mann, der eine starke Persönlichkeit besaß, ruhig, besonnen und dennoch respekteinflößend. Erneut unterbrach Dennis die Aufnahme. Seine Nackenhaare stellten sich auf. Er sprang auf die Füße und lief in den kleinen Raum, in dem die Luft nach kaltem Urin, fauligen Kartoffeln und tödlicher Begierde roch. Dort, wo er sich am sichersten fühlte. Die anfängliche Angst schlug in infernale Furcht um. Irgendwie geriet in der letzten Zeit vieles außer Kontrolle. *Ihr Sohn ist immer noch gehemmt*, drang die tiefe Stimme des Kinderpsychologen aus seinen Erinnerungen hervor. Dennis ballte die Hände zu Fäusten und presste sich diese gegen die pochenden Schläfen. Was habe ich bloß getan, brüllte er in sich hinein. *Euer Sohn ist blockiert, ich habe keinen Zugang zu seinen Ängsten, er verschließt sich. Er ist heute wie ausgewechselt. Wir müssen versuchen, ihn aus seiner emotionalen Starre herauszuziehen, aber nicht mit Gewalt.*

Was hast du angestellt?, hörte er nun auch seine Mutter fragen. Er roch ihr Parfüm und spürte ihre sanften Berührungen auf seiner Wange. Ihre weichen Finger strichen ihm über den Kopf und verweilten an der Schläfe. Die Erinnerung hinterließ ein Brennen auf seiner Haut.

Wird Ihr Mann handgreiflich? Stammen die Hämatome wirklich nur von dem Sturz, oder sind das alles Ergebnisse einer Züchtigung? Die Stimme des Doktors klang wirklich besorgt.

Dennis ist nur von der Schaukel gefallen. Stimmt's, Liebling? Auch jetzt nickte er brav mit dem Kopf und sah Mamas Augen vor sich, in denen heiße Tränen schwammen.

Ihr Sohn flüchtet in eine Welt, die ihm vertraut ist. Die Fantasie ist für Kinder manchmal die einzige Möglichkeit, sich vor der realen Welt zu verstecken. Dennis klammert sich an Sachen, die ihn davor schützen, verletzt zu werden. Damit meine ich nicht die körperlichen Wunden, die schneller verheilen als die seelischen. Wir müssen herausfinden, wovor sich Dennis am meisten fürchtet, um ihm diese Angst zu nehmen. Jeder von uns hat einen Schutzmechanismus, verstehen Sie?

Seine Mama hatte damals nur mit dem Kopf gewackelt, wie ein Wackeldackel.

Ihr Sohn zeigt ein sehr auffälliges Verhalten, das nicht unbedingt unnormal ist. Wir müssen etwas dagegen unternehmen.

Was passiert, wenn er sich nicht ändert, kommt er etwa in ein Heim, zu all den anderen Kindern, die ohne ihre Eltern aufwachsen müssen?

Um Gottes Willen, nein, fuhr der alte Mann mit silbernem Haar seiner Mama sanft ins Wort und berührte ihre Hände, um sie zu beruhigen, dann, als wäre er peinlich berührt, konzentrierte er sich auf seinen kleinen Patienten, wie er Dennis immer genannt hatte, und fuhr ihm mit seinen dicken Fingern durch das schweißnasse Haar.

Obwohl Dennis noch ein Kind gewesen war, verstand er Mamas Absicht und tat ab diesem Tag alles, was von ihm erwartet wurde. Aber der Arzt ließ sich nicht so schnell täuschen. Er lud sie zu einem weiteren Gespräch ein, um sich zu vergewissern, dass Dennis nicht geschlagen wurde und dass er sich wieder erholen würde.

Dieses Mal sprach er mit der Mutter, Dennis durfte derweil ein Bild ausmalen.

Die subtilen Zeichen der Entfremdung zeigen sich jetzt schon deutlich in seinem Verhalten. Sie müssen es sich ungefähr so vorstellen: Ihr Sohn ist wie ein junger Baum, der unter Druck steht. Die alltägliche Belastung lässt ihn austrocknen. Je mehr sie ihm aufbürden, umso tiefer werden die Risse in ihm, irgendwann kann er dem Druck nicht mehr standhalten und wird sich spalten. Verstehen Sie? Erst jetzt begriff Dennis, was der gute Doktor damit gemeint hatte.

Dennis lief zurück zu der Matratze und ließ die Aufnahme weiterlaufen. Die Stimme, die seiner sehr ähnelte, klang aufgeregt. „Ich habe ihn wie einen alten Köter mit einem Strick erdrosselt. Ihm den Garaus zu machen, kostete mich nicht wirklich viel Kraft. Er war sturzbesoffen. Und die Leiche habe ich in seiner Wohnung versteckt. Mitten im Wohnzimmer!" Die Stimme lachte schallend. „Du weißt gar nicht, wie gut ich gewesen bin. Du bist wieder ein freier Mann, weil die Bullen ganz bestimmt diesen Sternwart verdächtigen werden." Dennis war einerseits erleichtert, doch andererseits war ihm klar, dass dieses Gefühl nicht lange währte. Die ahnungslose Naivität, der er ein Hochgefühl der Freude über einen Neuanfang verdankte, war nichts als ein Wunschdenken.

Die Gedanken, dass endlich alles vorbei war und er das Leben neu gestalten könnte, all die Träume über ein anderes Leben, waren nur Illusionen. Die Informationen, die auf ihn wie Hagelkörner einschlugen, ließen ihn innerlich rotieren. Alles um ihn herum begann sich wie ein wildes Karussell zu drehen. Seine Beine knickten ein. Er fiel auf die Knie und ließ sich zur Seite fallen. Die dünne Matratze war an einer Ecke immer noch feucht, doch das störte ihn nicht. Ein Klopfen an der Tür brachte ihn dazu, den Atem anzuhalten.

„Ist jemand zu Hause?"

Dennis schluckte.

Der Zettel, brannte sich der Gedanke in seinen Kopf ein. Die Nachricht lag immer noch auf dem Küchentisch. Das durfte niemand zu Gesicht bekommen. Auch nicht die Pflegerin. Er sprang auf die Beine und stürmte aus dem Keller nach oben.

„Einen Moment, ich bin gleich da", rief er hastig.

Obwohl sein Körper immer noch von der eisigen Kälte umschlossen war, schwitzte er. Sein aschfahles Gesicht war zu einer emotionslosen Maske erstarrt. Erst nach dem zweiten Versuch bekam er so etwas wie ein Lächeln hin. Die adipöse Frau mit Kurzhaarschnitt stand bereits im Flur und funkelte ihn giftig an. „Wie geht es Ihrem Vater heute?" Ihre kleinen Schweinsaugen starrten ihn durchdringend an.

„Er hat sich wieder vollgeschissen", sagte Dennis kalt und ging in die Küche. „Den Weg kennen Sie ja bereits", rief er der Frau zu, faltete das Blatt zu einem kleinen Viereck zusammen, und ließ das Wasser in den Wasserkocher laufen.

„Waren Sie bei Ihrem Vater? Haben Sie nach dem Rechten geschaut?" Die Frau stand in der Tür und wartete auf eine positive Nachricht.

„Gestorben ist er noch nicht. Das Böse verreckt nicht so schnell." Dennis stellte das Wasser ab und schaltete den Wasserkocher ein. „Ich habe mich nicht dazu überwinden können, ihm ein Kissen aufs Gesicht zu pressen."

„Das war nicht mein Ansinnen. Damit macht man keine Witze. Wollen Sie mir vielleicht behilflich sein?"

„Das bekommen Sie schon selbst hin. Haben Sie nicht von sich behauptet, dass Sie kreativ sind?"

„Normalerweise gehen mir die Familienmitglieder zur Hand." Ihre Mundwinkel glänzten, Bläschen bildeten sich zwischen ihren Lippen und zerplatzten geräuschlos.

„Ich jedoch nicht", entgegnete er hämisch. „Hab noch anderweitig Sachen zu erledigen, als meinem Vater den Arsch abzuwischen." Das Blubbern des Wassers erfüllte den Raum. Dennis schnappte den

Wasserkocher, lief auf die Frau zu, wartete, bis sie ihm den Weg freimachte, und drückte ihr den ziemlich warmen Behälter gegen die Brust. „Unser Boiler ist kaputt, Sie müssen sich leider hiermit begnügen", knurrte er. Die verdutzte Frau schnappte nach Luft. Dennis ignorierte ihren Blick und die Rufe, die sie ihm hinterherschrie.

Er stürzte in den warmen Abend hinaus. Die Luft roch frisch und war ein wenig abgekühlt. *Ich werde eine Runde umherirren, um den Kopf klar zu bekommen,* sagte er zu sich selbst, steckte die Hände in die Taschen und lief einfach los.

Kapitel 41

„DNA stimmte überein, die Fingerabdrücke waren in der ganzen Wohnung verteilt, im Bad wie auch im Schlafzimmer. Selbst in der Vorratskammer waren welche zu finden und konnten endlich einer Person zugeordnet werden: Sternwart", beendete Leonhard Stegmayer sein Plädoyer. Er schritt vor der Pinnwand mit hinter dem Rücken gekreuzten Armen hin und her. Im großen Büro stand nur ein runder Tisch mit Stühlen, ansonsten war das quadratische Zimmer unmöbliert. Von einer Seite war der Raum von einer Reihe hoher Fenster flankiert, auf der gegenüberliegenden Seite war die Wand von einer Pinntafel beherrscht, die sich jeden Tag mit neuen Fotos und Informationen füllte.

„Aber du bist nicht davon überzeugt?", resultierte sein Chef aus seiner Körpersprache. Leonhard blieb stehen und taxierte den Polizeihauptkommissar mit einem durchdringenden Blick.

Ella, die mit an dem großen Tisch saß, war darauf bedacht, ihren aufgebrachten Partner nicht anzusehen. Wie früher in der Schule, dachte sie. Wenn man den Lehrer nicht ansah, so würde man schon nicht drankommen. Ihre Gedanken waren unstet und verworren.

„Was meinen Sie, Greenwood? Haben wir tatsächlich den Mörder gefasst und können uns endlich einem anderen Fall widmen?"

Ella hielt ihren Blick immer noch auf einen Fleck auf der weißen Tischplatte gerichtet. „Greenwood, nun spielen Sie nicht die Taubstumme", brummte Stegmayer und trat näher. Der Nebel in Ellas Augen lichtete sich, als sie den Blick hob. „Wie erklären Sie das Vorhandensein der Fingerabdrücke und schließlich das dargebotene Bild der Frauenleiche in der Wohnung des mutmaßlichen Verdächtigen? Er war gleichzeitig unser potentieller Mörder, bisher. Er hat früher gedient, damit könnte die Pause der Morde erklärt werden. Er hat sich für vier Jahre verpflichten lassen und war im Ausland bei mehreren Einsätzen dabei. Und wiederum kann der Tote eine weitere fingierte Spur sein, die der Mörder so geschickt gelegt haben könnte!"

„Müssen wir nicht erst herausfinden, wer die Tote ist?"

„Bingo, müssen wir. Aber wir müssen auch alles andere in Betracht ziehen, was wir schon haben."

Ella wandte den Blick zum Fenster. Draußen kündigte sich die Morgenröte an. Am Sims gurrten zwei Tauben mit aufgeplusterten Federn und nickten einander mit ihren kleinen Köpfen zu.

Ellas Finger umfasste eine Mappe. Sie hatte die heutige Nacht unten im Keller verbracht. „Ich bin da auf einen Cold Case gestoßen", hörte sie sich sagen.

Leonhards Augenbrauen fuhren nach oben. Seine Stirn bekam Falten. Gedämpfte Stimmen brachten die angespannte Atmosphäre zum Knistern. „Der Fall liegt fünfundzwanzig Jahre zurück und wurde eigentlich nie richtig aufgeklärt. Auch damals fand man eine Frau an einem Baum aufgehängt. Auch sie wies flohstichartige Einblutungen in den Bindehäuten auf. Dieses Merkmal ist ein eindeutiges Indiz für eine Abschnürung der Atemwege, anders ausgedrückt, die Frau wurde stranguliert, aber das muss ich Ihnen nicht näher erklären." Ellas Finger flatterten auf dem Einband und hoben das Deckblatt kurz an. Sie war aufgeregt und doch etwas sauer auf Leonhard, trotzdem verspürte sie so etwas wie Erleichterung. Das war fast dasselbe Gefühl, welches man nach einem harten Tag Arbeit empfand, sie war erschöpft, aber mit sich selbst sehr wohl zufrieden. „Ich gehe stark davon aus, nach all den Gräueltaten glaubt der Mörder sich immer noch in Sicherheit wiegen zu können. Er ist ein Realitätsverweigerer."

Kapitel 42

„Also habe ich Sie nicht umsonst ins Archiv verbannt", sagte Leonhard, stützte sich mit den Fäusten an der Tischkante ab und sah Ella fest an.

Ihre Augenlider flackerten. Aus ihr könnte vielleicht doch eine brauchbare Polizistin werden, dachte er in sich hinein und zerrte mit Daumen und Zeigefinger die Mappe unter ihren Fingern hervor. Sie leistete kaum Widerstand. In Gedanken schritt er noch einmal die Wohnung von Herrn Sternwart ab.

Leonhard stand wieder im Wohnzimmer. Das ganze Mobiliar war aus zweiter Hand, denn Herr Sternwart war ein sehr sparsamer Mensch, so die Mitbewohner. Er pflegte jedoch keine Kontakte zu Frauen, zumindest brachte er keine mit nach Hause. In der letzten Zeit war auch niemandem etwas Außergewöhnliches aufgefallen.

„Wollen Sie vielleicht fortfahren?", vernahm Leonhard eine Stimme, der er jedoch keine Beachtung schenkte. „Machen Sie statt meiner weiter, Greenwood, schreiben Sie alles auf, was Ihnen wichtig erscheint", murmelte er.

„Das steht alles in der Mappe", entgegnete sie.

Leonhard quittierte ihren Einwand mit einem Kopfnicken und sagte: „Sie müssen es in eigene Worte verpacken, ich möchte für mich selbst ein Bild machen", murmelte er weiter gedankenverloren und setzte sich an seinen Platz, den Blick auf ein schwarzweißes Foto gerichtet, während seine Partnerin zur Tafel ging, die in einer Ecke stand und nach einem Stift griff.

Währenddessen betraten mehrere Beamte den Raum und nahmen Platz, ohne dabei viel Lärm zu verursachen. Mit konzentrierten Mienen lasen sie die Informationen von der Tafel ab und machten sich Notizen.

Leonhard überflog die Zeilen und senkte die Lider, um die Tote erneut vor sein inneres Auge zu zerren. „Dieses Mal entsprach die Frau dem Opferschema. Sie war dunkelhaarig, auch wenn ihr Haar von einem schmutzigen Grau war." „Der Mörder führt einen sehr konservativen Lebensstil", hörte er Ella sprechen und stimmte ihr in Gedanken zu. Er blätterte geräuschvoll die in Folie verpackten Seiten um. Am Rand klebte ein PostIt. Darauf stand mit ordentlicher Handschrift geschrieben:

- Isolieren
- Aussortieren
- Quantifizieren

Die Akribie, mit der Greenwood an die Sache heranging, gefiel ihm. Aber er würde es niemals offen zugeben, dachte er und starrte auf das Gesicht der toten Frau, deren bizarre Züge etwas an sich hatten, das Leonhards Herz schneller schlagen ließ. „Spiegelverkehrt", schrie er das Wort beinahe laut heraus und lenkte somit die ganze Aufmerksamkeit wieder auf sich. „Haben Sie eine Kopie von diesem Foto?", wollte er von der verdutzt dreinblickenden Ella Greenwood wissen und klopfte auf das Lichtbild. Er hielt die Mappe über seinem Kopf wie eine Trophäe.

„Das alles sind Kopien. Das Original ist immer noch unten", entgegnete sie stirnrunzelnd.

Mit einer schnellen Handbewegung fummelte er das Foto aus der Folie und stand auf, dabei fiel sein Stuhl polternd um. Doch Leonhard hatte keine Zeit, um ihn aufzuheben. Er ging einfach an die Pinnwand und sah sich die anderen Abzüge der erhängten Frauen an. Dabei verglich er sie mit dem, welches er in Händen hielt, um sich zu vergewissern, dass seine Idee nicht allzu abwegig war. „Unser Mörder zeigt ein destruktives Verhalten. Das wiederum verrät uns eine besondere Eigenschaft über sein Verhalten. Er ist eines dieser Individuen, das von seinen Trieben gezwungen wird, dem inneren Drang nachzugeben, ohne an die Konsequenzen zu denken. Er ist ein Triebtäter. Doch er weiß seine Spuren geschickt zu verwischen." Leonhard blieb vor dem letzten Foto stehen. „Gisela Jung hat er nur deswegen an Ort und Stelle gelassen, weil er von dem schreienden Kind gestört und vom Tatort verjagt wurde. Sie entspricht auch nicht seinem Beuteschema. Dieser Mord war ein Unfall, trotzdem wollte er seine Tat rückgängig machen, weil …?"

Er drehte sich zu seinem Team um und sah jeden einzelnen fragend an. Keiner wusste eine Antwort, bis auf Ella Greenwood. Leonhards Blick ruhte auf ihrem Gesicht. Ihr dunkles Haar glänzte und war akkurat frisiert, sie war beim Frisör und hat die Haare gefärbt, stellte er schweigend fest. Die Röte auf ihren Wangen verlieh ihr etwas Mädchenhaftes. „Ich gebe Ihnen einen weiteren Tipp, Greenwood", sagte er und machte eine kurze Pause. „Dieses Verhalten, das, was unseren Mörder dazu treibt, wird von seelischem Stress hervorgerufen. Er hat einem Erlebnis beigewohnt, welches er nicht hat verarbeiten können, oder er wird von einer Vorstellung dazu bewogen, dies tun zu müssen. Entweder bekommt er nur so seinen erotischen Kick, oder er sehnt sich nach etwas, das er unwiderruflich verloren hat, und inszeniert all das, um sich daran zu erinnern, oder anders ausgedrückt, um dieses Ereignis nicht zu vergessen. Ein Psychologe würde hier von einer Psychose sprechen, dem würde ich nicht widersprechen."

„Sie sprachen gerade eben von einem Spiegelbild, können Sie das irgendwie näher erläutern?", meldete sich der Leiter der Mordkommission.

„Ist es nicht offensichtlich?" Leonhard stand vor der Korkwand und hielt das schwarzweiße Foto an mehrere tote Frauen, die der Reihe nach aufgehängt wurden. „Keiner der Frauen fehlte ein Zeh. Bis auf dieses Opfer hier ...", er wedelte mit dem Blatt, „... blieben die Füße stets unversehrt. Das müsste sein erstes Werk gewesen sein. Die Wiege all seiner Phantasien, die er immer wieder ausleben muss, weil er nicht anders kann. Hier fehlt der Frau der rechte große Zeh." Er fuchtelte erneut mit dem Foto, das Papier raschelte laut in der angespannten Stille, die nur von dem Summen und wiederkehrenden Klopfen einer Fliege gegen die Glasscheibe unterbrochen wurde.

„Laut des damaligem Autopsie-Berichts wurde das Gliedmaß von einem Tier abgebissen. Stimmt's, Greenwood?"

Ella nickte. „Und Frau Jung hat das Schwein den linken Zeh abgeschnitten und ihn hinter dem Couchtisch versteckt. Damit hat er eine Verbindung hergestellt, ein fehlendes Glied hinzugefügt. Er versucht mit uns zu kommunizieren. Sind Sie auch der Meinung, Greenwood?"

Die Polizistin nickte erneut, diesmal zaghaft. Dabei drehte sie den Stift zwischen ihren Fingern, um ihre Hände zu beschäftigen und sich zu beruhigen.

„Jetzt zu dem Knoten. Wie auch schon meine Kollegin richtig bemerkt hat, handelt es sich um einen Seemannsknoten, der jedoch nicht der Standartausführung entspricht."

„Er ist spiegelverkehrt", ertönte eine Frauenstimme.

„Ganz genau", bestätigte Leonhard.

Ein lautes Klopfen an der Tür ließ alle Blicke auf den Neuankömmling richten, der kurz darauf den Raum betrat. Es war Richies Kollege, der Mann von der Spurensicherung, den Leonhard erst vor Kurzem hart angegangen war.

„Wir haben den Fingerabdruck", sagte er an Polizeihauptkommissar Stettel gewandt. Leonhard ignorierte er geflissentlich. Er sah bleich und übernächtigt aus. Leonhard war zu Ohren gekommen, dass dieser naive Kerl einen Vaterschaftstest hatte machen lassen, und dieser fiel negativ aus. Ein weiteres Kuckuckskind würde demnächst die Welt erblicken. Der junge Polizist hatte sich dennoch für die Frau und das Kind entschieden. Hut ab, du Dummkopf, dachte Leonhard. Wenn die Männer zur Nachtschicht antreten, fühlen sich die Frauen oft allein, sinnierte Leonhard weiter und wartete ungeduldig auf die Neuigkeiten.

„Fahren Sie fort", ermutigte Reinhold Stettel den gehörnten Polizisten.

Kapitel 43

Ella machte dem Mann Platz, begab sich zum Fenster und lehnte sich mit dem Rücken an die Wand. Sie war wirklich gespannt, was die Analyse ergeben hatte.

Der Mann, der keine Vierzig war, räusperte sich. Er wirkte noch nervöser als sie, folglich war er solche Auftritte nicht gewohnt. Sein blondes Haar war an den Schläfen grau, seine so schon schmalen Schultern hingen tief nach unten. Die Finger, in denen er ein Blatt hielt, waren gerötet, die Nägel an den Rändern blutig und abgekaut.

Ella stand da und dachte über die Worte von Leonhard nach. Der Anflug einer Idee klopfte an ihren Verstand, so als verlangte diese vage Vorstellung danach, hereingelassen zu werden. Leonhard hatte vollkommen recht. Die Trieb- oder Serienmörder haben eine sexuelle Komponente, die nach einer geistigen, vielleicht auch seelischen Störung eintrat, oder nach einem traumatischen Erlebnis.

Der Mann von der Spurensicherung sprach von mikroporösen Kristallinen, die die Rückstände von menschlichen Fettsäuren und Peptiden, aus deren chemischer Verbindung sich ein Fingerabdruck sichtbar machen ließ, bis er von Leonhard ermahnt wurde, endlich zur Sache zu kommen.

„Haben Sie nun ein brauchbares Ergebnis oder nicht?", forschte Leonhard nach.

Der Mann fuhr sich mit der Zunge über die Innenseite seiner Unterlippe. „Leider hat der Täter sich die Fingerkuppe mit einem Schleifmittel glattpoliert. Er verhöhnt uns", sagte der Forensiker mit geknicktem Gesichtsausdruck.

„Also stehen wir wieder mit leeren Händen da", stieß Leonhard indigniert hervor. „Haben Sie noch etwas für uns?"

Der Mann schüttelte den Kopf.

„Dann würde ich Sie bitten, irgendwo Platz zu nehmen", sagte Stettel matt und zupfte an dem Ärmel seines Pullovers.

Ella sah, wie Leonhard zur Tafel ging und jeden ihrer Punkte mit seinen Ideen vervollständigte. Seine Argumente waren präzise, knapp und nachvollziehbar. Er sprach klar und deutlich, auf Abschweifungen verzichtete er ganz. Sie war so in Gedanken vertieft, dass sie seinen Blick nicht sofort bemerkt hatte. Er quittierte dies mit einem matten Lächeln und fuhr fort: „Ich gehe stark davon aus, dass der Tod von Frau Bach eine Tangente zu unserem Mörder hat."

Frau Bach war die erste Tote, die Ella in den Tiefen des Archivs ausgegraben hatte.

„Entweder hat er ihr dabei zugesehen oder die Ermittlungen mitverfolgt und sich davon so inspirieren lassen, dass er mit dem Morden angefangen hat. Darum diese Zeitspanne." Der leitende Kommissar hielt inne und warf Ella einen fragenden Blick zu.

„Wann wurde die Frau aufgefunden?" Leonhard hielt erneut das Blatt in die Luft. „Vor knapp vierundzwanzig Jahren? Der zweite Mord geschah zehn Jahren danach. Zwischendurch gab es eine längere Pause, bis er mit dem Töten fortfuhr."

„Das bedeutet, wir haben zwei Tote pro Jahr." Leonhard Stegmayer legte den Kopf leicht zur Seite. „Die Abstände werden jedes Mal kürzer, weil die Abkühlphasen immer kürzer werden, er braucht den Kick immer öfter", sagte er und lief zur Korktafel. „Der Fall Mathilde Bach wurde nie aufgeklärt, folglich blieb der Täter ungestraft. Es ist an der Zeit dies zu ändern, und das liegt an euch, meine Damen und Herren. Nur wir können dem Ganzen ein Ende setzen", spornte er die Anwesenden an.

Ella musste an gestern denken und an das, was Leonhard ihr beim Essen zugeflüstert hatte, während er sein blutiges Steak in der Mitte durchschnitt: „Man sollte sich seine Feinde gut aussuchen", dann schob er sich ein großes Stück Fleisch in den Mund und kaute genüsslich darauf herum.

Ella aß von ihrem Burger und wartete auf den Rest.

„Jage niemals, ohne davon überzeugt zu sein, dass du stärker bist. Du solltest nur dann die Verfolgung aufnehmen, wenn du als Gewinner hervorgehen kannst."

„Das bedeutet, ich soll nur dann die Jagd aufnehmen, wenn ich meinen Gegner ..."

„… töten kann", hatte Leonhard den Satz beendet und schnitt ein weiteres Stück ab, sein Messer hatte dabei kreischend über den Teller gekratzt. „Ich hatte als Kind einen Hund, einen Chihuahua. Er war flink und furchtlos, aber auch naiv, was die Gefahr betraf. Eines Tages entschied ich mich, mit meinem Hund in den Wald zu gehen. Noch bevor wir die ersten Bäume erreicht hatten, sah ich zwei lange Hasenohren durch die kniehohen Grashalme hindurchschimmern. Der Hase war auf der Lauer. Lachend flüsterte ich meinem tapferen Jim zu, so hieß der kleine Chihuahua nämlich, ich sagte nur drei einzelne Worte: Schnapp ihn dir. Er spurtete los, nein, er schoss wie ein Pfeil durch das Gras und hatte den Hasen nach einer kurzen und sehr wilden Verfolgung tatsächlich eingeholt. Ich werde dieses Aufjaulen niemals vergessen." Zum ersten Mal klang er ehrlich gerührt, hatte sie festgestellt und den Burger zurück auf den Teller gelegt. „Der Hase hatte meinem kleinen Freund die Bauchdecke aufgerissen, mit einem einzigen Biss", die Traurigkeit war einem durchbohrenden Blick gewichen, er schnitt ein weiteres Stück des blutenden Fleisches ab und taxierte sie, so wie auch jetzt, wie einen kleinen schutzlosen Chihuahua.

Ella reckte stoisch das Kinn und schüttelte die Gedanken beiseite.

„Ich möchte, dass Sie alles über Mathilde Bach herausfinden", sagte Stegmayer und hob die Hände, „für heute machen wir Schluss, damit ist jedoch nur die Besprechung gemeint."

Kapitel 44

Auch wenn man von einer Menschenmenge umringt ist, kommt man sich nicht selten so vor, allein gelassen worden zu sein, sinnierte Luis und starrte gegen die Decke. Er war zu einem Gespräch vorgeladen worden - schon wieder.

Sein derzeitiger Arbeitgeber war ein richtiges Arschloch. Er war nur dann zufrieden, wenn jeder, aber auch wirklich jeder, nach seiner Pfeife tanzte. Wehe dem, man widersetzte sich seinen unsinnigen Vorschlägen oder Vorstellungen, geschweige denn, man brachte seine Initiative ins Spiel oder erwähnte Verbesserungsvorschläge. Luis saß auf einem Stuhl in einem kleinen Raum, der einem Wartebereich bei einem Hausarzt ähnelte, nur in klein. Drei Stühle standen an der Wand, mit einem Regal, in dem zerfledderte Magazine steckten, und eine große Pflanze, die fast bis zur Decke reichte. Mehr an Repertoire hatte der Raum nicht zu bieten. Repertoire, wiederholte er in Gedanken und wusste nicht, ob dieses Wort überhaupt passte, wenn man das in Zusammenhang für die Beschreibung der Ausstattung eines Raumes benutzte. Er hatte dieses Wort in einem dieser Magazine gelesen und wollte es bei seinem bevorstehenden Gespräch benutzen. Er warf einen prüfenden Blick auf die Uhr, die über der Tür hing und enervierend tickte, im Sekundentakt, obwohl der Sekundenzeiger nicht vorhanden war. Luis saß mit überkreuzten Beinen da und wippte mit dem Fuß.

„Echt jetzt, nur zwanzig Minuten rum?", fluchte er in sich hinein, legte den Kopf in den Nacken, so weit, bis sein Hinterkopf die kühle Wand berührte, und atmete geräuschvoll ein und wieder aus, wobei das Ausatmen wie ein Stöhnen klang.

Endlich ging die Tür auf. Er schnellte nach links zur Tür und fiel beinahe um. Nicht von der Wucht seiner Bewegung, sondern von der Person, die er erblickte. Unversehens tat sich ein Abgrund vor ihm auf, das ausgeblichene Linoleum unter seinen Füßen verwandelte sich in ein schwarzes Loch. Ich bin nicht wegen einer Festanstellung hier, schlussfolgerte er, während er den großen Kommissar mit seinen grauen Haaren und dem kantigen Gesicht anstarrte.

„Keine Bange, wir wollen Sie nicht festnehmen, nur Ihnen ein paar Fragen stellen bezüglich des Herrn Sternwart", versuchte ihn der Mann zu beruhigen. „Sie haben schließlich nichts Verbotenes getan." Der Polizist machte ihm Platz, indem er sich seitlich hinstellte und Luis mit einer einladenden Geste herein bat. Luis haderte.

Er schnaubte missgünstig und knibbelte nervös am Nagelbett seines kleinen Fingers. Dann steckte er sich den Finger in den Mund und biss den blutigen Hautfetzen einfach ab.

„Aber werde ich dadurch nicht meine Stelle als Hausmeister verlieren?" Luis stand auf und sah den

Polizisten ängstlich an. „Ich brauche den Job, wirklich."

„War Herr Sternwart in der letzten Zeit auffällig in seinem Verhalten?"

Luis ging auf den Mann zu, der vollends zur Seite trat.

„Nehmen Sie einfach auf einem der Stühle Platz. Herr Birkowitz war so nett und hat für uns dieses Treffen arrangiert", sagte der Polizist und drückte die Tür leise hinter sich ins Schloss. Im spartanisch eingerichteten Raum roch die Luft nach kaltem Zigarettenrauch und teurem Parfüm. Die gelb gestrichenen Wände waren mit billigen Bildern geschmückt. Die goldenen Bilderrahmen passten nicht wirklich zu dem Tisch, der noch aus den Siebzigern stammen könnte, hinter dem ein kleiner Mann mit schütterem Haar und einer tiefen Narbe auf der Stirn saß. Der unsympathische Hausverwalter lächelte schief. Sein Schnurrbart, der dunkler war als die schulterlangen Haare, war auf der linken Seite kürzer und verlieh dem Mann einen dümmlichen Ausdruck.

Luis blieb unschlüssig stehen und wartete einfach nur die Situation ab. „Bitte", ertönte erneut die tiefe Stimme des Polizisten. Luis schreckte leicht zusammen und warf dem Kommissar einen fragenden Blick zu.

„Ich bin bisher nie auffällig gewesen. Ich habe sogar einen polizeilichen Nachweis", sagte er und sah zu seinem Arbeitgeber.

Dieser nickte und griff in eine Schublade. „Das kann ich nur bestätigen", beeilte sich Birkowitz und öffnete eine dünne Mappe. Luis sah ein Foto von sich. Das waren seine Bewerbungsunterlagen.

„Darum gilt unsere Aufmerksamkeit nicht wirklich Ihnen." Der Polizist nahm neben Luis Platz. Luis war sein Name entfallen, aber danach zu fragen traute er sich dann doch nicht.

„Auch Herr Sternwart war nie auffällig", sagte Birkowitz mit unsicherer Stimme.

„Aber trank der Hausmeister nicht gerne einen über den Durst?" Der Polizist verschränkte die Finger ineinander und legte die Hände auf den Tisch.

„Haben wir nicht alle unsere Laster?" Birkowitz lachte abgehackt und wurde wieder ernst.

„Wir haben Grund zu der Annahme, dass der besagte Herr heimlich Videos drehte, ist Ihnen das auch bekannt?" Der lauernde Blick des Polizisten wechselte zwischen Luis und Birkowitz. Der Verwalter zuckte die Schulter und schüttelte verneinend mit dem Kopf. Sein billiges Hemd bekam dunkle Flecken unter den Achselhöhlen. Das Mintgrün wurde zu schmutzigem Grau. Er nestelte an seinem Kragen und öffnete den oberen Knopf. „Darf ich das Fenster kippen, Herr Kommissar Stegmayer?"

„Aber natürlich, tun Sie sich keinen Zwang an. Und Sie? Auch Ihre Fingerabdrücke haben wir in der Wohnung gefunden, was überhaupt nicht ungewöhnlich ist. Falls Sie in der jüngsten Zeit irgendwelche Reparaturen getätigt haben, ist es nur verständlich. Herr ..." Er legte sich den manikürten Zeigefinger auf den linken Mundwinkel und tat so, als müsse er nach dem Namen suchen.

„Luis Siebert, ich heiße Luis Siebert. Ich war des Öfteren in der Wohnung von Frau Jung. Sie war in der letzten Zeit nicht wirklich gut gelaunt. Ihre Tochter bekam Zähne, und es gab wohl Stress mit der Vermieterin oder einer Nachbarin, so genau habe ich dann doch nicht zugehört, auch klagte sie über die Heizung."

„Also haben Sie mit ihr gesprochen, kurz bevor sie ermordet wurde?"

„Ermordet ..." Luis verschluckte sich fast dabei. Ein dicker Kloß drückte ihm die Luft ab. „Ich dachte, sie hat Selbstmord begangen?"

„Sie dachten, oder ..."

„Das hat mir Herr Sternwart gesagt, nachdem die Polizei im Haus aufgetaucht war. Er wirkte nervös, so als habe er etwas zu verbergen. Er hat in seinem Schrank nach etwas gesucht. Er murmelte die ganze Zeit, dass er das Foto nicht mitnehmen durfte."

„Das Foto?" Herr Stegmayer runzelte die Stirn und beugte sich nach unten. Er hatte eine Aktentasche dabei. „Dieses?" Er legte ein Blatt Papier auf den Tisch. Darauf war ein Lichtbild mit einer Büroklammer fixiert. Die handschriftlichen Notizen waren zu unleserlich, als dass Luis sie lesen könnte.

„Ich weiß es nicht", murmelte Luis und starrte auf eine lachende Frau, die ein Kind in den Händen hielt. Er rieb sich nervös die Nase. „Ich glaube, das Foto hing irgendwo in der Wohnung, ich weiß das, weil Frau Jung das mal erwähnt hat. Das war ihre schönste Zeit, hat sie von der Vergangenheit geschwelgt und darüber, dass sie ihren Mann nie hätte verlassen sollen."

„Warum waren Sie in ihrer Wohnung?" Kommissar Stegmayer legte ein weiteres Foto auf den Tisch. Darauf war Frau Jung mit ihrem Mann vor einem Riesenrad abgebildet.

„Es ging immer um die Heizung. Sie sagte, sie würde sich schon darum kümmern, dass wir beide den Job verlieren."

„Hat sie auch erwähnt, wohin ihr Mann gegangen ist? Er ist nicht auffindbar."

Luis schüttelte den Kopf und kniff die Lippen zu einem dünnen Strich zusammen. „Nein, solch intime Themen haben wir nicht angeschnitten."

„Apropos intim." Ein weiteres Foto tauchte auf der hell lackierten Tischplatte auf. Dieses war anzüglich und verschwommen, trotzdem war der fast nackte Körper einer Frau deutlich zu erkennen. Das Gesicht war von einem Buch oder einem Bild verdeckt. „Wir vermuten, dass jemand eine kleine Kamera hinter einem der Bilder installiert hat. Wir haben winzige Kratzspuren auf der Wohnwand gefunden. Die Analyse ergab, dass sie von eben einer solchen Kamera stammen könnten, die wir jedoch in Ihrem Spind und nicht in dem von Herrn Sternwart gefunden haben."

Luis wurde schwarz vor Augen.

„Aber mit einem Fingerabdruck von Herrn Sternwart. Ist es nur ein Wink des Schicksals, oder ist diese Zufälligkeit einfach eine gewollte Absicht?", fragte der Polizist wie beiläufig.

Luis schwitze nun auch und strich sich mit dem Handrücken über die nasse Stirn.

„Herr Sternwart verfügte auch über einen Zugang zu meinen Sachen, er hatte für alle Schlösser einen passenden Schlüssel. Und wenn er doch keinen Schlüssel besaß, brach er sie einfach auf, mit diesen Dietrichen oder wie man sie nennt. Er war ein Meister darin, diese zu knacken. Selbst die mit den Zahlencodes. Er hatte einen schlechten Charakter und war neugierig."

„Können Sie das irgendwie begründen? Was bedeutet Charakter für Sie, was macht einen Menschen aus, wer war Sternwart?"

„Er war unberechenbar", sagte Luis leise, seine Stimme war belegt. „Manchmal war er jähzornig, und ich hatte den Eindruck, dass es immer schlimmer wurde."

„Der Charakter ist das eigentliche ICH, nicht wahr? Das ist das, was uns ausmacht. Negative Charaktereigenschaften prägen unsere Umwelt mehr als die positiven, hat er Sie mit seinen Gefühlsausbrüchen angesteckt? Haben Sie sich in seiner Anwesenheit unwohl gefühlt? Hat er Sie vielleicht bedroht, weil er von Ihrem Geheimnis erfahren hatte? Hat er die Fotos samt der Kamera in Ihrem Spind gefunden und Sie zur Rede stellen wollen? Nur rein hypothetisch: Er schnüffelt in Ihren Sachen herum, findet die Fotos und die Kamera, und stellt Sie vor die Wahl, entweder Sie machen alles, was er von Ihnen verlangt, oder er verpfeift Sie an die Hausverwaltung."

Luis Handflächen schwitzten. Die Unvermitteltheit der Hypothese, der eindringliche Ton, der eisige Blick und vor allem die Präsenz dieses Polizisten ließen sein Blut in den Adern gefrieren.

Luis sammelte sich. „Rein hypothetisch kann man vieles hineininterpretieren." Er stolperte über die Worte und wurde zunehmend unruhig. Er holte ein Taschentuch aus seiner Hose und tupfte sich den Schweiß ab. „Aber ich bin verheiratet und habe eine hübsche Frau. Ich habe so etwas nicht nötig. Und wo Herr Jung ist, ist mir auch nicht bekannt. Vielleicht hat ja er seine Frau umgebracht, oder dieser Kerl, dieser Typ, der ständig bei ihr ein- und ausging." Taschentuchfetzen flogen zu Boden, weil er anfing, hastig mit den Händen zu wedeln. Er war sich keiner Schuld bewusst und wollte diese Beschuldigungen nicht einfach so hinnehmen. „Ich sage nichts mehr. Sie wollen mich nur einschüchtern. Ich habe mit dem ganzen Scheiß nichts zu tun. Oder vielleicht doch. Fragen Sie Herrn Birkowitz, warum Herr Sternwart als Hausmeister gearbeitet hat, wo er doch früher in der Hausverwaltung mitgearbeitet hat."

Der kleine Mann wurde noch kleiner. Sein Gesicht wurde noch bleicher als die weiße Wand hinter ihm. Er zupfte an seinem Schnurrbart und lachte kurz auf.

„Ich höre?" Kommissar Stegmayer trommelte leise mit den Fingern.

„Hehe", lächelte Birkowitz nervös. „Die Sache wurde nur aufgebauscht."

„Das mit der Schlussfolgerung übernehme ich. Sagen Sie mir einfach, was Herr Siebert angedeutet hat", unterbrach ihn der Kommissar.

Luis beschrieb mit seinem Kopf eine Kreisbewegung, um seine Halsmuskeln zu lockern, die vor Anspannung zu brennen begannen.

„Okay." Der Hausverwalter hob beschwichtigend die Hände in die Luft. Mit geradezu resigniertem Blick setzte Herr Birkowitz zu einer Erklärung an. „Diesen Vorfall gab es schon einmal. Vor ca. drei Jahren wurde Herr Sternwart dabei erwischt, wie er eine Frau beim Duschen gefilmt hat. Die Frau war ..." Er schluckte den Rest des Satzes wie eine bittere Pille hinunter.

„Nicht ganz unschuldig?" Kommissar Stegmayer hielt nun einen Schreibblock zwischen seinen Fingern und machte sich Notizen.

„Mehr oder weniger. Sie hatte das Fenster im Bad nicht zugemacht. Es stand weit offen. Auf jeden Fall wurde Sternwart abgemahnt und verlor seinen Job. Die Sache kam nicht an die große Glocke, weil es der Frau dann doch zu peinlich wurde. Sternwart hat sie auch nicht gefilmt, wie sich später herausgestellt hat, er hatte sie nur durch ein Fernglas beobachtet." Birkowitz verbarg seine Aufregung hinter einem schiefen Grinsen. Er verschränkte die Finger ineinander und ließ seine Hände auf dem Tisch ruhen.

Kapitel 45

Leonhard schwieg einen Moment. In der Stille hörte er das entfernte Läuten einer Kirchglocke.

„Die Denkstruktur eines Triebtäters ist für uns normaldenkende Menschen zu komplex, darum brauche ich Ihre Hilfe, Herr Siebert. Sie haben mit Herrn Sternwart viel Zeit verbracht." Er schlug nun eine andere Richtung ein und versuchte auf eine freundschaftliche Weise, sich zu ihm Zugang zu verschaffen. Er wusste mehr, als er zuzugeben bereit war. „Eine Entscheidung binnen weniger Tage zu treffen, die einem womöglich das ganze Leben versauen könnte, ist mehr als schwierig. Darum lasse ich Ihnen so viel Zeit, wie Sie benötigen. Aber Sie müssen mich auch verstehen, dass mit jeder verstrichenen Sekunde der Mörder einen unnötigen Vorsprung bekommt."

Die beiden Männer wirkten unruhig. Leonhard jedoch saß einfach nur da und kritzelte unendliche Kreise in seinen Block. „Haben Sie auch etwas, irgendeine Marotte, die jeder von uns hat?" Er hob kurz den Kopf und warf Luis einen neutralen Blick zu.

Dieser wirkte zunehmend aufgebrachter. Es kostete ihn sichtlich Mühe, sich zu beherrschen, glaubte Leonhard aus seiner verkrampfen

Körperhaltung herauszulesen. „Wie meinen Sie das?",
krächzte Luis.

„Ich mache Kreise, so wie jetzt, wenn ich mich
nicht anders zu beherrschen weiß. Mich bringt nämlich
nichts auf der Welt so in Rage wie eine Lüge. Im
Moment bin ich mir noch nicht sicher, ob Sie mich
verarschen oder nicht." Er zwang sich ein Lächeln auf.
„Wo waren Sie vor fünf Tagen? An dem Abend, als
Frau Jung ..."

„Das haben Sie mich schon oft genug gefragt",
fiel Luis ihm barsch ins Wort. Sein Blick nahm einen
gefährlichen Glanz an. Seine Finger krallten sich in die
Stuhllehnen.

„Waren Sie schon immer ein Sonderling? Das
habe ich aus Ihrem Lebenslauf geschlussfolgert. Sie
haben oft die Schule gewechselt und waren nicht
besonders gut. In keinem der Fächer konnten Sie mit
einer super Leistung glänzen. Bis auf Bildende Kunst
und Werkstatt. Sie sind handwerklich begabt, aber
nicht sonderlich intelligent, was ich jedoch sehr
bezweifle. Sie artikulieren sich nicht wie ein
Schulabgänger mit einer sechs in Deutsch." Die
Wendung brachte den aufgebrachten Mann komplett
durcheinander. Der Glanz in seinen Augen wich einer
matten Trübung. Die Spannung aus seinem Körper
verschwand.

„Bitte, atmen Sie tief durch, Herr Siebert. Wir
reden nur miteinander. Ich nehme das Gespräch nicht
auf, alles, was Sie sagen, bleibt unter uns. Nach
unseren momentanen Ermittlungserkenntnissen

nehmen wir zwar stark an, dass der Mörder noch auf freiem Fuß ist, aber Sie fallen durch das Raster. Sie passen einfach nicht in das Schema."

Luis wurde schwindelig vor Erleichterung. Sein bleiches Gesicht bekam wieder Farbe.

Der Kommissar lächelte versonnen. „Ich möchte, dass Sie Ihre Augen schließen und an den besagten Abend denken."

Luis schüttelte unmerklich den Kopf. „Das hier ist kein Verhör, haben Sie gesagt. Ich habe es wirklich satt, von anderen ständig herumgeschubst zu werden. Diese immerwährende Ausgrenzung macht mich krank. Ich mache meine Arbeit gut. Stimmt's?" Er sah seinen Vorgesetzten an. Dieser bejahte seine Frage mit einem kurzen Nicken. Luis sah wieder den Polizisten an. Ein Anflug von Bitterkeit huschte über sein Gesicht. „Sie wollen wissen, ob ich immer der Klassenloser war? Ich war ein ewiger Versager. Mein Vater hat sich Mühe gegeben, mich groß zu ziehen. Mir mangelte es an nichts. Ich hatte alles, und trotzdem fehlte mir das Meiste. Ich war ein Kind, das ohne seine Mutter aufwachsen musste!" Er schrie beinahe. Spucke flog aus seinem Mund.

Leonhard hatte ihn nun in eine emotionale Lage gebracht, in der die Menschen mit dem Herzen zu sprechen beginnen, ohne dabei rational zu denken. Er redet sich etwas von der Seele, fügte Leonhard in Gedanken hinzu und hörte sich Luis' Geschichte an.

Kapitel 46

Ella stand in der Tür und schaute eine Frau zweiflerisch, dennoch ohne jegliche Verlegenheit, vielleicht einen Deut zu direkt an. So, wie es sich für eine Beamtin des Morddezernats gehörte, glaubte sie. Hinter der Frau versteckte sich ein blonder Junge von etwa neun Jahren mit zerzausten Haaren.

„Geh zurück auf dein Zimmer", ermahnte ihn die Mutter, ohne sich umzudrehen.

„Mein Name ist Ella Greenwood, ich bin von der Polizei und möchte Ihnen ein paar Fragen stellen, aber nicht unbedingt zwischen Tür und Angel. Auch hier haben die Wände Augen und Ohren." Ella versuchte es mit einem Lächeln. „Ich kann aber auch meinen Kollegen anrufen, um die Situation zu erläutern, dann kommen wir mit einem richterlichen Beschluss und werden Sie zu einer Vernehmung vorladen. Das versuche ich im Moment mit allen mir zur Verfügung stehenden Mitteln zu vermeiden. Die Gerüchteküche kann einem das Leben ganz schön versalzen, glauben Sie mir."

Frau Siebert lachte humorlos auf. „Da haben Sie recht. Geht es Ihnen gut, Frau Beckstein? Wenn Sie möchten, so können Sie unserem vertraulichen Gespräch gerne beiwohnen", rief sie dann einen Tick zu laut, wie Ella fand. Ihr Blick ging knapp an Ella vorbei.

„Sie müssen sich nicht verstecken!", fiel Larissa Siebert in einen scharfzüngigen Singsang.

Ein helles Kettenrasseln und das Klacken einer Tür prallten von den grauen Wänden ab und hallten durch das ganze Treppenhaus wider.

„Frau Beckstein ist der Admin unseres Hauses und ist immer online", lachte Frau Siebert und lächelte Ella freundlich an. „Alte Leute eben."

Ella musterte die Frau. Auf ihrem schmalen Hals konnte sie einen blauen Fleck erkennen.

Larissa Siebert bemerkte, dass sie angestarrt wurde, und fuhr mit den Fingern über ihr Haar. Es war dunkelblond und mit grauen Strähnen versehen.

„Ich war heute beim Friseur. Sie hatten eine Aktion. Es war kostenlos, weil eine Azubine mir das Haar machen durfte. Sie hat mir auf der linken Seite zu viel abgeschnitten."

„Das ist mir gar nicht aufgefallen. Aber der Fleck." Ella berührte sich an derselben Stelle, um das, was sie sagte, zu verdeutlichen.

Die dunkel unterlaufenen Augen der Frau weiteten sich. Sie war auch geschminkt, fiel Ella auf, aber all das war nicht von Belang.

„Wird Ihr Ehemann handgreiflich?"

„Um Gottes willen, nein", lachte Larissa auf und schlug sich die Hand vor den Mund. „Kommen Sie bitte rein, sonst wird es echt peinlich." Immer noch lachend machte sie Ella Platz und warf dann einen prüfenden Blick ins Treppenhaus, erst dann schloss sie die Tür. „Lassen Sie uns ins Wohnzimmer gehen, ich war gerade dabei, die Wohnung auf Vordermann zu bringen. Sie sehen selbst, was ich hier angerichtet habe."

Ella bezweifelte, dass diese Wohnung jemals sauber war. Überall lagen Sachen herum, auch ein modriger Geruch, der in der Luft schwirrte, sprach nicht gerade für Frau Sieberts Putzfimmel. Aber jeder sah die Welt in anderen Farben. „Nehmen Sie Platz", sagte Frau Siebert und klaubte ein T-Shirt und ein Unterhemd von dem wuchtigen Sofa, um kurz darauf aus dem Wohnzimmer zu verschwinden.   „Wollen Sie vielleicht etwas zu trinken haben?", rief sie aus dem Flur.

„Nein danke", beeilte sich Ella zu sagen und machte keine Anstalten, sich dem grünen Sofa mit den dunklen Flecken zu nähern, geschweige denn, sich darauf zu setzen.

„Nehmen Sie ruhig Platz." Larissa Siebert war wieder da und schob mehrere Zeitungen, die auf dem Boden zerstreut lagen, zu einem Stapel und wuchtete den Papierberg auf den Couchtisch. „Ich habe heute in den Prospekten geblättert, weil wir bald eine neue Wohnung brauchen werden, und bin alle Angebote durchgegangen, weil wir sparen müssen. Ich bin es leid, so zu leben. Hier ist es einfach zu eng. Mein Mann gibt sich Mühe und arbeitet für drei. Alles zum Wohle der Familie." Ihre Stimme bekam einen sanften Klang. „Wieso setzen Sie sich nicht?"

„Vom vielen Sitzen bekomme ich noch einen breiten Hintern", scherzte Ella und lächelte. „Wenn Ihr Mann so liebevoll ist, wie Sie es sagen, woher ..."

„Vom Ficken", sprach die Frau gerade heraus. Diese Direktheit verschlug Ella die Sprache.

„Seitdem er eine feste Anstellung hat, ist er wie einer dieser arabischen Hengste, wild und unaufhaltsam. Luis war nicht immer zielstrebig. Aber seitdem unser Sohn auf die Schule geht, ist er wie ausgewechselt."

Ella wurde wieder hellhörig. „Können Sie das konkretisieren?"

„Die Männer begreifen manchmal nicht sofort, was ihnen guttut. Vielleicht hat er in seinem Sohn etwas gesehen, das ihn an seine eigene Kindheit erinnert und er sich dazu entschlossen hat, die Sache mit dem Vatersein besser zu meistern als sein Erzeuger."

„Frau Siebert ..."

„Larissa, sagen Sie Larissa zu mir. Wir sind im selben Jahr auf die Welt gekommen. Ich habe Sie vorhin gegoogelt. Man weiß ja nie, wer vor einem steht. Und so eine Polizeimarke kann man schnell nachmachen. Außerdem würde ich ein Plagiat nie von einem Original unterscheiden können." Larissa holte tief Luft und schürzte die Lippen. „All das scheint meinen Mann nicht mehr zu stören. Statt aufzuräumen, koche ich etwas und verbringe meine Zeit mit Steven. Wenn Luis nach Hause kommt, bleibt uns keine Zeit zum Fernsehen. Wissen Sie, was bei mir der stärkste Muskel ist?"

Davon wollte Ella eigentlich nichts erfahren.

„Meine Muschi." Larissa nahm kein Blatt vor den Mund. Diese Art von Konversation gestaltete sich schwierig. Ella rang nach passenden Worten. Dieses Niveau der Artikulation verschlug ihr regelrecht die Sprache.

„Sie sagen, Ihr Familienleben nahm eine Wende, nach dem der Sohnemann in die Schule kam?" Ella ging zur schwarzweißen Wohnwand, die glänzte, und deren Türen von unzähligen fettigen Handabdrücken übersät waren.

Larissa stellte sich zu Ella, sodass ihre Schultern sich fast berührten. Die junge Mutter roch nach Keller und zu viel Waschmittel. Ella sah sich stumm einige Fotos an, die auf dem billigen Mobiliar aufgestellt waren. Die Bilderrahmen waren allesamt unterschiedlich, von der Form wie auch der Farbe. Die Frau hatte nicht nur keinen Sinn für Ordnung, sondern auch kein Händchen für Geschmack und Harmonie. Alles hier war chaotisch, nichts war aufeinander abgestimmt.

„Hat Ihr Mann Ihnen etwas von seiner Kindheit erzählt?" Ella sah einen kleinen Jungen, der auf den Händen seiner Mutter saß. Das Foto hatte ein untypisches Format. Etwas stimmte daran nicht. Auch der Blickwinkel war ungewohnt. „Ist das Ihr Mann da?" Ella zeigte auf das verblichene Foto.

„Ja. Hier ist er drei Jahre alt. Mein Luis war immer auf der Suche nach seinem Bruder. Er wusste zwar, dass er einen hatte, mehr aber auch nicht. Sie wurden als kleine Kinder getrennt. Aber so genau weiß ich das nicht. Luis spricht nur ungern darüber."

„Ist das Luis auf den Armen seiner Mutter?"

„Seiner leiblichen Mutter, ja", bestätigte Larissa bereitwillig und tat einen Schritt näher zu dem Foto, das von einem wie Chrom glänzenden Rahmen umrandet war.

Ella war darauf bedacht, die Frau mit keinem Körperteil zu berühren. Sie mochte Larissa nicht, weil sie von einer Aura umgeben war, die sie davon abhielt.

„Wo sind seine Eltern jetzt? Sein leiblicher Vater zum Beispiel. Hat er wieder geheiratet? Ich sehe hier eine abgebrannte Kerze und ein kleines Kreuz. Glaubt Ihr Mann an Gott?"

„Beide sind bei einem Autounfall gestorben. Vor zwei Jahren. Seine Stiefmutter war sehr religiös, doch sein Vater war konfessionslos. Er hat mal gesagt, dass der Glaube von skrupellosen Geschäftsmännern erfunden wurde, um an noch mehr Geld heranzukommen. Wer an Gott glaubt, ist entweder verzweifelt oder sehr verzweifelt."

„Und Ihr Mann?", wiederholte Ella die Frage, entgegen der Stimme in ihr, die sie davon abhalten wollte, weil Larissa sich zu verschließen drohte. Tatsächlich schwieg die Frau eine Weile, ohne sich dabei zu rühren.

„Ich war früher sehr verzweifelt. Das Kreuz gehörte mir. Ich war drogenabhängig und von allen, wirklich von allen allein gelassen. Dann traf ich meinen Mann. Er hat in einem dieser Heime gearbeitet, in denen solche wie ich aufgenommen wurden. Nach unserer Hochzeit blieb die Kerze erloschen. Das Kreuz habe ich dann auch abgenommen. Das hier sind ein kleiner Altar und ein Mahnmal. Das sollte mich stets an das erinnern, wie tief man im Leben sinken kann, ohne Liebe und Rückhalt." Tränen schwammen in ihren Augen. Larissa schlang beide Arme um ihren Körper, so als ob sie fröre, obwohl in der Wohnung hochsommerliche Temperaturen herrschten.

„Ist es in Ihrer Wohnung immer so warm wie jetzt?"

„Nein. Unser Sohn ist krank. Er sagt, er friert, darum habe ich die Heizung aufgedreht." Sie starrte zum Fenster, das von zwei vergilbten Vorhängen aus löchriger Gaze umrandet war. Gelbrote Baumkronen wiegten sich im sanften Wind des Herbstes. Larissa machte einen dieser Atemzüge, die einen davor bewahrten, zu ersticken. Ihr Kinn bebte.

„Ich möchte, dass Sie gehen", sprach sie mit zittriger Stimme in die Stille hinein und sah Ella mit geröteten Augen an. „Wir sind vielleicht nicht perfekt ..." Larissa unterbrach sich, dann bewegte sie ihren Unterkiefer, ohne etwas zu sagen. Ella wartete. Es dauerte zwei Herzschläge lang, bis Larissa wieder das Wort aufnahm. „Perfekt", sie lachte höhnisch auf, „dieses Wort wird mit unterschiedlicher Einheit gemessen. Wir sind glücklich, und das allein zählt für uns. Was Glück bedeutet, wissen nur die wenigsten mit richtigen Worten zu beschreiben, weil sie nie wirklich ganz unten gewesen sind. Um Glück schätzen zu wissen, sollte man auch die andere, die dunklere Seite im Leben kennen gelernt haben."

„Die Welt stand immer schon Kopf, da gebe ich Ihnen recht, manche Menschen nehmen es als Lauf der Dinge hin, falls in ihrem Leben etwas schief geht, anstatt das Schicksal in die Hand zu nehmen."

„Bitte, gehen Sie." Larissas Stimme drohte zu kippen. Sie streckte den rechten Arm aus und wies zur Tür. Ellas Augen starrten auf die vernarbte Haut. Larissas Unterarm war von schmalen, silbernen Linien überzogen.

„Sie haben sich auch geritzt", sagte Ella ruhig, es war keine Frage, sondern eine Feststellung. Bei dem Anblick überlief es sie kalt. Noch bevor Larissa auffahren konnte, fügte die Polizistin hinzu: „Das hat meine Mutter auch gemacht. Dieser Schmerz ließ sich kontrollieren und gab ihr das Gefühl, dass ihr Leben noch nicht ganz verloren war. Sie wusste jedoch nicht, wie schlimm es wirklich um sie bestellt war."

Zum ersten Mal hörte Larissa ihr aufmerksam zu. „Steven, lass uns bitte allein. Ich helfe dir dann bei den Hausaufgaben", flüsterte sie ihrem Sohn zu, als er erneut im Türrahmen auftauchte. „Ich habe dir Apfelschnitten gemacht, das Schälchen steht in der Küche. Sei so lieb und mach in deinem Zimmer die Tür zu."

Der blonde Junge kaute nachdenklich auf der Unterlippe. „Ich habe dich lieb, Mama." Stevens Mund wurde zu einem scheuen Lächeln.

„Ich dich noch mehr", entgegnete seine Mutter. Das war ein Ritualspruch, der besagte, dass alles in Ordnung war, wusste Ella. Ich liebe dich bis zur Sonne, hörte sie die Stimme ihrer Mutter und fügte in Gedanken hinzu: Und ich dich bis zum Weltall. Als Kind dachte sie, dass das Weltall die Unendlichkeit darstellte.

„Er ist ein guter Junge", wandte Ella diesen simplen Standardspruch an, weil sie wusste, dass er seine Wirkung nicht verfehlen würde.

Larissas harte Gesichtszüge nahmen sanftere Konturen an. „Das stimmt. Er ist wie ein Katalysator. Der Arzt hatte mir empfohlen, das Kind abzutreiben. Sagt Ihnen spina bifida etwas?"

„Gespaltene Wirbelsäule." Ella schenkte der Frau ein sanftes Lächeln. „Und Sie haben sich trotzdem für das Kind entschieden."

Zu ihrem Erstaunen schüttelte Larissa reumütig den Kopf und senkte kurz den Blick, als würde sie sich schämen. „Luis hat mich davon abgehalten, Steven abzutreiben."

„Und das beschäftigt Sie immer noch?" Auch Ellas Stimme klang nun belegt.

„Damals, als ich mich geritzt habe, da dachte ich, ich trüge die ganze Welt auf meinen Schultern. Doch die Bürde der Verantwortung als Mutter wiegt noch viel mehr. Als er noch ein kleines Baby war, war er oft kränklich. Diese Dimensionen hatte ich davor nie erlebt. Zum ersten Mal habe ich erfahren, was Verantwortung wirklich bedeutet. Abends, wenn Steven im Bett liegt und mir dabei zuhört, wenn ich ihm vorlese, verspüre ich eine unsägliche Erleichterung in mir, die mit nichts zu vergleichen ist. Und gleichzeitig beschleicht mich ein Gefühl der Niedergeschlagenheit. Was wird aus ihm, wenn er groß wird? Werde ich ihn auf den richtigen Weg ..." Ihre Stimme brach ab. Sie wurde bleich im Gesicht. Gedankenverloren fuhr sie sich mit den zittrigen Fingern ihrer linken Hand über die vernarbte Hand ihres rechten Unterarms.

„Da bin ich mir ganz sicher." Ella machte einen Schritt nach vorne. Larissa blickte auf und tat etwas, womit Ella niemals gerechnet hätte. Sie nahm ihre Hand in die ihre, die kalt und zittrig war. Ella strich ihr mit der freien Hand über das Haar. Larissa lehnte ihren Kopf an Ellas Schulter und begann zu schluchzen.

„Manchmal bin ich trotz all der Menschen allein", hörte Ella Larissas Stimme an ihrem Ohr. „Ich habe Angst, alles zu verlieren. Ich habe nicht viel, aber das, was ich habe, bedeutet mir alles. Wenn Steven oder meinem Mann etwas zustoßen sollte, werde ich wieder in dieses Loch fallen und nie wieder da rauskommen. Luis ist derjenige, der mich am Leben hält, und Steven bringt mich dazu, dieses Leben zu lieben." So als wäre sie sich der Situation erst jetzt bewusst, drückte sie sich von Ella weg und sah peinlich berührt erneut zum Fenster. „Tut mir leid", schniefte sie und strich sich die

Tränen aus den Augen. „Luis hat mit all dem nichts zu tun. Und der blaue Fleck hat nichts zu bedeuten. Und jetzt müssen Sie wirklich gehen. Wir haben noch Hausaufgaben zu erledigen, danach muss ich einkaufen gehen. Mein Mann kommt erst übermorgen, darum wäre es vergebliche Liebesmüh, hier auf ihn zu warten."

„Übermorgen? Heute ist Freitag." Ellas Augen wurden enger.

„Ja. Am Wochenende arbeitet mein Mann auch. Wie gesagt, er arbeitet hart. Jede zweite Woche hilft er bei der Suppenausgabe aus. Auch hilft er den Hilfsbedürftigen bei ihren Problemen, egal welcher Art. Er ist sozial sehr engagiert."

Eine schnelle Melodie unterbrach Larissa.

„Mama, Papa ist am Telefon", ertönte eine kindliche Stimme.

„Steven, Schatz, sag deinem Papa, dass die Polizei hier ist."

„Papa, Polizei ist hier", echote Steven und erschien mit ausgestreckter Hand, in der er den Hörer hielt, im Wohnzimmer.

Larissa riss ihm beinahe das Telefon aus der Hand. „Schatz, die Polizei ist hier. Eine Frau Greenwood."

Ella wollte etwas sagen, doch Larissa hielt die Sprechmuschel mit der Hand zu. „Sie sollten besser gehen. Steven, begleite Frau Greenwood bis zur Tür und häng danach die Kette wieder ein. Papa muss heute arbeiten. Wir bestellen uns dann eine Pizza." Der

Junge warf jubelnd die Fäuste in die Luft. Dann packte er Ella mit seinen kräftigen Händen am Handgelenk und führte sie aus dem Wohnzimmer in den Flur und dann zur Tür. Im Hintergrund sprach Larissa aufgeregt mit ihrem Mann.

Ellas Blick streifte über schlicht gemusterte Tapeten, über die billigen Dielenmöbel und blieb dann kurz an einem Bild hängen. „Steven, wer ist dieser Mann hier?", flüsterte sie verschwörerisch dem Jungen zu und warf einen lauernden Blick zur Wohnzimmertür. Larissa tauchte nicht auf.

„Das ist mein Papa." Auch der Junge verfiel in einen flüsternden Ton.

„Und der hier?" Sie zeigte mit dem Finger auf den zweiten Kerl mit einer grünen Baseballmütze. Beide Männer hatten sich die Arme auf die Schultern gelegt. Eine freundschaftliche Geste. Sie sahen einander sehr ähnlich, fast schon erschreckend ähnlich, sinnierte Ella. „Ist er Papas Bruder?", grübelte sie laut nach.

Steven nickte.

„Kommt er euch manchmal besuchen?"

Steven sah zu ihr auf. Seine warme Hand hielt Ella am kleinen Finger. „Nein. Papa sagt, sie verstehen sich nicht mehr wirklich. Weil sein Bruder ein arroga ... arra ..." Er schnaubte verärgert, weil er das Wort nicht aussprechen konnte, obwohl es ihm in diesem Moment sehr wichtig erschien, so wie sein Vater reden zu können, glaubte sie.

„Weil er ein arroganter Kerl ist?"

„Nein." Stevens Hand zog an Ellas Finger. Sie beugte sich tief nach unten. „Er hat das A-Wort benutzt", raunte Steven ihr das Geheimnis ins Ohr.

„Verstehe", erwiderte Ella in derselben Stimmlage wie der Junge. Sie ging in die Hocke und legte Steven ihre Hände auf die Schultern. Sie versuchte es mit einem Lächeln, welches von ihrem kleinen Gegenüber prompt erwidert wurde. „Streiten Mama und Papa oft?"

Der Junge druckste herum. Ella war es bewusst, dass sie sich nun auf sehr dünnem Eis bewegte. Sie betrat verbotenes Terrain. Ihr Vorgehen konnte mit einer fristlosen Kündigung geahndet werden. Aber das erschien ihr in diesem Augenblick sehr wichtig.

„Ich habe gehört, wie Mama im Badezimmer geschrien hat. Aber Mama sagt, das war nichts."

„Warum hat deine Mama geschrien?"

Steven hob nur die Schultern.

„Hat Papa sie geschlagen?"

Wieder nur ein Schulterzucken.

„Ist dein Papa auch manchmal gemein zu dir?" Steven schüttelte mit dem Kopf. Dann kratzte er sich nervös am Nacken und stierte auf seine nackten Füße.

„Machst du ins Bett, Steven?", fragte Ella einem unerklärlichen Instinkt folgend, weil sie glaubte, einen leichten Mief, der nach Urin roch, vernommen zu haben.

„Nein. Aber mein Papa." Die Worte glichen einem leisen Lufthauch. Leise und flüchtig. Auf Ellas Armen stellten sich die Härchen auf.

„Dein Papa macht ins Bett?", wiederholte sie den Satz, weil sie sich nicht wirklich sicher war, ob sie ihn richtig gehört hatte.

„Ja. Aber er behauptet, dass ich es war."

„Schläft er in deinem Bett? Ohne Mama?"

Steven zögerte. „Nein. Ich krieche manchmal zu ihnen, oder Papa holt mich aus meinem Zimmer, wenn ich schon eingeschlafen bin."

„Bist du dir da ganz sicher?"

Ein unsicheres Nicken.

„Weiß deine Mama was davon?"

„Steven, ist die Frau schon weg?" Larissas Stimme versetzte Ella kurz in eine Schockstarre. Auch der Junge verkrampfte sich. Ella drückte sich den Zeigefinger gegen die Lippen. „Schsch ...", machte sie und stand auf.

Steven machte die Tür auf. „Aber mein Papa ist sehr lieb zu mir. Ich liebe ihn über alles, er ist mein bester Freund", sage er schnell und warf die Tür zu, sobald Ella ins Treppenhaus trat. Die Sicherheitskette klimperte hinter Ellas Rücken.

Auf was bin ich da gestoßen?, überlegte sie und versuchte die neu gewonnenen Informationen in ihrem Kopf zu ordnen.

Während sie die Treppe nach unten lief, klingelte ihr Telefon.

„Greenwood, haben Sie etwas Brauchbares für mich?", meldete sich Leonhard.

„Wir müssen Luis' Bruder ausfindig machen!"

„Der Kerl hat einen Bruder?", wunderte sich Stegmayer.

„Einen eineiigen Zwilling! Wenn ich das alles richtig verstanden habe."

„Die Vermutung liegt nahe, dass dieser Luis etwas zu verbergen versucht. Unsere Männer haben in Sternwarts Keller noch mehr an Beweisen sammeln können, die den Hausmeister belasten. Er war ein perverser Voyeur. Unzählige Kassetten mit Pornographie und anderes Filmmaterial hat er hinter dem Regal versteckt ..."

„An dem ich mit meinem rechten Louboutin hängen geblieben bin und Sie mich deswegen gerügt haben?"

„Sie sind ein Tollpatsch, Greenwood, aber dank Ihnen und Ihrer viel zu teuren Schuhe haben wir etwas Brauchbares. Ich warte im Green-Unicorn-Pub auf Sie. Wir haben etwas Wichtiges zu besprechen. Und auf mein Büro habe ich keine Lust. In diesem Raum bekomme ich immer Sodbrennen. Sie müssen mir ein Bier ausgeben, und ich spendiere uns ein Mittagessen. Essen Sie auch saftiges, halb rohes Fleisch, oder nur diese Burger, die nur nach Fleisch aussehen? Sagen Sie ja, weil diesen Typ von Frauen, die sich nur von Gurkenwasser ernähren, kann ich nicht ausstehen."

„Ich könnte eine doppelte Portion Spareribs vertragen", sagte Ella und hörte sich leise auflachen. Ihr Magen begann dabei zu knurren.

„Schon erscheinen Sie mir einen Deut sympathischer, was jedoch nicht bedeutet, dass ich Sie mag. Ich habe Hunger, das ist alles. Wir beide müssen schließlich irgendwie miteinander klarkommen." Stegmayer klang nicht wirklich ernst. „Und beeilen Sie sich gefälligst. Ich bin kein Gentleman und werde ganz bestimmt nicht auf Sie warten." Dann legte er auf. Ella lief zu ihrem Wagen und fuhr an, ohne auf das hupende Auto hinter sich zu achten, denn auch sie hatte etwas herausgefunden, was wichtig sein könnte.

Kapitel 47

Begleitet von einem erstickten Schrei riss Dennis die Augen auf und durchschnitt mit dem Messer, das er immer noch fest umschlossen hielt, die Dunkelheit. Ein Schatten aus seinem Traum flimmerte vor seinen Augen, verschwand jedoch, sobald er sich wieder beruhigt hatte. Sein Herz wummerte wie ein Schmiedehammer. Die Sehnen in seinem Nacken, die immer noch angespannt waren, brannten heiß. Er versuchte zu schlucken, doch sein Hals war wie ausgedörrt.

Er hatte den ganzen Nachmittag in diesem Keller verbracht, weil er erschöpft war und sich wieder nach Mutters Nähe gesehnt hatte. Dieses Verlangen wurde immer stärker. Er musste nur kurz eingenickt sein, doch er würde Jahre brauchen, wenn er den Alptraum wiedergeben müsste.

Es verging eine gefühlte Ewigkeit, bis er imstande war, zu begreifen, wo er sich befand. Während er seinen Hals abtastete, spürte er, wie seine Finger nass wurden. Panik erfasste ihn. Sein Hemd war auch nass. Seine Bewegungen gerieten ins Stocken. Er ließ das Messer zu Boden fallen und befühlte auch mit der zweiten Hand seinen Hals. Er hielt inne. Dann kroch ein leises Stöhnen der Erleichterung zwischen seinen

Lippen hindurch. Keine Sekunde später hatte er sich wieder im Griff.

Draußen hörte er das monotone Prasseln von warmen Regentropfen gegen die Glasscheibe. Er hob langsam den Blick. Tatsächlich stand das kleine Fenster auf Kipp. Der Lichtschacht war übergelaufen, überlegte er und stemmte sich mit schmerzenden Gliedern hoch auf die Beine. Wie oft war er als Kind genau vor diesem Fenster gestanden und hatte versucht, einen Blick nach draußen zu erspähen.

Nun stand er da und sah zu, wie ein schmales Rinnsal sich die graue Wand entlang nach unten schlängelte.

Mit einem tiefen Seufzer schloss Dennis das Fenster und klopfte den Staub von seiner Hose ab. Ein Rascheln erweckte seine Aufmerksamkeit und ließ ihn aufhorchen.

Er hielt sogar den Atem an.

Nichts.

Er richtete sich auf.

Da war es wieder.

Er hörte erneut in die Dunkelheit hinein. Wieder nichts.

Dann war es wieder da. Er sah zu Boden. Neben seiner linken Schuhspitze schimmerte etwas Weißes. Es war ein zusammengefalteter Zettel. Dennis beugte sich nach unten, hob ihn auf und faltete das DIN-A 5 große Blatt auseinander. In krakeliger Schrift stand eine Botschaft darauf geschrieben.

Mit faltiger Stirn und ungutem Gefühl verließ er den Kellerraum und trat in den Flur, der von einer schwachen Lampe in schmutziges Gelb getaucht war. Dennis blinzelte mehrmals, endlich klärte sich sein Blick. Angestrengt las er die Botschaft, dabei bewegte er seine Lippen wie bei einem Gebet: „Die Bullen wissen nicht, wer die Frauen getötet hat. Aber diese Frau, sie ist dir dicht auf den Fersen." Die Buchstaben waren rot und verschmiert, so als habe jemand einen Buntstift verwendet, dessen Spitze er sich jedes Mal in den Mund gesteckt hatte, wenn er mit dem neuen Satz begonnen hatte. Dieser Jemand war sein jüngstes Er, anders formuliert, seine vierte Persönlichkeit, sein viertes Ich, das das Verhalten eines zehnjährigen Jungen aufwies und das schwächste Glied in der Kette war, wusste Dennis. Manchmal sprach es mit einer niedlichen Mädchenstimme zu ihm und manchmal mit einer verängstigten Stimme eines Jungen, doch niemals heiter. Einmal als er noch ein kleiner Junge war, lief er in den Keller und geriet dabei in ein dicht geflochtenes Spinnennetz. Unzählige kleine schwarze Tierchen krabbelten auf seinem Mund und seinen Augen herum, manche huschten unter dem Kragen hindurch auf seinen Rücken. Sie waren überall. Er hatte geschrien und sich dabei das Gesicht zerkratzt, genauso redete manchmal auch die Stimme zu ihm: ängstlich und zittrig. Nicht selten bat er die Stimme still zu sein, doch sie folgte nur selten seiner Bitte. Er las die Nachricht erneut und drehte das Blatt mehrmals zwischen seinen Fingern. Da war nichts mehr. Das karierte Blatt stammte aus seinem Notizbuch, das er in der Schublade aufbewahrte. Eine fast schon fiebrige Anspannung ergriff von ihm Besitz. Eine heiße Woge durchfuhr seinen Körper.

Mit geschärften Sinnen, die von Panik genährt wurden, lief er die Steintreppen nach oben, dabei achtete er darauf, nicht abzurutschen. Die Treppe war steil, und in der Mitte war in jeder der steinernen Stufen eine Kuhle. Der Handlauf wackelte, wenn man zu sehr daran zog, löste sich der obere Teil aus der Mauer. Darum lief Dennis nach oben, ohne sich daran festzuhalten.

„Dennis, schleichst du etwa durchs Haus?" Die heisere Stimme seines Vaters prallte drohend von den Wänden wider und brachte ihn dazu, unvermittelt stehen zu bleiben. Er hörte, wie sich der altersschwache Mann aus dem Bett wuchtete.

„Komm hoch in mein Schlafzimmer und hilf mir. Ich muss wieder Wasser lassen. Die Tabletten, die mir der Arzt verschrieben hat, lassen mich wie einen Elefanten pissen. Aber ich kann wieder gehen", sagte sein Vater und wurde von einem heftigen Hustenanfall unterbrochen. „Hast du für mich Zigaretten gekauft, so, wie ich es dir aufgetragen habe?", brummte er mit rasselnder Stimme, die vom vielen Rauchen kratzig klang.

Dennis wagte immer noch nicht, sich zu rühren. Als Kind hatte er zuerst die Jahre und zum Schluss die Tage zum Erreichen seiner Volljährigkeit gezählt. Dennoch hatte er den Anschluss an die Gesellschaft nie finden können. Trotz des Bemühens der letzten Pflegefamilie, bei der er mehr als drei Jahre seines Lebens verbracht hatte, blieb er bei seinem Vater. Vor allem die Frau hatte es sich zur Aufgabe gemacht, aus Dennis einen besseren Menschen und ein vollwertiges Mitglied der Gesellschaft zu formen, aber auch sie scheiterte bei ihrem Versuch und landete danach bei einem Seelsorger, nachdem ihre Tochter tot aufgefunden wurde. Erhängt in einem Wald, in dem sie oft spazieren liefen.

„Dennis!", brüllte sein Vater und brachte ihn dazu, sich aus der Starre zu lösen. Ein hässliches Geräusch erfüllte das Haus. Es klang genauso hässlich wie das Würgen, so als wenn sich jemand in die Kloschüssel übergab. Sein Vater wurde langsam von innen heraus aufgefressen. Der Krebs ließ sich nicht mehr aufhalten. Doch sein Vater gab nicht so schnell auf.

Dumpfe Schritte brachten die Dielen zum Knarzen. Die Decke über Dennis' Kopf keuchte.

„Komm hoch und hilf mir, verdammt noch mal", fluchte sein Vater, doch Dennis traute sich nicht, nach oben zu gehen.

„Das bekommst du schon selbst irgendwie hin. Du kannst dich hinsetzen", schrie er die Treppe hinauf und schlich sich Richtung Küche.

„Ich bin ein Mann, Gottverdammt, und kein Weib!"

„Dann machst du, wie es sich für einen Mann gebührt, eben in die Hose, oder du pisst wie ein räudiger Köter, musst nur das Bein anheben", murmelte Dennis. Das alles laut auszusprechen traute er sich jedoch nicht.

Auf dem Weg zur Küche blieb er vor einem Spiegel stehen und sah sich an. Ich bin schwach, dachte er. Dieses Eingeständnis über seine Angst, die er immer noch seinem Vater gegenüber empfand, widerte ihn an. Er biss sich auf die Lippen und ballte die Hand, in der er den Zettel hielt, zur Faust. Das Papier raschelte leise. Du bist ein Feigling, brüllte er sein Antlitz in Gedanken an und schlug mit der Faust gegen den Spiegel. Sein Gesicht bekam zackige Risse. Tränen liefen über seine Wangen.

„Du bist genau so eine beschissene Kreatur wie deine Mutter", brüllte sein Vater jähzornig.

Bilder tauchten vor Dennis' Augen auf. Er sah seine Mutter. Sie kauerte in einer Ecke und weinte stumm. Ihre linke Gesichtshälfte war angeschwollen. Neben ihr kauerte ein Junge. Dieser Junge war er.

Dennis war wieder elf Jahre. Sein Bild in der rissigen Oberfläche wurde milchig trüb, die Umgebung verschwamm hinter dem heißen Tränenschleier. Erinnerungen stiegen in ihm auf. Zu den Bildern gesellte sich der süße Duft von frischgebackenen Keksen, die im Backofen langsam honigbraun wurden.

Kapitel 48

„Dennis, du musst in zehn Minuten fertig angezogen sein, deine Milch wird sonst wieder kalt und die Kekse steinhart", hörte der tanzende Junge seine Mutter. Er hatte sich in das Schlafzimmer seiner Eltern geschlichen und eines von Mamas Kleidern angezogen. Er drehte sich im Kreis, der Saum bauschte sich auf und machte jedes Mal eine Welle, wenn er seine Drehbewegungen beschleunigte. Einmal wäre er fast über seine eigenen Füße gestolpert, weil er sich zu schnell gedreht hatte.

Das grüne Kleid mit den großen weißen Blumen roch nach Mamas Parfüm und ihr selbst. Dennis hörte ihre Stimme wie durch das Rauschen eines Wasserfalls. Er nahm die Welt nur bruchstückhaft wahr. Alle Sorgen wurden vergessen. Er schloss die Augen und hob die Hände in die Luft. Irgendwann werde ich in einem Theater tanzen. Eigentlich möchte ich als Ballerina auftreten. Das war sein sehnlichster Wunsch. Gleichzeitig wusste er jedoch, dass ein Junge niemals eine Ballerina werden konnte.

„Dennis, wir kommen sonst zu spät zu deiner Aufführung", rief seine Mama lauter und zerstörte die Bilder in seinem Kopf. Er blieb stehen und öffnete die Augen. Alles um ihn herum drehte sich noch eine Weile. Dennis war außer Atem.

„Ich komme schon", rief er zurück und zwang sich vorsichtig aus dem Kleid, doch ausgerechnet an diesem Tag blieb er in einem der dünnen Träger hängen. Er verhedderte sich darin. Auf einem Bein hüpfend schaffte er es irgendwie bis zum Bett und setzte sich auf die Kante. Seine Socke hatte sich darin verknotet. Mit angestrengter Miene fummelte er, ohne recht zu wissen, was er da tat, an dem festen Knoten. Mama rief jetzt noch lauter, aber er ignorierte sie, weil er es beinahe geschafft hatte, die Socke frei zu bekommen.

„Endlich", murmelte Dennis strahlend und grinste breit. Triumphierend hob er seine Socke in die Luft, machte einen Luftsprung und verharrte. Die ganze Freude wich von ihm. Sein Lächeln wurde zu einem verzerrten Grinsen. Er fröstelte und war bis auf das Kleid, das schlaff von ihm hinunter hing, nackt. Der Stoff rutschte leise raschelnd von seiner nassgeschwitzten Haut. Alles Leben wich von ihm. Sein Blick haftete an dem Mann, der in der Tür stand.

Das war sein Vater.

Beide starrten sich eine Weile ohne ein Wort zu sagen an. Einen grausamen Moment lang wünschte sich Dennis, tot zu sein.

Sein Vater taumelte. Er war wie so oft auf Drogen. „Was ist das hier für eine verfickte Show? Habe ich eine kleine Schwuchtel in meinem Zimmer stehen oder was?", lallte er und hob den Arm. Ehe sich Dennis versah, landete schon die Faust in seinem Gesicht. Der kleine Junge flog auf das Bett. Sein Gesicht glühte.

Der Kopf summte wie eine Glocke. Die Augen füllten sich mit Tränen.

Er wischte sich schnell über Mund und Nase. Aber es war Blut und kein Rotz, das ihm über das Kinn lief. Sein Handrücken war hellrot.

„Ich habe dich gefragt, was das hier für eine verfickte Show ist?! Antworte, Bengel, oder ich lange dir noch eine über. Aber dieses Mal werde ich mich nicht zurückhalten!", brüllte sein Vater. Er war außer sich vor Zorn. Sein Hirn war voll mit irgendwelchen chemischen Substanzen, hatte ihm seine Mama einmal erzählt, als er auch sie grün und blau geschlagen hatte. Doch wo war sie jetzt?

Dennis suchte nach ihr. Sein linkes Auge war zugeschwollen und pulsierte. Mit dem rechten sah er in die Dunkelheit, die im schmalen Flur herrschte, weil dort seit Wochen schon die Glühbirne durchgebrannt war.

Endlich konnte er Mamas zierliche Gestalt erkennen, die sich kaum vor dem tristen Hintergrund der nackten Wände abzeichnete. Für Tapeten hatten sie einfach kein Geld, hatte sein Papa gesagt, aber das war eine Lüge, sein Vater war reich.

„Schau, was du angerichtet hast mit deiner Erziehungsmethode", wandte sich sein Vater an seine Mama, die einem Geist glich, so weiß wurde sie ihm Gesicht. Das letzte Wort sprach er wie ein Hohn aus, auch kräuselte er die Lippen und säuselte: „Mami, ich bin eine verdammte Tunte, kauf mir bitte ein Kleid, weil ich eigentlich ein Mädchen sein möchte …" Dann spie er auf den Boden und packte seine Frau an den Haaren. Mit einem heftigen Ruck zog er sie dicht an sich und schrie ihr ins Ohr: „Sieh, was du aus ihm gemacht hast, wir hätten lieber den anderen behalten sollen!"

Seine Mutter weinte. Ihr Gesicht verkrampfte sich, ihr Haar steckte immer noch zwischen den wulstigen Fingern seines Vaters, die an den Nagelbetten blutig waren. Er schüttelte sie heftig und schleuderte seine Mama gegen die Wand. Sie winselte und rutschte zu Boden. Dennis war geschockt. Wen wollte Vater behalten? Er begriff nicht einmal die Hälfte von dem, was sein Vater da sagte.

„Bitte, tu ihm nichts, er ist doch noch ein Kind", flehte seine Mutter ihren bis zur Weißglut erhitzten Ehemann an.

„Ach ja? Ist er das? Ein unschuldiger Junge, ein Kind? Er hat dir in das Nachthemd gewichst, schon vergessen? Er ist ein kleiner Perversling. Später, wenn er groß ist, wird er nicht anders sein. Er ist krank in der Birne, weil ihm der andere das ganze Hirn weggeprügelt hat, weil in deinem mickrigen Bauch zu wenig Platz war. Dein Ex hat eine richtige Entscheidung getroffen."

Trotz der Schwüle fror Dennis am ganzen Körper. Da war plötzlich noch eine Stimme, die er klar und deutlich hören konnte, sie war lauter als die seines Vaters. „Hör nicht auf ihn", sagte die Stimme. Sie sprach zu ihm. Dennis riss die Augen auf und blickte sich um. Allem Anschein nach war hier niemand mehr.

Die Erinnerungen verblassten, weil sein Vater von oben zu schreien anfing. „Ich bin hingefallen. Hilf mir hoch."

Du kannst in deiner eigenen Scheiße ersaufen, dachte Dennis und ging in die Küche, um sich einen Schluck Wasser zu nehmen.

War diese Sinnestäuschung, die er damals im Schlafzimmer das erste Mal wahrgenommen hatte, etwa das Ergebnis von Prügeln, die er täglich bekommen hatte? Für Nichtigkeiten und kleinere Vergehen, wie das Verschütten der Milch, oder wenn er eine Gabel fallen ließ oder beim Essen schmatzte. War die Stimme, die er da zum ersten Mal gehört hatte, Vaters Erziehungsmethode geschuldet?

Die Erinnerung an diesen besagten Tag hatte der Psychologe aus seinem Innersten heraus gekramt, die viele Jahre im Verborgenen geblieben war.

Immer gab es Schläge, egal was Dennis versuchte. Auch wenn er brav war, gab es Prügel.
„Bitte, tu ihm nichts", sprach die Mutter auf ihren erzürnten Mann ein, doch er war taub für all das Flehen und zerrte an seinem Hosengürtel.

Manchmal drängte sich die Vergangenheit so dicht an ihn heran, dass er sie von der Realität nicht zu unterscheiden wusste, so wie jetzt. Er roch erneut den schalen Atem seines Vaters. Er spürte das klamme Laken unter seinen nackten Füßen, weil er sich vor Angst bepieselt hatte. „Du musst dich wehren, Dennis", sprach die Stimme zu ihm, während der lederne Riemen zischend die Luft zerschnitt und ihn an der nackten Schulter traf. Immer und immer wieder peitschte der Gürtel auf seine Haut und traf Dennis am Rücken und sogar im Gesicht. Endlich war sein Vater so erschöpft, dass er keuchend nach Luft ringend sich schwer auf die Bettkante setzte.

Nach einem zerfahrenen Augenblick der ohrenbetäubenden Stille sah Dennis sich entgeistert um. Sein Blick war von einem roten Schleier getrübt. Er schmeckte Blut, doch das, was ihn so verwirrte, war nicht die Wut seines Vaters, sondern der Klang dieser Stimme in seinem Kopf, die keiner außer ihm zu vernehmen vermochte.

Dieses einmalige Erlebnis hatte sich an diesem Abend unauslöschlich in sein kindliches Seelenleben eingebrannt und ließ sich mit keiner Therapie rückgängig machen.

„Eines Tages werde ich dich umbringen", hatte der Junge damals mit blutverschmierten Lippen geflüstert, sich selbst über seine Drohung wundernd, weil nicht er derjenige war, der da aus ihm gesprochen hatte. Es war die Stimme. Sie war tief und versetzte nicht nur ihn in einen Schockzustand. Seine Mutter sah ihren Sohn konsterniert an, sein Vater drehte sich schwerfällig zu ihm um. Um seine rechte Faust war immer noch der Gürtel gewickelt.

„Was hast du da gesagt?", brummte er im Brustton abschwellenden Zorns. Verwunderung und Ärger zeichneten sich auf seinem Gesicht ab. Tiefe Furchen gruben sich wie Risse in seine Stirn, seine

Mundwinkel zuckten, er schien auf etwas zu kauen, denn sein mächtiges Kinn bewegte sich unaufhörlich.

„Hast du das gehört?", brüllte der erzürnte Mann und wischte sich den Speichel mit der Hand über die Bartstoppeln, weil er vor Wut schäumte. Nun galt der Jähzorn ganz seiner Frau. Dennis beobachtete die ganze Szenerie nur einen kurzen Augenblick lang. Sobald sein Vater aufgestanden war und die Hand zu einem ersten Schlag hob, um auf seine Frau einzuschlagen, sprang Dennis auf die Füße und griff nach der schweren Vase, die an Mamas Seite auf dem Nachtschränkchen stand, und holte weit aus. Das dicke Kristallglas wog schwer in seinen Händen und drohte zwischen seinen von Blut und Tränen beschmierten Fingern wegzurutschen. Eine Welle der Panik und bodenlosen Verzweiflung verdrängte das Gefühl der Furcht in seiner Brust. Endlich konnte er wieder tief Luft holen. „Ich … werde … dich … TÖTEN!!!", schrie er wie ein Wahnsinniger. Er wurde oft von seinem Vater verprügelt, diese aufreibenden Begebenheiten hatten ihn abgehärtet und gefühllos gemacht vor der bevorstehenden Konsequenz, falls er seinen Vater doch nicht erschlug, hatte er sich in diesem Augenblick kein bisschen gefürchtet. Er sprang samt der Vase vom Bett und schlug seinem Peiniger das schwere Ding auf den Schädel.

Das laute, von Wahnsinn durchtränkte Kreischen eines Kindes, vermischt mit dem schmerzerfüllten Schrei eines Erwachsenen erfüllten das ganze Haus und hallten in Dennis' Ohren nach. Er fiel nach einem wuchtigen Faustschlag zu Boden. Sein Kiefer hatte wie ein trockener Ast geknackt und wurde taub. Helle Funken tanzten vor seinen Augen und machten ihn blind. „Du verdammter Hurensohn", hörte er seinen Vater brüllen. Ein weiterer Schlag trieb ihm die restliche Luft aus der Lunge, die mit einem pfeifenden Zischen durch seinen Mund und die Nase aus ihm wich.

„Du hast unseren Sohn umgebracht", fiepte seine Mutter mit kindlicher Angst in der Stimme.

„Deinen Sohn", widersprach sein Vater knurrend.

Mit diesen Worten wich das ganze Leben aus seinem Körper und tauchte alles in undurchdringliche Schwärze. Eine angenehme Schwere ließ seine Glieder schwerelos werden. Dennis glaubte zu schweben ...

Mit einem gepressten Stöhnen und flatternden Lidern kam Dennis wie durch ein Wunder zur Besinnung. Zwei blutunterlaufene Augen blickten auf ihn herab. Der geschwächte Junge lag in seinem frisch bezogenen Bett, das intensiv nach Weichspüler roch, und versuchte zu sterben.

„Er hat nicht aufgepasst und ist dummerweise über dieses Auto gestolpert, das ich ihm gekauft habe." Dennis traute seinen Augen nicht. Sein Vater hielt tatsächlich einen Miniaturrennwagen zwischen seinen Fingern, die an den Kuppen vom vielen Rauchen gelb waren. Diesen Ferrari hatte er sich seit Jahren gewünscht, und konnte sich selbst in seinen kühnsten

Träumen nicht vorstellen, dass er es von seinem Vater jemals bekommen würde.

„Hat es sich genauso zugetragen, wie Sie es mir gerade eben geschildert haben? Sonst sehe ich mich gezwungen, das Jugendamt zu informieren und gegebenenfalls eine andere Instanz mit einzuschalten."

Sein Vater lachte theatralisch auf, die Mutter stand dicht neben ihm. Sie war an diesem Tag so stark geschminkt, dass Dennis sie nicht sofort erkannt hatte. Aber das schob er auf den Schlag seines Vaters, von dem sein Schädel immer noch brummte.

„Nein, meine Frau kann all dies bestätigen. Habe ich recht, Schatz?", fragte er freundlich und legte das Auto auf Dennis' Brust.

In diesem Augenblick war der schwer verletzte Junge das glücklichste Kind auf Erden, mit einem sehr traurigen Ausdruck in den Augen, weil er wusste, dass dieses Glück nicht von langer Dauer war.

„Wir beide lieben unseren Sohn", sprach der Vater mit so viel Zuneigung und Freundlichkeit, wie er nur aufbringen konnte. Der Arzt, dem die unzähligen Überstunden ins Gesicht geschrieben waren und dessen Atem latent nach Alkohol roch, bedachte die beiden Eltern mit einem nachdenklichen Blick.

„Ich würde Dennis dennoch gerne röntgen wollen. Die Schwellung an der linken Wange verheißt nichts Gutes", sagte der Arzt und legte seine kalten Finger auf die heiße Haut. Der stechende Schmerz trieb Dennis Tränen in die Augen. „Tut es weh?", wollte er von seinem kleinen Patienten wissen.

Dennis sah ängstlich zu seinem Vater hoch. Der freundliche Glanz in den Augen wurde von eisiger Kälte übertüncht. Dann bewegte sein Vater den Kopf langsam von links nach rechts.

„Nein", nuschelte Dennis und fuhr sich mit der Zunge über das aufgerissene Fleisch seiner linken Wange und die Backenzähne.

„Sie werden ihn im Auge behalten, falls er spucken muss. Wenn sich sein Zustand verschlechtern sollte, müssen Sie unverzüglich ins Krankenhaus fahren", trug der Arzt den beiden Eltern auf und schlug die Decke zur Seite, um Dennis' Lunge abzuhören. Das Auto befand sich gefährlich nah an der Bettkante. Dennis' Finger krampften sich hastig um den Heckspoiler.

„Aber natürlich", pflichtete der Vater bei, mit überraschend zurückhaltender Geste, während er die Hände hob und einen Arm um seine Frau legte.

Dennis schluckte mit schmerzverzerrter Miene den glibberigen Schleim, der nach Metall schmeckte, hinunter.

„Sein Herzrhythmus ist in Ordnung, auch die Lunge ist vollkommen intakt. Kannst du den Mund weit aufmachen, Dennis?"

Erneut wanderte der Blick des verängstigten Jungen zu seinem Vater. Auch jetzt spiegelte sich dieselbe Kälte in den dunklen Augen wider. „Als ich ein Kind war, habe ich mir auch immer so ein Auto gewünscht, jedoch nie eins bekommen. Es sei zu teuer, lautete jedes Jahr dieselbe Antwort. Auch wir haben nicht wirklich viel Geld, aber was tut man nicht alles für seine Kinder", sagte er beinahe entschuldigend.

Dennis öffnete den Mund in der Erwartung, dass ihm der Unterkiefer einfach abfiel, wie damals das abgebrochene Stück einer Vase, die seine Mutter von ihrer Oma vererbt bekommen hatte. Dennis hatte sie versehentlich umgestoßen, sie fiel zu Boden, doch ging nicht komplett zu Bruch. Nur ein großes Stück vom gebogenen Rand hatte sich gelöst und ließ sich nicht mehr kitten. Sie stand später im Keller, bis das Erbstück irgendwann doch noch im Mülleimer gelandet war, wie alles im Leben irgendwann auf der Müllhalde oder auf dem Friedhof landet.

Der Arzt fummelte in der Brusttasche seines weißen Kittels und zerrte ein Holzstäbchen sowie eine kleine Taschenlampe heraus. Mit dem Stäbchen drückte er Dennis' Zunge nach unten, bis der Junge von einem Würgereflex übermannt wurde und sich aufbäumte. Auch der sengende Stich in seinem Knochen dicht am linken Ohr ließ ihn aufstöhnen. „Scheint nichts gebrochen, ist nur eine Prellung", beendete der Arzt mit einem schweren Atemzug seine Visite, stand auf und verstaute seine Requisiten in einem ledernen Koffer.

„Schatz, kannst du Herrn Doktor bis an die Tür begleiten, und vergiss nicht die Flasche. Ich habe da etwas von einem Arbeitskollegen zum Probieren bekommen, aber ich trinke keinen Schnaps. Dieser soll besonders gut sein. Ist mit Zwetschgen, hat Horst von seinem Schwiegervater zugesteckt bekommen. Eine ganze Kiste." Beide Männer lachten theatralisch auf.

Der Arzt verließ das Kinderzimmer und wünschte seinem kleinen Patienten beim Hinaustreten eine schnelle Genesung. Die Mutter folgte ihm.

Der Vater blieb jedoch. Er starrte seinen Sohn schweigend an und kreiste mit den Schultern. „Beim nächsten Mal solltest du genauer zielen, du hast mich lediglich an der Schulter erwischt", flüsterte er, die Augen waren zu schmalen Schlitzen zusammengekniffen.

Dann machte er zwei Schritte auf den eingeschüchterten Jungen zu und entriss ihm den Wagen aus den Fingern. „Den werde ich noch heute zurückgeben, ich habe nämlich den Zettel aufgehoben. Aber ich habe auch noch eine gute Nachricht für dich." Er verzog den Mund zu einem schiefen Grinsen. „Dein Kinderarzt hat dich für den Rest der Woche krankgeschrieben, jetzt kommt jedoch der so berühmte Wermutstropfen." Das Grinsen wurde breiter. Sein Vater triumphierte. „Die nächsten fünf Tage wirst du im Keller verbringen, du und deine Mutter. Ah, da ist sie ja schon, wenn man vom Teufel spricht ..." Sein Gesicht verdunkelte sich.

„Du hast ihm schon genug Leid zugefügt, lass ihn bitte in Frieden."

„Wehe, du unterbrichst mich nochmal", herrschte der erzürnte Mann seine Frau an und hob seinen Arm zu einem Schlag in die Luft.

„Ich werde dich verlassen!" Ihre Stimme schraubte sich zu einem panischen Schrei hoch.

„Du bewegst dich mit keinem Muskel." Er deutete mit dem Zeigefinger auf ihre Brust und verpasste seiner ungehörigen Gattin eine Ohrfeige. Zu seiner Bestürzung lächelte seine Frau traurig. Anstatt wie so oft in Tränen auszubrechen, stand sie einfach nur da und lächelte. Ihre Augen waren mit dem schrecklichen Wissen belastet, dass ihre Tage gezählt waren. So oder so würde ihr bisheriges Leben einen anderen Verlauf nehmen müssen.

„Hör auf, so dumm zu grinsen", knurrte er. Zum ersten Mal zitterte seine Stimme nicht vor Zorn.

Seine Frau jedoch kreuzte die Arme vor der Brust und lächelte einfach weiter. Ihr Lächeln war wie gefroren, der Blick triefte vor Hohn.

Eine bodenlose Leere füllte Dennis von innen aus. Meine Mama ist stark, nistete sich der Gedanke in seinem Kopf ein. Auch ich werde später so stark sein wie sie, dachte er. Es war ein Bewusstsein, welches den Selbstbetrug eines Kindes zu unterdrücken versuchte. Damals war er zu jung, um den Gesichtsausdruck seiner Mutter richtig zu deuten. In ihren Augen spiegelte sich nicht nur Hohn wider, sondern auch das Wissen, dass sie zu weit gegangen war.

„Mama, nicht", winselte Dennis, stemmte sich auf die Ellenbogen und sah, wie ein weißer Klumpen aus ihren Lippen flog, die Spucke hing wie eine Spinnwebe an Vaters unrasierter Wange, die von rötlich und grau schimmernden Stoppeln übersät war. Er machte keine Anstalten, sich den Geifer aus dem Gesicht zu wischen.

„Du undankbares Miststück", zischte er und packte seine Frau am Haar. In seiner Stimme schwang die Gewissheit eines Mannes mit, der zu allem entschlossen war. Er drückte sie fest an sich und begrub ihr Gesicht an seiner Brust. „Du bist entschieden zu weit gegangen, Weib", raunte er ihr ins Ohr. Er sprach so, als wäre sein Kehlkopf entzündet und er hätte Mühe, richtig zu schlucken.

Die Finger seiner Mutter gruben sich krampfhaft in das Baumwollhemd. Sie versuchte ihre Nägel tief in das Fleisch ihres Peinigers einzugraben.

Mit einem heftigen Ruck warf sein Vater die Mama zu Boden.

Von einer plötzlichen Intensität umfangen, entriss sich Dennis der Erinnerung. Er stand wieder in der Küche.

„Dennis!", kreischte sein Vater von oben.

Dennis spürte eine mächtige Welle des Verlangens nach Rache durch seine Adern strömen. Er zog einen der Schränke auf und holte den Fleischwolf heraus. Das alte Ding wog schwer in seiner Hand.

Ich werde alles mir zur Verfügung stehende in Bewegung setzen, um mich an dir zu rächen, hatte Dennis sich damals an dem Abend fast schon feierlich geschworen, doch alles verlief anders, als er es befürchtet hatte.

Er starrte auf den Fleischwolf und schluckte schwer. Die schwindelerregende Orientierungslosigkeit riss ihm beinahe den Boden unter den Füßen weg. Noch immer wie benommen lief er nach oben.

„Ich habe jetzt Lust auf Frikadellen", verfolgte ihn die Stimme seines Vaters aus der Vergangenheit und wurde von derselben Stimme, die um mehrere Jahre gealtert und vom Krebs geschwächt war, übertönt. „Ich verrecke", brüllte sein Vater aus Leibeskräften. Das Brüllen ging in ein schwaches Gurgeln über.

Kapitel 49

„Du wirst mich nicht umbringen, du hast nicht den Mumm dazu. So wie damals schon. Ich habe deinen Arsch gerettet und dafür viel Geld einkassiert. Deine Mutter ist krepiert, und ich bekam eine Stange Kohle dafür. Ist das Schicksal nicht ein Arschloch?" Sein Vater lachte. Ungeachtet dessen, dass er mit heruntergelassener Hose in einer Brühe aus Durchfall und anderen Ausscheidungen lag, strahlte er eine unerklärliche Macht aus, die Dennis einschüchterte. Das Vorhaben, seinem Vater auf der Stelle, hier und jetzt, mit dem Fleischwolf den Kopf einzuschlagen, war verflogen und hatte sich in Nichts aufgelöst wie eine Gewitterwolke an einem Sommertag. Alles, was blieb, war ein schaler Geschmack auf der Zunge.

Dennis' Muskeln verkrampften sich.

„Jetzt hilf mir endlich auf." Sein Vater hob den Kopf an. Sein Kinn und die linke Wange glänzten, ein glibberiger Faden hing daran und zog sich in die Länge.

Dennis unterdrückte nur mit Mühe ein Würgen. Kotze stieg seinen Hals empor und verätzte ihm die Speiseröhre.

„Du kannst deine böse Absicht nicht verhehlen", sein wissendes Lächeln entblößte eine Reihe von fauligen Zähnen, „die Augen, die verraten mir deine

Absicht." Seine Arme zitterten und knickten in den Ellenbogen ein. Er klatschte wieder in die Lache und gab ein leises Stöhnen von sich. Das Badezimmer, in dem die gelben Fliesen an manchen Stellen durch weiße ersetzt wurden, wirkte genauso verwahrlost wie der Rest des Hauses. Der am Saum schwarz gewordene Vorhang war zur Seite geschoben worden, der Duschkopf hing krumm an der Befestigung. Ein einzelner Tropfen bildete sich darauf und flog geräuschlos zu Boden um mit einem kaum hörbaren Ploppen in der grauen Duschwanne zu zerschellen. Dennis sah sich in dem stumpf gewordenen Spiegel an und konnte hinter seinen Augen jemanden erkennen. Das Böse erwachte in ihm und war zu allem bereit.

„Man hatte damals versucht, mich eines Verbrechens zu bezichtigen, das ich niemals begangen habe", keuchte sein Vater und robbte mehrere Zentimeter über die glitschigen Fliesen, so weit, bis sein mageres Gesicht nicht mehr in der Pfütze lag. Er wischte seine Finger an dem runden Teppich ab, der früher beige war und keine dunklen Flecken hatte.

„Ich werde nicht einfach so sterben." Aus dem einst bulligen Mann war nichts als ein Knochengerüst geblieben. Der Krebs hatte ihn ausgezerrt, und trotzdem lebte er noch. „Du warst derjenige, der seine Mutter umgebracht hat."

„Schweig!", krächzte Dennis, der Schrei blieb ihm im Halse stecken. Die Erinnerung schmerzte wie ein weher Zahn. Sein Oberkörper wiegte sich vor und zurück. Der Fleischwolf entglitt seinen Fingern und polterte auf den Boden. Eine der gelben Fliesen zersprang. Ein Loch klaffte darin und füllte sich mit Vaters Exkrementen.

„Genau mit diesem Ding habe ich Ruth damals den Zeh vom Fuß abgemacht." Er robbte weiter bis zur Badewanne. Seine Finger umschlossen den glatten Rand, rutschten ab, doch dann zog sich sein Vater hoch und saß nun mit dem Rücken dagegen gelehnt da und legte den Kopf leicht in den Nacken. „Die Polizei glaubte, es wäre ein Waschbär oder womöglich ein Wolf gewesen." Ein Grunzen drang aus seiner Kehle. Mit einer fahrigen Bewegung schnappte er nach einem Badetuch, das über dem Rand der Wanne ausgebreitet lag, und rieb sich damit das Gesicht sauber. „Das mit dem Wolf war gar nicht so verkehrt." Seine ausdruckslosen Augen stierten auf den Fleischwolf. Er hustete und spuckte Blut. „Kannst du dich noch an den Baum erinnern? An die faserige Borke, die rau und warm war und so wunderbar nach Freiheit roch? Du hast mir die Arbeit abgenommen. Du warst so ein unschuldiges Kind, ich kann's der Polizei nicht verdenken, dass sie nicht auf dich gekommen ist." Seine dunkel umrandeten Augen wirkten hohl in dem schwachen Licht. „Ist Mama tot?", äffte er Dennis mit affektiert kindlicher Stimme nach.

„Schweig!", herrschte er seinen Vater an. Er presste die Fäuste so fest zusammen, dass die Knöchel weiß hervortraten.

„Aber du warst zu blöd, den Knoten richtig zu binden, deine Mutter litt unmenschliche Qualen, bis sie jämmerlich krepierte. Wie ein gottverdammter Köter muss sie gehangen haben. Und was hast du gemacht? Du hast ihr dabei zugesehen."

„Du hast ihr den Zeh ABGEMACHT!!!", brüllte Dennis trotzig, wie damals an dem Abend, als Vater, benommen von den Drogen, nach unten in den Keller gekommen war und seine Frau an einem Strick hängend vorfand. Zwei Tage zuvor hatte er ihren Zeh in den Fleischwolf gesteckt und solange an dem Griff gedreht, bis die Sehnen samt der Knochen vom restlichen Fuß abgetrennt waren.

„Du wolltest immer eine Ballerina werden, nun, ohne den hier wird es ganz schön schwierig werden", hatte er gebrabbelt. „Morgen, wenn ich euch hier freilasse, machst du mir Fleischklöße, so, wie ich sie mag", hatte er wie ein wildes Tier geknurrt und wie ein Wahnsinniger gelacht, während er die beiden im Keller eingesperrt hatte. Kurz darauf kam er zurück und warf Dennis einen Strick vor die Füße. „Hier, damit kannst du ihr die Blutung stoppen, ich möchte nicht, dass sie hier alles vollsaut." Mit dieser Erinnerung trat Dennis näher an seinen Vater, dieser hob den Kopf.

„Ich habe deine Mutter immer gehasst, noch mehr, als ich dich gehasst habe", keuchte er und leckte sich hastig die Lippen. „Und der Zeh wollte nicht richtig hineinpassen. Weißt du, wie sie gejammert hat? Ich bekomme jetzt noch eine Gänsehaut bei dem Gedanken, wie sie mich angefleht hat."

In den glasigen Augen seines Vaters erkannte Dennis, wie ein für ihn bis dahin unbekanntes Gefühl aufflackerte.

„Sie hat diesen Tod mehr als verdient." Erneut huschte eine Regung über sein aschfahles Gesicht und strafte seinen scharfen Unterton Lügen.

„Du hast sie geliebt", hörte Dennis sich flüstern.

„Wie kommst du darauf, bist ja sonst nicht so gescheit?", spottete sein Vater mit der Fistelstimme eines Sterbenden.

„Du hast sie geliebt, aber sie hat deine Liebe nicht erwidert. Du wusstest nicht, wie du damit umgehen solltest."

„Ich habe sie geliebt, aber sie hat mich betrogen und wurde sogar schwanger. Ich habe sie trotzdem nicht fortgejagt wie eine läufige Hündin. Aber sie, sie hatte mich dennoch …" Er verschluckte sich. Seine vor Zorn erfüllten Augen liefen über. Er hustete. „Bring mich zurück in mein Bett, aber vorher solltest du mich waschen. Ich verspreche dir, dass ich mir Mühe geben werde, so schnell wie nur möglich zu sterben", sagte er müde. „Ich werde das Geheimnis mit ins Grab nehmen. Danach bekommst du das Haus, das Geld und deine Ruhe." Sein Kinn zitterte.

Dennis wusste nicht, was er tun sollte. Nach einer gefühlten Ewigkeit hob er den Fleischwolf und kam auf seinen Vater zu. Er achtete nicht darauf, dass er durch die Pfütze schritt und seine Schuhe schmatzende Geräusche verursachten. Er roch auch nicht den beißenden Gestank. Wie durch einen Nebelschleier sah er nur diesen gebrochenen Mann, dem er den Kopf einschlagen wollte, doch etwas hinderte ihn daran. All die Jahre konnte er sich nicht dazu überwinden, den Mann zu töten.

„Wenn du mich umbringst, wirst du im Gefängnis landen, dort werden dich die Häftlinge in den Arsch ficken."

„Du musst auf den Stuhl, Dennis, lass mich das machen." Die Stimmen in seinem Kopf wurden in letzter Zeit immer lauter und versuchten sich nicht mehr zu verstecken. „Wer seid ihr?", sprach er seinen Gedanken laut aus.

„Was?" Sein Vater sah ihn perplex an.

Dennis atmete laut durch die Nase. Seine Nasenflügel blähten sich auf.

„Du sollst auf den verdammten Stuhl", schrie die Stimme in seinem Kopf. Sie klang drohend und lähmte ihn, er fühlte sich genauso wie damals, wenn sein Vater ihn anbrüllte, bevor er ihn auf den Stuhl zwang, um ihn mit einem Gürtel festzuschnüren. Seine Brust wurde eng.

„Schrei mich nicht an", keuchte er und hatte Mühe, die Worte auszusprechen. Sein Gesicht färbte sich dunkel.

„Was redest du da?" Der todkranke Mann sah sich verwirrt um. „Mit wem redest du?"

„Mit dir, du verdammtes Arschloch", schrie Dennis und hob den Arm in die Luft. Der Fleischwolf war ihm dabei beinahe aus der Hand gefallen. „Raus aus meinem Kopf!"

„Du bist verrückt, Dennis! Beruhige dich doch!",
bemühte er sich, seinen Sohn zu beschwichtigen. Bei
dem Versuch, sich die Hände schützend vors Gesicht
zu halten, rutschte er zur Seite und fiel hin.

Der Fleischwolf knallte scheppernd gegen die
Wanne. Die Emaille-Schicht platzte. Das laute,
metallische Geräusch klang in Dennis' Ohren nach und
vermischte sich mit dem lauten Gelächter der Stimme,
die ihn in den Wahnsinn trieb.

„Du bist ein Loser!", lachte die Stimme ihn aus.

„Nein, das bin ich nicht!", widersprach Dennis der
Stimme.

„Dann töte ihn doch!"

Unten klingelte das Telefon.

Dennis sah auf seinen Vater herab. Er wimmerte
und lag, die Beine ausgestreckt, den Kopf mit den
Händen bedeckt, einfach nur da. Das Klingeln hörte
nicht auf.

„Töte ihn!", verhöhnte ihn die Stimme.

„Ich mache es!", schrie Dennis und holte erneut zu
einem Schlag aus.

Kapitel 50

Ella hatte eine gute Nachricht und wollte diese unbedingt ihrem Kollegen mitteilen. Er war jedoch nicht im Präsidium, und ans Telefon ging er auch nicht, etwas stimmte nicht, und das machte sie stutzig. Seit gestern hatte er irgendwie sonderbar verloren gewirkt.

Ella schaute auf ihr Handy, es war schon nach achtzehn Uhr. Wo mochte Leonhard bloß stecken? Einerseits drängte es sie dazu, die Sache schnellstmöglich hinter sich zu bringen, andererseits wollte sie nicht übereilt handeln. Sie durfte nichts überstürzen. Ella lief vor ihrem Auto hin und her, dabei wanderten ihre Augen ständig zu ihrem Handgelenk. Die Zeit zog sich wie Kaugummi.

„Hallo, auch noch hier?"

Ella hob den Kopf und sah, wie Renate sich ihr näherte. Ihr rabenschwarzes Haar schlug leichte Wellen in dem lauen Wind.

„Ja, ich warte auf meinen Kollegen", entgegnete Ella, und beantwortete der Gerichtsmedizinerin die nicht gestellte Frage.

„Für gemeinhin mische ich mich nicht in die Angelegenheit der anderen ein, aber heute ist mein letzter Tag, ab morgen habe ich drei Wochen Urlaub, die ich ganz sicher im Ausland verbringen werde. Fünf

Tage nach meinem Geburtstag fliege ich nämlich nach Ibiza und will mir ausnahmsweise diesen Kurztrip gönnen, weil ich den monotonen Alltag von mir abschütteln will", sprach Renate mit fröhlicher Stimme und schenkte Ella ein müdes Lächeln. „Ich spüre jetzt schon die Sonne auf meinem Gesicht und habe den süßen Geschmack von Pina Colada auf meiner Zunge." Sie lächelte. Ihre Augen fielen auf Ellas Handgelenk und wurden ernster. „Die Uhr muss Ihnen viel bedeuten", sagte sie wissend und lächelte erneut.

„Ja, sie hat früher meiner Mutter gehört. Ich habe gestern endlich meine Kisten sortiert und sie gefunden, ich vergesse ständig, sie aufzuziehen", entgegnete Ella und fühlte sich auf einmal ein wenig unwohl und drehte an dem kleinen Rädchen, weil der Sekundenzeiger zunehmend langsamer wurde.

„Jeder von uns hat so seine Andenken an die Vergangenheit, die einem wichtig sind. Ich habe das hier." Sie griff hinter ihren Nacken und holte ein kleines Medaillon heraus, das wie eine kleine Blume aussah, welches an einer dünnen Kette um ihren Hals hing, um es sofort wieder in ihrem Dekolleté verschwinden zu lassen. Renate trug eine weiße schlichte Bluse und einen Rock aus schwarzem Leder. Ohne ihre Arbeitskluft sah sie ganz zierlich aus und überhaupt nicht wie eine Frau, die täglich tote Körper aufschnitt und wieder zunähte.

Ella presste nur die Lippen aufeinander.

„Wie gut kommen Sie voran?", wollte Renate wissen, um die Unterhaltung noch ein wenig aufrecht zu erhalten. Beiden Frauen schien die Situation nicht wirklich zu behagen. Die Parkplätze leerten sich langsam, auch jetzt fuhr ein Wagen davon und hinterließ eine kaum sichtbare Staubwolke hinter sich. In einigen Fenstern des Präsidiums brannte noch Licht, dieses Gebäude schläft nie, dachte Ella und ließ sich mit der Antwort etwas Zeit.

Renate wurde unruhig und sah sich gelangweilt um.

„Wir haben den Ehemann von Frau Jung ausfindig machen können, zum Glück, denn seine Tochter braucht jemanden, bei dem sie sich sicher fühlt."

„Haben Sie ihn von der Liste der Verdächtigen streichen können?" Renates Stimme klang gedämpft. Eine leichte Windböe erfasste ihr Haar. Ihr Gesicht wirkte dadurch noch jünger.

Ella nickte. „Er befand sich zu dem Zeitpunkt in Österreich, hatte bei einem Fortbildungskurs teilgenommen. Auch wurde seine Aussage von mehreren unabhängigen Personen bestätigt."

„Etwas scheint Sie zu beschäftigen, das sich nicht verschieben lässt?" Renate kramte in ihrer Handtasche und hob erst dann den Kopf, als sie einen Autoschlüssel zwischen ihren Fingern hielt.

Ella fiel sofort auf, dass Renates Fingernägel unlackiert und ganz kurz geschnitten waren.

„Kann ich Ihnen dabei anstatt Ihres Kollegen helfen? Ich habe heute noch nicht zu Abend gegessen. Ich kenne da einen guten Italiener." Renate wartete unschlüssig.

Wie alt mochte sie wohl sein? Dreißig, überlegte Ella, weil sie aus unerfindlichen Gründen an den Rechtsmediziner denken musste, der ungefähr in Renates Alter war. *Vielleicht etwas älter, haben die beiden etwas miteinander?* Dann schob sie diesen absurden Gedanken beiseite.

„Ich denke nicht. Ich möchte Ihren letzten Arbeitstag nicht unnötig noch weiter in die Länge ziehen. Ich habe lediglich einige Anhaltspunkte überprüft und bin bei meinen Überlegungen auf etwas gestoßen, das ich gern mit Herrn Stegmayer besprechen möchte." Im selben Moment sah sie im Augenwinkel den schwarzen Wagen von Leonhard, wie dieser aus einer Parklücke fuhr und sich Richtung Ausfahrt bewegte. „Tut mir leid, ich muss los", sagte sie schnell und dachte, dass ihr *Partner* sie erneut im Regen stehen ließ und sich klammheimlich aus dem Staub machte.

„Natürlich", sagte Renate und hob zum Abschied kurz die Hand.

Kapitel 51

Leonhard stieg aus dem BMW und ging zum Kofferraum. Der Blumenstrauß war etwas welk geworden, aber dafür konnte er nun wirklich nichts. Das schmiedeeiserne Tor quietschte, als er den schweren Knauf mit der freien Hand umschloss und den Riegel aufschnappen ließ. Er lief den schmalen Weg entlang. Schon im Rückspiegel auf der Fahrt hierher hatte er gemerkt, dass er von seiner Kollegin eingeholt und beschattet wurde. Aber das war ihm egal. Er hatte etwas zu erledigen, das sich nicht verschieben ließ. Der große Park war fast menschenleer. Um diese Zeit trieben sich hier nur die Wagemutigsten oder diejenigen, die etwas zu verhökern hatten, hier herum. Der einst so ruhige Park war zu einem Umschlagsort verkommen, an dem mit allem möglichen Zeug gehandelt wurde.

Leonhard lief schneller und bog nach rechts ab. Seine Kollegin folgte ihm in dem Glauben, dass er sie nicht bemerkt hatte.

Erst vor einer Bank blieb er stehen. Mit dem Rücken zu Ella stand er einen Moment einfach nur da. Er drehte sich erst dann um, als ihre Schritte hörbar wurden.

„Störe ich Sie bei Ihrem Rendezvous oder darf ich kurz etwas loswerden?", wollte Ella wissen.

Sie war vor Aufregung außer Atem, weil sie immer noch nicht fassen konnte, dass sie statt an dem

Fall zu arbeiten, sich hierher geschlichen hat, dachte Leonhard und drehte sich langsam zu ihr um. Das Papier des kleinen Blumenstraußes raschelte leise. Im Hinblick hinsichtlich des Wortlauts, an den er sich nicht genau erinnern konnte, mit dem Ella sich an ihn gewandt hatte, weil er mit seinen Gedanken beschäftigt war, war er sich nicht mehr sicher, was Ella von ihm eigentlich wollte.

„Heute ist mein freier Abend, auch ich habe ein Recht auf etwas Schlaf und Ruhe", sagte er schlicht und legte den Blumenstrauß auf die Erde nieder, vor einen Baum, der älter war als sie beide zusammen, wusste Leonhard.

Kapitel 52

Ella sah, wie Leonhard in die Hocke ging und einige Grashalme ausrupfte, ohne sie eines weiteren Blickes zu würdigen. Diese Erkenntnis, die sie aus der scheinbar flüchtigen Geste zog, jagte ihr eine Gänsehaut ein. Tatschlich war in die Erde ein kleines Schild eingelassen, das von einem Stück rauer Borke verdeckt war. „Eigentlich mache ich mich damit strafbar, aber noch weiß keiner von meinem Geheimnis, es sei denn, Sie werden mich verraten."

Ella stutzte. „Weswegen sollen Sie sich strafbar machen, weil Sie dieses Schild angebracht haben?"

„Das hier ist eine Erinnerungsstätte", murmelte Leonhard und verdeckte das kleine Schild aus rostfreiem Stahl wieder mit der Borke und legte noch einen Stein drauf, dann schob er noch einige welke Blätter darüber und stand auf.

„Darauf stehen zwei Namen eingraviert", flüsterte Ella und deutete mit dem Kinn auf das versteckte Geheimnis.

„Ja, so hieß meine ungeborene Tochter. Anna-Luisa, die von meiner Frau abgetrieben wurde. Sie war im fünften Monat schwanger und trotzdem ließ sie das Kind wegmachen. Hier liegen nun die Überreste begraben. Ich habe sie aus der Klinik geholt, in der ein

Doktor den Frauen dabei half, ihr Leben ohne diese Last weiterführen zu können."

Ella schwieg immer noch und kam sich mehr als nur fehl am Platz vor.

„Das Schlimmste dabei ist, ich weiß nicht, ob dieses Kind meine leibliche Tochter ist. Meine Frau, der ich vertraut habe, war fremdgegangen, das hat sie mir anvertraut, nein, sie hat es mir ins Gesicht gespuckt und dabei gelacht." Leonhard stand auf und sah Ella in die Augen. Er weinte nicht, auch zitterte seine Stimme nicht, keine Emotion war aus dem herauszuhören, was er sagte, weder Trauer noch Wut. „Sie hat mich an demselben Tag verlassen, weil ich zu langweilig geworden bin. Sie ist mit einem DJ durchgebrannt, und starb drei Monate später an einer Heroinüberdosis." Leonhard rieb seine Hände aneinander, nahm den Blumenstrauß und steckte ihn in einen tiefen Spalt der rauen Baumrinde. „Was haben Sie für mich, was sich nicht aufschieben lässt?"

„Ich weiß, wo der Bruder von Herrn Siebert wohnt", sagte Ella schlicht und fühlte sich immer noch schlecht.

„Was noch?"

„War heute der Geburts…" Ella biss sich beinahe auf die Zunge. Schamesröte schoss ihr ins Gesicht. „Tut mir leid", flüsterte sie.

Er nahm Ella am Ellenbogen und zog sie sachte mit. Sie ließ sich mitziehen. „Heute vor fünf Jahren starb meine Tochter. Ich komme jedes Jahr hierher. Und ja, dieser Ort bedeutet mir etwas, hier habe ich meine damalige Frau kennengelernt, und ja, ich habe sie selbst noch nach dieser Tat geliebt, obwohl ich ihr das nie verziehen habe." Zusammen liefen sie den schmalen Pfad zurück. Irgendwann ließ er sie einfach los. Ella folgte ihm und schwieg. Zum ersten Mal, seitdem sie mit Leonhard zusammenarbeitete, roch sein Atem nach Alkohol, er war nicht betrunken, doch der Alkohol hatte scheinbar seine Zunge gelockert. „Sie haben erneut seine Akten gelesen?", stellte Leonhard fest und wechselte zu Ellas Erleichterung das für sie unangenehme Thema. „Nun spucken Sie es schon aus. Lassen Sie den Psychologen in Ihnen sprechen."

„Ich habe die Akten erneut studiert und bin zu dem Entschluss gekommen, dass der Gesuchte zwar rational handelt, seine Taten jedoch von tiefgründigen Emotionen gelenkt werden. Durch diese Zur-Schau-Stellung seiner Opfer versucht er uns eine besondere Botschaft zu infiltrieren, die ihren Ursprung in seiner Vergangenheit hat."

„Das sind alles Aspekte, die zwar informativ und dennoch völlig nutzlos sind, weil wir sie nicht verstehen und nicht deuten können. Warum haben Sie sich eigentlich die Haare so dunkel gefärbt? Die sind ja richtig schwarz." Leonhard sah sie mit einem skeptischen Blick an. „Hat der Frisör Mist gebaut, oder wollen Sie bei Tom punkten?" Sein Mund verzog sich zu einem Schmunzeln. Beide blieben stehen. Ella wollte schon zu einer Antwort ansetzen, doch Leonhard sprach weiter: „Das ist das Ergebnis einer

Ihrer intuitiven Eingebungen! Sie spielen ein sehr gefährliches Spiel, Greenwood. Sie passen sich an, habe ich recht?"

„Ich denke, dass Herr Siebert etwas zu verbergen versucht", sagte sie leise und berührte ihre Haare mit der rechten Hand, ohne sich dieser Bewegung bewusst zu sein.

„Das machen Sie ständig, wenn Sie nervös sind."

„Was?"

„Ihre Haare mit den Fingerspitzen abtasten, so als hätten Sie Angst, sie wären plötzlich nicht mehr da. Ist diese Marotte auf ein Ereignis zurückzuführen, oder ist es nur ein Tick?"

„Nur ein Tick", beeilte sich Ella zu sagen, was ja auch teilweise stimmte. Sie würde ihm nicht verraten, dass der Mann ihr den Kopf kahlgeschoren hatte, bevor er die Schlinge um ihren Hals zugezogen hatte. Erinnerungsfetzen tauchten vor ihrem geistigen Auge auf, dabei wurde ihr die Kehle eng. *Alle Engel können fliegen,* hatte ihr damals der Maskierte ins Ohr geraunt und zog sie am losen Seilende hoch, danach streifte er sich dicke Gummihandschuhe über und schürte das Feuer mit einem Eisen, das er in einem Eimer entfacht hatte.

„Greenwood, ist bei Ihnen alles okay?" Leonhards Stimme vertrieb die schlimmen Erinnerungen aus ihrem Kopf, auch der Geruch nach verbranntem Fleisch verflüchtigte sich langsam, nur die entsetzlichen Schreie ihrer sterbenden Mutter wollten nicht verklingen.

„Wissen Sie was?", fragte Leonhard und legte ihr seine Hand auf die Schulter, „wir fahren zusammen einen trinken. Heute vor genau fünf Jahren würde ich den Geburtstag meiner Tochter feiern, diesen eigentlich sehr schönen Tag würde ich gern im Beisein eines Freundes verbringen."

Ella traute ihren Ohren nicht, doch Leonhard machte mit seinem Satz ihre Hoffnung erneut zunichte.

„Da ich jedoch keine Freunde habe, die diese Bezeichnung verdient hätten, tut es eine Kollegin auch."

Ella lächelte trotzdem. Mit gesenktem Kopf sagte sie: „Und morgen statten wir Herrn Bach einen frühmorgendlichen Besuch ab."

„Das bedeutet, wir gehen heute gar nicht ins Bett. Das ist ein gutes Argument, denn Schlaf wird immer überbewertet", sagte er und rieb sich das Kinn. „Bis dahin haben wir sogar eine schriftliche Erlaubnis von meinem Chef. Vielleicht wird der alte Mann für uns einen Durchsuchungsbeschluss organisieren, das macht die Menschen gesprächiger, jeder von uns hat seine Leiche im Keller. Aber haben Sie gerade Herr Siebert oder Bach gesagt? Ich dachte, dieser Luis heißt Siebert mit Nachnamen? Folglich müsste auch sein Bruder so heißen, für gemeinhin ist es üblich bei Brüdern und Schwestern, dass sie denselben Namen tragen, es sei denn, sie heiraten." In seiner Stimme schwang ein wenig Sarkasmus mit.

Sie machten kehrt und liefen zurück zu ihren Autos.

„Schon. Nur heißt der eine Bruder Siebert und der andere Bach, weil er vielleicht den Namen seiner Mutter angenommen hat. Da bin ich nicht wirklich schlau draus geworden. Ich habe die Akte von Herrn Siebert studiert und bin nur zufällig auf ein Foto gestoßen. Die beiden Männer müssen Zwillinge sein."

„Manchmal, wenn sich ein Paar trennt, entscheiden sich die Eltern, je eines der Kinder zu behalten. Sie machen bei allem Fifty-fifty, selbst bei Kindern. Nur bei den Hunden nicht, da hat jeder seinen eigenen Liebling. Sie brauchen mich nicht so verstört anzugucken, das stimmt wirklich." Leonhard hob die Hände hoch und lachte nicht einmal auf. Er wirkte ernst und nachdenklich. „Da ist noch etwas. Morgen ist Samstag. Und unsere Renate wird dreißig. Tom organisiert für sie eine Party. Ich wurde auch eingeladen. Er bat mich, Ihnen auszurichten, dass ich Sie mit zur Party bringen soll, ohne Ihnen jedoch zu verraten, dass er Sie dort gern sehen würde. Er ist eben schüchtern. Apropos Zwillinge, Sie und Renate sehen sich täuschend ähnlich, wie aus ein und demselben Ei geschlüpft."

Ella sah ihm direkt in die Augen und wischte ihm mit ihrem durchdringenden Blick seine Selbstgefälligkeit aus dem Gesicht. „Sie können es einfach nicht lassen, andere Menschen in unangenehme Situationen zu bringen, weil auch Sie verstört sind. Ich befürchte, dass Ihr Handeln zwar von Ihrem Verstand gesteuert, aber von Ihren Emotionen gelenkt wird", sagte Ella mit einem Hauch von Spott.

„Erzählen Sie mir lieber, was Sie über unseren Mörder so alles denken", fuhr Leonhard ihr ins Wort, ohne eingeschnappt zu sein.

Eine Weile liefen sie, ohne etwas zu sagen. In den Baumkronen gaben die Amseln ihr Bestes und sangen ihre Lieder.

Kapitel 53

Leonhard lief mit nach unten gesenktem Blick und starrte auf seine Schuhspitzen, die mit einer weißen Staubschicht bedeckt waren. Unter seinen Schuhsohlen knirschte der Splitt.

Plötzlich und ohne jegliche Vorwarnung knickte Ellas linker Fuß um. Er sah im Augenwinkel, wie sie ins Straucheln kam, und griff nach ihrem Arm. Dabei verfehlte er ihren Oberarm nur knapp und berührte sie dabei an der Brust, die sich für einen winzigen Moment sehr weich auf seiner Hand anfühlte. Beide sahen sich flüchtig an.

„Entschuldigung", stammelte Leonhard und kam sich dabei ziemlich dämlich vor.

„Danke, dass Sie meinen Sturz abgefangen haben", entgegnete Ella. Sie sprach so, als wäre nichts geschehen.

Leonhard hüstelte und lief weiter. Ella holte ihn schnell ein.

„Ich habe Sie doch schon mehrmals ermahnt. Ein richtiges Schuhwerk ..." Weiter kam er nicht, weil er über eine Wurzel stolperte, die das Erdreich mehrere Zentimeter nach oben gedrückt hatte.

Ella lachte.

Leonhard kratzte sich am Kopf und wartete, bis sie ihn eingeholt hatte. „Also, was glauben Sie, wer unser Mörder ist? Ein Psychopath ist er auf alle Fälle."

„Einiges ist zu widersprüchlich, ich wage sogar zu behaupten, dass seine Handlungen subtil sind, was für seine Intelligenz spricht. Doch warum begibt er sich in Gefahr, indem er mit einer Leiche durch einen Park spaziert, um sie dort aufzuhängen? Und warum immer an unterschiedlichen Orten?"

„Entweder, um nicht von uns erwischt zu werden, weil wir diese Orte beobachten, oder er kann sich an den ursprünglichen Ort nicht mehr genau erinnern", folgerte Leonhard. „Sie haben doch gerade eben zu erläutern versucht, dass seine Motive einen tiefgründigen Hintergrund haben und seine Vorgehensweise nicht auf einen Psychopathen, die wir aus den Filmen kennen, hinweisen, sondern auf ein psychisch instabiles Subjekt, welches in der Lage ist, sich in der Menge zu verstecken und ein Leben zu führen, ohne dabei als Sonderling aufzufallen. Er ist vielleicht kein Genie, aber kein Dummkopf."

„Das macht einen Serienkiller auch so gefährlich", sprach Ella ihren Gedanken laut aus.

Leonhard fing an, sie zu mögen. Sie war anders als alle anderen, aber mögen bedeutete nicht, dass er sie auch mochte. Mögen kann vieles bedeuten, dachte er bei sich, und wenn man von der Sache, die man bisher mochte, zu viel hat, wird man dieser Sache überdrüssig, sodass man davon die Schnauze voll hat.

„Ich nehme an, wir werden uns auch morgen siezen, auf der Party, meine ich?"

„Ja", sagte er schlicht.

„Die Kollegen lachen schon darüber, aber das scheint Sie nicht zu stören?"

„Nein."

„Sie sind gerne anders als die anderen, weil auch Sie ein wenig versalzen sind, habe ich recht? Das hat früher immer meine Oma gesagt zu den Leuten, die nicht sonderlich … Sie wissen schon." Sie kreiste mit dem Finger um die Schläfe.

„Ja", entgegnete er knapp und griff nach seinen Autoschlüsseln. „Haben Sie schon mal daran gedacht, dass jeder brutale Mörder ein Psychopath ist, doch nicht jeder Psychopath ein Mörder?" Leonhard drückte auf den Knopf seiner Fernbedienung. Die Lichter an seinem BMW blinkten zwei Mal auf.

„Was wollen Sie damit andeuten?"

„In jedem von uns schlummert ein Killer, und jeder von uns ist in der Lage, einen anderen zu töten. Nicht Sie leben unter uns, dieser Satz ist falsch. Wir alle sind Mörder, nur unterschiedlich programmiert. Wie Autos." Er drückte erneut auf den Knopf, die Warnblinkanlage leuchtete erneut zwei Mal auf. „Man muss nur auf den richtigen Knopf drücken." Mit diesen Worten stieg er in den Wagen und ließ die Scheibe nach unten gleiten. „Folgen Sie mir, ich lade Sie heute ein, aber wir gehen nicht miteinander aus."

Ella schüttelte den Kopf.

Leonhard ließ die Scheibe wieder hochfahren. *Ich darf mich heute nicht betrinken, ich darf Ella nicht an die Wäsche*, ermahnte er sich selbst und steckte sich einen Kaugummi in den Mund.

Kapitel 54

Ein Schwall besorgniserregender Wärme floss wie heiße Lava durch seine Adern. Dennis begriff nicht sofort, dass er auf einem Stuhl saß. Sein Rücken schrie vor Schmerzen. Seine sämtlichen Glieder waren steif, die Nackenmuskulatur brannte wie Feuer. Immer noch benommen schaute er sich um und versuchte sich aufzurichten. Wie verloren und nach einer tiefen Narkose kamen seine Sinneswahrnehmungen nur langsam zurück. Mit dem rechten Zeigefinger kratzte er am Nagelbett seines linken Daumens. Die Haut wurde blutig und nass. Der Schmerz, der darauf folgte, war angenehm, weil er real und ihm vertraut war. Diesen Gefühlszustand konnte er kontrollieren. Sein verklärter Blick wanderte zum Tisch, darauf lagen das Diktiergerät und mehrere von Hand beschriebene Blätter. Die Handschrift war gleichmäßig, die Buchstaben rund und gut lesbar.

Dennis legte sich die rechte Hand auf die Stirn. Die Haut fühlte sich kalt an. Er hatte kein Fieber, trotzdem fühlte er sich krank. Das Haus war sauber und die Luft kalt, so kalt wie an einem nebeligen Morgen im Frühling. Er spürte sogar einen frischen Luftzug. Wie an einem Fluss, wenn er angeln ging. Er fröstelte. Ein fieses Kribbeln kroch seinen Rücken hinauf.

Ein angenehmer Duft nach frischgemachter Lasagne flimmerte in der kühlen Luft und ließ ihm das Wasser im Mund zusammenlaufen. Sein Magen begann zu knurren.

Doch dann wurden seine Sinneswahrnehmungen von unschönen Erinnerungen überlagert. Dennis sah Bildfetzen vor seinen Augen auftauchen. Wie Flashbacks blitzen sie auf und blendeten ihn. Er stand im Wald. Seine Hände brannten. Sein Rücken war von vielen Hieben wund. Sein Vater hatte für die Züchtigung erneut seinen Gürtel benutzt.

„Das ist die Strafe dafür, dass du deine Mutter umgebracht hast", sprach sein Vater mit rauer Stimme in Dennis' Kopf.

Dennis knetete die Hände. Seine Finger waren taub und kalt, wie nach einer Schneeballschlacht. Er legte die Hände ineinander und hauchte ihnen etwas Wärme ein.

Diese Nacht war anders als alle anderen zuvor, glaubte er, und rieb die Hände schnell aneinander, endlich verspürte er ein leises Kribbeln an den Spitzen. Alles in seinem Kopf war durcheinandergeraten. Die Bilder aus seinem Traum waren zu real, als dass er mit Sicherheit sagen konnte, ob all das, was er geträumt hatte, wirklich nur ein Traum gewesen war. Vielleicht war das jetzt auch nur eine Sinnestäuschung, jetzt in diesem Moment.

Er schloss die Augen und massierte sich die Schläfen. Alles hatte sich zu einem undurchdringlichen Aneinanderreihen von Wahrnehmungen verworren. In diesem desolaten Zustand konnte er das Erlebte nicht von den Irrbildern seiner Phantasie aussondern.

Eines hatte sich jedoch in sein Gedächtnis eingebrannt, wie eine Kugel steckte dieser Gedanke in seinem Kopf und bereitete ihm höllische Schmerzen.

Dieses Mal hatte er sein Handy angelassen. Er hatte es auf Videoaufnahme eingestellt und gegen den Kaffeebecher gelehnt, sodass er die Umgebung aufnehmen konnte. Auf zittrigen Beinen stand er auf. Er war nackt, das war er immer, wenn er auf diesem Stuhl wieder zu sich kam. Unter seinen Füßen lag ein Kleid, das war das Kleid seiner Mutter. Das erklärte auch die Ordnung, die im Haus zu herrschen schien, auch wenn sie nur oberflächlich war. Dennis riss eine der Schubladen auf, um sich zu vergewissern, dass darin das ganze Besteck aufbewahrt wurde, und alles wie immer auf einem Haufen lag. Nein, es war alles in Fächern sortiert. Selbst die Richtung stimmte. Die Griffe lagen alle parallel zueinander.

Er öffnete einen der Schränke und nahm ein Glas heraus. Es war milchig trüb und hatte weiße Wasserflecken. Die Spülmaschine war immer noch an. Die Blinklampe für „kein-Salz-mehr" pulsierte. Erst nachdem er das Glas zweimal aufgefüllt und es in wenigen Zügen geleert hatte, watschelte er auf nackten Füßen über den Boden schlurfend zurück zum Tisch. Er nahm das Handy an sich und sah auf das Display. Es war schwarz. Auch nachdem er die Hometaste gedrückt hatte, blieb die Fläche mit feinen Haarrissen dunkel.

„Fuck", murmelte er, ging erneut zu einer der Schubladen, in der er alle Kabel aufbewahrte, und schloss das Handy an ein Ladegerät an. Der grüne Balken tauchte auf. Der Akku war komplett leer. In dieser Zeit, in der sich der Akku auflud, wollte Dennis die vollgeschriebenen Seiten durchlesen.

Er nahm das zuoberst liegende Blatt zwischen seine Finger und hatte Mühe, das Geschriebene zu lesen, so stark zitterten seine Hände. Er verlegte unbehaglich sein Gewicht von einem Bein aufs andere und zwang sich zur Besinnung, indem er tiefe, gleichmäßige Atemzüge machte.

Er konzertierte sich. Tatsächlich lösten sich die Krämpfe, und die Hände zitterten nicht mehr wie bei einem Junkie auf Entzug.

Gurke, war das erste Wort, das er entziffern konnte.

„Gurke?", sagte er laut. „Eine gottverdammte Gurke, Karotten, Wurst … Was zum Teufel?", stammelte er verblüfft und drehte das Blatt um. Die Rückseite war leer. „Das ist eine Einkaufsliste. Bloß eine Einkaufsliste", wiederholte er und schnappte sich das zweite Blatt. „Töte ihn, töte ihn, töte ihn …", flüsterte er mit den Lippen, während er mit den Augen über die Zeilen flog.

„Ahh!!!", schrie Dennis, zerknüllte mit einem drohenden Knurren das Blatt Papier zu einem Knäuel und pfefferte es dann gegen die Wand. Wut loderte in seinen Augen auf. Dennis schlug sich die Hände vors Gesicht und weinte stumm. *Beneide deine Freunde für das, was sie besitzen, und du wirst erfahren, was es bedeutet, sie zu verachten,* sprach erneut sein Vater in seinem Kopf zu ihm. *Ich beneide dich für die Liebe, die deine Mutter dir gegenüber aufbringt, sie opfert sich für dein Glück, und darum hasse ich dich aus tiefster Seele, weil ich diese Liebe bei mir vermisse, weil deine Mutter sie restlos an dich verschwendet. Das familiäre Glück blieb mir nicht vergönnt, egal wie ich mich dafür abgemüht habe, es ist wie ein Affront, welches die Eifersucht in mir entfacht und mich dazu bringt, dir alles Böse auf der Welt zu wünschen. Es nährt das Böse in mir und erweckt den Wunsch, sie und dich zu töten. Diese Liebe die ich nicht bekomme, hat mich zu dem gemacht, was ich bin.*

Dennis nahm das Diktiergerät und zögerte. Was würde er dieses Mal zu hören bekommen? Hatte er seinen Vater doch noch umgebracht, ohne es bewusst erlebt zu haben? *Auch ohne physische Präsenz deiner Mutter kann sie in dir weiterleben, wenngleich das nicht dasselbe ist, so kannst du ihr trotzdem all das sagen, was dir auf dem Herzen liegt, dazu brauchst du nicht einmal deine Sorgen laut auszusprechen.* Mit diesem plumpen Satz hatte der Psychologe versucht, ihm Trost zu spenden.

Dennis drückte auf Play. Zuerst kam ein mechanisches Rauschen aus dem kleinen Lautsprecher. Das leise Summen der mechanischen Teile wirkte beruhigend, fast schon vertraut. „Hallo, Dennis", sprach eine raue Stimme zu ihm. Dennis' Herz machte einen Sprung und setzte für einen Schlag aus. „Bist du bereit zu erfahren, wie sich damals alles tatsächlich zugetragen hat?" Dennis nickte unmerklich. Seine Finger verkrampften sich um das kleine rote Ding, in dem sich zwei Kassettenrädchen drehten. Zuerst rauschten unzählige Fragen durch seinen Kopf, doch er rief sich resolut zur Konzentration und lauschte weiter.

„Spürst du immer noch den kalten Kuss auf deiner Wange? Den letzten, endgültigen Kuss des Abschieds?"

Dennis berührte nur mit den Fingern sein Gesicht. „Sei still." Er bewegte nur die Lippen. „Sei. Endlich. Still", murmelte er. Seine kalten Fingerkuppen flatterten die glühende Wange hoch und verharrten schließlich über einer bestimmten Stelle. Dicht an der Schläfe, da fing die Haut zu brennen an, wie damals, nachdem seine Mutter ihn an sich gedrückt und ihm ins Ohr geflüstert hatte, dass das die Erlösung sei und die einzige Möglichkeit, dieser Hölle zu entkommen – für sie beide.

Dennis hörte der rauen Stimme weiter zu, obwohl er es nicht wollte. Mit den Worten kamen auch die längst vergessen geglaubten Erinnerungen zurück. Ein grelles Licht blendete ihn. Das gleißende Weiß nahm sein ganzes Umfeld ein, obwohl er von der trüben Dunkelheit umnachtet war, und flimmerte wie die Leinwand in einem Kinosaal, bevor der Film anfing. Der Duft nach nasser, morscher Erde kroch in seine Nase. Die Luft roch nach altem Papier, Schimmel und der unsäglichen Angst eines kleinen Jungen, der von seinem eigenen Vater im Keller eingesperrt wurde.

Seine Mutter lag auf dem Boden. Sie atmete abgehackt in kurzen, heftigen Stößen. Er kroch auf Knien zu ihr und wischte ihr das rabenschwarze Haar aus dem Gesicht, das wie Seetang auf ihrer Stirn klebte.

Kapitel 55

„Mein kleiner Engel", flüsterte seine Mutter. Ihr Atem roch nach faulen Eiern. Dennis rieb sich die Augen. Feiner Staub flog in der Luft und kratzte in seinem Hals. Er hatte Durst, seine Lippen waren rissig geworden. Die Angst, die sein Herz höher schlagen ließ, war beinahe mit den Händen greifbar, aber sie war zu feige, um sich fassen zu lassen. Das hatte seine Mama immer zu ihm gesagt, wenn er sich davor fürchtete, alleine einzuschlafen: „Die Angst ist ein Feigling und lässt sich deswegen nie fangen, daher sollst du dich von ihr auch nicht fangen lassen."

„Ich habe Angst, Mama", winselte er und legte sich neben seine Mutter auf die feuchte Erde. Eine der rauen Wände glänzte nass. Ein schmales Rinnsal schlängelte sich durch das kleine Fenster hindurch und plätscherte leise über die raue Oberfläche.

„Ich kann den Regen draußen hören", sagte seine Mama und fuhr ihm sachte über das nassgeschwitzte Haar. „Dein Vater meint, es ist nicht wirklich immer so, wie es scheint."

„Er hat dich geschlagen und dir den Zeh kaputtgemacht", stotterte Dennis und sah auf den Fuß, der nur mit einem schmutzigen Lappen verbunden war. Schwarzes Blut färbte den bunten Stoff dunkel. „Wo ist dein Gott, Mutti? Wo ist er? Warum beschützt er uns nicht?"

„Wir sollen uns nicht anmaßen, die Entscheidungen des Herrn in Frage zu stellen."

„Das ist doch dumm!" In Dennis' Hals wuchs der Zorn und drückte ihm die Kehle zu.

„Alles Unerklärliche erscheint für uns nicht richtig und nachvollziehbar, was nicht bedeutet, dass es falsch sein muss. Du musst mir heute bei etwas helfen, das uns beide befreien wird."

Mit dem kindlichen Optimismus, diesem euphorischen Gefühl, das in Erwachsenen längst erloschen war, und dem Glauben, dass bald alles besser sein würde, drückte er sich hoch, um seiner Mutter tief in die Augen schauen zu können, und lächelte sie abwartend an. Die Erwachsenen wussten auf alles eine Antwort, das hatte er damals geglaubt und wurde bitter enttäuscht.

„Wirst du bald wieder gesund werden?", fragte er sie hoffnungsvoll und blinzelte die Tränen weg, die sich anbahnten.

„Ja, ich werde bald keine Schmerzen mehr haben", sprach sie mit gesenkter Stimme, um ihren Sohn zu beruhigen, was ihr auch einigermaßen gelang. Dennis schöpfte neue Hoffnung und ließ den Tränen freie Bahn, er wollte sie nicht zurückhalten, weil er sonst ersticken würde.

„Was muss ich tun, Mama?"

„Ganz tapfer sein. Irgendwann wirst du mich vielleicht verstehen und mir dieses Wagnis, das ich einzugehen versuche, verzeihen können. Du warst doch bei diesem Seemanns-Kurs für junge Piraten", fuhr seine Mutter in demselben Ton fort, so als lese sie ihm aus einem Buch vor.

Sein Gesicht war vor Scham rot und von Angst gezeichnet. Er fürchtete sich, der Aufgabe nicht gewachsen zu sein. „Ich war da nur ein einziges Mal, danach, also, weißt du noch", er stotterte und suchte nach Worten, „wir hätten fünf Mark für Material mitbringen müssen …"

„Ich weiß, die habe ich dir doch gegeben, und fünfzig Pfennige für ein Eis", flüsterte seine Mutter und berührte ihn an der Hand. Seine war eiskalt, ihre hingegen warm und weich.

„Ich habe das Geld für mich behalten."

Die Hand seiner Mutter zuckte von ihm zurück, doch dann legten sich ihre Finger wieder auf sein Gesicht und fuhren ihm zärtlich mit dem Daumen über die Wange.

„Ich wollte für dich einen Blumenstrauß kaufen, zu deinem Geburtstag, doch dann habe ich mir ein T-Shirt gekauft und später behauptet, ich hätte es in der Schule bei einem Wettbewerb gewonnen."

„Das blaue mit einem brennenden Basketball."

„Der in der Luft explodiert", hatte Dennis hinzugefügt.

„Kannst du trotzdem eine Schlaufe binden?"

„Ich denke schon, aber ich habe sie immer falschrum geknotet", sprach Dennis erleichtert.

„Das ist nicht wirklich wichtig, da oben auf dem Schrank liegt ein Seil, siehst du es?"

Dennis strengte sich an und verengte die Augen zu schmalen Schlitzen. Tatsächlich lag auf dem weißlackierten Schrank, der aus alten Brettern und Sperrholzplatten zusammengeschraubt war, ein Seil.

„Kommst du ran?"

„Ich versuch's." Fast schon euphorisch und von dem Gedanken beflügelt, dass Mama mit seiner Hilfe einen Ausbruch plante, sprang er auf die Füße und schlich sich zum Schrank. Er achtete sehr darauf, dabei keine Geräusche zu erzeugen. Die weiße Farbe roch immer noch stark nach frischem Lack. Dennis streckte den rechten Arm aus und biss sich auf die Lippen. Das lose Ende baumelte noch gute zwei Zentimeter über seinen Fingern. „Ich komme nicht ran." Er klang dabei, als flehe er seine Mutter um Vergebung an, weil er sie aufs Neue enttäuscht hatte. Draußen vor der Tür erklangen dumpfe Schritte. Panik drohte den Jungen zu übermannen. Sein Herz wummerte wie ein Schmiedehammer, Blut stieg ihm in den Kopf und ließ alles um ihn herum schwarz werden.

„Dennis, komm schnell wieder zu mir."

Dennis zögerte kurz und lief dann zu seiner Mutter. Er kauerte nun dicht neben ihrem warmen Oberkörper. Den Rücken an die Wand gepresst, mit angezogenen Beinen in der dunkelsten Ecke, starrte er auf die Tür. Bis auf den Schrank war der Keller leer. Wegen des Hochwassers, wusste Dennis, weil er seinem Vater beim Entrümpeln geholfen hatte. Ein metallisches Schaben erfüllte die Dunkelheit und trieb eine kalte Welle unter Dennis' Haut.

Die schwarze Silhouette eines Mannes tauchte in dem hellen Viereck auf, nachdem die Tür geöffnet wurde. Sein Vater schnaubte missgünstig. „Morgen fahre ich dich ins Krankenhaus, bis dahin musst du dir eine plausible Erklärung ausgedacht haben, wie du den Zeh verloren hast", brummte er und warf einen Topf auf den Boden. Etwas schwappte über den Rand. „Hier ist noch etwas von der Plörre, die du Suppe nennst. Und du, Bengel, kommst mit mir."

„Nein", japste Dennis wie ein mit einem schweren Stiefel getretener Köter.

„Wie du willst, dann bleibst du eben hier", war alles, was sein Vater von sich gab, bevor er die Tür scheppernd ins Schloss fallen ließ.

„Du kannst den Topf nehmen", flüsterte Mama. Dennis wusste sofort, was sie damit meinte. Er kippte die Brühe einfach auf den Boden und drehte den Topf um. Er platzierte ihn so, dass er mit Leichtigkeit das lose Ende des Seiles erreichen konnte. Er zog daran. Das Seil schlängelte sich endlos und fiel in unregelmäßigen Schlaufen auf die feuchte Erde.

Dennis rüttelt auch an den Türen des Schrankes, aber sie blieben verschlossen und ließen sich auch dann nicht öffnen, als er mit beiden Händen an dem Türknauf zerrte.

„Lass gut sein, Dennis, mein Schatz. Mach einfach einen Knoten und binde das andere Ende an den Fenstergriff." Dennis sah seine Mutter mit traurigen Augen an. Eine unschöne Vorahnung hatte von ihm Besitz ergriffen und ließ ihn trotz der Schwüle frösteln. „Die Schlaufe muss aber groß sein, sodass zumindest mein Kopf hindurch passt."

„Mama, was hast du vor?", wollte er wissen und fing an, das Seil um seinen linken Unterarm aufzurollen, so wie es ihm sein leiblicher Vater beigebracht hatte. Er wickelte es zwischen seinem Ellenbogen und der Hand auf, wobei er das Seil mit Daumen und Zeigefinger festhalten musste, weil es ungewöhnlich starr war und sich immer wieder aufwickelte, wenn er nicht aufpasste.

„Ich werde mich durch das Fenster davonstehlen und die Polizei rufen." Ihre Stimme klang dabei traurig.

„Meinst du, du schaffst das? Du blutest immer noch."

Dennis war mit dem Aufwickeln fertig und sah auf den Fuß seiner Mutter, da, wo bei allen anderen Menschen ein großer Zeh war, sickerte durch den roten Stoff immer mehr von der roten Flüssigkeit und füllte die kleine Mulde im Boden mit frischem Blut.

„Daran besteht nicht der geringste Zweifel. Ich werde mich einfach hochziehen. Ich werde auch das Fenster so weit aufbekommen, dass ich mich hindurchzwängen kann. Ich habe ja nicht viel Fleisch auf den Rippen."

„Ich kann das auch tun", sagte Dennis schnell und ließ das Seil los, das sich wie eine verletzte Schlange

288

auf dem Boden zu winden begann und nach einem kurzen Augenblick erschlaffte.

„Nein, du wirst deinen Vater ablenken müssen, er darf davon nichts mitbekommen. Abgemacht?"

Dennis rieb die Zähne aneinander. Er befürchtete, dass seine Mutter nicht ganz die Wahrheit sagte. „In der Schule sagen die Kinder, dass Papa uns hasst. Und dass du ein Kuckuckskind hast. Stimmt das, Mama?"

„Du darfst auf so ein blödes Geschwätz nichts geben. Das, was die anderen über dich in die Welt setzen, soll dir egal sein, solange du anderer Meinung bist. Dein richtiger Papa und ich haben uns nicht mehr lieb. Dein Stiefpapa war früher auch ein ganz anderer. Wir werden bald ganz ohne die beiden leben. Hör nicht auf die Kinder. Das sind einfach nur böse Zungen. Dein Papa hasst uns nicht, er weiß nur nicht, wie er seine Liebe äußern soll. Er will, dass aus dir später ein guter Junge wird. Aber du bist ohne ihn besser dran. Du bist ein sehr liebes Kind. Aus dir wird ein guter Junge werden, ganz ohne die Einwirkung eines Vaters."

„Aber ich bin jetzt schon ein guter Junge", widersprach Dennis mit kindlichem Trotz und stülpte seine Unterlippe nach außen.

„Ich weiß", beschwichtigte ihn seine Mutter und richtete sich mit schmerzverzerrter Miene auf. Sie zerrte ihren geschwächten Körper bis an das Fenster und drückte ihren Rücken gegen den grauen Hintergrund. Das Mauerwerk war immer noch feucht, doch der Regen hatte aufgehört, sodass das kleine Rinnsal versickert war.

„Komm, lass uns die Sache schnell hinter uns bringen."

Dennis schüttelte den Kopf und verschränkte die Arme vor der Brust.

Seine Mama quittierte dies mit einem flüchtigen Lächeln.

„Wenn du weiterhin so bockig bist, werden wir hier noch bis morgen sitzen müssen. Ich habe Hunger …"

„Wenn Papa uns liebt, warum willst du dann die Polizei rufen?", fragte er. Zum ersten Mal redete er mit seiner Mutter in diesem barschen Ton.

„Damit sie ihm alle seine Flaschen wegnehmen können. Er ist ja nicht von Grund auf böse."

Dennis fühlte sich klein und verloren, auch widerstrebte es ihm, den Aufforderungen Folge zu leisten, weil das, was Mama sagte, nicht wirklich einen Sinn ergab. Aber er beugte sich, weil er gewohnt war, ihren Forderungen nachzugeben. „Aber wenn die Polizei ihm die Flaschen wegnimmt, soll die auch den Gürtel mitnehmen. Ich möchte nicht mehr damit geschlagen werden. Und auch das Kabel sollen sie ihm wegnehmen. Wir werden umziehen, wir beide werden zusammenleben, Papa bleibt hier allein, wir beide, nur du und ich. Versprochen?"

„Versprochen", versprach ihm seine Mutter. Ihre Stimme klang zunehmend leiser, so als wäre sie sehr krank und hätte hohes Fieber, wie damals, nachdem

Papa sie im Winter drei Nächte lang in der Scheune schlafen ließ. Das Haus hatte er von seinem Vater geerbt, Opa war Bauer. Gleich nachdem Opa gestorben war, kam die Oma in ein Altersheim und die Kühe zum Schlachter. Das hatte ihm seine Mama erzählt, noch in derselben Nacht, in der er sie zuletzt lebend gesehen hatte.

„Beeil dich mein Junge", zerriss seine Mutter den Gedankenfaden und berührte ihn mit den Fingern an der Wange.

Dennis entging nicht, wie seine Mutter am ganzen Körper erschauerte. „Beeil dich, mein Junge", flüsterte sie.

Dennis griff nach dem Seil und machte zuerst einen Knoten, dann zog er das Seil hindurch, bis er eine Schlaufe hatte, und band einen weiteren Knoten. Auf wackeligen Beinen ging er zum Fenster und merkte, dass er immer noch zu klein war. Er kehrte um und schnappte nach dem Topf. Auf Zehenspitzen stand er auf dem glatten, metallischen Boden und band das Seil an dem Griff fest.

„Etwas höher, die Schlaufe muss etwas höher sein", hörte er die Stimme seiner Mutter.

Er tat, wie ihm geheißen.

„Jetzt hilf mir auf die Beine und gib mir den Strick in die Hand."

Seine Mama war schwer. Obwohl sie so dünn war, musste Dennis all seine Kraft, die ihm verblieben war, dafür aufbringen, um nicht loszulassen. Ihre kalten

Finger drückten schmerzhaft seine Hände aneinander, doch statt aufzuschreien, biss er die Zähne zusammen. Kalter Schweiß lief ihm den Rücken hinab.

„Geschafft", war alles, was seine Mutter sagte, während sie sich an der Schlaufe festhielt und wankte. „Jetzt gehst du an die Tür und klopfst so laut, dass dein Papa dich hören kann. Dann gehst du mit ihm hoch. Du musst ihn um Verzeihung bitten und gleichzeitig darauf achten, dass er mich nicht sehen kann. Hast du alles verstanden?" Ihre Lippen berührten ihn an der Wange. Dann strich sie ihm zärtlich über das Haar. „Nun geh, mein Sohn", waren ihre letzten Worte.

Dennis tat alles so, wie es ihm seine Mama aufgetragen hatte.

Am nächsten Tag verprügelte ihn sein Vater zuerst mit dem Gürtel, danach mit dem Kabel. Völlig erschöpft und außer Atem hatte er Dennis an den Beinen gepackt und ihn in den Keller geschleift. Jedes Mal schlug sein Kopf hart gegen einzelne Stufen der steilen Treppe, die nach unten führte, zumindest glaubte er das, denn erinnern konnte er sich nicht wirklich daran. Sein Vater hatte ihn dorthin geschleift, wo seine Mutter sitzend ins Leere starrte. Ihr Mund war zu einem stummen Schrei aufgerissen. Die Zunge hing schlaff heraus wie ein Stück Fleisch, blau und aufgedunsen.

Dennis hatte sich bei dem Anblick in die Hose gemacht und sich mehrmals übergeben. In seinem Kopf summte alles. „Sieh, was du angerichtet hast!", schrie ihn sein Vater an und schleifte ihn näher an seine tote Mutter heran. Doch Dennis verstand nur Fetzen und merkte nicht, wie ihm sein Vater ein Büschel Haare herausriss.

Später, nachdem die Sonne wieder verschwunden war, musste Dennis seinem Vater dabei helfen, den toten Körper, der steif wie eine Schaufensterpuppe geworden war, in den Kofferraum zu legen. Danach fuhren sie in den Wald und hängten sie dort an einem Baum auf. An demselben Strick, der immer noch lose um ihren Hals hing.

Kapitel 56

„Du hast deine Mutter umgebracht, Bengel. Aber die Polizei sollte glauben, dass das mein Handwerk war. Denn das war der perfide Plan deiner Mutter. Sie wollte sich für dein Glück opfern und mich für meine Vergehen büßen lassen. Aber nicht mit mir, Junge. Die Polizei wird nun von einem Selbstmord ausgehen", knurrte sein Vater und wickelte den blutdurchtränkten Stofffetzen von ihrem nackten Fuß ab. „Ich habe an alles gedacht", grummelte sein Vater weiter und lief zurück zum Wagen. „Erkennst du diese Zehen?", wollte er von Dennis wissen, nachdem er zurückgekommen war. Sein Gesicht wurde zu einer Fratze, die von zwei gelben Lichtkegeln erleuchtet wurde. Der alte Fiat stand mit laufendem Motor da und tauchte den Schauplatz in ein zuckendes Gelb. „Das war dein Köter, der mich gebissen hat. Stimmt's?"

Dennis nickte.

„Ich habe ihm das Fell abgezogen und seinen Schädel an die Wand gehängt, als Erinnerung an die schöne Zeit."

Dennis bepinkelte sich erneut. „Papa, lass uns bitte gehen", stammelte er mit weinerlicher Stimme.

Sein Vater feixte boshaft und ging auf seine tote Mutter zu. Er kniete nieder und hielt den verletzten Fuß ins Maul des Tierschädels, der mit mehreren

Drähten fixiert war und sich bewegen ließ. „Es scheint ihm zu schmecken", höhnte sein Vater und ließ die scharfen Zähne aufeinander klackern. „Dein Streuner kann sich nicht sattfressen." Ein abgehacktes Gelächter hallte durch die Dunkelheit und scheuchte Tiere auf. Hier und da vernahm Dennis das Aufschlagen von Flügeln mehrerer Vögel. Er sah auch, wie sein Vater die Zähne des toten Hundes in die Wade seiner Mutter treiben ließ.

Doch aus den vier kleinen Löchern in der weißen Haut rann kein Blut mehr. „Das müsste genügen", murmelte sein Vater, griff in die Hosentasche seiner an den Knien verbeulten Jeanshose und holte ein Schweizermesser heraus. Mit der stets scharfen Klinge kappte er das lange Seil und nahm den Rest mit. Seine Mutter ließ er an dem Baum hängen.

„Komm, ich werde dir etwas erzählen, das du dir gut merken sollst. Die Polizei wird dir viele Fragen stellen, auf die du so antworten wirst, wie ich dir das beibringe. Deine Mutter war psychisch labil, kannst du dir das merken?"

Dennis rührte sich nicht vom Fleck und hörte seinem Vater nicht zu. Er war erzürnt und hasste seine Mutter dafür, dass sie ihn angelogen und ihn mit seinem Vater allein gelassen hatte.

Du bist nicht allein, Dennis, tauchte eine tiefe Stimme in seinem Kopf auf, ich bin bei dir.

Kapitel 57

Schweißgebadet legte Dennis das Diktiergerät neben die Blätter und lief schnellen Schrittes zur Spüle. In seinem Hals stieg die Kotze hoch. Nach einem erstickten Gurgeln schoss ein glibberiger brauner Schwall zwischen seinen Lippen heraus und verätzte ihm die Speiseröhre.

Er ließ das Wasser laufen und kotzte so lange, bis nichts als gelbe Galle an seinen Lippen hing. Danach hielt er seinen Kopf unter den kühlen Strahl und weinte stumm.

Die Reste seines Mageninhaltes sammelte er mit dem löchrigen Waschlappen ein und warf alles in den Mülleimer. Aus einem für ihn unerklärlichen Grund wollte er den Schein wahren, dass er die Situation immer noch im Griff hatte. Er wollte seinen Rückzugsort nicht verwahrlosen lassen. *Bevor ich schlafen gehe, werde ich noch schnell staubsaugen*, sagte er zu sich selbst und lief hoch in sein Schlafzimmer, um sich anzuziehen. Beim Vorbeilaufen warf er einen kurzen Blick ins Badezimmer. Auch hier herrschte eine akzeptable Ordnung. Nur der Spiegel hatte noch milchige Schlieren, aber das störte ihn nicht wirklich.

Ein Schnarchen brachte die Luft zum Vibrieren. Sein Vater schlief in einem sauberen Bett. Im Keller vernahm er das tiefe Brummen der Waschmaschine, die in den Schleudergang geschaltet hatte.

Das Video!, schrie er beinahe und stürzte nach unten. Weil sein Vater schlief, konnte er ja schlecht staubsaugen, fand er eine passende Ausrede und griff nach dem Telefon. *Es dauert immer eine Ewigkeit, bis das blöde Ding hochgefahren ist!*, schimpfte Dennis in sich hinein und tippte schnell die PIN ein. Nach einer weiteren Ewigkeit konnte er endlich die Wiedergabe starten. Zuerst sah er, wie er sich entfernte, dann war nichts mehr. Er starrte ins leere Zimmer bis in den Flur. Nach ungefähr zehn Minuten tauchte er wieder auf, doch er erkannte sich nicht. Er trug ein Kleid und war geschminkt, auch sprach er mit der affektierten Stimme einer Frau. Dennis runzelte die Stirn und verzog den Mund, so als habe er etwas Abscheuliches erblickt.

„Wie sieht es denn hier aus?", hörte er die hohe Stimme seines anderen Ichs, die von dem kleinen Lautsprecher verzerrt wurde und einen mechanischen Beiklang bekam. Die Frau bewegte sich wie diese Schauspieler aus den billigen amerikanischen Serien. Auch ihre aufgebrachte Stimme klang gekünstelt.

„Was ist das?", flüsterte er erschrocken und hob das Handy an die Augen. Nun kam die Frau näher. Gedankenverloren betastete er seinen Kopf, so als wolle er sich vergewissern, dass sein Haar nicht so gelockt war wie das der Frau. Das ist das Gegenteil von Metamorphose, scherzte er im Stillen und verzog angewidert den Mund. *Ich habe mir Locken gedreht?*,

war sein erster Gedanke. *Du trägst ja auch ein Kleid,* verhöhnte er sich selbst und starrte auf das Kleid, das jetzt auf dem Boden lag. *Ich bin es tatsächlich,* überlegte er weiter. Eine unangenehme Gänsehaut, die über seine Arme bis in den Nacken hinaufkroch, ließ ihn erschauern. Ich bin verrückt, mein Vater hatte recht.

Ich bin das Böse.

Ich habe meine Mama umgebracht.

Erneut sehnte er sich nach ihrer Nähe. Er wollte wieder bei ihr sein. Wie damals im Keller wollte er sich an ihren warmen Körper schmiegen. Dabei musste er unentwegt an die Polizistin denken, die er in einem Artikel kürzlich in einer Zeitschrift gesehen hatte. Sie und noch zwei weitere Typen waren heimlich fotografiert worden. Der eine war grauhaarig, der andere hatte rabenschwarzes Haar. Aber die Kerle waren nicht von Belang, nur diese Frau, die wollte er unbedingt haben. Sie war ab jetzt sein nächstes Ziel, sie müsste er ausfindig machen, sie studieren, sie verfolgen und dann im Keller einsperren, damit er nicht komplett durchdrehte. Sein Handy klingelte und ließ sein steifes Glied wieder erschlaffen. Er wischte das Video weg und ging dran.

Kapitel 58

„Wäre Ihnen dieser Tisch genehm?", fragte ein junger Mann an Leonhard gewandt. Sein kanariengelbes Haar passte zu dem grellgelben Tunnelschmuck, der in seinen beiden Ohren die dünne Haut der Ohrläppchen beinahe sprengte. Auf den flachen Plättchen stand von links nach rechts in schwarzen Buchstaben geschrieben: **Hier rein, da raus**, die Pfeile verdeutlichten die Richtung.

„Nein, wäre mir nicht, da sitzen schon zwei Leute", knurrte Leonhard.

„Wenn Sie mit Ihrer Lady ungestört …"

„Sie ist nicht meine Lady, und nehmen Sie die Hand da weg", blaffte Leonhard in gedämpftem und dennoch sehr einschüchterndem Ton. Der junge Kellner zuckte seine manikürte Hand von Leonhards Oberarm weg und schürzte die Lippen zu einer Schnute.

„Wie Sie wünschen, Herr Polizist, aber wir haben sonst keine Plätze …"

„Hey, ihr zwei beiden!", dröhnte eine Männerstimme durch das Getöse unzähliger Kehlen, die lauthals miteinander diskutierten, ob die gelbe Karte eine richtige Entscheidung des Schiedsrichters gewesen war oder nicht. Es war Tom. Er wedelte wild mit den Armen in der Luft wie ein Ertrinkender und schlug sogar einem der angeheiterten Männer ins Gesicht, ohne es natürlich beabsichtigt zu haben. Doch der Mann war so betrunken, dass er dies gar nicht wahrnahm. Er plumpste einfach zurück auf seinen Stuhl und schrie: „Wo bleibt mein Bier, verdammte Hacke?"

Der Kellner wandte sich zu Ella um. „Sie scheinen den Herrn zu kennen?"

Ella nickte.

„Dann da lang", sagte er und zeigte mit knapper Geste zu Tom, der lachend dastand und sie zu sich herwinkte. „Wir haben noch zwei Plätze frei", schrie er weiter und stieß einen älteren Herrn vom Hocker. Dieser wollte auffahren, doch dann entschied er sich anders und torkelte Richtung Toilette.

Der Kellner lächelte erleichtert auf, dann weiteten sich seine Augen, wie bei einem Menschen, der etwas Wichtiges vergessen hatte, das ihm just in diesem Moment eingefallen war und sich auf keinen Fall verschieben ließ. „Ich bin gleich bei Ihnen", murmelte er und sah zu, dass er hinter der Theke verschwand.

„Musste es unbedingt eine Sportbar sein?", rief Ella ihrem Kollegen entgeistert zu, der vor ihr lief und eine Schneise durch die Menschen schnitt. Wie ein Eisbrecher rammte er alles nieder, was sich ihm in den Weg stellte. Wenn Tom nicht wäre, hätte sie das Lokal sofort verlassen, wusste Leonhard. Aber er hatte ja vorhin mit ihm telefoniert, und dieser Tom war auch derjenige, der ihn darum gebeten hatte, dieses Treffen zu arrangieren. So etwas wie Eifersucht flammte in seiner Brust auf, doch er ignorierte dieses Kribbeln und griff sofort nach Toms Bierglas, sobald sie den kleinen Tisch erreicht hatten. Er hob es an die Lippen und trank gierig.

„Das ist schön, dass wir uns endlich außerhalb des Dezernats treffen", freute sich Tom und küsste Ella, einem Italiener gleich, auf beide Wangen.

„Hi, wir haben hier schon auf euch gewartet."

Auch Renate umarmte Ella herzlich und küsste sie wie Tom zuvor auf beide Wangen.

„Erwartet?", echote Ella und sah vorwurfsvoll zu Leonhard, dieser trank immer noch, ohne das Glas von den Lippen zu nehmen, und starrte auf den Schaum, der immer weniger wurde.

„Habe ich etwas Falsches gesagt?" Das freundliche Lächeln auf Renates Mund erstarrte, die Mundwinkel zuckten und rutschten nach unten.

„Ich wollte unbedingt das Spiel zu Ende schauen." Leonhard stellte das leere Glas auf den Tisch. „Ich habe mich mit Tom hier verabredet, und weil meine Partnerin nichts trinkt, da dachte ich, ich könnte mir ein Taxi sparen." Das war nicht unbedingt die Wahrheit, aber er konnte ja schlecht seinen guten Kollegen jetzt in die Pfanne hauen, nur weil Renate nicht ihren Mund halten konnte.

Im Augenwinkel sah er, wie der Rechtmediziner erleichtert ausatmete. „Das Bier geht auf mich", sagte er voreilig und winkte einen der Kellner zu sich.

„Drei", sagte Leonhard und nahm Platz.

„Ich trinke auch eins", rief Ella Tom zu. Ihre Miene verriet, dass sie angefressen war. „Ich nehme gleich einen halben Liter", fügte sie hinzu. Tom schenkte ihr ein Lächeln und bestellte für jeden das Gewünschte.

„Greenwood, Sie sehen so unglücklich aus. Wollen Sie gehen?"

Ella blinzelte nur.

„Okay, Greenwood, dann fahren wir eben zu dem Kerl, dem Sie heute einen Besuch abstatten wollten", brummte Leonhard und traute seinen Ohren nicht.

Tom sah ihn vorwurfsvoll an. „Seid ihr euch da ganz sicher?"

Nein, Leonhard war sich nicht sicher, warum er das gesagt hatte, auch dieses Ziehen nah am Herzen war ihm fremd. Hatte er sich tatsächlich in Ella verguckt? Blödsinn, pubertierender Kinderkram, sprach er zu sich selbst, habe mir bestimmt nur was gezerrt. Dann breitete sich plötzlich ein konzentriertes Schweigen im Lokal aus.

„Ich fahre mit euch, muss morgen früh los", schrie Renate in die Stille hinein und erntete dafür ungläubige Blicke.

„Tatsächlich, es gibt einen Elfmeter", ertönte die Stimme des Kommentators, die sofort von Pfeif- und Brülltönen der Gäste überlagert wurde.

„Dann los, lasst uns fahren." Leonhard stand auf und lief Richtung Tür.

„Dann geht doch!", rief Tom ihm nach.

Leonhard drehte sich nicht um.

Während er durch die Tür trat, brach die Menge in einen Jubelschrei aus.

„TOR! TOR! TOR!", schrie der Kommentator.

Leonhard achtete nicht darauf, auch hielt er den beiden Frauen nicht die Tür auf. Er lief einfach zu seinem Wagen.

Kapitel 59

„Bei wem soll ich mitfahren?" Renate sah Ella und Leonhard abwechselnd an.

Ella überließ diese Entscheidung ihrem Partner, der ungewöhnlich ruhig war.

„BMW oder Porsche?", murmelte Leonhard und sah Renate abwartend an. Sein Blick war nicht mehr so lauernd wie sonst.

„Hmm", machte Renate.

„Wenn du willst, kannst du meinen Wagen fahren, ich setze mich in den BMW ans Steuer. Mein Kollege hat heute etwas zu viel getrunken. Ich kann die anderen Verkehrsteilnehmer nicht mehr der unnötigen Gefahr aussetzen, von einem angetrunkenen Kommissar in einen Unfall verwickelt zu werden, um danach von ihm angeschrien und verhaftet zu werden."

„Weiteren Unsinn dieser Art werde ich nicht dulden und dafür Sorge tragen, dass man Sie versetzt", grummelte Leonhard, händigte jedoch bereitwillig seine Schlüssel aus. „Aber ich mache heute eine Ausnahme, eine Mütze voll Schlaf kann auch einem Mann wie mir nicht schaden", sagte er und setzte sich in den Wagen.

„Ich fahre euch beiden hinterher." Renate fing den Schlüssel in der Luft auf, den ihr Ella zugeworfen hatte, und lief mit kleinen, tippelnden Schritten zu dem

Sportwagen. Sie trug Schuhe mit hohen Absätzen und einen teuren Hosenanzug, der ihre beinahe perfekte Figur an den richtigen Stellen hervorragend betonte, stellte Ella mit einem Deut von Neid fest.

„Deine Haare stehen dir gut", rief ihr Renate zu. „Tom werden sie bestimmt gut gefallen haben." Daher wehte also der Wind, überlegte Ella. Auch die Forensikerin war der Meinung, dass sie dem schlaksigen Tom gefallen wollte, und nur aus diesem Grund sich die Haare hatte färben lassen.

„Danke, aber deine sind viel schöner", gab sie zur Antwort und versuchte dabei nicht allzu giftig zu klingen.

„Legen Sie sich nicht mit Renate an", wandte sich Leonhard an sie, während sie den Sitz in die richtige Position brachte, ohne die Augen zu öffnen, und gähnte ausgiebig. „Damit handeln Sie sich nur unnötige Schwierigkeiten ein. Ich weiß nicht, was ihr alle an dem Kerl findet. Er zieht sich wie ein Teenager an und sieht nicht einmal gut aus."

Versucht er mich tatsächlich anzumachen? Ohne jegliche Raffinesse bemüht er sich, Tom in ein schlechtes Licht zu rücken. Ein kurzes Hupen riss sie aus den Gedanken. Ella betätigte die Lichthupe und spielte mit dem Gaspedal. Der fünfhundert PS starke Motor grölte auf.

Ella legte den ersten Gang ein und fuhr aus der Parklücke. Leonhard schien zu schlafen. Ella war es recht. Sie schüttelte verwundert den Kopf, weil sie immer noch nicht begreifen konnte, dass zwei Männer gleichzeitig um ihre Gunst buhlten. Da sie den Weg kannte, brauchte sie kein Navi, auch hatte sie keine Lust auf Musik, alles, was sie brauchte, war Ruhe. Die Ortschaft lag nur fünf Kilometer südlich von der Großstadt entfernt, darum würde ihr diese kurze Pause guttun. Sie warf einen kurzen Blick in den Rückspiegel. Renate folgte ihr dichtauf.

„Also, dann mal los", flüsterte Ella und lenkte den Wagen auf die Straße.

Kapitel 60

Die fragmentarische Abfolge von Bildern aus seiner Kindheit riss plötzlich ab. Die Türklingel klang ungewöhnlich laut in der erdrückenden Stille. Im Schlafzimmer rief sein Vater mit schlaftrunkener Stimme seinen Namen. „Dennis, Dennis, ich habe Durst!"

Wer mochte das bloß sein?, wunderte er sich. Ein Blick auf die Uhr in der Küche verriet ihm, dass es kurz nach achtzehn Uhr war. *Wer mochte das zu solch einer späten Stunde noch sein?* „Die Pflegerin wollte erst wieder morgen vorbeischauen", sprach er mit sich selbst und begab sich auf nackten Füßen zur Tür. Er hatte sich in der Zeit schon wieder angezogen und alles, was ihn verraten konnte, aufgeräumt. Er hatte sogar den Staubsauger rausgeholt und wartete nur darauf, bis sein Vater aufwachte.

Er vernahm Stimmen von mehreren Personen. Waren das etwa welche, die ihre Heftchen verteilten und über Gott und die Welt sprechen wollten? Dafür waren die Frauen aber zu freizügig angezogen. Er spähte weiter durch den Spion und erkannte die Besucher. Es waren die Polizisten. Zumindest den Kerl und die eine Frau kannte er mehr als nur gut. Ein heißer Stich durchfuhr seine Brust. Sein Penis wurde hart, weil er daran denken musste, was er alles mit der Frau anstellen wollte.

Ja, sie ist es. Mit ihr werde ich noch viel Spaß haben, dachte er und öffnete die Tür. Sein erigiertes Glied verbarg sich hinter einem weiten T-Shirt, das ihm fast bis an die Knie reichte. *Oversized war jetzt schwer in Mode,* lächelte Dennis. Bei diesem Gedanken, weil er zweideutig war, musste er grinsen. Seine Männlichkeit entsprach nämlich auch nicht dem üblichen Standard und brachte manch eine Frau um den Verstand, wenn er in sie eindrang.

„Guten Abend, womit kann ich Ihnen dienen?", gab er sich höflich, ohne die Herrschaften hereinzulassen. Er wollte die Situation zuerst abschätzen.

„Kriminalpolizei Berlin", meldete sich der Mann als Erster zu Wort und hielt Dennis seinen Ausweis vors Gesicht.

„Als ob ich einen gefälschten von einem richtigen unterscheiden könnte", gab Dennis sich entspannt und fuhr sich mit der Zunge unter die Oberlippe.

„Entweder Sie nehmen es so auf, als wären wir richtige Polizisten, oder wir kommen morgen mit einem Dursuchungsbeschluss und einer Vorladung ins Präsidium, wir lassen Sie dann natürlich von richtigen Polizisten in Uniform und einem Polizeiwagen abholen. Die Blaulichter werden dann natürlich auch nicht fehlen, und damit jeder hier in der Ortschaft wissen soll, dass wir hier waren, um Sie mitzunehmen, werden die Jungs dafür sorgen, dass die Sirenen ziemlich lange eingeschaltet bleiben." Der grauhaarige Bulle grinste dämlich.

Dennis verzog das Gesicht und wirkte nicht mehr so aufmüpfig. Der Grauhaarbulle sah konsterniert auf ihn hinab, als die vom Krebs geschwächte Stimme seines Vaters erneut seinen Namen rief. „Dennis, du verdammter Hurensohn, ich verrecke gleich, wenn du mir nichts zum Trinken bringst."

„Ist das etwa Ihr Vater?", fragte die Polizistin mit bestürzter Stimme.

„Ja. Und wer sind Sie bitteschön?"

„Mein Name ist Ella Greenwood, ich bin Kommissarin der Mordkommission Berlin."

„Aha, und ich dachte schon, Sie wären seine Mätresse", gab er sich giftig und beäugte die andere, auf eine Antwort wartend.

„Ich arbeite auch bei der Mordkommission. Ella und ich sind Zwillingsschwestern, aber haben leider nicht dieselbe Haarfarbe", gab sich der Kommissar giftig. Seine dummen Witze gingen Dennis gehörig auf den Sack.

„Wie lustig", bemerkte Dennis gereizt.

„Auch Sie haben einen Zwillingsbruder, stimmt doch, oder?", intervenierte die attraktive Polizistin.

Diese Ella roch nach Sünde.

„Hören Sie auf, mich zu verarschen, ihr seid nicht mal miteinander verwandt."

„Aber Sie haben einen Zwillingsbruder", wollte nun die zierlichere der beiden von ihm wissen. Sie trug einen Rock und eine Bluse, bei der der oberste Knopf offen war und hieß Renate.

Aber die andere, die die ganze Zeit sanftmütig lächelte, fand er auch sehr attraktiv. „Sie haben doch einen Zwillingsbruder?", wiederholte die Kommissarin ihre Frage mit etwas mehr Nachdruck. Ihr Lächeln verblasste allmählich, auch die feinen Fältchen um ihre Augen waren verschwunden.

„Ja, ist es etwa ein Verbrechen, einen Bruder zu haben?"

In ihm wuchs die Einsicht, dass es ein Zwillingsbruder war, der sein beschissenes Leben nur dem einen Augenblick zu verdanken hatte, in dem die Münze mit der falschen Seite auf den Boden gefallen war, bevor sie voneinander getrennt wurden. Diese Erkenntnis wurde zu einem Geschwür, das ihn innerlich zerfraß.

„Nein, natürlich nicht. Können wir darüber nicht vor der Tür diskutieren, sondern da, wo uns nicht unbedingt jeder hören und sehen kann?", fragte der Kommissar und deutete mit seinem kantigen Kinn über Dennis' Schulter ins Innere des Hauses.

„Ich war auf dem Sprung und wollte eigentlich einkaufen gehen", log Dennis und war dabei, die Tür hinter sich zu schließen. „Ich wohne hier nicht mehr", sagte er noch und spürte den Widerstand, denn der Bulle streckte seinen Arm aus und drückte die Tür wieder auf. Er war in seiner Eitelkeit gekränkt, dachte Dennis und fühlte sich gut dabei.

„Ich kann Ihnen gerne vor Augen führen, was Sie in naher Zukunft erwarten wird, falls Sie gedenken, sich weiter in Lügengeschichten zu verstricken. Es liegt an Ihnen, wie Sie Ihr Leben gestalten möchten. Die schwedischen Gardinen haben immer dasselbe Muster, stehen Sie auf Streifen?" Er ließ seine weißen Zähne aufblitzen. Er spielte hier den Macker, und das gelang ihm ziemlich gut, musste Dennis sich seine Niederlage eingestehen. Er war diesem Mann nicht gewachsen, zudem war das Arschloch auch noch ein Bulle und stark wie ein Bär.

„Okay, das mit dem Einkauf kann warten. Aber ich lüge nicht. In der Küche liegt sogar eine Einkaufsliste, die ich beinahe vergessen habe, weil Sie ohne jegliche Anmeldung hier reingeplatzt sind."

„Das tut uns aber leid", zog ihn der Bulle weiter auf und trat ein.

„Ich werde mich zu einem Gespräch bereit erklären, aber nur unter einer Bedingung", sagte Dennis um Fassung ringend.

„Und die wäre?" Der Polizist sah ihn mit unergründlicher Miene an, dann ließ er seinen Blick durch den großen Flur schweifen.

„Ich werde nur mit den Frauen reden, nicht mit Ihnen. Ich bitte Sie deswegen, mein Haus zu verlassen, ansonsten sehe ich mich gezwungen, die richtige Polizei zu rufen."

„Das wage ich zu bezweifeln", fuhr ihm der Mann ins Wort, im Brustton der Überzeugung, dass er hier immer noch den Großen spielen konnte.

„Das hier ist nicht Ihr Revier, also brauchen Sie es auch nicht zu markieren." Dennis klang entschieden und sagte das, was er auch meinte. „Ich weiß, es ist die große Suche nach einer Unbekannten und der Drang, eure Sache zu Ende zu bringen, beherrscht euren Alltag, der Druck ist enorm und die Verantwortung ist nicht in Worte zu fassen … bla bla bla", sagte Dennis und verdeutlichte mit seiner Hand, was er von all dem hielt, er ahmte mit der beiläufigen Geste eine knatternde Ente nach. „Ich spiele aber dabei nicht wirklich mit. Ich werde nur das erzählen, was ich weiß, ohne etwas hineinzuinterpretieren. Die Fragen sollen auch gewählt sein, alles werde ich nicht über mein Leben preisgeben."

„Okay", knickte der Kommissar ein, hob die Hände und verlangte von der Kommissarin seine Schlüssel.

„Sie haben sich noch gar nicht vorgestellt", sprach Dennis die zweite Frau an, den eingeschnappten Bullen ignorierte er ganz. Der Kampf war ausgefochten, er kam daraus als Sieger hervor.

„Mein Name ist Leinenhut."

Dennis hob die Augenbrauen. „Frau Leinenhut, so, so. Sind Sie auch eine Kommissarin von der Mordkommission?"

„Mein Spezialgebiet sind Menschen, die in unserer Gesellschaft nicht mehr aktiv am Leben teilnehmen und nicht sonderlich vital sind."

„Sehr interessant. Kommen Sie doch rein. Ich weiß zwar nicht, womit ich Ihnen dienlich sein kann", jetzt lag sein Augenmerk wieder auf Ella, „aber ich werde mich bemühen. Sie haben Ihr Haar frisch gefärbt, warum? Haben Sie etwa schon graue Haare?" Er lachte in sich hinein, weil die junge Polizistin unmerklich zusammenzuckte. *Erwischt*, freute er sich heimlich und verzog nur leicht die Lippen. „Die dunkle Farbe steht Ihnen nicht und lässt Sie blass erscheinen", log er. Dennis fand die Polizistin anziehend und sympathisch, aber auch ihre Kollegin war eine Augenweide. Er war nun zwiegespalten.

Kapitel 61

Ella winkte ihrem Kollegen knapp zum Abschied und spielte weiterhin die schüchterne Polizistin mit wenig Rückgrat. Sie wollte dem Kerl so viel Freiraum geben wie nur möglich. Männer fühlten sich stets wohl dabei, wenn sie sich in Sicherheit wiegen und alles um sich herum zu beherrschen glaubten.

„Schön haben Sie es hier. Schmeißen Sie den Haushalt allein, oder haben Sie eine Lebenspartnerin?"

„Nein, das alles ist meiner Hände Werk. Ich bin in vielen Dingen geschickt."

„Nur nicht beim Kochen", mischte sich Renate mit ins Gespräch ein und warf einen prüfenden Blick in einen Topf. „Mit den Nudeln kann man die Tapeten einkleistern", scherzte sie.

Zu Ellas Überraschung lachte der Kerl auf.

Hier sah alles nach einem konservativen Lebensstil aus, stellte sie fest und sah sich verstohlen um. In der Küche roch es nach Spaghettisoße und Putzmittel. Tomatensoße und Essigreiniger waren keine besonders gute Kombination.

„Wie oft sehen Sie ihren Zwillingsbruder?", wollte Ella plötzlich von dem Mann wissen und traf ihn mit dieser Frage mit voller Breitseite, weil er damit nicht gerechnet hatte. Sie glaubte seinem Gesichtsausdruck anzusehen, dass er nach einer passenden Antwort suchte, die nicht unbedingt die richtige war. Unter den gegebenen Umständen hielt sie es für falsch, ihn mit Suggestivfragen zu durchlöchern.

„Wir reden nicht mehr miteinander."

„Warum?"

„Weil wir, obwohl wir uns beide äußerlich sehr ähneln, im Innern doch total unterschiedlich sind."

„Das mit dem Ähneln ist sehr untertrieben, Sie sehen einander …"

„Das tun eineiige Zwillinge nun mal für gewöhnlich." Sie standen immer noch in der Küche um den kleinen Esstisch, der sich in der Mitte des Raumes befand, jeder hatte einen Stuhl vor sich stehen. Das gelbe Licht der rustikalen Lampe, die älter als Ella war, tat in ihren Augen weh. Sie blickte verstohlen auf ihre Uhr, dann vernahm sie ein gedämpftes Rufen und blickte erschrocken auf.

„Das ist mein Vater, ich pflege ihn. Er ist auch der Grund, warum ich mich mit meinem Bruder gestritten habe. Wir wurden als Kleinkinder voneinander getrennt. Meine Mama war damals fremdgegangen und brachte uns in ihrem Leib heimlich mit in die Ehe. Meinen richtigen Vater habe ich nie kennenlernen dürfen." Dennis entschied sich dazu, die Wahrheit ein wenig zu verbiegen. „Nach unserer Geburt hat Mama meinen Bruder unserem Vater, meinem Erzeuger geschenkt. Verstehen Sie? Unsere Eltern haben uns gerecht untereinander aufgeteilt, wie Spielzeuge. Mein richtiger Vater hat mich akzeptiert, und die Tatsache, dass meine Mutter ihn mit einem anderen Kerl betrogen hat, spielte für ihn keine Rolle mehr, weil das ja nur eine einmalige Sache war. Das, was in der Zeit passierte, als sie eine Beziehungspause eingelegt hatten, das war sogar ein Segen für ihn, weil mein richtiger Papa zeugungsunfähig ist. Das nenne ich Ironie des Schicksals. Meine Mutter hurt herum, und alle sind danach glücklich." Seine Stimme begann leicht zu beben. Ella hatte ihn Richtung emotionale Phase navigiert und feierte den ersten Durchbruch.

„Dennis!", rief die Stimme von oben.

„Sie entschuldigen mich bitte. Ich bin gleich wieder da. Mein Papa braucht mich jetzt", sagte der Mann und lief mit leicht gesenktem Haupt aus der Küche. Ella hörte hinter sich das dumpfe Auftreten von nackten Füßen auf den hölzernen Stufen. Er lief tatsächlich barfüßig, stellte sie fest, und sah sich hastig um. Irgendwo in ihrem Kopf bildete sich eine Idee, die mehr Konturen annahm, je intensiver sie danach zu greifen versuchte. Der Mann war das genaue Gegenteil von seinem Zwillingsbruder, doch irgendwie sah sein Verhalten nach einer Fassade aus, hinter der er sein wahres Wesen zu verbergen versuchte, glaubte sie.

„Irgendwie sieht der Kerl nach einem Psychopathen aus", bestätigte Renate unbewusst ihre Vermutung. „Warum erstellt ein Kerl eine Einkaufsliste und scheibt alles akribisch auf, was er noch zu erledigen hat?", sprach sie im Flüsterton und zeigte mit den Augen auf zwei Blätter, die auf dem Tisch lagen. Eins war zerknittert gewesen und wieder glattgestrichen worden, stellte Ella fest, weil es voller unregelmäßiger Falten war.

„Ich jedenfalls kenne keinen Kerl, der so eine schöne Handschrift hat und Handcreme mit Lavendelduft benutzt. Scheinbar verbraucht er sehr viel davon."

Handcreme mit Lavendelduft drei Stück, stand hinter der Nummer drei geschrieben.

Ella drehte sich um. Ihre Augen trafen auf ein Kleid, das hinter der Tür an einem Kleiderbügel hing. Sie hatte es nur bemerkt, weil ein Teil des Ärmels herausragte. Sie ging auf die Tür zu und spähte kurz durch den Flur zur Treppe.

„Ich stehe solange Schmiere", erklärte sich Renate bereit, ihr den Rücken freizuhalten, und positionierte sich im Türrahmen.

Ella nahm einen Kugelschreiber, den sie in ihrem kleinen Schreibblock aufbewahrte, und ließ die Tür einige Zentimeter zu schwingen, sodass sie das Kleidungsstück vollends betrachten konnte. Mit ihrem Handy schoss sie mehrere Fotos.

„Er kommt wieder zurück", warnte Renate sie in gedämpftem Flüsterton und rief dann mit voller Stimme: „Scheint ein ordentlicher Junggeselle zu sein. Solche Männer sind vom Aussterben bedroht."

Ella fiel in das fröhliche Lachen mit ein und schob die Tür zurück in die Ausgangsposition. Die Scharniere gaben protestierend ein leises Quietschen von sich, darum wurde Ellas Lachen etwas lauter.

„Worüber lachen Sie?", wollte Dennis von den beiden Frauen wissen. „Habe ich was verpasst?" Sein Blick war abschätzend.

„Wir beide können es einfach nicht fassen, dass Sie das hier selbst bewerkstelligen. Oder bekommen Sie doch eine …"

„Warum interessiert Sie das?", warf er Ella die Frage argwöhnisch an den Kopf. „Drei Mal die Woche kommt eine Schwester und schaut nach dem Rechten. Muss man als Ermittler nicht distanziert und unparteiisch bleiben? Sie dürfen zu keinem eine persönliche Verbindung aufbauen, warum also diese dämliche Anmache?"

„Manchmal wird die Tatenlosigkeit der Polizei für die Öffentlichkeit zu einem unverzeihlichen Vergehen, und man kann sich später vor unzähligen Shitstorms nicht mehr richtig schützen." Renate machte große Augen und spitzte die Lippen. „Wir wollen nur das Beste."

„Arbeiten Sie auch?", fragte Ella.

„Ja."

„Wo und wie oft?"

„Das geht Sie nichts an", blockierte er. „Nun möchte ich, dass Sie gehen. Ohne einen Anwalt und einen gültigen Durchsuchungsbeschluss werde ich Ihnen keine Frage mehr beantworten. Ich kenne meine Rechte. Und wenn mein Bruder schon wieder Ärger mit dem Gesetz hat, so soll auch er und nicht ich die Scheiße ausbaden", sagte er mit fester Stimme, sichtlich darum bemüht, Fassung zu bewahren.

Ella und Renate leisteten seiner Forderung Folge, ohne zu widersprechen.

„Darf ich kurz Ihre Toilette benutzen?" Ella machte ein Gesicht, als wäre ihr das wirklich peinlich, dennoch ließe es sich nicht mehr weiter aufschieben, weil sie sehr dringlich müsste.

„Ja. Hier unten, hinter der Treppe ist die Tür. Aber waschen Sie sich gründlich die Hände und benutzen Sie nicht das weiße, sondern das braune Handtuch", zischte er trotzig und presste fest die Lippen aufeinander. Die linke Wand, die sich gegenüber der Treppe befand, war mit unzähligen Fotos zugepflastert. Die gelbe Tapete hatte unzählige Risse und dunkle Flecken. Der Boden quietschte unter ihren Füßen. Eine der Dielen gab gefährlich nach, sodass Ella stehen blieb. Ihre Augen blieben an einem schwarzweißen Foto kleben. Sie konnte jedoch schlecht stehenbleiben, aber aufgeschoben war nicht aufgehoben, überlegte sie und ging zu der Tür mit einem WC-Aufkleber und schloss die Tür langsam hinter sich. Die Toilette war das Gegenteil von der restlichen Wohnung, die sie bisher gesehen hatte. Die Kloschüssel hatte einen dunklen Rand, und das Wasser darin war trübe, so als habe jemand einen Eimer schmutzigen Wassers ausgeleert, ohne danach runtergespült zu haben. Die Luft roch muffig nach nassen Sachen, so wie alte Waschlappen, wenn sie nie richtig ausgespült wurden.

Ella ließ sich noch etwas Zeit, dann senkte sie als Alibi den Klodeckel und drückte auf die Spülung. Ein kurzer Blick in den Spiegel verriet ihr, dass ihr diese

Haarfarbe tatsächlich nicht wirklich stand und sie blass aussehen ließ. Der Kerl hatte recht, sie sah blass und ungesund aus.

Ella öffnete den Wasserhahn. Ein braunroter Strahl ergoss sich in das grüne Waschbecken. Die braunen Kacheln wirkten erdrückend. Sie musste schnell raus hier, sagte sie zu sich selbst und trat in den Flur. Renate und Herr Bach unterhielten sich vor der Eingangstür. Sie beide waren in ein Gespräch vertieft, welches dem Mann ein Lächeln entlockt hatte.

Ella nutzte den Augenblick zu ihren Gunsten und überflog die eingerahmten Fotografien. Manche waren sogar schwarzweiß, die auf den gelben Tapeten besonders hervorstachen.

Als sie eines der Fotos erblickte, an dem sie schon kurz zuvor förmlich kleben blieb, wirkte sie beinahe erschrocken, so als habe sie einen Geist gesehen. Das war wieder das Foto von einer Frau und zwei Kindern. Sie versuchte ihre Bestürzung mit einer neutralen Miene zu überspielen, weil sie im Augenwinkel eine Bewegung wahrgenommen hatte.

„Wollten Sie nicht gehen?" Der Mann baute sich vor ihr auf und stemmte beide Fäuste in die Seiten. Er war nicht wirklich groß, doch die Aura, die ihn umgab, ließ Ella tief Luft holen. Er war sogar recht sympathisch, trotz des schütteren Haars hatte er etwas Anziehendes an sich. So stellte Ella sich immer einen fürsorglichen Pfleger vor, der sich um alte Menschen kümmerte.

„Ist das Ihre Mama?" Sie zeigte mit dem Finger auf das Foto.

Sofort wurden seine Züge weicher. „Ja. Früher haben wir, also mein Bruder und ich, miteinander gespielt. Meine Mama wollte, dass wir uns trotz der Trennung so oft, wie es nur ging, sehen konnten. Später hat unser Vater geheiratet, und seine Frau hat diese Treffen unterbunden. Als ich elf wurde, ist meine Mama auf eine schreckliche Weise ums Leben gekommen." Seine Stimme wurde rau und brüchig. Seine Trauer war aufrichtig.

„Bewahren Sie deswegen dieses Kleid auf, welches Ihre Mutter auf diesem Foto trägt?"

Der Mann sah sie stumm an. „Sie sollten lieber gehen", knurrte er. Seine Augen, in denen Tränen schwammen, füllten sich mit Zorn.

„Wie ist Ihre Mutter gestorben?"

„Sie sollen gehen. Oder ich werde ungemütlich!"

Ella lenkte ein.

„Darf ich Ihnen eine letzte Frage stellen?"

Er schwieg.

„Woher wussten Sie, dass wir Sie wegen Ihres Bruders behelligen?"

„Weil er schon früher mächtig viel Ärger hatte."

„Wo wurde Ihre Mutter ..."

„Sie müssen gehen!" Er packte Ella grob am Ellenbogen und führte sie bis zur Tür, erst da ließ er von ihr ab.

„Wie hieß Ihre Mutter mit Nachnamen?"

„Raus!", brüllte der Mann und donnerte die Tür hinter ihnen ins Schloss.

„Was ist in ihn gefahren?" Renate wirkte verwirrt. „Warum ist er auf einmal so aggressiv geworden?"

„Ich habe auf den Fotos eine Frau erkannt. Sie könnte das erste Opfer gewesen sein. Ruth Löwenzahn."

„Aber er heißt doch Bach mit Nachnamen."

„Ja, weil sein Vater so heißt. Ruth Löwenzahn war seine Mutter und die erste Frau, die auf diese Weise gestorben ist."

„Sein Vater liegt im Sterben, hat er mir verraten, und er war damals elf, als sie gestorben ist."

„Genau das bereitet mir Kopfschmerzen. Ich bringe dich schnell nach Hause, dann will ich heute noch ein bisschen in den Akten herumblättern. Es wird eine lange Nacht werden. Zum Glück habe ich Zuhause eine frische Packung Kaffee stehen", sagte Ella und ging zu ihrem Wagen. In einem der Fenster bewegte sich der Vorhang. In der Silhouette erkannte sie Dennis Bach, er beobachtete sie im Verborgenen, weil er etwas zu verheimlichen hatte.

Kapitel 62

„Na, war es eine lange Nacht gestern Abend?" Leonhard saß hinter seinem Tisch, die Beine langgestreckt und an die Tischecke gelegt.

„Auch Ihnen einen wunderschönen guten Morgen", murmelte Ella und nippte an ihrem miserablen Kaffee.

„Sie schauen wohl nie in den Rückspiegel?" Leonhard seufzte und verschränkte die Hände hinter dem Kopf.

Ella zog die Stirn kraus und ging an das Spülbecken, um sich im Spiegel betrachten zu können. Sie sah zwar müde aus, aber ihr Makeup war noch recht passabel. Ihr erbarmungslos konditionierter Verstand wollte einfach nicht begreifen, was ihr Kollege mit seiner dummen Bemerkung bezwecken wollte. Sie hörte ihn hinter ihrem Rücken kurz auflachen. „Ihr Frauen reduziert alles auf euer äußeres Erscheinen." Er nahm die Füße vom Tisch und atmete schwermütig aus.

Ella gab es schließlich auf und drehte sich zu ihrem Kollegen um. „Nun spucken Sie es schon aus", gab sie auf, trank den Kaffee in einem Schluck leer und verzog den Mund, weil der Kaffeesatz noch bitterer schmeckte.

„Sie wurden gestern von Herrn Bach verfolgt."

Ellas Gesicht erstarrte.

„Bis zu Ihnen nach Hause. Er verweilte dort dreiundvierzig Minuten, erst dann fuhr er wieder in sein Gefilde zurück."

Ella fühlte sich für einen kurzen Augenblick so, als hätte sie jemand geohrfeigt.

„Ich glaube, Sie haben etwas entdeckt, das ihn dazu bewogen hat …"

„Aber er hat uns fortgejagt", fuhr Ella Leonhard über den Mund und legte ihre Aktentasche auf den Tisch. Den leeren Kaffeebecher hielt sie immer noch zwischen den Fingern.

„Sex und Liebe haben unzählige Farbfacetten, die von grellen Regenbogenfarben bis in das finsterste Schwarz reichen."

„Was soll das schon wieder bedeuten?", entfuhr es Ella. Sie warf den Becher in den Mülleimer, der hell darin klimperte.

„Ich glaube, er steht auf Sie."

„Wie bitte?"

„Wussten Sie, dass Herr Bach mehrere Jahre in der Psychiatrie verbracht hat? Denn auch ich war nicht untätig. Er war mitten in der Pubertät und ein sehr signifikantes Detail war den Ärzten besonders aufgefallen."

Ella wartete schweigend, bis Leonhard fortfuhr. Er liebte diese Pausen, sie begann sie mehr und mehr zu hassen.

„Er sprach immer wieder denselben Satz, wenn er mitten in der Nacht aufgewacht war. *Ich will nicht auf den Stuhl.* Die Ärzte konnten es nicht erklären. Trotz all ihrer Bemühungen war es ihnen nicht gelungen, ihn dazu zu bringen, dass er seine Verleumdungshaltung aufgab. Er schwieg beharrlich und weigerte sich, sich Ihnen zu öffnen, sobald das Thema angesprochen wurde. Ach ja, die Geburtstagsparty fällt aus. Renate hat sich krankgemeldet, das hat sie noch nie getan, daran sind auch Sie nicht ganz unbeteiligt", sagte Leonhard schlicht und durchmaß den Raum mit wenigen Schritten.

„Ich?"

„Hmm. Sie ist eifersüchtig. Das, was sie bei Tom seit Jahren versucht zu erreichen, haben Sie in wenigen Wochen geschafft."

„Und was bitteschön?"

„Seine Aufmerksamkeit auf sich zu ziehen."

„Ach, kommen Sie, verschonen Sie mich bitte damit."

„Jetzt haben Sie wohl zwei Verehrer, das ist eine gute Überleitung, die uns zurück zum Thema führt." Leonhard stand beinahe wie ein Lehrer vor dem White Board und griff nach einem blauen Filzstift.

„Wir haben zwei identisch aussehende Männer." Nach einer kurzen Pause malte er einen Kreis und schrieb das Wort Zwillinge auf. Alles in Großbuchstaben. „Was fällt Ihnen dazu ein?"

„Obwohl sie identisch aussehen, sind die beiden von Grund auf verschieden."

„Sie wollen damit ausdrücken, dass die beiden Männer gegensätzliche Charaktereigenschaften haben? Können Sie das eventuell konkretisieren?"

Ein frischer Luftzug huschte durch das gekippte Fenster und fuhr Ella über den Nacken, während sie sich nachdenklich durch das Haar fuhr.

„Ich meine damit das allgemeine Umfeld. Verheiratet - unverheiratet, hat Kinder - hat keine Kinder", zählte Ella in gelangweiltem Ton alles auf, was ihr so einfiel.

Leonhard schrieb jedoch nichts davon auf.

„Alles unbedeutend. Bis auf den Punkt ..." Er ließ den Satz in der Schwebe. Malte einen kleinen Punkt und schrieb in Kleinbuchstaben auf: Familienstand. „Was ist Ihnen bei dem Gespräch noch aufgefallen? War Herr Bach jähzornig oder nachgiebig und kooperationsbereit?"

„Haben Sie mir nicht zugehört? ER hat uns aus dem Haus gejagt."

„Darin scheinen sich die beiden Brüder doch noch zu ähneln. Aber Luis hat sich nach der Geburt des Sohnes geändert und wurde zu einem liebevollen Ehemann und Vater. Was resultieren wir daraus?"

„Wir haben es hier mit zwei Psychopathen zu tun, die sich ihrem Umfeld anzupassen wissen?"

Leonhards Lächeln war anziehend und sardonisch zugleich. „Nicht unbedingt. Der eine hat einfach das bekommen, was beiden Zeit ihres Lebens gefehlt hat."

„Eine Familie?"

Leonhard nickte zufrieden und schrieb auch dieses Wort in Großbuchstaben auf.

Ein leises Klopfen an der Tür ließ die beiden zur Tür schauen.

„Ja?", sagte Leonhard und legte den Stift in die Schale zu den anderen.

Kapitel 63

Leonhard kratzte sich am Kinn. „Die Tür ist offen", sagte er etwas lauter.

Die Tür ging auf. Tom lugte durch den Spalt, dann trat er vollends herein. Auch er sah übernächtigt aus.

„Du siehst aber nicht wirklich frisch aus. Hast die Vorbereitungen …"

„Bitte, lass den Quatsch", entgegnete Tom und nickte Ella knapp zur Begrüßung zu. „Guten Morgen", schob er dann mit leiser Stimme nach und wandte sich wieder Leonhard zu. „Ich war im Archiv und habe mir den damaligen Bericht noch einmal angeschaut. Da die Polizei von einem Suizid ausgegangen ist, ging man davon aus, dass der große Zeh von Frau Löwenzahn von einem Tier abgenagt wurde. Die Bissspuren, die an der Leiche festgestellt und protokolliert wurden sind von einem Canem, einem Hund, oder eher unwahrscheinlich: einem Wolf gewesen. Ich habe die Bilder inspiziert und mit anderen Befunden verglichen. Ich war auch bei einem Tierarzt." Tom machte einen tiefen Atemzug, so als habe er Mühe, Luft zu holen. „Dieser hat meine Vermutung schließlich bestätigt."

„Und die wäre?", drängelte Leonhard.

„So beißt kein Hund zu. Diese Spuren waren fingiert." Tom ging an die Pinnwand und brachte mehrere Fotos an, die er mit bunten Reißnadeln fixierte. Einige davon waren Nahaufnahmen, die erst beim genaueren Hinsehen ein Bild ergaben, auf dem Leonhard menschliche Knochen erkennen konnte.

„Diese Knochenbrüche entstanden von mechanischem Einwirken und nicht von einem kauenden Hund", sprach Tom und brachte noch zwei weitere Bilder an die Korktafel, die fast die komplette Wand beherrschte.

„Bei Frau Jung wurde der Zeh mit einem Messer amputiert. Der Mann, der Gisela Jung umgebracht hat, ahmt etwas nach, das er irgendwo aufgeschnappt hat. Etwas passt hier nicht zusammen, und doch scheint es so, als wären diese Puzzleteile aus derselben Schachtel."

„Da ist was dran. Ein Nachahmungstäter?", erklang Ellas Stimme.

Tom zuckte die Achseln.

„Der Typ wird seinen Gelüsten immer nachgeben. Er frönt dem Tod und wird seinem Trieb nicht widerstehen, andere zu töten. Doch was veranlasst ihn dazu, die Frauen auf diese Weise zu töten? Stand damals etwas in den Zeitungen? Ich meine: über die Frau im Wald?"

„Ziemlich viel sogar", meldete sich Ella erneut zu Wort. „Frau Löwenzahn ist in jeder Zeitung zu finden, selbst in überregionalen Blättern. Auch die Regenbogen-Presse schrieb einige Wochen darüber."

„Also hat er genügend Material gehabt, um seine Taten so in Szene zu setzen, dass diese dem Original immer näher kamen."

„Wir müssen die beiden Brüder erneut befragen."
Leonhard betrachtete die Fotos eingehend. „Warum
hast du das nicht gleich rausgerückt, Tom? Oder
wolltest du uns diese Information ganz vorenthalten?"

„Was?"

„Dass die Bissspuren manipuliert wurden."

„Die Bestätigung ist gerade erst in meinem
Postfach gelandet", empörte sich der
Gerichtsmediziner.

Tom zupfte an der Kordel seines Hoodies und
wappnete sich mental auf einen erneuten verbalen
Angriff, das konnte Leonhard an seinen Augen
erkennen. Der leitende Kommissar setzte erneut zu
einem Schlagabtausch an, doch während er den Mund
öffnete, ertönte eine leise Melodie.

„Das ist mein Telefon", sagte Ella und griff hastig
in ihre Jeanshose, die ihr viel zu gut stand, fand
Leonhard, und starrte schweigend auf ihren
wohlgeformten Hintern.

„Greenwood", meldetete sie sich hastig. „Hallo,
Frau Siebert … Ja gern … Ja … Das trifft sich gut. Ihr
Mann ist auch gleich da? … Das ist sehr schön!" Sie
legte auf und drehte sich wieder um. Leonhard hob den
Blick, doch zu spät, sie hatte bemerkt, wohin er die
ganze Zeit über geschaut hatte. Sie räusperte sich und
bedachte ihn mit einem Funkeln. „Frau Siebert und ihr
Mann wollen uns sprechen."

Kapitel 64

Dennis saß auf dem wuchtigen Sofa und grübelte nach. Sein erigiertes Glied drückte gegen seine Hose, er spürte ein leises Kribbeln in den Lenden. Er wurde von einer Vorfreude gepackt, die ihn beinahe erstickte. Eine mächtige Lawine aus Neurochemikalien begrub all seine ängstlichen Gedanken. Er würde sich diese Polizistin nehmen. Zum ersten Mal waren seine Phantasien erotischer Natur. Er würde sie verstecken, in seinem Keller, wie schon viele Frauen zuvor, aber nicht in diesem Haus. Er hatte nun ein besseres Versteck, und sein Vater würde nichts davon mitbekommen. Er war Profi und hatte schon einen Plan. Diese Vorstellung, wieder jemanden ganz für sich allein zu haben, etwas zu besitzen, beflügelte ihn beinahe. Ja, ich bin ein Genie, sagte er zu sich selbst. Sein Vorgehen war simpel, genau das wog die Gefahr auf, bei seiner Absicht geschnappt zu werden. Denn er fühlte sich sicher, alles, was er tat, plante er akribisch voraus.

In Gedanken ging er nochmal alles durch. In seinem Auto hatte er alles, was er für seinen nächsten Besuch benötigte. Selbst das Seil, an dem sich seine Mutter damals erhängt hatte, lag im Kofferraum.

Hinter seiner Stirn sah er Menschen, die wie Darsteller in einer Farce über die Bühne liefen und ihren Namen riefen, und er, der Böse, saß hinter dem Vorhang und lachte sich ins Fäustchen. Das ganze Leben ist nur eine Bühnenshow, flüsterte er leise und stand auf.

Kapitel 65

Ella stand an der Tür, Leonhard nahm dicht hinter ihr Stellung an. „Wir haben mindestens einen Mord und einen möglichen Selbstmord und immer noch keinen Mörder, sprich, wir benötigen auf jeden Fall eine richterliche Vorladung. Doch zuerst müssen wir herausfinden, wen wir überhaupt vorladen wollen", sprach er mit gedämpftem Ton.

„Das ist mir klar, aber wenn dieser Luis doch was damit zu tun hat?"

„Wir dürfen keine voreiligen Schlüsse ziehen. Sein Bruder erweckt auch nicht gerade einen vertrauenswürdigen Eindruck."

Ein leises Kratzen im Türschloss brachte die beiden Polizisten zum Schweigen.

„Kommen Sie bitte rein", begrüßte sie Frau Siebert. „Mein Mann duscht sich gerade, er kam erst spät in der Nacht nach Hause und ist vor Erschöpfung auf dem Sofa eingeschlafen. Sie entschuldigen auch die Unordnung, aber ich komme nicht wirklich rum."

„Das macht nichts, bei mir Zuhause sieht es noch schlimmer aus, selbst dann, wenn ich aufgeräumt habe", tat Leonhard sein Bestes. Ella glaubte, dass er log, so pikfein, wie er immer angezogen war. Aber sein Arbeitstisch war nicht gerade das Beispiel für einen ordentlichen Polizisten. Mit diesem Gedanken folgte sie der Frau und ihrem Kollegen, der erneut die Führung übernahm, obwohl sie noch kurz zuvor darüber gesprochen hatten, dass sie das Gespräch leiten sollte.

Ein Junge von zehn Jahren saß auf dem Sofa, vertieft in sein Tablet, das Gesicht vom gelben Licht erhellt. Er war mit übergroßen Kopfhörern auch akustisch von der Welt abgeschirmt und nahm um sich herum nichts mehr wahr. Als er jedoch das Erscheinen von zwei fremden Menschen bemerkte, weil seine Mutter ihn sanft an die Schulter tippte, hob er den Kopf. Wie ein aufgescheuchter Vogel, die Augen weit aufgerissen, schnell blinzelnd, starrte er zuerst Leonhard, dann Ella an. Dann, mit einer hastigen Bewegung, riss er sich die Kopfhörer vom Kopf und sprang mit ausgestrecktem Arm vom Sofa, die Hand zu einem Händedruck bereit.

„Zuerst die Dame", ermahnte ihn seine Mutter in einem sanften, dennoch leicht tadelnden Ton. Der Junge korrigierte im Gehen die Richtung und hielt Ella seine kleine Hand hin. Sie fühlte sich warm und weich an. „Wie heißt du denn?" Ella ging leicht in die Knie.

„Steven", flüsterte der Junge und senkte schüchtern den Blick.

„Wie alt bist du, Steven?"

„Acht."

„Echt, ich hätte dich auf zehn geschätzt", wunderte sich Ella und berührte freundschaftlich seine Schulter.

Ein stolzes Lächeln kroch über Stevens Lippen. Sein blondes Haar war feucht, er roch nach Shampoo und einem Herrenparfüm.

Ella ließ seine Hand los und rieb sich unmerklich die Hand an ihrer Hose trocken. Der Junge schwitzte vor Aufregung, so wie sie auch.

„Musst du nicht in der Schule sein, Steven?", wollte Leonhard wissen und klatschte den Jungen mit einem Highfive ab.

„Nö, wir haben heute frei. Lehrerkonferenz."

„Aha, dann hast du heute also den ganzen Tag lang Zeit zum Ballern?"

Steven hob irritiert die Augenbrauen und suchte bei seiner Mutter nach Unterstützung. Sein Blick war besorgt, so als fühlte er sich gerade in eine Ecke gedrängt.

Leonhard hüstelte verlegen. Auch die Mutter wusste nicht, was der große Polizist damit sagen wollte.

„Mein Junge spielt sowas nicht. Wir sind ein friedliches Volk", ertönte eine klare männliche Stimme. Ella und ihr Kollege schauten zur Tür. Herr Siebert kam herein und rubbelte sich die Haare mit einem grauen Handtuch, das früher einmal weiß gewesen war, die Haare trocken. Er trug nur eine schwarze Jogginghose. Ella sah verwundert auf den durchtrainierten Oberkörper. Er hatte keine Muskelmasse, aber er war einer dieser Typen, die viel stärker waren, als sie den Anschein erweckten. Sie war

335

überrascht davon, wie ähnlich sich die Brüder sahen, wie ein Ei dem anderen.

„Treiben Sie viel Sport?", rutschte ihr die Frage durch die Lippen. Der Mann warf das Handtuch auf den Couchtisch und rieb sich die Wange, so als wolle er prüfen, ob sie auch glatt genug war.

„Ich bin von Natur aus so", sagte er schlicht und legte seinem Sohn schützend die Hand auf die Schulter. „Nun geh in dein Zimmer. Du hast noch zehn Minuten für den Film, danach machst du deine Aufgaben."

„Aber ich habe doch heute keine Schule", säuselte der Junge.

„Ohne Fleiß kein Preis. Nur wenn du Einser mitbringst, erst dann, und nur dann, musst du keine Extra-Aufgaben machen. Danach gehen wir, du weißt schon, wohin." Luis zwinkerte seinem Sohn kumpelhaft zu.

Ein freudiges Strahlen erhellte das Gesicht des Kindes. „Okay", sagte er schnell und lief aus dem Wohnzimmer in den Flur. Kurz darauf klackte eine Tür, die leise ins Schloss fiel.

„Ich habe Ihr Kommen nicht gehört, sonst hätte ich mich noch schnell umgezogen, dachte nicht, dass Sie so schnell da sein werden. Was hat mein Bruder dieses Mal ausgebrütet?"

Er wirkte heute ganz anders, fiel Ella auf, doch sie behielt ihren neutralen Gesichtsausdruck, auch Leonhard blieb regungslos vor einem Fenster stehen und warf einen kurzen Blick nach draußen. Mit zwei

Fingern schob er den zerknitterten Vorhang beiseite und sah etwas länger hinaus. Der gelbe Stoff raschelte in der entstandenen Stille, weil niemand etwas sagte. Nur das leise Rauschen vorbeifahrender Autos war zu hören.

„Wie oft sehen Sie Ihren Bruder?", fragte Leonhard und bewegte seinen Kopf langsam nach rechts, dann nach links. „Hat er Sie schon einmal besuchen dürfen?" Erst jetzt drehte er sich um und taxierte den Mann mit einem fragenden Blick. Noch bevor Luis zu einer Antwort ansetzen konnte, schob Ellas Partner eine andere Frage nach: „Wir haben unten geparkt. Der Stellplatz hat dieselbe Nummer wie Ihre Wohnung, habe extra darauf geachtet. Haben Sie etwa kein Auto?"

„Doch. Wir vermieten den Parkplatz weiter. Aber bitte schicken Sie mir deswegen keinen an den Hals. Wir haben das auch nirgends angemeldet. Aber wegen dreißig Euro im Monat kann ich doch nicht belangt werden?"

„Nein, wir sind ja auch nicht vom Ordnungsamt."

„Für dieses Geld kann ich meinem Sohn Bücher kaufen und etwas, das wir uns nur selten gönnen."

„Und das wäre?"

„Eine Pizza oder Eis essen gehen. Wir sind nicht arm, aber es reicht trotzdem nicht immer aus. Erwähnen Sie das aber bitte nicht in Anwesenheit meines Kindes. Ich möchte nicht, dass er wegen so etwas in der Schule aufgezogen wird."

„Ich habe kleine Adidas-Schuhe vor der Tür stehen sehen."

„Das ist jetzt in. Wir haben lange dafür gespart. Ich will nicht, dass er zu einem Außenseiter abgestempelt wird."

„Waren Sie je einer?"

Luis schwieg und presste fest die Zähne aufeinander, sodass seine Kaumuskeln durch die glatt rasierte Wange hervortraten. Auch seine Oberarme spannten sich an.

„Man steht irgendwo abseits und möchte, dass man einfach ignoriert wird", fuhr Leonhard fort. Er lachte humorlos auf, mit diesem Satz riss er die ganze Aufmerksamkeit auf sich.

„Aber Sie tragen eine Rolex, Designerhose und ein Hemd, das mehr kostet, als ich im Monat mit meinen drei Jobs verdiene. Und Sie wollen behaupten …"

„Es gibt Kinder, die reiche Eltern haben, es gibt aber auch Kinder, die arme Eltern haben, es kommt aber auch manchmal vor, dass Kinder irgendwann mit etwas Glück und Verstand mehr verdienen, nachdem Sie es satt haben, ständig von der Gesellschaft abgeschottet zu werden und etwas aus ihrem Leben machen. Man muss es nur wollen."

„Aber nicht jeder ist mit einem hellen Verstand gesegnet wie Sie."

„Danke für die Blumen, aber so helle bin ich nicht. Ich habe mich nur nicht unterkriegen lassen."

„Ich möchte nicht, dass mein Junge sich prügelt."

338

„Das muss er ja auch nicht …"

Der gedämpfte Aufschrei eines Kindes brachte die beiden Eltern dazu, aus dem Wohnzimmer zu stürmen, und jagten damit Ella einen Schrecken ein.

Leonhard blieb jedoch ruhig. Ella bedachte ihn mit einem prüfenden Blick. „Sie waren niemals arm, das haben Sie mir selbst erzählt", zischte sie.

„Na und, ich baue nur was auf, womit ich arbeiten kann", zischelte er zurück.

„Aber das ist der falsche Weg, so baut man kein Vertrauen auf."

„Ich will ihn ja auch nicht heiraten."

„Er ist bereits verheiratet."

„Eben. Und jetzt beruhigen Sie sich lieber. Sparen Sie Ihre Kräfte für etwas anderes auf. Anstatt mir die Leviten zu lesen, sollten Sie sich lieber überlegen, wie Sie den Mann auf Ihre Seite ziehen können, ich knöpfe mir die Frau vor. Sie ist ihm hörig und ist von Grund auf nicht gewohnt, sich einer männlichen Person zu widersetzen. Eine autoritäre Erziehung alter Schule, da hatte noch der Vater die Hose an. Wir haben viel Arbeit vor uns, darum bleiben Sie konzentriert. Sie und ich sind in einem Team."

Leonhard hatte recht. Die Arbeit zermürbte sie nach und nach und machte sie aggressiv. Ella warf einen hastigen Blick über die Schulter, noch waren sie allein. „Was ist eigentlich mit diesem Nachbarn, diesem Herrn Krakowitz? Gehört er nicht mehr zu dem Kreis der Verdächtigen?"

„Er ist zwar der Vater des ungeborenen Babys, aber nicht der Mörder." Leonhard trat ganz nah an Ella, so dass sein herbes Parfüm ihr in die Nase stieg. „Ich habe einen Ergotherapeuten engagiert, der mit ihm einige Koordinationsübungen durchführen sollte, Knotenbinden inbegriffen. Wir haben den epileptischen Anfall wie einen Mini-Herzinfarkt aussehen lassen und vorsorglich diese Untersuchungen durchgeführt, um Schlimmeres auszuschließen." Leonhard malte Gänsefüßchen in der Luft. „Er kann diesen Knoten nicht binden. Er ist vielleicht gut im Bett, aber er ist ein Bewegungslegastheniker. Seine sämtlichen Schuhe haben Klettverschlüsse. Er behauptet, er hat kein Gefühl in den Fingerspitzen, und Schlaufenbinden fällt ihm sehr schwer."

„Und warum erfahre ich das erst jetzt?"

„Weil Sie mich erst jetzt danach gefragt haben."

Ella vernahm Schritte.

„Er hat sich nur den Finger eingeklemmt, nichts Schlimmes." Mit diesen Worten betrat Larissa Siebert das Wohnzimmer.

„So sind die Kinder eben", entgegnete Leonhard.

„Wo ist Ihr Mann?", wollte Ella wissen.

„Er ist bei Steven geblieben. Immer, wenn Luis zuhause ist, rutsche ich auf den zweiten Platz."

„War das schon immer so?" Ella folgte einer Intuition, weil sie aus dem, was Larissa sagte, etwas herauszuhören glaubte, das sie stutzig machte.

„Ich weiß nicht so recht, wie ich darauf antworten soll", sprach Larissa um einen neutralen Ton bemüht.

Hinter der scheinbar echten Nonchalance verbarg sich eine unsichere Frau, die sich ohne ihren Mann verloren vorkam. Sie blickte sich um und senkte den Blick. Eigentümlicherweise hatte sie genau mit dieser Unsicherheit Ella verraten, dass sie genau hier an dieser Stelle tiefer graben sollte. Wir müssen das Fernbleiben ihres Mannes ausnutzen, versuchte sie ihrem Partner mit den Augen zu vermitteln.

„Mich lässt etwas vermuten, dass Sie uns für einen Augenblick allein lassen sollten. Frau Siebert und ich bleiben hier, und Sie, Frau Greenwood, setzen die Unterhaltung mit Herrn Siebert in …" Er warf der Frau einen fragenden Blick zu, sobald sie ihren Kopf hochnahm und zu ihm aufschaute. Leonhard war mehr als nur einen Kopf größer als die zierliche Frau, und wog mindestens zwanzig Kilo mehr als ihr Mann.

„Meine Jungs sind im Kinderzimmer, gleich links und dann den Flur entlang. Ich zeige Ihnen lieber, wo es ist, mein Mann mag es nicht, wenn ich …"

„Mit anderen Männern ein Gespräch führe? Mein Beruf macht mich zu einer geschlechtslosen Person, wie gesagt, wir unterhalten uns nur. Es ist ja keine Befragung, ansonsten würden wir Sie beide ins Präsidium mitnehmen oder zu einer richtigen Befragung vorladen. Das wollen wir aber Ihnen und insbesondere Ihrem Sohn ersparen. Er hat schließlich auch so genug in der Schule zu kämpfen, das wäre nur ein gefundenes Fressen für die Tyrannen, die ihn täglich piesacken. Sie haben uns doch schließlich zu diesem vertraulichen Gespräch eingeladen."

Die kleine Frau wurde noch kleiner und nickte zustimmend. „Wir gehen am besten in die Küche, und ich mache uns einen Kaffee. Ich habe nicht gewusst, dass mein Mann auch da sein wird. Wissen Sie, wenn ich jetzt so darüber nachdenke, war das ein dummer Einfall von mir. Aber jetzt sind Sie da, und ich möchte Sie ungern wieder wegschicken. Bei einer Tasse heißem Kaffee werde ich vielleicht wieder anders darüber denken."

„Das würde auch mir wirklich gut tun, so eine Tasse Kaffee", lächelte Leonhard.

Kapitel 66

Ella klopfte leise gegen den Türrahmen und spähte in das kleine Zimmer, das vollgestellt wirkte und wie der Rest der Wohnung einen renovierungsbedürftigen Eindruck machte. Alles war lieblos zusammengewürfelt. Steven kauerte auf einem billigen Teppich, auf dem ein Straßennetz mit Ampeln, Alleen und Häusern nachempfunden wurde. Darauf standen mehrere kleine Menschenfiguren. Der Vater saß halb liegend neben seinem Sohn und machte Motorengeräusche nach. In der linken Hand hielt er eines von den Spielzeugautos, die in einer durchsichtigen Box aufbewahrt wurden, und fuhr durch die Straßen über den Teppich. Die Box beinhaltete mehr als ein Dutzend von diesen Autos, die man in jedem Spielzeugladen kaufen konnte.

Ohne auf ihr Klopfen zu reagieren, fuhr Luis immer schneller. Das erneute Klopfen ignorierte er geflissentlich. Er ahmte ein Reifenquietschen nach und ließ das Auto sich mehrmals überschlagen. „Schnell, ruf den Notdienst, der Wagen steht in Flammen", rief er mit panischer Stimme. Der Junge sprang auf, rannte zu einem der drei Regale und holte einen kleinen, roten Koffer. Hastig ließ Steven den Deckel aufschnappen und fischte einen kleinen Feuerlöscher heraus. In der gespielten Hektik erkannte Ella eine gewisse Routine.

Das veranlasste sie zu einer Frage: „Sie spielen oft diese Szene nach. Für Ihren Sohn ist es nur ein Spiel, aber für Sie muss dieses Ereignis eine besondere ..."

„Nein", unterbrach er sie barsch und fuhr seinem Sohn sanft über die Wange, weil der Junge zusammenzuckte.

„Mein Opa ist bei einem Autounfall gestorben, weil ein Idiot mit über hundert Stundenpro Kilometer durch die Stadt gerast war."

„Kilometer pro Stunde, Steven", verbesserte ihn sein Vater und schenkte ihm ein trauriges Lächeln. Erst jetzt sah Ella, dass eines der kleinen Männchen unter dem Wagen begraben war. Die kleine Figur trug ein rotes Hemd und eine blaue Hose, wobei die anderen Miniaturen viel blasser wirkten.

Steven hob mit seinen kleinen Fingern das Auto an und holte den Avatar seines verstorbenen Opas unter dem Auto hervor. „Das ist mein Opa. Mein Papa hat ihn sogar angemalt, mit Ölfarben." Steven verzog seinen Mund zu einer traurigen Schnute und stülpte die untere Lippe hervor. „Ich muss aufs Klo", säuselte Steven und sprang auf die Füße.

„Zuerst musst du deinen Opa in den Sarg legen, dort, wo er seine Ruhe hat", sprach Luis mit fester Stimme.

In diesem Augenblick schien er nicht zu Scherzen aufgelegt. Ein kalter Schauer der Empörung kroch Ellas Rücken hinauf bis an den Nacken. Tatsächlich hielt Steven kurz darauf eine kleine Schachtel in seinen Händen und legte die Puppe hinein. „Ruhe in Frieden, Opa, möge der Mann, der dir das Leben genommen hat, in der Hölle schmoren", sprach er den Satz wie ein Gebet aus, klappte den Deckel zu, stellte den kleinen Sarg ins Regal und huschte an Ella vorbei in den Flur. Ein säuerlicher Geruch stieg ihr mit dem flüchtigen Windhauch in die Nase. Das Zimmer müsste ausgemistet und durchgelüftet werden, doch das war nicht ihre Sorge.

„Wollen Sie darüber reden?" Ella stand einfach nur da und sah auf den Mann, der immer noch auf dem Boden kauerte, den Oberkörper mit der rechten Hand abstützend. Er holte geräuschvoll Luft und rappelte sich hoch.

„Eigentlich nicht. Hat ja auch nichts damit zu tun."

„Womit?"

„Mit den ganzen Morden, die mich zu verfolgen scheinen", sagte er mit müder Stimme. Ella wusste nicht, ob diese Information, die er preisgab, nur eine Feststellung oder ein weiterer versteckter Hinweis war, mit dem sie im Moment nichts anfangen konnte.

Beide versanken in ein befangenes Schweigen. Jeder dachte einen kurzen Augenblick nach. „Warum wollten Sie gegen Ihren eigenen Zwillingsbruder eine Aussage machen?", ergriff schließlich Ella als Erste das Wort.

„Meine Frau hat da etwas verwechselt. Ich wollte nicht gegen ihn aussagen, sondern etwas aus unserer Kindheit erzählen, das Ihnen vielleicht mehr über den Mörder verrät."

345

„Wie lange waren Sie von Ihrem Bruder getrennt?", fragte Ella, weil sie den Mann testen wollte, und einer der Grundregeln aus der Verhaltenspsychologie folgte.

Luis' Augen wanderten nach rechts oben, er überlegte und machte von seiner Erinnerung Gebrauch. „Das kann ich nicht mit Sicherheit beantworten." Auch das stimmte.

„Was hat Sie dazu gebracht, mit Ihrem Bruder den Kontakt zu unterbrechen, nachdem Sie ihn endlich wiedergefunden hatten?"

Die Augen wandern nach links: Der Befragte greift auf den visuellen Kortex zurück, wenn er sich gezwungen fühlt, etwas neu zu ersinnen oder in das Tatgeschehen Szenen hineinzuinterpretieren, die so nicht stattgefunden haben, erinnerte sich Ella an den Satz aus ihrem Buch, das sie oft vor dem Schlafengehen mit ins Bett genommen hatte.

„Was hat er angestellt?"

Luis warf den Kopf in den Nacken und schloss die Augen. „Eigentlich nichts, und doch hat dieses Ereignis schlimme Folgen gehabt." Er senkte wieder den Kopf und sah Ella mit rotunterlaufenen Augen an; Tränen schimmerten darin und ließen sie glasig erscheinen.

„Dennis hatte eine Idee. Wir beide wurden voneinander getrennt, sahen uns aber periodisch fast jeden zweiten Tag wieder. Manchmal auch öfter. Wir gingen in denselben Kindergarten, dann in die gleiche Schule, aber nie in dieselbe Gruppe und saßen auch nie an derselben Schulbank zusammen." Er legte eine Pause ein, weil seine Stimme jeden Moment zu versagen drohte. Die aufgewühlten Emotionen schnürten ihm die Luft ab.

Ella entging nicht, wie sich die Mimik in Luis' Gesicht veränderte. Es handelte sich dabei nur um eine Minigestik, und dennoch verwandelte diese unscheinbare Veränderung sein ganzes Wesen in eine andere Person. Er wirkte auf einmal kühl und abgestumpft. Luis zögerte, ehe er seinen Blick mit voller Absicht kontrolliert nach rechts oben wandern ließ.

„Dennis hatte vorgeschlagen, dass wir unsere Plätze tauschen sollten. Selbst unsere Mutter hatte Mühe, uns voneinander zu unterscheiden, darum kämmte sie mein Haar stets nach links und Dennis' nach rechts." Er verzog seinen Mund zu einem müden Lächeln, machte zwei Schritte auf Ella zu und ließ seine linke Hand nach vorne schnellen.

Ella blieb keine Zeit, seiner Bewegung auszuweichen. Sie spürte den vagen Lufthauch an ihrem rechten Ohr und schmeckte Blut. Sie hatte sich vor Schreck auf die Zunge gebissen.

Er stand so dicht vor ihr, dass sie seinen warmen Atem auf ihrem Gesicht spürte. „Tut mir leid, wenn ich Ihnen damit Angst eingejagt habe, aber ich wollte Ihnen lediglich dieses Foto zeigen."

Ella bewegte ihren Kopf nach rechts und tat in einer Drehbewegung einen Schritt nach hinten und zur Seite.

Luis nahm das eingerahmte Foto von der Wand. „Sehen Sie", flüsterte er und reichte ihr das Bild, dabei berührte er ihre Finger mit den seinen und fuhr sich mit der Zunge kurz über die Lippen. „Sie riechen gut und sehen gut aus", hauchte er den Satz aus, es klang beinahe wie eine Liebeserklärung. Ella hatte Mühe zu schlucken. Der Mann war unberechenbar. Oder spielte er ihr nur etwas vor, damit sie ihn endlich in Ruhe ließ?

Ella senkte die Augen und betrachtete das Abbild. Zwei Jungen standen nebeneinander, die Arme um die Schultern gelegt, grinsten die beiden um die Wette in die Kamera.

„Und was geschah danach?", fragte Ella und rieb sich die blutende Stelle über die Zähne, weil der Schmerz ihre Sinne schärfte.

„Wir gingen nach dem Fußballtraining in die Dusche und frisierten unsere Haare um. Am Anfang war es spannend und aufregend."

„Das bedeutet, dass Sie zuerst bei Ihrer Mutter gelebt haben?"

Seine Augen huschten hin und her. Er blinzelte schnell. „Natürlich", erklang die Antwort übereilt.

„Dennis lebte zuerst bei Ihrem leiblichen Vater, danach bei seiner Mutter, wann habt ihr wieder getauscht? Aber müssen Sie nicht mehrmals getauscht haben? Mindestens zwei Mal?"

„Wie gesagt, ich war endlich bei meinem Vater, den ich sehr vermisst hatte. Aber dann hat er eine Frau gefunden, die ihn dazu gebracht hat, den Kontakt zu seiner Exfrau zu unterbinden. Wir zogen in ein anderes Stadtviertel um. Danach sah ich meinen Bruder nie wieder."

„Und das haben Sie Ihrem Bruder nie verzeihen können, obwohl er an Ihrem Schicksal keine direkte Schuld hatte?"

Luis nickte.

„Und dennoch haben Sie später nach ihm gesucht?"

Wieder ein Nicken. „Blut ist dicker als Wasser. Familie geht immer vor, das hat immer meine Mama gesagt."

„Doch die Gefühle haben die alten Erinnerungen so hochgeschaukelt, dass ihr miteinander heftig gestritten und dann den Kontakt erneut unterbrochen?"

Ella wartete. Dieser Luis hatte etwas an sich, das gleichermaßen abstoßend wie auch anziehend zugleich war. Sie betrachtete seine Hände. Konnten diese Finger einen Knoten binden? Ella war schon immer neugierig gewesen, so wusste sie zum Beispiel, dass dreiviertel aller multiplen Sexualmörder ein modifiziertes Tatmuster schon nach ihrer zweiten Tat erkennen ließen, wenn auch nur partiell. Aber der Mann, nach dem sie fahndeten, hatte keine sexuellen Motive, er wurde nur von der Lust zum Töten motiviert, oder hatte er doch eine Beziehung zu Frauen? Vielleich waren es situative Bedingungen oder soziale Einflüsse, die den Mörder dazu gebracht hatten, diese Frauen zu töten? Sie wusste auch, dass endogene wie auch exogene Faktoren einen Täter an seiner Perseveranz im Modus Operandi festhalten ließen. Der Täter wurde von innen wie auch von außen gesteuert, darum waren die temporäreren, sukzessiven wie auch jedes Mal verbesserten Abfolgen seiner Taten an die jeweilige Situation angepasst. Die situativen Bedingungen waren sehr entscheidend.

„Hatten Sie oft Streit mit Ihrem Bruder? War er anders als Sie?" Sie wartete auf eine Reaktion ihres Gegenübers.

„Sie glauben, dass entweder mein Bruder oder ich diese Taten verübt haben?" Er lachte herablassend auf.

„Taten?"

„Zuerst die Frau, dann der Hausmeister", entgegnete er lapidar und hängte das Foto zurück an die Wand. „Haben Sie zwischen diesen beiden Morden eine bewusstseinsdominante Sequenz einer Handlung erkennen können, die darauf schließen lässt, dass hier eine Fremdeinwirkung dazu führte, durch die zwei Menschen ihr Leben verloren haben? Falls ja, dann sind Sie auf der Jagd nach einem Mörder. Ich habe Sie überrascht, nicht wahr? Ich bin nicht so blöd, wie ich aussehe. Mein Vater war erpicht darauf, mich zu einem für die Gesellschaft brauchbaren Bürger zu erziehen. Falls es sich tatsächlich so zugetragen hat, dass hinter diesen Morden ein und derselbe Mann steckt, so weist er einen rationalen wie auch taktischen Charakter auf.

Ich jedoch bin ein Chaot, und mein Bruder ein Idiot, wir beide passen nun wirklich nicht in dieses Schema."

„Sie drücken sich erstaunlich gewählt aus", tat Ella überrascht. Sie war von der Wortgewandtheit des Mannes sichtlich beeindruckt. „Haben Sie einen Hochschulabschluss?"

„Nein, ich habe früher viel über die menschliche Psyche gelesen, weil ich verstehen wollte, warum zwei erwachsene Menschen ihre Kinder wie ein Auto oder andere alltägliche Gegenstände behandelt haben. Ich und mein Bruder wurden gerecht aufgeteilt."

„Sie nennen sich gern zuerst."

„Weil mein Bruder es nicht wert ist, als Erster genannt zu werden. Er hat mein Leben ruiniert."

„Und das beschäftigt Sie immer noch." Das war eine Feststellung und keine Frage. Ella wartete nicht und fragte dann: „Wollten Sie sich jemals dafür an Ihren Eltern rächen? Oder vielleicht an Ihrem Bruder, weil er Sie auf diese Art hintergangen hat?"

Kapitel 67

Luis mahlte mit den Zähnen. „Ich habe meinem Bruder nur sagen wollen, wie sehr ich meine Mutter all die Jahre vermisst habe." Der Zorn, der seine Stimme zum Schwingen brachte, widerte ihn an, denn es klang so, als würde er gleich losheulen. „Ich wollte ihm all das erzählen, wie es ist, ohne Mutter aufzuwachsen. Das war ungerecht."

„Und was hat er darauf erwidert?"

Luis ließ sich Zeit. Dann, nachdem er sich sicher war, dass seine Stimme fest genug war, setzte er zu einer Antwort an. „Er sagte, diese Art von Gerechtigkeit existiert nicht, vielleicht in unseren Träumen, aber nicht in der Realität. Das Böse siegt über das Gute."

Die ruhige Art der Frau verlieh der ganzen angespannten Situation einen schlichteren Touch. Luis konnte sich langsam entspannen.

Die Polizistin lächelte, doch ihr durchdringender Blick strafte ihre Gutmütigkeit Lügen, sie war wie ein Jäger auf der Pirsch, dachte Luis und strengte sich an, der Frau nicht zu viel von sich zu verraten. Er wollte nicht, dass sie ihm aus seinen Geschichten einen Strick drehen konnte. Das wäre fatal und ungerecht.

„Bestünde eine Möglichkeit, Sie und Ihren Bruder zu einem gemeinsamen Gespräch zu bewegen, sodass Sie und er sich aussprechen können? Ich könnte Ihnen als Vermittler zur Seite stehen."

„Dennis will mich nicht mehr sehen, genauso wie auch ich ihn nicht mehr sehen möchte."

„Warum haben Sie uns dann eingeladen?"

„Damit Sie sich überzeugen können, dass ich kein Spinner bin. Ich habe keine hochabnormen Phantasien …"

Kapitel 68

„Aber Ihr Sexualleben verfügt über ein rituelles Gepräge", mischte sich Leonhard ein. Er tauchte hinter Ella auf und sah dem Mann direkt in die Augen, seine Kollegin fuhr erschrocken herum und warf ihm einen zornigen Blick zu. Er sah an ihr vorbei und sagte: „Sie mögen es sehr oft und sehr hart."

„Na und? Macht mich das zu einem Mörder? Warum hat sie Ihnen das überhaupt erzählt?" Er klang dabei mehr peinlich berührt als wütend.

„Sie konnte das kaputte Waschbecken nicht anders erklären. Es soll ja auch kein Vorwurf sein, ich beneide Sie sogar ein wenig."

Luis furchte die Stirn, weil er nicht wirklich begriff, was Leonhard damit sagen wollte.

„Sie sind verheiratet und haben einen Sohn, und trotzdem treiben Sie es, als hätten Sie nur eine flüchtige Affäre." Leonhard stülpte die Unterlippe nach außen und hob eine Augenbraue.

Luis wusste nicht, ob er von Leonhard tatsächlich gelobt oder ausgelacht wurde, dennoch entspannten sich seine Züge. Genau das hatte Leonhard auch beabsichtigt. „Wir lieben uns und haben nicht wirklich viel Zeit füreinander", entgegneten Luis mit vor Stolz geschwellter Brust.

„Das freut mich für Sie, ich für meinen Teil bin hier fertig, und Sie, Frau Greenwood?"

Sie nickte knapp.

„Dann wollen wir Sie nicht weiter stören. Danke, dass Sie uns eingeladen haben", bedankte sich der Polizist und wartete, bis Ella Greenwood sich von dem Herrn des Hauses verabschiedet hatte, danach verließen sie schweigend die Wohnung und liefen, ohne ein Wort zu verlieren, zum Wagen.

„Warum haben Sie sich eingemischt?", wollte sie dann doch wissen, während sie die Beifahrertür öffnete.

„Unser Chef will uns sprechen. Ich konnte Sie schließlich schlecht im Beisein Herrn Sieberts mit dieser Begründung aus dem Haus locken."

Ella schüttelte den Kopf und setzte sich in den warmen Sitz, weil die Sonne genau durch die Windschutzscheibe schien und sie die ganze Zeit blendete.

Kapitel 69

Der dickliche Mann tigerte vor und zurück, die Hände hinter dem Rücken verhakt.

„Mir ist wohl bekannt, dass die Tatelemente grundlegend von den pathologischen Persönlichkeitsabneigungen eines Mörders gelenkt werden, seine Phantasien unterscheiden sich von unseren ganz enorm. Aber auf eigene Faust so ein Ding zu bringen, grenzt an Verantwortungslosigkeit." Der Kommissionsleiter war fast außer sich, seine gerötete Haut bekam dunkle Punkte an den Wangen. „Ich warne Sie davor, Herr Kommissar Stegmayer, voreilige Schlüsse zu ziehen."

„Aber das hatte ich doch gar nicht vor", fuhr Leonhard auf und musste sich zusammenreißen.

„Warum haben Sie dann Herrn Krakowitz einem Test unterzogen, ohne die Einwilligung des behandelnden Arztes?"

„Das war doch nur ein Test", verteidigte sich der Kommissar kleinlaut.

„Und was ist mit der falschen Diagnose? Mit der hätten Sie beinahe einen richtigen Herzinfarkt ausgelöst." Reinhold Stettel hob den Zeigefinger und rang nach Luft. Auf seiner Glatze glänzten winzige Schweißtropfen, die immer größer wurden. Trotz der

Hitze trug er immer noch den hässlichen Pullover. Ella stand an der Tür und wagte sich nicht zu rühren.

„Ich kann Sie wegen dieser dämlichen Aktion suspendieren. Alle beide." Der kleine Mann schnaufte geräuschvoll nach Luft.

Leonhard stand einfach nur da. Er machte keinen geknickten Eindruck, im Gegenteil, mit stoischer Haltung stellte er sich zwischen seinen Chef und Ella, so als wolle er sie vor dem Groll des kleinen Mannes beschützen.

„Sie wusste davon nichts, der Scheiß geht ganz allein auf meine Kappe. Ich habe ihr diese Informationen vorenthalten. Du kannst dir diese Floskeln sparen, Reinhold, sie gehört zum Team, du kannst mich gerne duzen, das verkompliziert die Sache nicht zusätzlich."

Hatte er sie deswegen nicht eingeweiht?, fragte sich Ella und spürte, wie ein angenehmes Kribbeln durch ihre sämtlichen Glieder kroch.

„Der Mörder fügte seinen Opfern keine vitalen, aber auch keine postmortalen Verletzungen zu, die auf eine Vergewaltigung oder Verstümmelung hindeuten könnten. Tom meint, alle Hämatome sind auf einen Kampf zurückzuführen, jetzt spreche ich lediglich von Frau Gisela Jung und dem Hausmeister. Die anderen gehängten Frauen wurden missbraucht und entstellt."

„Die letzte Leiche, die wir im Wald gefunden haben, war stark sediert."

„Sie war auch bisher die einzige, der der Täter den Arm gebrochen hat", vervollständigte Leonhard den

Satz und sah Reinhold Stettel mit einem vagen Lächeln an. „Du sollst es lassen, Reinhold."

„Was?", empörte sich der Polizeihauptkommissar.

„Dein Hinken ist psychosomatisch."

„Erzähl du mir nichts von Psychologie. Finde lieber diesen hochfunktionalen Psychopathen, der allem Anschein nach seine Vorgehensweise zu ändern beginnt, bevor weitere Frauen von ihm verschleppt und getötet werden."

Leonhard zog abwägend die Mundwinkel nach oben. „Also wird mein Experiment unter den Teppich gekehrt?"

„Ja, Gott verdammt. Tut mir leid, aber wenn der Kerl da ist, gehen die Pferde mit mir durch", ergänzte der Polizeihauptkommissar mit hochroter Miene an Ella gewandt. „Ihr könnt wieder gehen, morgen findet eine Konferenz statt, da will ich mehr in der Hand haben als nur verwaschene Vermutungen, die auf jeden zehnten Mann passen könnten."

„Sie haben sich mit Herrn Siebert unterhalten, Frau Greenwood? Haben Sie etwas dabei verinnerlicht, was unserem Herrn Kommissar nicht aufgefallen ist?"

Sie schüttelte den Kopf und versuchte gleichzeitig, sich ihre Enttäuschung nicht sonderlich anmerken zu lassen. Plötzlich kam ihr eine Idee, die sie jedoch vorerst für sich behielt. Statt zu antworten, hob sie nur die Schultern und presste bedauernd die Lippen aufeinander. Ella würde Herrn Siebert ein Treffen außerhalb seiner Wohnung vorschlagen. „Ich habe noch einen Termin, der sich nicht verschieben lässt", murmelte sie. Frau Sieberts Haar war auch dunkel gefärbt, vielleicht werde ich aus ihm doch noch etwas herausholen, wenn ich mich geschickt anstelle. Jeder Mann hat einen Schwachpunkt, der sich eine Handbreit unter der Gürtellinie befindet. Mit diesen unsittlichen Gedanken machte sie sich daran, das Büro zu verlassen, ohne sich richtig von den beiden Herren verabschiedet zu haben.

„Und du, Leonhard", Ella blieb im Türrahmen stehen, „darfst dir keinen Fehltritt mehr erlauben." Reinhold Stettel ließ die Drohung einige Sekunden lang einwirken, bevor er in einem versöhnlicheren Tonfall hinzufügte: „Und jetzt sieh zu, dass auch du Land gewinnst."

Ella trat in den Flur und beschleunigte ihren Gang, dabei hörte sie das Klackern von Absätzen hinter sich. Die Schritte wurden schneller und lauter.

„Einen schönen Tag noch, Kollegin", sagte Leonhard im Vorbeigehen und bog nach links ab. „Den heutigen Papierkram übernehme ich natürlich gern für Sie", brummte er und stieß die Tür zu ihrem gemeinsamen Büro mit der Schulter auf.

Ella konnte sich ein höhnisches Grinsen nicht verkneifen. Sie drehte den Blick ab und sah Leonhard im Augenwinkel, wie er alles vom Tisch fegte. Ihre Mundwinkel verzogen sich zu einem knappen Lächeln.

Kapitel 70

Es war dunkel. Der kleine Vorgarten war nur durch das Licht aus den Fenstern beleuchtet. Dennis duckte sich und rang nach Atem, so als hätte eine eiserne Faust seinen Hals zusammengequetscht, röchelte er schwer und schlich sich weiter bis zu dem Fenster, in dem er eine Silhouette erkannte.

Er spürte, wie seine Nackenhaare sich aufstellten. Sein Penis wurde hart und drückte unangenehm im Schritt.

Als Kind hatte er damals tatenlos zugeschaut, wie seine Mutter vergewaltigt wurde, sie war tot, und trotzdem hatte sich sein Vater auf sie gelegt. Zuvor hatte er ihn, seinen kleinen Sohn, grün und blau geschlagen und in dem Schrank im Keller eingesperrt. Eine der Türen war stark verzogen, sodass Dennis alles mit ansehen konnte, wofür er sich später gehasst hatte, denn diese Bilder ließen sich nicht mehr löschen. Dieses Erlebnis hatte sich in sein Gedächtnis eingebrannt, mit all seinen Gerüchen und Geräuschen und Vaters nacktem Hintern, der vom kalten Mondschein, der durch das kleine Fenster in graues Licht getaucht wurde. Sein weißer, haariger Arsch hüpfte und machte schmatzende Geräusche, so als würde jemand mit nackten Füßen in einer schlammigen Pfütze herumspringen.

„Ich nehme mir jetzt das, was du mir all die Jahre verwehrt hast. DU bist meine Frau und ich dein Mann", hatte er gegrunzt und immer wieder zugestoßen.

Dennis hatte sich danach nicht einfach seinem Schicksal ergeben und gewartet, bis sein Vater auch ihn umgebracht hatte. Nachdem die Türen aufgeschlossen waren, rammte er seinem Vater einen Schraubendreher ins linke Bein und nutzte den Augenblick der Überraschung. Doch weit kam er nicht. Auf der Straße hatte ihn sein Vater eingeholt und ihm gedroht, ihn genauso wie seine Mutter zu ficken, wenn er nicht stillhalten sollte. Danach liefen sie zurück ins Haus. Am nächsten Tag hängten sie dann seine tote Mutter im Wald auf, weil sein Vater für den Tag ein Alibi benötigt hatte, früher konnte Dennis mit diesem Wort nichts anfangen, jetzt umso mehr. Merke dir diesen Ort genau, Junge, hatte ihn sein Vater ermahnt, und vergiss ihn sofort wieder, wenn die Bullen da sind.

Dennis hatte sich tatsächlich nicht mehr an den Ort erinnern können. Nur den Baum sah er deutlich vor sich. Eine riesige Eiche mit knorrigen Ästen. Wie ein alter verwunschener Greis stand der Baum in dem vom Mond beschienenen Wald, ganz allein, weil er böse war, glaubte Dennis.

Seine Mutter hing da wie eine Hexe. Ihre Füße schwangen über dem Boden und scharrten leise. Er konnte sie sogar dabei lachen hören, wie diese Frau aus einem Horrorfilm.

Mit einem heftigen Klopfen in der Brust ging er an die Eingangstür und suchte nach dem passenden Klingelknopf. Die Bilder in seinem Kopf verdrängte er und konzentrierte sich auf die Umgebung. Das Haus hatte acht Parteien, darum brauchte Dennis nur wenige Sekunden, bis er die richtige Taste zweimal gedrückt hatte. Er kannte schließlich ihren Namen.

Er lauschte in die Stille, dabei stellte er sich vor, wie er die Frau in seinem Keller nackt auf den Boden warf. Ihr in die blauen, ängstlich fragenden Augen hineinsah. Ihre angedeuteten Grübchen in den Wangen küsste. Wie er ihre auffallend blasse, ja fast schon durchsichtige Haut berührte und heftig in sie eindrang. Ihm stockte dabei der Atem. Er war so in seine Gedanken vertieft, dass er die Stimme aus der Sprechanlage erst beim zweiten Hallo wahrnahm.

„Hier ist Herr", er verengte die Augen, weil ihm der Name entfallen war und starrte auf das oberste Schildchen, „Müllenweiler, ich glaube, jemand hat bei Ihrem Wagen die Tür eingeschlagen", dabei bemühte er sich, wie ein älterer Herr zu klingen, den er gestern dabei beobachtet hatte, wie der alte Knacker einen kleinen Beutel mit Restmüll in die schwarze Tonne gestopft hatte, auch auf dem Restmülleimer prangte ein Streifen mit demselben Namen.

„Einen Moment", beeilte sich die Stimme aus dem Lautsprecher. „Ich komme sofort raus. Danke", fügte sie noch schnell hinzu und hängte auf.

Dennis versteckte sich hinter einer dicken Fichte und sah nach unten zu seinen Füßen, der ausgetrocknete Rasen war vom hellen Mondschein versilbert, der durch die mächtige Baumkrone hindurchsickerte. Er freute sich und spürte den Herzschlag an seiner rechten Schläfe. Das Wummern war ohrenbetäubend. Als Kind hatte er die Lehren seines Vaters niemals in Frage gestellt, und das war gut so. Die Schläge hatten ihn gestählt, die täglichen Beleidigungen hatten sein aufbrausendes Ego geschwächt, die Kanten seines Charakters abgerundet. Sein Vater hatte ihn zu einem unauffälligen Mann geformt, sodass er seinem Werk, ohne viel Aufsehen zu erregen, nachgehen konnte, so wie jetzt. Erneut fiel er in ein Zwiegespräch mit sich selbst, doch dann ging ein Licht an und tauchte den Rasen unter seinen Füßen in ein mattes Gelb.

Mit bebenden Fingern knipste er die Taschenlampe an und winkte damit. „Ich bin hier. Kommen Sie mit, ich zeige Ihnen etwas. Wir können später die Polizei rufen." Noch bevor er sich auf den Weg machte, bemerkte er, dass die Frau auf der Treppe stehen blieb und ihm nicht folgte. Sein Plan ging nicht auf, es war ein Desaster. Dennis wusste, er hatte keine Zeit für Überlegungen. Er musste handeln. Wie eine Wildkatze schlich er aus dem Schatten und sprang in den Lichtkegel der Außenbeleuchtung. Die Frau riss den Mund auf und drehte sich schnell um. Sie flüchtete zurück ins Haus, doch kurz bevor ihre Hände die Tür erreichen konnten, fiel diese dumpf ins

Schloss. Das leise Klirren von Schlüsseln verscheuchte die Stille. Sie fummelte am Schloss. Dann fiel der Schlüsselbund aus ihren Händen zu Boden. Sie sah sich hastig um und riss den Mund zu einem panischen Schrei auf. Dennis holte weit mit der Hand aus, in der er die schwere Taschenlampe fest umklammert hielt, und schlug einmal heftig zu. Der Schrei ging in ein leises Stöhnen über, schon sackte die zierliche Gestalt in sich zusammen und fiel in seine Arme. Ihre Augen waren für eine Sekunde groß, angstgeweitet, die Pupillen entrundet und lichtstarr, dann fielen die Lider langsam zu. Sie roch nach Bratkartoffeln und Gesichtscreme. Nicht selten vergegenwärtigte sich Dennis, dass er krank war und triebgesteuert, aber so war er nun mal. Er küsste die Frau auf die Lippen, zärtlich und flüchtig, wie bei einer ersten Begegnung, dann legte er sein Ohr an ihre Nase. Sie atmete schwach. Mit einem sanften Ziehen in der Brust wuchtete er sich den erschlafften Körper auf die Schulter und verschwand in die Nacht.

Kapitel 71

Leonhard schlief die dritte Nacht in Folge in seinem Büro. Für solche Fälle hatte er in seiner Tasche frische Klamotten und duschte sich im Keller im Waschraum.

„Ich habe etwas übersehen", sagte er mit entrüstet-vorwurfsvollem Unterton zu seinem Spiegelbild und spuckte den nach Minze schmeckenden Schaum in das kleine Waschbecken. In einer weitläufigen Stadt wie Berlin fiel ein einzelner Mensch nicht sonderlich auf, aber ein Serienkiller war da ein anderes Kaliber.

Was treibt den Mann dazu, diese Frauen genau auf diese Weise umzubringen? Welche Geister trieben den Mann zu diesen Taten? Mit der Zahnbürste im Mund ging er zu der Pinnwand und sah sich erneut die Momentaufnahmen an von Frauen, deren Leben von zwei männlichen Händen erstickt wurde.

„Ich gebe Ihnen einen Tag für Ihre Recherchen", hatte er gestern zu Ella gesagt, um ihr zu verdeutlichen, dass er sie einerseits als Partnerin akzeptierte und sich hier zwei Beamten auf kompetenter Augenhöhe gegenüberstanden, andererseits, um damit eine kommunikative Zusammenarbeit herzustellen, weil alleine würde er diese Mammut-Aufgabe nicht bewältigen können.

Ella war überrascht gewesen und hatte sinngemäß und mit einem ironischen Ton in der Stimme, dennoch nicht unfreundlich, sich bereit erklärt, mit mehr Informationen zu erscheinen.

Leonhard gefiel ihre Art, wie sie die Dinge anzugehen pflegte. Ihre klare Stimme. Die nüchterne Analyse, genauso wie ihr wacher Verstand machten sie zu einer attraktiven Frau, die äußerlichen Charaktere, die allesamt positiv waren, vervollständigten die Gesamtheit ihres Erscheinens.

„Ich glaube, wir haben es hier mit zwei Männern zu tun", hörte er Ella in seinem Kopf zu ihm sprechen und sah ihr Gesicht vor sich. Er sprach den Satz laut aus. Seine vom Schlaf müde Stimme hinterließ eine kühle Resonanz in der konzentrierten Totenstille. Die Bilder auf der Wand erwachten für einen winzigen Augenblick zum Leben. Leonhard nahm erneut die Gerüche wahr. Stellte sich die Qualen vor, denen die Frauen ausgesetzt waren, und schlug einmal fest mit der Faust gegen die Wand. „Ich werde dich zur Strecke bringen", knurrte er. Sein Chef reagierte auf jeden Fehltritt unterschwellig gereizt und zeigte seinen Unmut mit Nachdruck. Jetzt saß ihm auch nicht nur die Chefetage im Nacken, sondern alles, was sich als Presse bezeichnete.

Leonhard schloss die Augen und stellte sich vor, er stünde im Keller. Er war jetzt der Mörder und betrachtete sein Werk.

Das künstliche Licht der Taschenlampe tastete sich über den blassen Körper. Oder war der Raum hell erleuchtet und die Leiche lag in einem Bett? Nein, Tom meinte, dass sich zu dem Verwesungsgeruch ein leichter modriger Geruch beigemischt hatte. Tom war nicht nur der beste Gerichtsmediziner, er hatte auch eine sensible Nase wie die eines Schäferhundes. Leonhard konzentrierte sich weiter auf das Sinnbild hinter seiner Stirn und sah sich um. Die Frau hing an der Decke, den Mund zu einem letzten Schrei weit aufgerissen.

Das laute Klingeln des Telefons zerfetzte die Trugbilder und brachte ihn zurück in sein Büro. Mit einem leisen Fluchen nahm er den Hörer ab und meldete sich mit unterdrückter Genervtheit: „Stegmayer!"

„Ich bitte um Verzeihung, dass ich Sie so früh störe, aber ich habe in zwei Minuten einen Vortrag ..."

„Bitte, was haben Sie für mich, Doktor?", unterbrach er den Anrufenden, „ich bin ganz Ohr", spornte er den Mann an, schnellstmöglich auf das Wesentliche zu kommen und sich nur darauf zu konzentrieren. Für einen Smalltalk fehlte ihm jegliche Lust.

„Na schön, ich habe mich durch die Krankenakten gewühlt und bin auf etwas gestoßen, das Sie interessieren könnte."

Leonhards Zwerchfell spannte sich an wie das eines Mannes, der einen Schlag in die Magengrube erwartete. „Und das wäre?", fragte er und kramte in dem Durcheinander auf seinem Tisch nach einem leeren Blatt und etwas zum Schreiben.

„Ich hatte tatsächlich einen Patienten, der eine sehr stark verzerrte Wahrnehmung wirklicher Geschehnisse hatte, aber keine Bedrohung für die Gesellschaft darstellte."

„Nun kommen Sie zum Punkt, war sein Name Dennis Bach?" Leonhards Hand, die mit einem Bleistift bewaffnet war, schwebte über einem aufgerissenen Briefumschlag. Er hörte ein leises Papierrascheln am anderen Ende.

„Nein", antwortete der Doktor, dessen Namen er vergessen hatte. Er klang ein wenig irritiert.

„Fuck", fluchte Leonhard entrüstet.

„Sein Name war Ludwig Bach", sagte der Mann schließlich und wartete die Situation ab.

Leonhards Hand schrieb den Namen auf. „Wann war das?"

„Wie meinen?"

„Wann haben Sie den Mann zum ersten Mal in Behandlung gehabt?"

„Vor genau fünfundzwanzig Jahren. Er war aufgelöst, weil seine Frau sich das Leben genommen hatte", erwiderte der Mann sachlich. „Aber nach einem halben Jahr intensiver Therapie war der Mann nicht mehr sonderlich auffällig", sagte der Psychiater und schwieg erneut.

Leonhard lachte beinahe verächtlich auf.

„Ach ja", dem Mann war scheinbar noch etwas eingefallen, „er war einen Monat lang in der geschlossenen Anstalt. So, mehr kann ich Ihnen wirklich nicht verraten."

„Und sein Sohn?"

„Können Sie Ihre Frage konkretisieren?"

„WO war das Kind in dieser Zeit?"

Erneutes Rascheln von Papier.

„Zwei Wochen war das Kind bei einer Pflegefamilie untergebracht, doch eine der Parteien kam mit der Situation nicht klar, so sah sich dann das Sozialamt gezwungen, den Jungen in einem Kinderheim unterzubringen, in dem sich geschultes Personal um das gestörte Kind kümmern konnte und gezielt auf seine Probleme und Sorgen eingehen."

„Wäre es möglich, dass das Kind in seiner von wenig Glück gesegneten Zeit einen psychischen Knacks bekommen hat?"

„Bei jedem von uns würde dieser Umstand tiefe Spuren in der Psyche hinterlassen", stimmte der Psychiater unumwunden zu. „Jeder von uns hat einen Sprung in der Schüssel, aber nur wenige von uns wissen das."

„Was haben Sie noch?"

„Der Rest ist zu vertraulich für ein Telefongespräch, außerdem greift hier das Gesetz der ärztlichen Schweigepflicht …"

„Nicht, wenn Gefahr im Verzug ist und Menschenleben davon abhängen …"

„Selbst dann habe ich das Recht zu schweigen", ließ sich der Mann nicht einschüchtern. „Falls Sie jedoch mit einer richterlichen Verfügung aufwarten könnten, die mich von meinen Pflichten entbindet, würde ich eventuell ein Auge zudrücken können. Es liegen ja so viele Jahre dazwischen."

„In Ordnung", knurrte Leonhard. „In einer, nein, sagen wir zwei Stunden bin ich bei Ihnen", fügte er knapp hinzu und drückte auf den roten Knopf, um in derselben Bewegung Richter Hohnstein anzurufen.

„Kleider", spuckte Leonhard das eine Wort heraus, als sein Blick auf eines der Fotos auf dem Tisch fiel. Kleider, alle Frauen trugen ähnliche Kleider, bis auf das letzte im Wald. Entweder veränderte der Mörder seine Vorgehensweise, oder ihm waren schlicht die Kleidungsstücke ausgegangen. Darum hatte er die Frau entkleidet. Gisela Jung war womöglich das Opfer eines Trittbrettfahrers. Dann würde auch Ellas Theorie zutreffen, dass wir es hier mit zwei Tätern zu tun haben. Seine Gedanken rasten. Leonhard Stegmayer hörte das Freizeichen und drückte den Hörer fest an sein Ohr. Er entschied sich für einen anderen Schritt. Er würde diesem Herrn Bach einen Besuch abstatten wollen.

„Hohnstein", meldete sich eine tiefe Stimme.

„Ich brauche einen Durchsuchungsbeschluss für Herrn Bachs Haus, den Sie immer noch nicht ..."

„Ich brauche stichhaltige Beweise, um so etwas überhaupt in die Wege zu leiten, eine vage Vermutung reicht nicht für eine wiederholte Durchsuchung."

„Die erste war vor zwanzig Jahren, danach gab es noch eine!"

„Und beide Male hat die Durchsuchung nichts gebracht!"

„Hier geht es um Mord! Und damals wussten wir nicht wirklich, wonach wir da gesucht haben. Beim ersten Mal war ich nicht bei den Ermittlungen dabei", beharrte Leonhard und bemühte sich, den Hörer nicht gegen den Tisch zu knallen. Die blinde Justitia brachte ihn manchmal an den Rand der Verzweiflung.

„Damals ging es auch um Mord", brummte der Mann und schlürfte an einem Getränk.

Wie konnte dieser Mann so ruhig bleiben, überlegte Leonhard und suchte nach einem Grund, welcher den fettleibigen Richter überzeugen könnte.

„Dieses Mal geht es nicht um den Senior, sondern um seinen Sohn. Wir haben uns damals geirrt, als wir den Vater im Visier hatten."

„Jetzt hören Sie aber auf mit dem Quatsch", schnitt der Richter Leonhard scharf das Wort ab. „Ich kann mich an damals sehr gut erinnern, und heute ist es wieder in aller Munde. Der Fall ist aktueller denn je. Sie wollen mir doch tatsächlich weismachen, dass das Kind seine eigene Mutter umgebracht hat, und das mit elf Jahren?"

„Er war einundzwanzig, als es mit dem Morden wieder angefangen hat."

Leonhard hörte ein leises Klimpern, so als würde der Richter mit einem kleinen Löffel hektisch in seiner Tasse rühren.

„Der erste Mord wurde nicht von ihm begangen, aber das kann doch möglich sein, dass ihn diese Tat dazu animiert hat, da weiterzumachen. Es gibt genügend Beispiele, bei denen Männer sich einen Serienmörder zum Idol auserkoren hatten. Oder er wollte besser sein als dieser. Wie der russische Serienmörder Pitschuschkin, besser als

Schachbrettmörder bekannt. Dem ging es nur darum mehr Frauen umzubringen als sein Landsmann Andrei Tschikatilo. Es war ein Wettkampf. Vielleicht treibt unseren Mörder dasselbe Motiv zu diesen Taten?"

„Möglich. Doch zuerst trinke ich noch schnell den Kaffee …"

„Und ich möchte, dass Sie einen Psychiater von seiner Schweigepflicht entbinden."

Das Klimpern hörte abrupt auf. „Man darf Ihnen nicht mal den kleinen Finger in den Mund legen, weil Sie einem dann gleich den ganzen Arm abbeißen."

„Tut mir leid, aber der Mörder hat Lunte gerochen und fängt an, hinter sich aufzuräumen. Er pflastert seinen Weg mit Leichen und verschleiert so seine Spur. Wir müssen einen Zahn zulegen. Die Justiz mit ihren unergründlichen Eigenheiten darf uns nicht im Weg stehen."

„Ich sehe zu, was sich machen lässt", knurrte der Richter durch zusammengebissene Zähne, ohne seinen Unmut zu verbergen, weil dieser kurze Anruf allem Anschein nach all seine heutigen Pläne durchkreuzt hatte, befürchtete Leonhard. „Sie haben mir den Tag versaut, eigentlich wollte ich heute noch mit meiner Frau einkaufen gehen, obwohl …" Seine Stimme bekam einen leichten Hauch der Erleichterung. „Schatz, es wird heute nichts mit dem Einkauf, du musst alleine hinfahren", rief er an seine Frau gewandt.

„Das ist bestimmt nur eine faule Ausrede, Jonas", hörte Leonhard eine weibliche Stimme.

„Du kannst dich gern selbst davon überzeugen! Hier, soll Leonhard dir doch selbst sagen, warum ich den schönen Tag, den wir seit langem geplant haben, nicht mit dir zusammen verbringen kann", sagte der Richter voreilig. Schon hörte Leonhard ein „Hallo Leon" aus dem Hörer. So nannte ihn seine Taufpatin immer, die vor drei Jahren den brummeligen Richter geheiratet hatte, nachdem Leonhards Onkel an Lungenkrebs gestorben war.

„Hallo, Tantchen", begrüßte er die eigentlich nette Frau, die ihn früher oft zu sich nach Hause mitgenommen hatte.

„Ob Leon dich zum Einkaufen fahren kann?", hörte er die Stimme des Richters aus dem Hintergrund.

„Hättest du etwas Zeit, Leon? Ich brauche nur das Nötigste."

Ein schadenfrohes Gelächter des Ehegatten verriet Leonhard, was seine Tante vorhatte, und willigte dennoch ein. „Aber ich habe nicht wirklich viel Zeit, Tantchen."

„Ich werde mich beeilen", versicherte sie.

„Ich hole dich in einer Stunde ab", versprach Leonhard und suchte nach einer Lösung.

Kapitel 72

Schwer schnaufend und verschwitzt rollte sich Dennis von dem leblosen Körper auf den nackten Boden und blickte zur grauen Decke. Noch nie hatte er sich so befreit gefühlt wie jetzt. Keine Gewissensbisse plagten ihn. Nachdem er endlich zu Atem kam, schloss er kurz die Augen und stand auf. Das grelle Weiß der Deckenbeleuchtung ließ den weißen Körper der Frau beinahe durchsichtig erscheinen. Dennis ging in die Hocke und klatschte der Frau einmal heftig ins Gesicht. Sie erwachte mit einem unterdrückten zischenden Laut und sog gierig nach Luft wie eine Ertrinkende, die gerade eben aus dem Wasser gezogen wurde. Der Strick um ihren Hals hatte sich tief in ihr Fleisch gegraben. Die Hauptschlagader pulsierte wie ein fetter Wurm und schwoll gefährlich an. Ihre Wangen blähten sich auf, die Lippen waren blutig und verkrustet. „Bitte, lass mich gehen", nuschelte sie und wagte es nicht, sich zu rühren. Dennis drückte seinen Daumen und Zeigefinger in ihre Wangen und spreizte ihre Kiefer auseinander.

„Und du lieferst mich nicht an die Polizei aus?" Sein höhnisches Grinsen verwandelte sich in ein hässliches Gelächter. Er spuckte ihr in den Mund.

„Nein …", keuchte sie.

„Du bist selbst eine Polizistin. Für wie dumm hältst du mich denn?", zischte er und ließ von ihr ab.

„Bitte."

„Nein!", schrie er beinahe, richtete seinen müden Körper auf und betrachtete die glänzende Scham der Frau. „Du bist eine Hure und hast das bekommen, was du verdient hast", blaffte er. „Ich werde dich solange quälen, bis du mich darum anbettelst, dich zu töten." Dennis verstummte, sein Blick kehrte zurück zur Tür, weil er glaubte, Schritte vernommen zu haben, die immer lauter wurden.

„Wehe, du schreist", raunte er, trat mit dem rechten Fuß auf den schmalen Hals und drückte langsam zu, bis ein ersticktes Keuchen durch ihre blutigen Lippen an seine Ohren drang. Er ballte eine Faust und konzentrierte sich auf die Geräusche von draußen. Als die Stimmen verklangen, nahm er den Fuß weg und ging zur Tür. Mit dem Ohr an das warme Holz gelehnt, verharrte er in dieser lauernden Position für mehrere Sekunden.

„Hilfe", flüsterte die Frau und kratzte mit ihren gefesselten Händen, die mit Ketten am Boden fixiert waren, über den steinigen Untergrund. „Ich ersticke", flehte sie ihn mit blutunterlaufenen Augen an. Ihr Gesicht schwoll an, die Lippen färbten sich blau, auch um die Nase herum nahm die Haut eine dunkle Färbung an. Zuerst hatte Dennis geglaubt, dass es nur ein Bluff war, doch dann begann sie konvulsiv mit den Beinen zu zucken. Von ihren Augen sah er nur das Weiße, welches von blutigen Äderchen durchzogen war. Er sprang zu ihr. Mit steifen Fingern machte er sich daran, den Knoten zu lösen, doch dieser entglitt seinen Fingerspitzen. Er setzte sich rittlings auf die Frau, weil er das Zappeln auf diese Weise unterdrücken wollte, und verspürte in diesem Augenblick eine latente Regung zwischen seinen Lenden. Sein Penis wurde wieder steinhart, er glitt an der Frau hinab, spreizte mit den Knien ihre Beine auseinander und drang mit einem heftigen Ruck in sie ein. Sie war warm, feucht und eng. „Ich werde mir das nehmen, was mir gehört", keuchte er bei jedem Stoß und umfasste mit seinen zittrigen Händen ihre kleinen Brüste. Der Knoten musste sich bei den heftigen Bewegungen irgendwie gelöst haben, denn die scheinbar tote Frau sog schnappend die Luft ein und wehrte sich heftig, indem sie ihren Körper aufbäumen ließ, doch das erregte ihn umso mehr. Er kam zum zweiten Mal und zuckte heftig zusammen. Sein Schwanz blieb immer noch steif.

„Bitte, lass mich gehen, du hast bekommen, was du gewollt hast", stammelte die Frau unter ihm.

„Küss mich", sagte er, strich sich den Schweiß aus der Stirn und leckte sich die Lippen.

„Okay, ich mache alles, was du willst", fügte sie sich. Tränen schwammen in ihren Augen.

Dennis senkte langsam den Kopf und schürzte die Lippen.

„Näher", sagte sie und schloss die Augen.

Kurz bevor sich ihre Lippen berührten, stockte Dennis mitten in der Bewegung und beschnupperte ihr

Haar, danach ihren Hals, erst dann hob er den Kopf und schnüffelte wie ein Hund. „Riechst du das auch?", fragte er sie so, als wären sie nur gute Freunde.

„Es riecht nach Feuer", presste sie durch die Lippen und bemühte sich um einen ruhigen Ton. Sie erstaunte ihn, wie tapfer sie doch war.

„Liebst du mich?" Dennis strich ihr sanft über die Wange.

„Ja, mein Schatz."

Dennis schluckte einen harten Kloß hinunter und kämpfte mit sich selbst. „Sei bitte leise", murmelte er und lauschte angespannt. Er war erstaunt, wie viel es noch zu hören gab. Das entfernte Hupen von Autos, der Herzschlag seiner Gefangenen, und die Stimmen in seinem Kopf. *„Du musst bald auf den Stuhl, Dennis, du musst auf den Stuhl, doch vorher musst du nachschauen, warum eine Rauchwolke unter der Tür in den Raum kriecht",* sprach sein anderes Ich zu ihm und lenkte sein Augenmerk auf den dunklen Spalt unter der Tür, der sich mit grauem Dunst füllte.

Kapitel 73

Leonhard lief durch den langen Korridor und stieß beinahe mit Richie zusammen, der auch in Eile war und etwas in sein Handy tippte. „Gut, dass ich dich treffe", sagte er, den Blick wieder auf das Handy gesenkt. Nach einer kurzen Weile steckte er das Gerät in die Tasche und sah Leonhard fragend an. „Hast du es schon mitbekommen?"

„Was?"

„Es ist gerade eben ein Anruf von der Feuerwehr eingegangen." Der kleine Mann von der Spurensicherung ließ sich wie immer Zeit und sprach sehr langsam, was Leonhard jedes Mal aus der Haut fahren ließ. Doch dieses Mal beschlich ihn ein flaues Gefühl.

„Richie, sag, was Sache ist!"

„Es ist das Haus von Familie Bach", sagte Richie.

Leonhard sah sein Gegenüber konsterniert an.

Dieser hob die Schultern. „Die Männer haben drei Leichen bergen können, eine aus der oberen Etage, die anderen zwei aus dem Keller. Ich glaube, es ist nun endlich vorbei."

„Aber die Identität …"

„Noch wissen wir nicht mit Sicherheit, um wen es sich da handelt."

„Aber wir alle haben eine Vermutung", warf Leonhard ein.

„Der Kommissionsleiter hat eine Versammlung einberufen." Richie klopfte Leonhard sachte auf die Schulter.

Leonhard machte eine Geste mit der Hand, aus der hervorging, dass Richie fortfahren sollte, doch dieser schüttelte entschieden den Kopf. „Mehr weiß ich nicht", sagte er schlicht und deutete zu den Treppen. „Wir sollten besser gehen, bevor sie ohne uns anfangen."

Leonhard empfand eine Symbiose von Empfindungen, einerseits war er erleichtert darüber, dass nun endlich alles vorbei war, doch andererseits beschlich ihn ein Gefühl der Trostlosigkeit, denn ein Feuer könnte alle Spuren verwischen, und sie würden nie mit Sicherheit sagen können, wer nun der wahre Mörder war. Er vermisste auch Ella. Er wählte erneut ihre Nummer und kaute auf seiner Lippe, während er auf das Display starrte. Sie ging auch dieses Mal nicht dran.

Kurz bevor sie das Großraumbüro erreicht hatten, traf er auf einen Mann, der nicht im Präsidium arbeitete, dieses unverhoffte Treffen kam ihm gelegen. „Hi, Bruno", begrüßte er den schlaksigen Kerl, der ein Muscle-Shirt trug und Leonhard durch die großen Löcher an den Seiten seine tätowierten Rippen sehen konnte. Bruno war um die fünfzig, hatte aber einen jugendlichen Charakter und einen ebensolchen Verstand, ihm ging praktisch alles am Arsch vorbei.

„Hey, Mann, lange nicht gesehen", grüßte er zurück und redete so, als wäre er ein Texaner mit einem Berliner Zungenschlag. Er zog die Wörter übertrieben in die Länge und näselte dabei auch noch. Er trug ein Bandana und vier Goldkettenimitate. Er hatte einen echten Goldzahn, über den er sich ständig mit der Zunge fuhr.

„Was machst du hier, Bruno?"

„Chillig abhängen, Mann, was denn sonst?" Er lachte schallend und grinste schief. „Hi, wie geht's?", fragte er auch Richie von der Seite und stopfte dann seine Hände in die viel zu breite Hose.

„Ich geh lieber rein", entgegnete Richie und beeilte sich, hier wegzukommen, mit solchen Gestalten hatte er nur dann zu tun, wenn sie brav in einer Blutlache lagen und mit ihren toten Augen gegen die Decke starrten.

„Ich wurde zu einem Gespräch vorgeladen, bei dem ich als Zeuge fungiere. Hey, Mann, ich bin seit vier Jahren clean, und das habe ich dir zu verdanken. Ich habe vielleicht einen Job." Er entblößte seine Zähne und fuhr sich mit der Zungenspitze wie so oft über seinen goldenen Schneidezahn.

„Ich habe da etwas für dich", leitete Leonhard das Gespräch in eine andere Richtung.

„Ich mache keine krummen Sachen mehr."

„Das hier ist sicher, und du bekommst sogar", Leonhard griff sich in die Gesäßtasche und fischte seinen Gelbeutel heraus, „fünfzig Euro cash auf die Kralle."

Die Augen des Mannes begannen zu glänzen.

„Aber du musst dir vorher etwas Vernünftiges anziehen."

Noch bevor Bruno auffahren konnte, fügte Leonhard hinzu: „Du fährst Richter Hohnsteins Gattin zum Einkaufen."

Leonhard sah, wie der Mann bleich im Gesicht wurde, und er hörte Bruno laut schlucken, sein gieriges Lächeln erstarrte, der Blick, der auf den Fünfzig-Euro-Schein gerichtet war, begann zu flackern. „Nee, das mache ich nicht", sagte er schließlich und hob die Hände.

„Du hast doch einen Führerschein."

„Ja, seit drei Jahren und nur fünf Punkte in Flensburg."

„Also, den willst du doch sicherlich behalten?" Leonhard hob die Augenbrauen.

„Das ist unfair!"

„Das Leben ist 'ne Bitch."

„Lass die Sprüche, du bist 'n Bulle."

„Und richte ihr bitte aus, dass ich angeschossen wurde."

Brunos Augenbrauen, in der linken steckte ein Piercing, fuhren nach oben und wurden zu zwei gezackten Bögen. „Lügen muss ich auch noch? Raffst du nicht, was du von mir verlangst, Mann?" Seine Stimme klang schrill.

„Du musst es für mich tun, Mann", bat Leonhard und verzog gequält das Gesicht, als hätte er auf etwas Saures gebissen.

„Das macht einen extra Fünfziger", witzelte Bruno und trat von einem Bein aufs andere.

„Abgemacht, aber den bekommst du, nachdem du alles zu meiner Zufriedenheit erledigt hast."

„In Ordnung, aber so einen Scheiß mach ich nicht noch einmal."

„Hast du was Ordentliches im Schrank hängen?" Leonhard deutet mit den Augen auf seine Klamotten.

„Hatte mir vor Jahren einen Anzug besorgt, weil ich damals damit gerechnet habe, dass ich jeden Tag abkratzen kann. Darin wollte ich beerdigt werden." Bruno grinste schief.

„Wir sehen uns heute Abend. Danke, Mann."

„Und die Adresse?", rief ihm Bruno nach.

„Stimmt." Leonhard holte sein Handy raus und suchte nach dem passenden Eintrag in seinem Telefonbuch.

Kapitel 74

„Seid ihr total bekloppt?", schrie Luis die drei Teenager an, die sich im Keller versteckt hatten, um sich einen Joint zu teilen.

Die Verwirrung auf den pickeligen Gesichtern wich einem Ausdruck der Belustigung. „Bleib locker, Mann, wir sind gleich wieder weg." Der größte der Drei drückte sich von der Wand weg und ging im schlurfenden Gang auf ihn zu. Die selbstgedrehte Zigarette klebte an seiner Unterlippe.

„Was habt ihr hier verbrannt?"

„Nur ein Paar Zeitungen. Hatten keinen Bock, sie alle auszutragen", sprach der Kerl in dem Singsang eines Möchtegern-Gangsters und drehte seine Kappe mit dem Schirm in den Nacken.

„Ihr habt zwei Minuten, danach will ich eure Ärsche nicht mehr sehen. Und du, Sebastian", er zeigte mit dem Zeigefinger auf den kleinsten der zugedröhnten Troika, „du wirst heute Abend deiner Mama erklären, warum deine Sachen nach Rauch stinken."

„Bitte, Luis, sag meiner Mutter nichts", bettelte Sebastian mit lallender Stimme.

„Müsstet ihr nicht in der Schule sein?"

„Wir haben hitzefrei", riss der Anführer den blöden Witz und heischte nach Aufmerksamkeit und schallendem Gelächter, die ihm dieses Mal verwehrt blieben.

„Wir haben jetzt kurz vor zehn. Ich fahre euch alle in die Schule."

„Einen Scheiß ...", empörte sich wieder der Kerl mit der Kippe, die ihm Luis mit der Hand aus dem Mund schlug. Die schallende Ohrfeige tat ihre Wirkung. „Diese antiautoritäre Erziehungsmethode war nie mein Ding, eine Tracht Prügel bewirkt manchmal viel mehr als stundenlanges Zureden", murmelte er entnervt und trat den glühenden Stummel in den Boden. „Kommt jetzt, ich habe hier noch mehr zu tun als nur euch Typen Manieren beizubringen."

Sie folgten ihm lammfromm.

Kapitel 75

Nach einer kurzen Lagebesprechung war der ganze Trupp zum Ort des Geschehens ausgerückt.

Leonhard stand unschlüssig da und wartete auf etwas, das ihm erlaubte, in das Geschehen einzugreifen.

Der dringliche Ton eines der Feuerwehrmänner jagte den Anwesenden, die hinter einem Absperrband standen, einen eisigen Schauer durch sämtliche Glieder.

„Es ist eine Frau", rief der Mann und deutete seinen Leuten, den toten, bis zur Unkenntlichkeit verbrannten Körper auf die Stelle zu legen, auf der eine dafür vorgesehen Plane ausgebreitet war. „Die Tote hat einen Ring am rechten Daumen, der für einen Mann viel zu klein ist", sagte er und sah Leonhard an. Sein verrußtes Gesicht glänzte, zwei stahlgraue Augen taxierten den Kommissar.

„Gut gemacht, Jungs", lobte Leonhard die Männer, die unter schlimmsten Voraussetzungen ihr Leben riskiert hatten, um eine Leiche aus den Trümmern zu bergen. Hastig zwängte er sich in einen Tyvek-Overall und folgte dem Gerichtsmediziner, der die Leiche vor Ort untersuchen wollte, bevor sie in sein Refugium abtransportiert wurde.

Richie kauerte neben dem verkohlten Knochengerüst. „Sie wurde postmortal verbrannt, keine Anzeichen von Knochenbrüchen. Es ist unumstritten, dass die Tote eine Frau ist, das sehe ich an dem Becken, sie war nackt, weil ich keine Stoffreste ausmachen kann." Mit einer langschenkeligen Pinzette griff er unter den Unterkiefer und zog etwas Kleines heraus. „Sieht ganz nach einem Schmuck aus", flüsterte der Forensiker mit angespannter Stimme, weil er eine Spur gefunden zu haben glaubte, die etwas über die Tote verraten könnte.

„Nein", vernahm Leonhard Toms Stimme neben sich. Der Kommissar sah nach links zu seinem Kollegen.

Auch Tom steckte in einem weißen Overall, seine Augen begannen feucht zu glänzen.

„Was ist los, Tom?"

„Diese Blume war eine Art Talisman und sollte Renate vor all dem Bösen, das uns umgibt, schützen." Er kämpfte gegen die Tränen an.

Inzwischen hatten alle den Ernst der Lage begriffen. Die Nerven lagen nicht nur bei Leonhard blank. Er war sich nicht wirklich sicher, ob das nicht ein weiterer Schachzug des Mörders gewesen war.

„Was starrst du mich so an, Leonhard?", fragte Tom ihn gereizt. „Hättest du ihr …"

„Tom, lassen wir das lieber, aus dir spricht nur der Zorn. Ich habe mir nichts zuschulden kommen lassen, das weißt du so gut wie ich. Wir wissen nicht wirklich, ob das hier Renate ist oder nur ein Blendwerk."

„Du bezeichnest eine tote Frau als Bluff? Renate ist nicht am Flughafen erschienen, ich habe mich dort erkundigt. Sie ist einfach so verschwunden. Spurlos!"

„Wir haben eine weitere Leiche bergen können", ertönte eine Frauenstimme. Leonhard ließ seinen Blick durch die verrauchte Luft schweifen und sah drei Gestalten in Feuerwehrkluft, wie sie etwas auf einer Trage aus dem verrußten Gerippe hinaustrugen.

Schweigen legte sich über die Landschaft. *Wo ist Ella?* Leonhard wurde von diesem einzigen Gedanken beherrscht, der ihn daran hinderte, rational zu handeln.

„Sie dürfen nicht ..."

„Ich bin von der Polizei!" Ellas Stimme duldete keine Widerrede. Mit ernster Miene zeigte sie einem älteren Polizisten ihren Ausweis.

Leonhard atmete erleichtert aus und lief schnellen Schrittes zu ihr. „Wo waren Sie, verdammt?", begrüßte er sie in barschem Ton, ohne es beabsichtigt zu haben.

„Sie haben mich selbst dazu verdonnert, alle Akten zu durchstöbern, ich komme mir vor wie ein Dienstmädchen."

„Wir sind ebenbürtige Partner", protestierte Leonhard.

Ella lächelte, doch das Funkeln in ihren Augen strafte ihre Freundlichkeit Lügen. „Was Sie nicht sagen", entgegnete sie sarkastisch. „Was haben wir hier?" Nun bekam ihre Stimme einen traurigen Beiklang.

Sie spähte über Leonhards Schulter, indem sie sich auf ihre Zehenspitzen stellte. Dann, wie von einem unsichtbaren Faden gezogen, bahnte sie sich den Weg zu Richie frei und wurde von Leonhard daran gehindert weiterzugehen, indem er sie am Ellenbogen festhielt.

„Was ist los?", fragte sie und löste sich aus seinem sanften Griff.

Kapitel 76

Ellas Herz setzte für zwei Schläge aus. Ein unangenehmes Kribbeln im Nacken ließ sie frösteln. „Was ist los? Warum sehen Sie mich so komisch an? Was passiert hier?", fragte sie und hatte Mühe zu schlucken, Angst und Panik drückten ihren Brustkorb zusammen.

„Tom glaubt, dass es sich bei der Toten um Renate handeln könnte. Die Leiche hatte eine kleine Blume dabei. Ein Schmuckstück …"

Ella holte erschrocken Luft und schlug sich die Hand vor den Mund.

Den Eindruck der schrecklichen Endlichkeit konnte das emsige Treiben der Anwesenden Frauen und Männer nicht verwischen. Hier hatten Menschen auf eine der schrecklichsten Weisen ihr Leben verloren, und der Mörder lief womöglich immer noch frei herum.

Der ätzende Brandgeruch war allgegenwärtig und reizte Ellas Schleimhäute. Der Gedanke, dass eine dieser toten Menschen Renate sein könnte, machte sie sprachlos. Sie lief auf Tom zu, der an dem flatternden Absperrband stand und einfach in die Leere stierte. Seine verweinten, geröteten Augen waren ausdrucksleer.

„Erspare mir bitte deine Beileidsbekundung, wir waren schließlich nur Kollegen", sagte er monoton.

„Nach den ersten Erkenntnissen ist das Feuer im obersten Stock ausgebrochen und fraß sich bis in den Keller." Leonhard stand neben ihr.

„Wer hat eigentlich die Feuerwehr gerufen?", fragte Ella.

„Eine Frau, sie ist hier drüben", sagte ein Polizist, den Ella nicht kannte.

„Sie ist hier", rief jemand.

Ella sah sich fragend um, weil sie die Richtung, aus der die Stimme kam, nicht klar deuten konnte, denn von überallher kamen Rufe und mechanische Geräusche. Alles sah nach einem geordneten Chaos aus. Sanitäter in ihren grellen Jacken standen unschlüssig da. Eine Frau stand an einem Auto und legte um eine andere eine Decke. „Hier drüben", rief die blonde Frau vom Rettungsdienst und winkte Ella zu sich. „Sie hat zuerst den Notruf gerufen, wir haben dann alles Weitere in die Wege geleitet."

Ella wurde von ihrem Partner begleitet, der ihr stumm dichtauf folgte. Tom verharrte immer noch an derselben Stelle und versuchte mit der Situation fertig zu werden.

„Ich habe Frau Wieselmann ein schwaches Beruhigungsmittel verabreicht. Sie hat Herrn Bach gepflegt."

„Senior", stammelte die beleibte Frau und nippte an einer klaren Flüssigkeit, die stark nach orientalischem Tee roch, die ihr die Frau in der grellgelben Weste vor die Lippen hielt. „Danke, der ist mir zu heiß", bedankte sich die Pflegerin und schob die behandschuhte Hand samt dem dampfenden Becher von sich weg.

„Wie haben Sie von dem Feuer erfahren?", wollte Ella wissen und warf einen kurzen Blick zu Leonhard. Er machte sich Notizen von der ganzen Situation und schlenderte gedankenverloren in einem Kreis um eine Pfütze herum. Seine auf Hochglanz polierten Schuhe verursachten bei jedem Schritt schmatzende Geräusche.

„Er war doch immer so ein lieber Mensch", winselte die Frau schniefend und tupfte sich die fleischige Nase mit dem Zipfel der grauen Decke ab. „Er war manchmal aufbrausend und jähzornig, aber welcher Mann in seinem Alter ist das nicht?" Ihre Unterlippe bebte. Sie vergrub ihr feistes Gesicht in den Händen und weinte bitterlich.

„Frau Wieselmann, es ist verständlich, dass es für Sie ein Schock ist. Wir alle wissen, dass es den Hinterbliebenen schwer fällt, so etwas zu akzeptieren, damit will ich sagen, Herr Bach ist zu einem Teil Ihres Lebens geworden, aber er war auch ein Patient, das passiert nun mal, wenn Menschen todkrank sind. Wir alle haben die Angewohnheit, frühere Erlebnisse zu idealisieren, wir erinnern uns nun mal gern an schöne Dinge und versuchen, alles Schlechte zu vergessen. Ich bitte Sie jedoch, nichts hineinzuinterpretieren, um die Wahrheit zu beschönigen. Alles, was zählt, sind

Tatsachen." Ella bemühte sich um einen neutralen Ton.

Endlich hörte die Frau auf zu heulen, die Show war vorbei, der Trauer war Genüge getan, mutmaßte Ella. Sie kannte diesen Typ hysterische Frau nur zu gut. Ihre Nachbarin, Tante Gerlinde, war ein Ass darin, fremde Leute zu beweinen, um dann auf der Beerdigung ihres Sohnes keine Träne zu vergießen.

Frau Wieselmann hob den Kopf, wischte sich mit den Fäusten über die kleinen Augen, die ungeschminkt waren, und sah Ella mit einem unheilschwangeren Blick durchdringend an. „So etwas wie Empathie ist euch allen ein Fremdwort, kein Mitgefühl für die Mitmenschen zu empfinden, gleicht einer Sünde."

„Wie haben Sie von dem Feuer erfahren, und warum ausgerechnet Sie?", beharrte Ella auf ihrer Frage und ließ sich durch solche plumpen Beschuldigungen nicht beirren.

„Er sagte, Dennis habe etwas vor, er hat wieder seine Anfälle, dann schrie er nur wirres Zeug."

Ella wartete, ohne etwas zu sagen, bis die Frau fortfuhr, auch Leonhard mischte sich nicht ein.

„Zurück auf den Stuhl!", brüllte die Frau mit affektierter Stimme, die heiser und dumpf klang, weil sie Herrn Bachs Ton besonders gut treffen wollte. Sie hob energisch die Hände und sah Ella mit finsterer Miene an. *An ihr ist eine Schauspielerin verloren gegangen,* überlegte Ella.

„Geh auf den Stuhl! Dennis, du sollst zurück auf den Stuhl gehen! Auf den Stuhl."

„Was hat das Ganze mit dem Feuer zu tun?", platzte Leonhard der Geduldsfaden. Er hatte Ellas Gedanken laut ausgesprochen. Das Gesicht der Frau veränderte sich. Ihre Mundwinkel zuckten.

„Wie gesagt, zuerst schrie er seinen Sohn an, danach, also ganz zum Schluss, schrie er, dass es im Haus nach Rauch stinkt. Ich dachte zuerst, Dennis hätte wieder etwas zu lang auf dem Herd stehen lassen. Nachdem ich Herrn Bach auf dem Telefon angerufen habe und niemand dran ging, wollte ich nach dem Rechten schauen, doch mein Wagen wollte nicht anspringen."

„Sagten Sie nicht, er habe Sie angerufen?"

„Nein, hören Sie mir überhaupt zu?", gab sie giftig zurück, weil ihr die Situation unangenehm wurde.

„Was dann?", brummte Leonhard.

„Herr Bach hat", sie schluckte bitter, „hatte", verbesserte sie sich und fuhr in ruhigerem Ton fort: „Er verfügte über einen Not-Knopf, der direkt mit einer unserer Mitarbeiterinnen, mich eingeschlossen, verbunden ist. Wir sind zu dritt, rund um die Uhr erreichbar, weil wir uns im Acht-Stunden-Takt abwechseln. Die Familie Bach war reich, auch wenn dieser Anblick ...", sie zeigte mit einer ausladenden Geste auf das schwarze Skelett und den restlichen Hof, der nicht minder einen niederträchtigen Eindruck machte, obwohl er vom Feuer verschont geblieben war und holte tief Luft. Ihre üppig bestückte Brust schwoll an. Der Kombi begann zu wackeln, weil die Frau, die teils im Kofferraum saß, sich hochstemmte, Leonhard stützte sie dabei. „Wie gesagt, die Familie war reich, und Herr Bach konnte sich so eine intensive Pflege, die dementsprechend nicht günstig ist, leisten."

„Haben Sie dieses Gespräch aufgezeichnet?" Ella fuhr sich mit der Fingerspitze ihres rechten Zeigefingers über das kleine Grübchen an der Wange.

„Natürlich. Der Junior war schon immer ein komischer Kauz."

„Wie meinen?" Leonhard hielt seinen Notizblock und blätterte darin herum, weil er nach etwas suchte.

„Er war halt anders. Oft, wenn ich Dienst hatte, benahm er sich so, als wäre er in ein Zwiegespräch verwickelt. Einmal habe ich ihn sogar dabei erwischt, wie er in einem Kleid in seinem Zimmer tanzte und Lieder sang. Die Tür stand einen Spalt breit offen. Ich bin nicht neugierig oder so, aber mir war die Stimme aufgefallen, mit der er sang, sie klang weiblich."

„Lief da vielleicht ein Radio oder …"

„Nein", unterbrach sie Ella und sah Leonhard an.

Kapitel 77

„Wissen Sie, dass Sie für uns eine richtige Goldgrube an Informationen sind? Sie machen das wirklich gut! Ein richtiger sprudelnder Quell wichtiger Details sind Sie", lobte Leonhard die Frau, die zu strahlen begann. Er gab sich sichtlich Mühe, dabei aufrichtig zu klingen. „Was hatte es mit dem Stuhl auf sich?", lenkte er das Gespräch in eine für ihn relevantere Richtung.

„Ich habe Herrn Bach viele Nächte Gesellschaft geleistet, wenn sein Sohn nicht da war. Einmal kamen wir auf das Thema zu sprechen, warum sich sein Sohn so seltsam benahm." Sie legte eine theatralische Pause ein, um ihren Worten mehr Gewicht beizumessen. Sie stand ja schließlich im Mittelpunkt, so wie sie es sich immer erträumt hatte, konstatierte Leonhard und hielt den Bleistift bereit.

„Warum wollte Herr Bach, dass sein Sohn sich auf den Stuhl setzte? Zeugte diese Formulierung von Dennis' vorübergehender Tendenz zur Auffälligkeit, etwas nicht im Griff zu haben, oder bedeutete der Satz etwas ganz anderes? War der Stuhl eine Art", Leonhard suchte nach einem passenden Vergleich, „Ort an dem sich der Sohn sammeln konnte?"

„Herr Bach sprach nur ungern darüber, aber er hat angedeutet, dass sein Sohn an einer multiplen Störung litt, weil seine Mutter sich das Leben genommen hat.

Ich denke aber, dass jeder von uns einen Knacks hätte, würde er als Kind seine Mutter auf diese Weise verlieren. Ich zum Beispiel …"

„Herr Stegmayer", unterbrach ein etwas älterer Feuerwehrmann den ausschweifenden Redefluss der Frau und sah betreten zu Boden.

Das gesteigerte Geltungsbedürfnis der Pflegerin verleitete sie dazu, dass aus ihren Erinnerungen eine verschobene Wahrheit entstand, die sie nicht weiterbrachte. Er nickte knapp und drehte sich ganz zu dem Mann an seiner linken Seite um. Dieser hielt einen Stapel von Notizblöcken in seinen behandschuhten Händen. Das Papier war an den Rändern angekokelt und triefte vom Löschwasser. Die Seiten waren gewellt, bei dem Block, der zuoberst lag, fehlte der Umschlag.

Leonhards Herz nahm Anlauf und begann zu rasen. Das Blatt war mit dunkler Tinte vollgeschrieben. Die Lettern waren leicht verschwommen, aber noch lesbar. Auch eine Zeichnung war darauf zu erkennen. „Ich dachte, es könnte für Sie relevant sein", sprach der Mann in angenehmen Bariton.

„Richie!", schrie Leonhard und winkte dem Kriminalbeamten zu, der untätig dastand, weil das Feuer und die Unmengen von Wasser alle Spuren unwiderruflich getilgt hatten. „Du musst das hier in dein Labor bringen!", rief er dem sich schnell nähernden Polizisten zu, dessen weißer Overall von einer grauen Rußschicht bedeckt war. „Du musst das alles unbeschadet auf eine Festplatte kopieren."

„Du, Tom, bleibst hier und hältst die Stellung. Und bitte bleib unvoreingenommen, wenn du weiter in unserem Team dabei sein möchtest. Wo ist deine Professionalität geblieben, die ich an dir bislang so geschätzt habe? Wie ich sehe, wirst du die nächsten Stunden vollauf damit beschäftigt sein, die Leichen zu identifizieren. Also reiß dich verdammt nochmal zusammen!" Toms fahles Gesicht bekam wieder Farbe, weil er durch die bevorstehende Arbeit abgelenkt und beschäftigt sein würde.

„Ich brauche ein neues Paar von diesen Dingern", brummte Richie und zog die Gummihandschuhe mit einem schnalzenden Geräusch von seinen Händen ab. „Einer hat ein Loch, und der andere ist mir zu eng." Er massierte sich das linke Handgelenk. Schnell zückte Tom ein Paar Gummihandschuhe aus der Kängurutasche seines grauen Kapuzenpullovers und reichte sie Richie.

Schnell zog der kleine Polizist von der Spurensicherung die Handschuhe über und nahm vorsichtig das Beweismaterial an sich.

„Haben Sie noch mehr davon?" Leonhard hoffte darum und taxierte den Feuerwehrmann mit abwartendem Blick. Doch der müde wirkende Herr schüttelte resigniert den Kopf. Mit einem knappen Nicken entfernte er sich wieder und verschwand in dem rauchenden Gerippe.

Das sind seine aufgeschriebenen Gedanken, freute sich Leonhard. Und warf noch einen letzten Blick auf das gewellte Papier mit den schwarzen Rändern. Das war vielleicht der entscheidende Durchbruch. Leonhard wusste, dass jeder Täter, selbst einer wie Dennis, der laut der Pflegerin eine multiple Persönlichkeit besaß, durch seine individuelle Vorgehensweise seine Begierden verriet. Dieses spezifische, sich wiederholende Muster spiegelte sich auch an den Tatorten wider.

„Ich werde aber nicht in einer Stunde damit fertig werden", unterbrach Richie seine Gedanken.

„Ella wird dir dabei helfen. Greenwood, Sie fahren mit Richie in sein Labor, ich fahre mit Frau Wiesen…"

„… Wieselmann", verbesserte ihn die Frau barsch, nun ohne jegliche Trauer in der Stimme.

„Ach ja, Wieselmann, um mir die Tonbandaufnahmen anzuhören. Danach muss ich zu einem Richter, um nachzuschauen, ob seine Ehefrau noch lebt. Und ich habe noch einen Termin bei einem Psychiater." Alle Blicke waren auf ihn gerichtet, doch keiner sagte was. „Du, Tom, bleibst hier und übernimmst die Leitung."

„Aber …"

„Nichts aber. Renate lebt."

„Woher willst du das wissen?", knurrte Tom und ballte die Hände zu Fäusten.

„Renate hat einen süßen Knackarsch mit einem schmalen Becken, das muss ich dir ja nicht sagen. Ihr

Mediziner habt ja schließlich ein Auge für sowas. Diese verbrannte Frau hatte definitiv mehr Fleisch und Fett auf den Rippen, darum ist an ihren Knochen nicht viel geblieben." Er deutete mit dem Kinn auf den schwarzen Haufen, der auf einer Plane lag. „Oder sie ist schon vor langer Zeit gestorben, und das sind nur alte Gebeine."

„Du hast sie mitgenommen! Du hast Renate zum Mörder geführt, in sein Haus! Hierher in dieses verdammte Haus." Toms Kiefermuskeln spannten sich und traten durch die unrasierten Wangen.

Leonhard bedachte seinen Kollegen mit einem schiefen Lächeln, das seine Traurigkeit und Enttäuschung zum Vorschein brachte. Er packte den Polizisten am Arm und führte ihn ein Stück weit weg von den Menschen, die sie mit stummen Blicken verfolgten. Er wollte nicht, dass dieses Gespräch zu einer weiteren Zutat für die Gerüchteküche werden sollte. „Du hörst dich wie ein betrogener Ehemann ohne Eier an. Warst du nicht derjenige, der sich in Ella verguckt hatte und sich Renate für schlechtere Zeiten warmhielt?", flüsterte er ihm ins Gesicht. „Reiß dich endlich zusammen. Sieh dich an! Verdammt, sind denn alle Männer zu Weicheiern verkommen?"

Tom sah ihm peinlich berührt in die Augen. „Du hast recht. Es ist …"

„Lass es gut sein, Tom. Für inhaltsleere Diskussionen haben wir einfach keine Zeit. Entweder liegt der wahre Mörder unter diesen Trümmern, oder er ist auf freiem Fuß. Wir haben eine Gleichung mit zwei Unbekannten. Sieh lieber zu, dass wir eine der beiden ausschließen können." Mit diesen Worten ließ er von Tom ab und ging zu seinem Wagen. Rückwärts laufend schrie er an Ella gewandt: „In zwei Stunden will ich Sie bei Herrn Siebert vor seiner Wohnung stehen sehen." Er sah kurz auf seine Rolex. „Sagen wir in drei. Haben Sie mich verstanden, Greenwood?!"

„Wenn Sie noch lauter schreien könnten!", zog sie ihn auf - ohne einen Deut von Humor. Er reckte den Daumen in die Höhe und stieg in sein Auto.

Kapitel 78

Renate befand sich in einem Dämmerzustand und nahm alles um sich herum wie durch einen giftigen Nebel wahr. Jedes Mal, wenn sie ausatmete, hauchte sie immer etwas von ihrer Lebensenergie aus, aber das war ihr egal, sie wollte einfach nur sterben. Das Martyrium, dem sie ausgesetzt gewesen war, konnte sie nicht mehr ertragen. Sie spürte ihre Beine nicht und glaubte schon, dass sie von der Hüfte abwärts gelähmt war, weil ihr der Verrückte das Rückgrat gebrochen hatte. In einem tranceähnlichen Zustand versuchte sie die Beine anzuziehen, weil sie fror und zum Sterben bereit war. Ein glühender Stich in der linken Ferse trieb ihr wieder Tränen in die Augen. *Wie viel kann ein Mensch eigentlich weinen, bis er keine Tränen mehr hat?*, fragte sie sich. *Ist der Mörder noch hier? Wird er mich erneut vergewaltigen?* Der schreckliche Gedanke nistete sich wie ein Haufen Würmer in ihrem Kopf ein und wuselte darin herum. Die Vorstellung, hier für eine Ewigkeit eingesperrt zu sein, fraß ihren Verstand auf.

Was passiert mit meinem Körper, werde auch ich aufgehängt, nackt an einem Baum? Sie schluckte mit schmerzerfüllter Miene, doch ihre Zunge war zu dick und klebte am Gaumen. Ein breiter Lederriemen um ihren Hals, oder war das ein Seil? *Oh Gott, er will mich erwürgen.* Bildfetzen rauschten durch ihren Kopf und trieben kalten Schweiß auf ihre Stirn. Sie zerrte an ihren Fesseln und riss die verschorften Wunden erneut auf. Der Schmerz ließ alles um sie herum zu einem Aquarellbild aus grauen Farben werden, ihre Sinne entschwanden.

Vor ihrem geistigen Auge sah sie eine Frau, wie sie in der Luft zu schweben schien. Die Tote hatte ähnliche Gesichtszüge und dieselbe Haarfarbe. *Hat er mich deswegen ausgesucht?* Diese Überlegung schlich sich immer öfter in ihre Gedanken und warf neue Fragen auf. Wer war dieser Typ? *War es womöglich Tom? Nein, er hatte Gefühle für sie, gehabt,* verbesserte sie sich, *bis diese Neue aufgetaucht war, dann ließ er sie fallen.*

Sie bilanzierte ihr bisheriges Leben, das von dem Serienmörder vollends versaut wurde, dieser Gedanke trieb ihr ein schwaches Lächeln auf die Lippen. Der Kontrollverlust war unaufhaltsam, glaubte sie, *ich drehe durch, ich verliere den Verstand.*

Wie tief kann ein Mensch sinken, ich liege in meiner eigenen Pisse, habe mich vollgekotzt und wurde mehrmals vergewaltigt und weiß nicht einmal, wo ich bin, wollte sie hinausschreien, doch ihre Kehle war trocken und rau. *Warum ich?*, fragte sie sich wieder und merkte, wie sie erneut wegdämmerte. Ein kühles Kribbeln kroch ihre Beine empor. Die kühle Luft legte sich wie ein nasser, schmutziger Lappen über ihren Körper. Die Kälte kroch unter ihre Haut und saugte aus ihr die restliche Wärme aus.

„Dennis ist eigentlich ein netter Junge", vernahm Renate eine angenehme Frauenstimme. Ihre Lider flatterten wie die Flügel eines Falters auf einer nassen Fensterscheibe. Durch den Tränenschleier zeichnete sich die verschwommene Kontur eines Mannes ab.

Ich halluziniere.

Mein malträtiertes Gehirn spielt mir etwas vor.

„Er wollte das alles nicht", sprach der Mann weiter, die Farbe seiner Stimme war der einer fürsorglichen Mutter, die sich für die Taten ihres Kindes schämte.

„Wer bist du?", hauchte Renate diese kurze Frage aus und glaubte, sie nur gedacht zu haben. Sie blinzelte. Ihr Blick klärte sich. Eine eisige Kälte kroch durch ihre Adern. Das Gesicht des Mannes war das ihres Peinigers, aber seine Lippen und seine Augen. Er war geschminkt. Renates unsteter Blick wanderte weiter nach unten. Er trug ein geblümtes Kleid.

Erneut berührte etwas Weiches ihr Gesicht. Es fühlte sich warm und unnatürlich sanft an.

„Er versprach Besserung", sprach der Mann weiter und strich Renate feuchte Strähnen aus dem Gesicht. Die Berührung war zärtlich und liebevoll. Sein Antlitz nahm reumütige Züge an.

„Wer bist du?"

„Ich heiße Ruth, Ruth Löwenzahn. Ich bin seine Mama." Der Mann lächelte verträumt, seine Augen wanderten nach oben. Er bedeckte seinen Mund mit dem Handrücken, in dem er den Schwamm hielt. „Er mag dich, Sally."

Sally? Renate zitterte am ganzen Leib.

„Du bist seine Freundin. Habe ich recht? Er mag dich, Sally, und ich mag dich auch."

Renate roch ihren eigenen Atem, der nach Fäulnis stank.

„Soll ich dir vielleicht von ihm erzählen?" Der Mann tauchte den Schwamm in einen weißen Plastikeimer und wrang ihn aus. Das simple Plätschern des Wassers passte nicht hierher. Renate befand sich immer noch in einem Gewölbekeller. Ihr Rücken war taub, sie spürte die kleinen Steinchen nicht mehr, die sich in ihre Haut eingefressen hatten. Die Fesseln hielten sie fest und gruben sich ständig durch die aufgeschürfte Haut hindurch, tiefer ins blutende Fleisch. Und dann dieses Plätschern, das machte sie wahnsinnig.

„Können Sie mich vielleicht losmachen? So kann ich Ihnen besser dabei zuhören, wie Sie mir die Geschichte Ihres Sohnes erzählen. Im Liegen könnte ich sonst einschlafen", gab Renate von sich und strengte sich an, die Pseudo-Frau nicht anzuschreien.

Trotz ihrer aussichtslosen Lage suchte Renate nach Schwachpunkten, denn nur so hatte sie eine winzige Chance, hier lebend herauszukommen. Ihr Peiniger wusch mit größter Sorgfalt und Vorsicht ihren geschundenen Körper sauber. Der Mann schwieg gedankenverloren. Dieses penible Entfernen der sichtbaren Gewalteinwirkung ist symptomatisch für das Verhalten eines Täters, der sich von dem Verbrechen distanzieren wollte, sprach die Polizistin in

Renate. Das hielt ihren Geist davon ab, durchzudrehen. Sie versuchte, sich jedes Detail einzuprägen.

Das Blut verschwindet und löst sich auf, somit auch das Verbrechen, welches von ihrem „Sohn" verübt wurde. Die Vergewaltigung hat gleichsam nicht stattgefunden.

„Er war immer ein lebensfrohes Kind", nahm der Mann das Gespräch wieder auf. Seine Stimme klang traurig und verträumt. Das schwache Licht der nackten Glühbirne warf dunkle Schatten auf sein Gesicht und machte es zu einer Fratze, wenn er seinen Kopf senkte.

Es handelte sich hier um einen Wiedergutmachungsversuch, dachte Renate weiter. Das Geschehene ungeschehen zu machen. Oder er verändert schlicht den Tatort.

„Sein Vater war an allem schuld", fuhr der Mann fort, sein Ton bekam einen dunkleren Klang. „Er hat aus meinem Jungen ein Monster erschaffen."

Der Schwamm berührte Renate zwischen den Beinen. Der Druck wurde fester. Tränen raubten ihr die Sicht. Das Brennen war kaum auszuhalten.

„Bitte", keuchte sie. Speichelblasen bildeten sich auf ihren Lippen und platzten lautlos. „Bitte, hören Sie auf damit", winselte Renate. „Sie sind nicht seine Mutter. DU BIST EIN MÖRDER, EIN PERVERSES SCHWEIN!", schrie sie, so laut sie konnte. Endlich ließ der Verrückte von ihr ab.

Seine Augen starrten sie angsterfüllt an.

„Sei still, sonst kann er uns hören", stammelte er und fuhr sich mit demselben Schwamm übers hagere Gesicht, hellrote Schlieren hinterlassend.

„DU bist DU, und versuch dich nicht zu verstecken. Du bist erbärmlich. DU trägst ein Kleid wie ein Mädchen. DU bist aber kein Mädchen, du bist ein Mann."

„Hör auf, mich anzubrüllen, Papa", winselte er und kroch rückwärts von ihr weg.

Das letzte Wort irritierte Renate und machte sie nachdenklich.

Der Typ kroch weiter, seine nackten Füße schabten über den Boden. „Bitte, schrei mich nicht an", flüsterte er und zog die Beine an.

Renate hob ein wenig den Kopf, doch der Riemen um ihren Hals zwang sie zurück. Der Keller war bis auf einen Stuhl, der in der Ecke stand, leer. Und sie lag in einer Grube. Auf der rechten Seite lagen Bretter aufeinandergestapelt. *WO war sie, verdammt noch mal? Wollte er sie lebendig begraben?*

„Wer bist du?", sprach Renate mit letzter Kraft, der Verzweiflung nahe, den Blick zur Decke gerichtet.

„Bist du Ruth Löwenzahn?" Die Antwort klang wie eine Frage und wurde von Tränen erstickt.

Hat der Typ versucht, die Spuren zu verwischen, oder war es eine emotionale Wiedergutmachung, oder glaubte er tatsächlich in diesem Augenblick daran, dass er eine Frau war?

„Ruth, erzähle mir mehr von deinem Sohn, ich will alles von ihm wissen und von den Stimmen in deinem Kopf. Du hast doch Stimmen in deinem Kopf, die zu dir sprechen?"

„Nein, ich habe keine Stimmen, manchmal sehne ich mich danach, wieder mein Kind in den Armen halten zu können. Aber mein Exmann hat mir den Sohn weggenommen."

„Welchen Sohn?"

„Er hat mir meinen Dennis weggenommen. Luis und Dennis dachten, ich kann sie nicht voneinander unterscheiden, aber ich habe es natürlich gewusst und habe bei diesem Spiel mitgemacht. Als mein Exmann eine andere Frau geheiratet hat, war Luis bei mir. Sie hatten wieder die Rollen getauscht."

Renate verstand nicht wirklich, was der Typ da von sich gab.

„Sie hatten Zwillinge?"

„Ja. Zwei Jungs, die sich wirklich sehr ähnlich waren, was das Aussehen betraf, doch im Charakter unterschieden sie sich sehr voneinander." Der Mann verfiel in einen träumerischen Singsang und erwähnte jedes Detail, das für Mütter typisch ist, wenn sie von der Vergangenheit ihrer Kinder erzählten.

Renate jedoch konzentrierte sich auf ihre rechte Hand. Die Schlaufe, die ihr Handgelenk am Boden festhielt, schien sich langsam zu lösen. Das Seil war an einer Stelle durchgescheuert. Sie konnte einzelne Fäden zwischen ihren Fingern spüren. Sie bewegte ihren Unterarm hin und her und achtete sorgsam darauf, dass sie nicht von dem Mann, der zur Decke starrte, nicht dabei beobachtet wurde. Sie ließ ihn einfach reden und hielt seinen Redefluss mit Zwischenfragen am Laufen.

Nach einer gefühlten Ewigkeit war der Mann mit der Frauenstimme mit seiner Erzählung fertig und stand auf. Die Fessel blieb jedoch immer noch an Renates Handgelenk.

Der Mann zupfte sein Kleid zurecht und ging auf Renate zu. Er bedachte sie mit einem zerstreuten Blick und beugte sich zu ihr nach unten. Dann fummelte er in seinem ausgestopften Dekolleté, dann hielt er etwas zwischen seinen schmalen Fingern.

Das Rauschen des Blutes in Renates Kopf war ohrenbetäubend, trotzdem vernahm sie ein leises Knacken, schon spürte sie eine schartige Tablette, die grob zwischen ihre Lippen geschoben wurde. „Das lindert deine Schmerzen", vernahm sie die besänftigende Stimme dicht neben ihrem Ohr. Die Tablette blieb ihr am Gaumen kleben. Die andere Hälfte wurde nicht minder grob in ihren Mund gesteckt. „Hier, trink etwas", flüsterte der Mann und hielt ihr die Flasche an die Lippen. Renate gehorchte und trank in kleinen Schlucken, die Flüssigkeit brannte in ihrer Kehle, und sie verschluckte sich mehrmals, dennoch trank sie gierig weiter, so lange, bis ihr die Flasche weggenommen wurde.

Die Tabletten zeigten nicht sofort ihre Wirkung, doch bevor sich die Frau auf den Stuhl setzte, senkten sich Renates bleiern schwere Lider.

Kapitel 79

Ella stand vor dem Bildschirm und schaute sich erneut die eingescannten Bilder an. Einige Seiten waren vom Feuer und dem vielen Wasser zu sehr beschädigt, als dass man daraus sachdienliche Informationen herausfiltern konnte, die dem Ermittlungsteam weiterhelfen würden. Viele Blätter waren aneinandergeklebt und ließen sich nicht mehr voneinander trennen. Einige schimmerten durch, doch es gab einige wenige, die Ellas Interesse auf sich zogen.

Der Verfasser verfügte über mehrere Fähigkeiten, die einem mit in die Wiege gelegt werden. Er konnte in mindestens fünf grundverschiedenen Schriftarten Texte verfassen, die sich auch inhaltlich sehr voneinander unterschieden, so als hätten sich hier mehrere Persönlichkeiten verewigt, die nicht nur geistig unterschiedlich entwickelt waren, sondern auch physisch.

Ella fielen zwei Handschriften besonders ins Auge. Eine glich einem Vorschüler, die andere könnte von einer Lehrerin stammen, die eben diesem Kind das Schönschreiben beibringen wollte.

Sie scrollte über den Bildschirm und kam sich dabei wie eine Archäologin vor, die Seiten aus einem

Buch studierte, welches aus einer anderen Epoche stammte.

Die angekohlten zackigen Ränder und Brandlöcher verliehen den Blättern etwas Archaisches.

Auch die Skizzen glichen einem Zauberbuch. Es waren ausnahmslos Schraffuren von Frauengesichtern oder ihren nackten Körpern, die an einen Stuhl gefesselt waren, oder sie hingen an einem unsichtbaren Strick an einem dicken Ast.

Die Texte waren zusammenhanglos aneinandergereiht, wie etwas, das aus dem Kontext gerissen wurde, etwas, das nur für den Autor dieser Textfetzen Sinn ergab.

Ellas Finger drehte langsam an dem Rädchen der Maus, die sie fest mit ihrer Hand umschlossen hielt, weil sie in eine Textpassage vertieft war, die dafür sorgte, dass endlich Bilder in ihrem Kopf Gestalten annahmen. Der Text war mit einer kindlichen Hand geschrieben. Die unsicher geführten Linien waren zu krakeligen Lettern geformt. Was ihr dabei besonders auffiel, war die Tatsache, dass das Kind keine Rechtschreibfehler machte und Worte wie Penetration oder Ejakulation verwendete. Und obwohl das Papier nicht kariert und auch nicht liniert war, verliefen die Zeilen parallel und in gleichmäßigem Abstand. Richie und sie hatten sogar die Abstände mit einem Messschieber ausgemessen und miteinander verglichen, sie alle hatten denselben Abstand von genau elf Millimetern.

Ellas Lippen bewegten sich. Sie stand vor ihrem Arbeitsplatz. Das Büro war leer. Sich über den Tisch gebeugt las sie den Text leise vor: „Er drang in meine Mutter ein. Er penetrierte sie von hinten mit seinem Schwanz, dann drehte er sie auf den Bauch und drang erneut in sie ein." Ella fuhr sich über den Mund. Sie flüsterte leise vor sich hin und verstummte, weil ein Stück des Textes sich bis zur Unkenntlichkeit aufgelöst hatte, sie sah nur verwaschene blaue Flecken. Sie scrollte weiter. „Ich saß im Schrank und konnte beobachten, wie mein Vater auf den Bauch meiner toten Mutter ejakulierte. Er grunzte dabei wie ein wildes Tier und legte den Kopf tief in den Nacken. Er brüllte dabei wie ein Löwe, nein, wie ein Werwolf. Sein nackter Körper glänzte, ich habe mir, während ich in der Enge eingesperrt war, in die Hose gepinkelt. Nachdem ich mich eingepinkelt hatte, habe ich eine Regung in meiner Hose verspürt. Doch damals habe ich nicht begreifen können, dass ich bei dem abscheulichen Szenario eine Erektion hatte. Ich hielt meinen Schwanz in der Hand und tat dieselbe Bewegung wie mein Vater, bis ich zusammenzuckend einen gedämpften Schrei von mir gab und meinen Vater damit erzürnte. Ich wurde ..." Hier endete der Text in einem schwarzen Rand.

Ellas Telefon klingelte. Sie zuckte kurz zusammen und klickte aus Versehen die Seite weg. Ihre Augen waren vor Anstrengung gerötet. Sie blinzelte und nahm den Hörer ab.

„Greenwood, hier ist Stegmayer, sind Sie noch im Präsidium?"

Ella sah auf die Wanduhr, die über der Tür hing und fluchte innerlich, weil sie die Zeit vergessen hatte.

„Bin schon auf dem Weg nach unten", sagte sie schnell und schalt sich eine Idiotin, weil sie ja immer noch den Hörer von ihrem Festnetztelefon in der Hand hielt.

„Siebert ist unauffindbar. Seine Frau weiß auch nicht, wo ihr Mann sein könnte. Wir haben die angeblichen Arbeitsplätze geprüft, bis auf den Job als Hausmeister hat er nichts mehr, es sei denn, er arbeitet tatsächlich schwarz."

„Hat er das nicht erwähnt? Ich glaube schon. Er hat es gar nicht geleugnet, fällt mir ein", sagte sie und hörte, wie ihr Partner genervt aufatmete.

„Kommen Sie einfach nach unten. Wir warten hier auf Sie. Die Versammlung findet in zehn Minuten statt, bringen Sie mir einen Kaffee mit und ein Snickers."

„Mit Milch?", fragte Ella mechanisch, für eine Auseinandersetzung wegen Gleichberechtigung fehlte ihr einfach die Kraft.

„Greenwood, ich sagte Snickers, nicht Milky Way, und jetzt sehen Sie zu, dass Sie mir nicht ohne die Tagebücher hier aufkreuzen. Haben Sie etwas retten können?"

„Ja, Richie ist ein …"

„Sehr schön", unterbrach er sie und legte auf.

Kapitel 80

Leonhard saß ganz hinten und kaute auf einem Hautfetzen herum, den er sich vom linken Daumen abgebissen hatte. Er brauchte dringend Koffein, am besten intravenös oder direkt durchs Auge ins Hirn gespritzt.

„Wir haben die Nachbarn nach eventuellen Beobachtungen gefragt, aber niemand hat etwas Außergewöhnliches bemerkt", rapportierte eine grauhaarige Polizistin und setzte sich wieder hin. Sie und einen Herrn, der unwesentlich jünger war als die Dame, hatte Leonhard zum Klinkenputzen verdonnert, aber diese Sisyphus-Arbeit blieb ohne Erfolg. Luis Siebert, der eigentlich in dem Haus, in dem er als Hausmeister fungierte, seiner Arbeit nachgehen sollte, war nicht da, obwohl er am Morgen von einer Frau gesehen worden war. Er hätte sich lautstark mit drei Jugendlichen unterhalten.

Die Polizei war unterbesetzt, und überall fehlte es an Geld. Darum konnten nur abgesicherte Hinweise fallanalytisch überprüft werden. Dieser Fall verschlang jetzt schon zu viel von dem Etat, der der Kommission zur Verfügung stand.

Dann erhob sich Tom und trat vor. Er hielt mehrere Blätter in seinen Händen, die er zu einem Rohr ineinander gedreht hatte, und sich damit wie mit einem Stock in die leere linke Hand schlug. Sein Teint war von einem ungesunden Grau.

Ein Beamter mittleren Alters von der Spurensicherung trat auch vor und sprach mit fester Stimme in den Raum. Er war glattrasiert und hatte einen mächtigen Schnauzbart. Sein mürrisches Aussehen passte gut zu seiner rauchigen Stimme, die jeden im Raum verstummen ließ.

„Bei der Untersuchung jedes Tatortes müssen wir im Hinterkopf behalten, dass serologische Spuren wie körperliche Ausscheidungen, aber auch Fingerabdrücke oder andere Spuren wie Reifenabdrücke von Familienangehörigen oder auch Menschen aus dem engeren Bekanntenkreis oder auch einem Postboten stammen könnten, die nichts mit dem Gesuchten zu tun haben. Das alles muss selektiert und verglichen werden. Hier jedoch", er nickte knapp einem Mann zu, der neben dem Lichtprojektor stand, „haben wir keine Spuren von Brandbeschleuniger oder sonstiges finden können."

Ein mechanisches Surren ertönte, woraufhin die Jalousien sich langsam nach unten in Bewegung setzten und den Raum verdunkelten. Ein Quadrat aus hellem Licht wurde auf die weiße Wand projiziert. Tom nickte wieder. Ein schwarzweißes Foto tauchte auf.

„Dieses Bild verdeutlicht uns, dass der Brand alles Brauchbare ausgemerzt hat. Wir haben nichts, womit wir hätten anfangen können, bis auf die drei Leichen."

Weitere Bilder wechselten sich im Fünf-Sekunden-Takt. Auch sie waren schwarzweiß, weil das Feuer nicht nur die Beweise, sondern auch jegliche Farbe weggefressen hatte.

„Bisher konnten wir die Leichen nicht identifizieren", übernahm Tom das Wort.

Leonhard sah, dass bei allen verkrümmten Körpern die Ober- und Unterkiefer abgesägt wurden, damit der Zahnabgleich nicht gemacht werden konnte.

„Was wir jedoch haben, ist folgendes: Dieser Körper starb nicht an den Folgen der unerträglichen Hitze, auch nicht an Kohlendioxidvergiftung. Dieser Mann wurde vor mehr als fünf Jahren erschlagen." Ein Raunen ging durch den Raum und brachte die angespannte Atmosphäre zum Vibrieren. „Das ist aber nur ein vorläufiges Indiz!" Tom bemühte sich, mit seiner Art die Kollegen zu beruhigen. „Wir sind dem Mörder dicht auf der Spur."

„Versucht uns der Kerl vorzuführen?", meldete sich jemand lautstark, den Leonhard nicht richtig sehen konnte.

Wo bleibt mein Kaffee?, dachte der Kommissar und sah, wie just in diesem Moment die Tür aufging.

Zuerst tauchte Ellas Kopf auf. Sie blickte sich um, um sich zu vergewissern ob sie den richtigen Raum erwischt hatte.

Mit leicht geknickter Miene bahnte sie sich den Weg zu Leonhard, weil der Raum mit Tischen und Stühlen und müden Kollegen vollgestopft war.

„Ich sagte Snickers", empörte er sich leise, nachdem Ella ihm einen Becher mit heißem Kakao und einen Marsriegel vor seine Nase knallte.

„Der Kaffee war alle, und das hier habe ich einem Kind weggenommen", murmelte sie und richtete ihre Aufmerksamkeit auf Tom.

„Das können Sie wieder zurückhaben", knurrte Leonhard und spuckte den Hautfetzen unter den Tisch.

„Danke schön, sehr aufmerksam von Ihnen", frotzelte Ella und trank einen Schluck von dem Kakao.

Während Tom mit seinem Bericht fortfuhr, spürte Leonhard ein mehrmaliges Vibrieren in seiner Hosentasche. Leise eine Verwünschung brummelnd, fummelte der Kommissar nach dem Smartphone und erhob sich von seinem Platz. Sein Stuhl kratzte laut über den Parkettboden, wofür sich der Kommissar einen genervten Blick von Tom einfing. Diesen tat Leonhard mit einem flüchtigen Mundwinkelzucken ab.

„Um die vorhandenen Spuren, die wir bisher gesichert haben, abgrenzen zu können, sind die Zeiten besonders wichtig", sprach Tom sachlich und ließ weitere Bilder an die Wand projizieren. Leonhard hörte nicht mehr richtig hin, denn er hielt sich mit angestrengter Miene sein Handy ans Ohr. „Wir sprechen hier von Vor-, Haupt- und Nachtat. Um all das in Einklang mit dem Verbrechen zu bringen, müssen wir ein Zeitgitter erstellen, was ich auch getan habe. Folgendes ist dabei herausgekommen: Die männliche Leiche, bei der der Schädel eingeschlagen wurde ..."

„Stegmayer", meldete sich Leonhard zum wiederholten Mal und wollte schon auflegen, weil das metallische Klappern am anderen Ende der Leitung alles war, was er zu hören bekam.

„Hier ist Larissa Siebert, ich rufe Sie wegen meines Mannes an, weil Sie ihn ja suchen."

Wellige Unmutsfalten gruben sich in Leonhards Stirn. „Ja?", gab er gedehnt als Antwort, die wie eine Frage klang.

„Er hat es wieder zu gut gemeint und hat drei junge Männer in die Schule gefahren, damit sie nicht noch mehr Blödsinn anstellen konnten."

„Was haben die Kerle denn angestellt?"

„Zeitungen angezündet, anstatt sie auszutragen."

„Und wo ist Ihr Mann jetzt?"

„Wieder auf seiner Arbeit. Er muss ein Rohr reparieren."

„Warum rufen Sie uns an und nicht er?"

„Er hat die Visitenkarte hier zu Hause vergessen."

„Danke", murmelte Leonhard. „Richten Sie Ihrem Mann bitte aus, dass er dort bleiben soll. Wir kommen im Laufe des Tages vorbei, weil wir ihm einige Fragen stellen müssen bezüglich seines Bruders."

„Okay", war alles, was Larissa von sich gab.

„Auf Wiedersehen."

„Auf Wiedersehen, ich muss jetzt weiterkochen. Sie können auch zum Abendessen kommen und …"

„Nein, vielen Dank", verabschiedete sich Leonhard und nahm wieder Platz.

Konzentrierte Blicke aller Anwesenden waren auf ihn gerichtet.

„Herr Siebert ist wieder aufgetaucht", setzte er die Kollegen in Kenntnis.

Stimmen wurden laut.

„Tom, fahren Sie bitte fort", sagte Leonhard mit erhobener Stimme, um die unangenehme Aufmerksamkeit, die wie winzige Stacheln seine Haut zum Jucken gebracht hatte, von sich zu weisen.

„Es obliegt nicht meiner Aufgabe, ein psychologisches Bild des Täters zu erstellen, aber er verfügt über eine perfekte Dualität, denn die Leiche blieb lange Zeit unter der Erde vergraben und vor der Polizei verborgen. Diese Eigenschaft seines Wesens ist sein gefährlichstes Werkzeug."

„Wie kommen Sie darauf, dass diese Knochen in der Erde vergraben waren?", rief eine raue Stimme dazwischen.

„Wir haben in den Knochen Spuren von Nagetieren und Insekten gefunden, die darauf hindeuten, dass dem so war. Der rechte Beinknochen, auch Tibia genannt, ist gesplittert, auch mehrere Rippen weisen ein signifikantes Merkmal desselben Musters auf, sodass wir davon ausgehen konnten, dass der Tote von einem schweren Gegenstand wie einem Rohr oder Baseballschläger lebensgefährlich verletzt wurde."

„Es hat also ein Kampf stattgefunden?", rief dieselbe Stimme.

„Eher eine Hinrichtung", entgegnete Tom lapidar.

Kapitel 81

Ella hielt den Becher, in dem der Kakao erkaltet war, weil er ihr nach den unschönen Bildern nicht mehr schmeckte, um ihre Hände zu beschäftigen, und drehte ihn im Uhrzeigersinn ununterbrochen zwischen ihren Fingern.

„Wollen Sie dem Ganzen noch etwas hinzufügen?" Der Kommissionsleiter stand mit gerecktem Kinn bei Tom und sah zu Leonhard, den Ella mit einem leicht verklärten Blick begleitete, während er zur Tür schritt und im Begriff war, den Raum zu verlassen.

„Nun", hüstelte Leonhard und richtete seinen Gürtel. „Unser Täter ist von seiner Einzigartigkeit und Komplexität entweder überzeugt oder überfordert."

Ella hörte angespannt zu, das Kakaopulver lag pelzig auf ihrer Zunge und den Zähnen und störte sie beim Denken.

„Tom, was meinen Sie, können Sie dieser Leiche eine brauchbare DNS-Probe entnehmen?" Er wies mit seinem kantigen Kinn auf den verkohlten Schädel an der Wand. Der gezackte Durchbruch des Knochens an der linken Schläfe oberhalb des Krempenhutbereichs war deutlich zu sehen und erinnerte Ella an eine zersprungene Windschutzscheibe nach einem Steinschlag.

„Wenn ich mich nicht täusche", hörte Ella sich selbst beim Sprechen zu und staunte, wie laut und verzerrt ihre Stimme in der entstandenen Pause doch klang, „ich habe beim Durchlesen der Akten einen Vermerk entdeckt, der darauf hinweist, dass den männlichen Mitgliedern der Familie Bach vor circa fünf Jahren Speichelproben entnommen wurden, weil der Vater sich davon überzeugen wollte, dass er wirklich nicht der Vater dieses Abschaums ist. So steht es in den Akten geschrieben, er bezeichnete seinen Sprössling als Abschaum", betonte sie nachträglich. „Er war zu diesem Zeitpunkt in einem desolaten Zustand, was seine Psyche anging, aber der Sohn willigte dennoch ein."

„Was haben Sie noch, Greenwood?" Leonhard knackte mit den Fingerknöcheln.

„Die ausschließlich von der Mutter vererbte mitochondriale DNA verfügte über kennzeichnende Merkmale, die mit der Kongruenz in der Mathematik gleichzusetzen ist. Wir haben zwei eineiige Zwillinge, darum muss hier in der erblichen Substanz vieles deckungsgleich sein."

„Sehr gut", bekam sie unerwartetes Lob von ihrem Chef. Polizeihauptkommissar Stettel konzentrierte sich auf einen weißen Fleck, der auf dem grünen Pullover sehr gut sichtbar war, und versuchte ihn von seinem stattlichen Bauch wegzurubbeln. Er hob kurz den Kopf und sah zu Ella. „Lassen Sie sich nicht aufhalten", sagte er und kratzte weiter an dem Fleck.

„Können Sie uns eine brauchbare DNA extrahieren oder nicht?", wiederholte Leonhard ungerührt seine Frage, den Blick strikt auf Tom gerichtet.

Der Kollege aus der gerichtsmedizinischen Abteilung fuhr sich mit der Zunge über die Innenseite seiner Wange und nickte unentschlossen.

„Sehr gut. Hiermit möchte ich mich von euch verabschieden, Frau Greenwood und ich wollten gerade gehen, weil wir noch etwas zu erledigen haben." Er ging, ohne auf Ella zu warten, und ließ sie einfach sitzen. Von spöttischen Blicken der Kollegen durchlöchert, folgte sie mit vor Scham gerötetem Gesicht ihrem Partner, dem sie am liebsten an den Hals gesprungen wäre.

Kapitel 82

Luis saß den beiden Polizisten gegenüber und beantwortete ihre Fragen, ohne dabei aus der Ruhe zu geraten.

„Haben Sie schon mal Baseball gespielt?", fragte der silberhaarige Polizist unverhofft und warf einen flüchtigen Blick auf den Schläger, der an den Schrank gelehnt in einer Ecke stand.

„Nein, was soll die Fragerei?", beantwortete er die Frage mit einer Gegenfrage. Der genervte Unterton in seiner Stimme war nicht zu überhören.

„Wollen Sie sich jetzt madig machen, damit wir Sie endlich in Ruhe lassen, wo ist Ihre Kooperation geblieben?"

Luis schwieg beharrlich und verschränkte die Arme vor der Brust. Er stand mit dem Rücken zur Wand und spürte, wie die Kälte durch seine Knochen fuhr. Die beiden Polizisten hatten sich in der Mitte des kleinen Raumes postiert, ohne dabei bedrohlich oder einschüchternd zu wirken.

„Können Sie etwa hellsehen?", blieb Luis weiterhin giftig in seiner Art.

„Die Seele ist eine unsichtbare Substanz. Der Einzige, der von uns in einen Menschen hineinschauen kann, ist Herr Bär, ein wirklich verantwortungsvoller

Kollege aus der Rechtsmedizin, dazu benötigt er jedoch ein Skalpell."

Luis lief bei der Vorstellung, tot zu sein und auf einem Seziertisch ausgeschlachtet zu werden, ein kalter Schauer über den Rücken.

„Ist kein sehr schöner Anblick, muss ich Ihnen sagen", sprach der Polizist weiterhin gemütsarm.

„Was wollen Sie denn von mir wissen? Warum ich den Totschläger hier stehen habe? Der gehört nicht mir. Hatte dem Jürgen gehört. Den hat er zwei Jugendlichen abgenommen."

„Apropos Jugendliche, seit wann ist es Ihre Aufgabe, die Kinder zur Schule zu kutschieren?"

„Ich hatte Mittagspause und war sowieso auf dem Weg dorthin."

Der Polizist nickte mehrmals. „Verstehe", sagte er und rieb sich das Kinn.

„Haben Sie schon von dem großen Feuer gehört?" Jetzt war es die Polizistin, die ihm eine dieser Fragen stellte, die ihn komplett aus dem Konzept brachten.

Luis bedachte sie mit einem lauernden Blick.

„Feuer? Hat es was mit meinem Bruder zu tun?"

„Wie kommen Sie jetzt auf Ihren Bruder?" Der Polizist holte ein kleines Büchlein aus seiner Tasche und reichte es Luis. „Ich werde Ihnen ein paar Fragen stellen, die Sie schriftlich beantworten sollten. Es ist nur ein Spiel. Sie haben natürlich das Recht, sich dem zu widersetzen. Ich verspreche Ihnen, dass wir das hier", er deutete mit dem Finger auf das Notizbuch und reichte Luis einen Kugelschreiber, „nicht in einem

Prozess gegen Sie verwenden werden. Machen Sie mit? Es ist kein reines Frage-und-Antwort-Spiel. Sie dürfen kreativ sein. Ich nenne ein Wort oder drei, und Sie schreiben das Erste auf, was Ihnen dazu einfällt. Es muss auch keinen Sinn ergeben, alles geschieht intuitiv."

Luis spürte, wie ihm die Galle hochstieg, nickte jedoch.

„Himmel ist …", begann der Kommissar und spielte mit den Augenbrauen. „Na kommen Sie, so schwer ist die Frage doch nicht."

„Wolkig", schrieb Luis.

„Sehr einfallsreich."

„Frau."

„Mutter." Leonhards Finger wurden feucht.

„Nicht schlecht."

„Liebe."

„Ist tödlich."

Leonhard Stegmayer lachte auf. „Sie gefallen mir immer besser."

Luis entspannte sich.

„Mutter."

„Ist tot."

„Dennis, setz dich auf den Stuhl", sagte der Polizist immer noch mit einem vagen Lächeln auf den Lippen und kühlem, berechnendem Blick.

Luis ließ den Kugelschreiber aus der Hand fallen und hob ihn sofort wieder auf.

„Was haben Sie gesagt?"

„Nichts. Stuhl."

„Tisch", schrieb Luis auf, seine Schrift veränderte sich dabei, und er konnte nichts dagegen machen. „Ich höre lieber auf, ich muss meinen Sohn von der Schule abholen", stammelte er und zwängte sich zwischen den beiden hindurch.

„Ach, Herr Bach?"

„Ja?" Luis drehte sich hastig um und fühlte sich ertappt. „Eigentlich heiße ich seit meinem zehnten Lebensjahr Siebert. Das habe ich Ihrer Partnerin schon erzählt."

„Stimmt", der Polizist fasste sich mit einer Hand an den Kopf, „darf ich mein Notizbuch zurückhaben?"

„Ja natürlich", lächelte Luis und streckte seine Hand aus.

„Dürfte ich Sie bitten, mir Ihre Handynummer aufzuschreiben?"

Luis zögerte und schrieb sie dann doch auf. „Bitteschön."

„Noch etwas."

„Ja?"

„Wie nah standen Sie und Ihr …"

„Ich und mein Bruder hatten keinen Kontakt mehr. Er kann mir getrost gestohlen bleiben, und ja, Sie hatten recht, ich habe es schon mitbekommen, dass das Haus, in dem mein Bruder gelebt hat, abgebrannt ist, kam schließlich oft genug im Radio."

„Und das berührt Sie nicht?"

„Nein. Sein Ziehvater war ein krankes Arschloch. Ich weiß, wovon ich rede. Mein Bruder tut mir einerseits leid."

„Warum?"

„Weil er unter den Fittichen dieses kranken Mannes aufwachsen musste."

„Wir haben nur Überreste bergen können. Wären Sie bereit, uns eine Speichelprobe abzugeben, damit wir die Leiche identifizieren können? Den Anblick würden wir Ihnen gerne ersparen. Sie sind leider der einzige uns bekannte Verwandte."

„Das sind Sie Ihrem Bruder schuldig, er soll ja wie ein Mensch bestattet werden." Die Polizistin berührte Luis sachte bei der Schuler.

„Jetzt?", wollte Luis wissen und bekam prompt ein durchsichtiges Gefäß von der Polizistin in die Hand gedrückt. „Wenn's sein muss", sagte er resigniert und öffnete den Mund.

Die Polizistin rieb ihm mit dem Stäbchen über die Innenseite der linken Wange und das Zahnfleisch, dann verstaute sie den Träger in dem Röhrchen.

„Bevor Sie gehen, würde ich gerne die Feuerstelle anschauen", wandte sich der Kommissar erneut an Luis. „Wer weiß, was die Bengel dort noch alles verbrannt haben. Und Sie, liebe Kollegin, fahren zu Pjotr Schukov, vergessen Sie den Datenträger nicht. Hier in dem Notizbuch steht die E-Mail-Adresse, die er überprüfen soll", fügte er wie beifällig hinzu, doch Luis spürte, wie eine ungute Vorahnung in ihm hochstieg.

Der Polizist schlug das Büchlein noch einmal auf und machte Notizen. „Er soll mich auf meinem Handy anrufen", fügte er in demselben beifälligen Ton hinzu und sah zu Luis. „Kommen Sie, Herr Siebert, zeigen Sie mir den Ort."

Kapitel 83

Renates Nasenflügel blähten sich auf, sie bekam kaum
Luft, weil der Staub ihre Schleimhäute anschwellen
ließ. Ihre Kiefermuskeln brannten nicht mehr, sie
spürte den Lappen, der in ihrem Mund steckte, auch
kaum noch. Ihre Augen waren auf die Bretter gerichtet,
die dicht über ihr angebracht waren. Licht drang kaum
durch die Ritzen. Sie sah Staubflusen, wie sie über ihr
im gelben Licht schwerelos kreisten und vom heftigen
Ausatmen erneut aufgewirbelt wurden.

Sie hörte Amseln und das Schaben von Mäusen
dicht neben ihrem linken Ohr. Dann krabbelte etwas
über ihr Gesicht und versuchte sich in ihrem linken
Ohr zu verstecken.

Renate schrie, doch der Lumpen hielt ihre Stimme
gefangen.

Sie weinte stumme Tränen. Sie lag in einer Grube,
die von Brettern zugedeckt war. Dann, wie aus einem
tiefen Traum, vernahm sie Stimmen. Die eine erkannte
sie sofort, sie gehörte Leonhard.

Renate zerrte an den Fesseln, mobilisierte all ihre
Kräfte und bäumte sich auf, doch vergebens.

„Mordlust, Rachsucht oder Lust auf seelische und
körperliche Vergewaltigung, das alles sind Motive, die
wir unter niedrigen Beweggründen einstufen und die
entsprechend hart bestraft werden. Ich finde, nichts ist

verwerflicher als eine vorsätzliche Tötung, die aus der Lust zur körperlichen Misshandlung entsteht, finden Sie nicht auch, Herr Siebert?"

„Ja", entgegnete der Mann. Renates Herz drückte schmerzhaft gegen ihre Rippen. Das Stechen in der Brust raubte ihr beinahe die Besinnung.

„Wenn der Mörder nicht kooperiert, kein Mitgefühl zeigt und seine Tat eines dieser Merkmale erfüllt, so wird er zwingend zu einer lebenslangen Freiheitsstrafe …"

„Hier haben die Jungs ihre Zeitungen entsorgt", unterbrach ihn die zweite Stimme, die Renate nicht sofort zuordnen konnte. „Aber muss der Mörder nicht zuerst beweiskräftig überführt werden?"

„Sofern er sich nicht selbst stellt, schon. Aber wenn er kooperiert und Reue zeigt, kann der Richter ein milderes Urteil aussprechen und ihn vielleicht in die Psychiatrie …"

„Ist es nicht immer das Gleiche? Die Mörder müssen sich nur entschuldigen und behaupten, sie wären psychisch instabil, schon können sie der gerechten Strafe entkommen. Ich würde sie alle - einen nach dem anderen - am nächstbesten Ast aufhängen", fiel der andere Mann dem Kommissar ins Wort.

„Ich wüsste ehrlich gesagt nicht, wie man eine Schlaufe bindet, und Sie?" Renate hörte ihren Kollegen auflachen.

„Nein. Das war nur ein Wunschdenken, ich spreche da für viele."

„Was ist das für ein Schuppen?", wechselte Leonhard das Thema.

„Hier befanden sich früher Transformatoren, jetzt steht er leer. Jürgen benutzt ihn im Winter, um dort Streusalz zu lagern und anderes Zeug, was man im Winter so braucht. Hatte er benutzt", verbesserte er sich.

„Darf ich mich dort umsehen?"

„Da ist nichts, aber wenn Sie so darauf bestehen!"

Der Schlüssel wurde mehrere Male umgedreht. Etwas schlug hart gegen das Holz. Dann wurde ein Riegel verschoben. Renate blinzelte, denn ein grelles Weiß schnitt ihr in die Augen.

Das dumpfe Poltern von Schuhen auf Holz tat in ihren Ohren weh. Sie öffnete langsam die Augen, als ein Schatten sich über sie legte.

„Hilfe", schrie sie aus letzter Kraft, doch ihr Schrei blieb ungehört. Die Schatten über ihr bewegten sich hin und her. Es dauerte eine ganze Ewigkeit, doch Renate konnte sich nicht bemerkbar machen, dann fiel die Tür polternd zu.

„Ich habe Ihnen doch gesagt, dass hier nichts zu finden ist."

„Und darum haben Sie einen Schlüssel dabei?"

Der zweite Mann hatte auf diese scheinbar einfache Frage keine Antwort. Es dauerte einen Augenblick lang, bis er mit seiner Antwort herausrückte. „Ich habe einen Schlüsselbund ..."

„Dieser Schlüssel befand sich jedoch nicht auf dem Ring, er steckt immer noch in dem Einhängeschloss." Leonhards Stimme wurde härter.

„Weil ich, weil ich die Jungs hier beobachtet habe, hatte ich den Schlüssel mitgenommen, um nach dem Rechten zu schauen."

„Ach ja, das erklärt also alles. Haben Sie auch bei Frau Jung nach dem Rechten schauen wollen? Wissen Sie, was mir hier auffällt?"

„Was?"

„Vor der Tür und hier in dem morschen Holz der Dielen habe ich kleine, pfenniggroße Eindrücke entdeckt. Berufskrankheit, wissen Sie, ich schaue mir immer vor die Füße. Diese kreisförmigen Eindrücke sind ein klarer Hinweis auf Damenschuhe - Gott bewahre -, ich trage keine Stöckelschuhe, und dennoch weiß ich, dass die eine oder andere Frau sie als Waffe benutzen kann."

„Ich trage auch keine", empörte sich der Mann.

„Aber ist das hier nicht ein gutes Versteck? Sie wissen schon. Ich kann auch ein leichtes Frauenparfüm ausmachen, obwohl die Luft überwiegend nach altem Holz und Altöl riecht."

„Ich liebe meine Frau. Ich habe doch gesagt, das hier war Jürgen Sternwarts Rückzugsort. Hier traf er sich auch mit Frauen."

„Obwohl er impotent war?"

„Wie bitte?"

„Sein Zeiger war immer auf halb Sechs eingestellt." Renate hörte Leonhard leise auflachen.

432

„Das wusste ich nicht."

„Sie vermitteln den Eindruck, als würden Sie permanent lügen. Jedenfalls habe ich so einige Diskrepanzen zwischen dem, was sie ausgesagt haben, und was ich an den Orten, an denen Sie anwesend waren, diagnostizieren können."

„Weil ich mit all den Situationen überfordert bin."

„Das sieht für mich eher nach einem versuchten täuschenden Verhalten aus", stellte Leonhard fest.

„Ich bin hier!", schrie Renate erneut und zerrte mit beiden Händen an den Fesseln.

„Das ist nur Ihre persönliche Meinung."

„Sie wollen mir doch nicht etwa Ihren kleinen Freund zeigen." Leonhard klang überrascht.

„Nein, ich will nur pinkeln. Das kann ich tun, wo ich will", grummelte der Fremde. Dann ging die Tür wieder auf. Kurz darauf spürte Renate, wie etwas Feuchtes und Warmes sich über ihr Gesicht ergoss. Die Flüssigkeit brannte in ihren Augen.

„Sie sind echt ein komischer Typ", sprach der Kommissar mit derselben beherrschten Stimme.

„Warum?"

Renate weinte und wollte nur noch sterben.

Eine leise Melodie ertönte. „Der Raum hier ist tatsächlich leer, bis auf diesen Stuhl hier", sprach Leonhard nachdenklich.

Kapitel 84

Luis' Kopfhaut zog sich zusammen. „Das ist eben nur ein Stuhl", entgegnete er so ruhig wie möglich. Er hörte ein leises Wimmern, oder bildete er sich das nur ein?

Er sah auf seine rechte Hand, ein Brandfleck wie ein Kainsmal prangte auf der gespannten Hand, dann schloss er sie zu einer Faust. Der Polizist führte etwas im Schilde, aber was? Sein Gesichtsausdruck war undurchdringlich, ohne den Blick abzuwenden, griff Luis nach seinem Telefon. „Hallo?" Er hörte nur ein leises Atmen. Dann wurde aufgelegt.

„Wer war das?", wollte der Polizist wissen.

„Da hat sich wohl jemand verwählt."

„Passiert mir auch oft", sagte der Polizist und torkelte rückwärts, auch er hielt ein Handy in der Hand und warf einen flüchtigen Blick darauf.

„Sind wir hier endlich fertig?", fragte er entgeistert und zog an dem Reißverschluss seiner Hose.

„Ja, nur noch eine Sekunde."

„Sie haben doch etwas, was Sie an mir stört, habe ich recht?"

„Ihre Schilderungen. Sie reden nur oberflächlich über das, was mich interessiert, sodass ich den Eindruck nicht loswerde, dass all Ihre Schilderungen nur gedanklich zusammengewürfelt wurden. Sie sind nicht aufrichtig, weil Sie jemanden schützen wollen. Ist Ihr Bruder tatsächlich tot? Oder stecken Sie mit ihm zusammen knietief in der Scheiße und versuchen ihn dabei zu decken?"

Kapitel 85

Ella schluckte schwer. Sie hatte gerade eine Antwort von Pjotr Schukov erhalten. Er war Graphologe und Leonhards langjähriger Schulfreund.

Sie schaute auf das Blatt Papier, auf dem in Leonhards geradliniger Schrift stand: *Pjotr soll die Schriften vergleichen, sofort, danach rufen Sie Luis an, Sie schweigen und legen auf, danach rufen Sie sofort mich an.*

Sie wählte Leonhards Nummer und lauschte.

„Stegmayer?"

„Herr Schukov meint, es handle sich eventuell um ein und denselben Verfasser. Er hat die E-Mails verglichen, aber er bräuchte etwas mehr Zeit."

„Wir haben keine Zeit. Sie folgen einfach den weiteren Hinweisen. Einfach umblättern", sagte er. „Niemandem gelingt es angesichts unserer diffizilen Untersuchungsmethoden, alle Spuren zu verwischen. Herr Bach und ich, oh, ich meine natürlich Herr Siebert, sind gleich hier fertig. Es war eine falsche Fährte", sprach Leonhard mit einer leichten Spur von Hohn und fügte hinzu: „Schicken Sie ein paar Männer zur Verstärkung, ich komme gleich nach."

Ella verstand nicht recht, was ihr Kollege da von sich gab.

Kapitel 86

Leonhard stand mit dem Rücken zur Tür, dann mit der freien Hand hinter seinem Rücken tastend erwischte er den Griff und stieß sie nur so weit auf, dass er durch den Spalt hinausstürmen konnte. Schnell warf er die Tür ins Schloss. Luis warf sich mit der Wucht eines Verzweifelten gegen die Bretter. Nur mit Mühe und viel Glück gelang es Leonhard, den Riegel wieder vorzuschieben.

Leonhard wählte hastig die Nummer von Ella.

Bisher kam die Polizei zu keinem konkreten Verdacht, wie auch jetzt basierten seine Annahmen nur auf Vermutungen, und das Eis, auf dem er sich bewegte, war ziemlich dünn. Luis polterte mit beiden Fäusten gegen die Tür.

„Ella, wie sicher ist Pjotr?", flüsterte er in den Hörer.

„Er hatte ja nur eine halbe Stunde Zeit, und dennoch hat sein Programm einige Übereinstimmungen gefunden."

„Pjotr ist einfach der Beste, und nun hören Sie mir genau zu. Sie rufen ..."

„Was ist da unten los?", schrie eine ältere Dame tief aus dem Fenster gelehnt aus dem obersten Stock und musterte Leonhard durch ihre Brille, die sie immer wieder die Nase hochschob.

„Ich bin von der Polizei, ich habe alles unter Kontrolle", erwiderte Leonhard und winkte der Dame zu.

„Das haben die Kerle auch immer behauptet, und später stellte sich heraus, dass sie dort Zeitungen anzündeten. Einer der Bengel war mein Enkelsohn. Wo ist Herr Siebert?", wollte sie wissen. „Ich habe ihn mit den Burschen aus dem Haus gehen sehen, wo ist er jetzt?"

„Ich weise Sie ausdrücklich darauf hin, dass ich von der Polizei bin und alles unter Kontrolle habe." Leonhard presste die Lippen zusammen.

„Ich rufe lieber die richtige Polizei", entgegnete die Frau und verschwand wieder hinter den Spitzenvorhängen.

„Was ist da los?", ertönte Ellas Stimme.

„Wir müssen uns beeilen", raunzte Leonhard.

„Sind Sie sich da ganz sicher, und wenn wir den Falschen beschuldigen?"

„Ich glaube nicht an Zufälle, und Pjotr irrt sich nie. Nur weil wir ihm die Verbrechen nicht nachgewiesen haben, bedeutete es nicht, dass Luis Siebert sie nicht begangen hat. Außerdem habe ich die Vermutung, dass dieser Luis in Wahrheit Dennis Bach ist."

„Wie bitte?"

„Er hat seinen Bruder schon vor Jahren getötet. Die Überreste, die wir im Feuer gefunden haben, deuten darauf hin, dass die Leiche älteren Datums ist, und die tote Frau könnte die Pflegerin aus dem

Ausland gewesen sein, die eines Tages plötzlich verschwunden ist."

„Wo haben Sie das nun her?"

„Von einer Nachbarin. Diesen alten Frauenzimmern entgeht nichts! Das ist der Unterschied zwischen Jurisprudenz und Reallife. Und jetzt rufen Sie diesen Luis alias Dennis an und sagen Sie folgenden Satz, hören Sie mir zu?"

„Ja, natürlich." Leonhard hörte heraus, wie aufgeregt Ella doch war.

„Hallo, Dennis, hier ist Sally. Setz dich bitte auf den Stuhl. Diesen Satz wiederholen Sie mehrmals und achten Sie bitte darauf, dass Sie dabei sanft klingen wie diese Frauen vom Telefonsex und nicht wie eine Polizistin bei einer Festnahme!"

„Was hat es mit diesem Stuhl auf sich?"

„Das war früher der Platz, an den der junge Dennis verbannt wurde, wenn er nicht artig war. Manchmal verbrachte er Stunden darauf und wurde sogar fixiert, damit er nicht aufstehen konnte. Die Füße des Stuhls waren an die Bodendielen festgeschraubt, und eben diesen Stuhl habe ich hier gefunden. Wir betreiben jetzt Exorzismus, und Sie sind der Exorzist."

„Aber verstößt diese Maßnahme nicht gegen das Gesetz? Der Staatsanwalt wird dieses Vorgehen nicht akzeptieren. Er und der Richter werden nach einer Indizienkette verlangen oder nach schlüssigen Beweisen. Folgen Sie etwa nur einem Bauchgefühl?"

„Wenn Sie noch eine weitere Frage stellen, streiche ich Sie von meiner Freundschaftsliste. Ich habe mit einem Psychiater gesprochen, der Herrn Bach Senior betreut hat. Laut seinem Gutachten hatten sowohl der Vater als auch sein Sohn eine ausgeprägte Persönlichkeitsstörung, was er jedoch auf den tragischen Tod der Ehefrau und Mutter zurückführte. Der Junge wies zudem noch emotional instabile und dissoziale Persönlichkeitszüge auf, die nicht weiter erwähnt wurden, weil er in einem Pflegeheim untergebracht und dort psychologisch betreut wurde. Also, Sie machen entweder das, worum ich Sie gebeten habe, oder Sie kündigen Ihren Job!"

Das Hämmern hinter der Tür ließ nicht nach.

Ella legte auf.

Leonhard lauschte. Leise Musik drang durch die Ritze. Die Schläge gegen die Tür und die unzähligen Verwünschungen hörten plötzlich auf.

„Ja", meldete sich Luis mit kratziger Stimme hinter der Tür.

Kapitel 87

Luis nahm erneut ab. Wieder hörte er zuerst nur ein heftiges Atmen in der Leitung, dann: „Hallo Dennis, hier ist Sally."

Eine weiße Wand tat sich vor ihm auf. Alles um ihn herum begann sich zu drehen. Die grauen, verzogenen Bretter und die grauen Wände aus Beton vermischten sich zu einem dunklen Rot. *Woher kannte die Stimme meinen wahren Namen?*, rauschte der Gedanke durch seinen Kopf.

„Setz dich auf den Stuhl, Dennis", hörte er die leise Stimme und sah das Gesicht seines Vaters vor seinen Augen. Sein infernalischer Blick wirkte zerstörerisch auf sein Selbstbewusstsein.

„Sally, bist du das?", fragte er mit kindlicher Stimme. Sally war seine imaginäre Freundin. Aber Mama meinte, es gibt keine imaginären Freunde, und selbst betete sie täglich zu Gott. *Wer war dieser Gott?*, wollte er einmal von ihr wissen. *Ist er realer als Sally? Schließlich hat ihn auch keiner zu Gesicht bekommen, und Wunder, die er angeblich vollbringt, habe er bisher noch nie gesehen.* Daraufhin hatte ihm seine Mama aufgetragen, die Bibel zu studieren, doch dort wurde nur gehurt, selbst Brüder und Schwestern hatten sich nicht davor gescheut, Sex miteinander zu haben.

„Dennis", riss ihn die sanfte Stimme aus den Gedanken heraus und ließ ihn taumeln. „Setz dich bitte auf den Stuhl und verrate mir, wo du Renate versteckt hältst."

Dennis ging zum Stuhl, den er eigens dafür hierhergebracht hatte, um den Stimmen in seinem Kopf gehorchen zu können. Sally hatte recht, er hieß Dennis und nicht Luis. Seinem Bruder hatte er vor fünf Jahren mit einer Schaufel den Schädel eingeschlagen und ihn hinterm Haus vergraben. Seitdem führte er ein zweispuriges Leben, bei dem es jeden Tag zu entgleisen drohte. Er tötete Luis dafür, dass er ihn damals diesem Tyrannen überlassen hatte. Er beneidete ihn. Ihn, seine Frau und das Kind, das sie hatten. Doch Luis wollte einfach nicht einsehen, dass das, was er hatte, nicht selbstverständlich war.

Sie beide verfingen sich in einem Streit, der außer Kontrolle geraten und in einer Auseinandersetzung geendet hatte, die tödlich endete.

„Dennis, bist du noch da?"

Nein, Dennis war nicht mehr da, zumindest nicht in seinem Körper. Er sah, wie die Gesichtszüge in seinem Antlitz weicher wurden. Er betrachtete sich in einem Spiegel. Das letzte Andenken an seine Mutter. Sie saß oft stundenlang über das runde Ding gebeugt nur da und trug sich Schminke auf, damit die blauen Flecken für die anderen nicht mehr sichtbar waren.

„Sally, ich habe Angst, da ist ein Mann, ich glaube, dass es mein Vater ist. Er schreit mich wieder an. Er hat mich eingesperrt." Seine Stimme klang wie die eines Kindes.

Kapitel 88

Renate begriff nicht, was mit ihr geschah. Ein Brett wurde angehoben, dann noch eines. Ihr Peiniger schaute auf sie von oben herab und lächelte dümmlich, wie ein Kind. Seine Hand griff nach ihrem Gesicht und streichelte ihr die Haare aus der Stirn. Er kniete über ihr und lächelte. Mit der linken Hand hielt er sich das Handy ans Ohr und redete mit einer Frau, die Sally hieß. Dann nahm er einen Spiegel und betrachtete sich darin. Das war ein kreisrunder Schminkspiegel.

„Ich sehe nicht wie ein Mörder aus", flüsterte er kaum hörbar. „Sally, ich bin kein Mörder", sprach er weiter und legte den Spiegel zurück in die Grube, danach befühlte er den Stoff des geblümten Kleides. Dann veränderte sich seine Miene, weil jemand lautstark gegen die Tür eindrosch.

Mit gehetztem Blick sah sich der veränderte Mann um und warf das Telefon gegen die Wand. Er rieb sich mit der Hand über die Nase. Blut tropfte und traf Renate im Gesicht. „Bleibt weg von mir, ihr Arschlöcher!", brüllte der Mann und setzte sich auf den Stuhl, den Renate nur im Augenwinkel sehen konnte. Der Mann wiegte seinen Körper hin und her und kreischte wie ein Wahnsinniger. Adern und Muskelstränge traten durch seine Haut am Hals empor. Dann sprang er erneut auf und warf die Bretter zurück an ihre Plätze. Die Latten wollten nicht richtig passen. Renates Peiniger stapfte mit beiden Füßen drauf herum. Holz barst und gab unter seinem Gewicht nach, brach jedoch nicht durch. Renate spürte, wie winzige Splitter sich in ihre Haut bohrten. Dreck und Staub bedeckten sie und raubten ihr das bisschen Luft, das sie in der Grube noch hatte.

Ein gurgelndes Würgen, gefolgt von heftigem Husten, drang durch die Bretter.

Kapitel 89

Leonhard fluchte, riss Kommissar Harald Mittnacht vom Kriminaldauerdienst am Arm und stieß Steffen Bolzen von sich weg. Steffen, der betrogene Ehemann, der auf Leonhard geschossen hatte und beinahe suspendiert wurde, schlug Leonhard mit der Faust ins Gesicht.

Der verzweifelte, langanhaltende Schrei eines zu Tode verängstigten Kindes drang durch die Ritze der verzogenen Tür.

„Bleib ja von der Tür weg. Es ist ganz anders, als es auf den ersten Blick scheint, dort ist kein Kind", brüllte Leonhard die Männer an.

„Lasst mich hier raus", schrie der Gefangene erneut und warf etwas Schweres gegen die Tür.

„Und du, Steffen …", wandte sich Leonhard vergebens an den Polizisten und versuchte dabei einen kühlen Kopf zu bewahren, „… du wirst es noch bereuen", knurrte Leonhard schwer atmend, weil auch er nicht anders reagieren würde als die beiden Männer, befände er sich in dieser Lage, und befühlte seine blutende Nase. Zum Glück war sie nicht gebrochen, dachte er, wich dem nächsten Schlag gekonnt aus und nahm seinen Kollegen in den Schwitzkasten. „Bleib von der Tür weg, Harald, sonst wird es noch Konsequenzen nach sich ziehen", drohte er dem Mann,

446

doch dieser ignorierte alles, was Leonhard von sich gab, und quittierte die Androhungen mit einem ausgestreckten Mittelfinger, den er in die Luft hob, ohne sich umzudrehen.

Steffen zappelte in seinem Griff und keuchte. Leonhard stieß den röchelnden Polizisten von sich weg und stampfte auf Harald zu. „Lass uns das hier bei einer Verwarnung bewenden, Harald", rief er dem bulligen Mann hinterher und holte ihn in dem Moment ein, in dem dieser nach dem Schieber langte und das Schloss auf die Erde warf.

„Harald, NEIN!" Seine unheilvoll dröhnende Stimme schreckte zwei Tauben auf, die mit den Flügeln schlagend davonflogen.

Ein weiterer, noch mächtigerer Schlag als noch kurz zuvor brachte die Bretter zum Ächzen und ließ Harald auffahren und zurücktaumeln. „Lass uns die Sache im Sande versickern, schnapp dir den Steffen und verpisst euch einfach von hier."

„Geht nicht." Harald drehte sich um und fixierte Leonhard finster. „Die Frau hat nicht nur uns angerufen, sondern auch die …", noch bevor Harald den Satz beenden konnte, flog die Tür beinahe aus den Angeln und fegte den Polizisten von den Beinen.

Leonhard stand einem Mann gegenüber, der mit Luis nichts mehr gemein hatte. Der Mann, dessen Leben von wenig Glück begünstigt war, hatte tiefe Spuren in seiner Psyche hinterlassen. Er glich einem Wahnsinnigen. Die Augen - blutunterlaufen - huschten hin und her. Alles geschah wie in Zeitlupe, und dennoch konnte Leonhard nicht auf den Angriff reagieren. Luis hielt etwas Rundes, eine Art Besenstiel, in der Hand, das an einem Ende zerborsten war. Erst als ihn der Gegenstand am Kopf traf, begriff Leonhard, dass es sich um das Bein des Stuhles handelte, dessen Einzelteile auf dem Boden verstreut lagen.

Ein Schuss zerriss die Luft und peitschte an seinem linken Ohr vorbei. Noch im Fallen sah Leonhard, wie Luis auf Steffen sprang und ihn einem Raubtier gleich in den Hals biss. Blut spritzte aus der aufgerissenen Wunde und besprenkelte die Erde. Leonhard hörte einen Schrei, der ihm bis ins Mark ging, doch dann verschwand die Welt hinter einem weißen Dunst, und auch die Geräusche verloschen, als habe jemand an der Lautstärke gedreht. Er fiel zu Boden, ohne den Aufprall zu spüren, und kugelte sich die rechte Schulter aus, doch das bekam er nicht mehr mit, auch wusste er nicht, dass ein Nagel, der in dem gedrechselten Stuhlbein steckte, seinen Schädelknochen durchdrungen und ein kleines rundes Loch in der rechten Schläfe hinterlassen hatte, aus dem konvulsiv schwarzes Blut hinausspritzte und sein Gesicht rot färbte.

Kapitel 90

„Guten Morgen", flüsterte Ella und lächelte ihren Partner, der in einem weißen Bett lag, an. Ihr ganzer Körper fühlte sich nach der Nacht ohne Schlaf taub und ausgezehrt an.

Jede Muskelfaser schmerzte, selbst das flüchtige Lächeln kostete sie viel Überwindung.

„Was ist passiert?", flüsterte Leonhard und machte Anstalten, sich im Bett aufzurichten, sofort begann eines der Geräte zu piepsen.

„Sie sind dem Tod nur knapp von der Schippe gesprungen", flüsterte Ella mit müder Stimme und fuhr sich mit der Hand über die Stirn, die sich heiß anfühlte.

„Habt ihr ihn gefasst?"

Ella schüttelte enttäuscht den Kopf.

„Und Renate?"

„Nein", war alles, was Ella erwiderte.

„Haben Sie das Häuschen durchsucht?" Trotz des lauten Warngeräusches richtete sich Leonhard im Bett auf und zupfte alle Schläuche von sich weg. Eine Kakophonie an Warntönen erfüllte den Raum. Eine Krankenschwester stürzte in den Raum und wurde von ihm mit einem „Schalten-Sie-den-Scheiß-endlich-ab" begrüßt.

„Das dürfen Sie nicht", stotterte sie, den Zorn unterdrückend, und wollte Leonhard mit sanfter

Bestimmtheit zurück aufs Bett drücken, er wischte jedoch ihre behandschuhten Hände beiseite und packte Ella am Handgelenk. „Helfen Sie mir auf die Beine, Greenwood, und bringen Sie mir meine Klamotten"; knurrte er.

Die Krankenschwester lächelte zaghaft. „Ihre Sachen sind nicht da. Wurden von der Polizei abgeholt." Die Bestürzung in ihren Augen war kaum zu übersehen. Sie streckte mehr aus Verzweiflung als aus Auflehnung die Hand nach dem verletzten Polizisten aus, dessen Kopf einem Turban gleich mit einer weißen Mullbinde umwickelt war, während er Anstalten machte, das Krankenhauszimmer zu verlassen.

„Was ist passiert, Greenwood? Ich will alle Details, und zwar unverzüglich, und kommen Sie verdammt noch mal nicht mit: Sie müssen mich nach Hause fahren, damit ich mich umziehen kann. Diese Kluft steht mir nicht." Er zupfte an dem weißen Hemd mit dem dezenten Muster darauf, das an seinem Rücken völlig offen war.

„Sie sind zu schwach", rief ihnen die mit der Situation überforderte Krankenschwester beinahe flehentlich nach und wählte die Nummer vom Sicherheitsdienst.

„Haben Sie Luis geschnappt?"

Leonhard lief auf nackten Füßen zu den Aufzügen.

Ohne Ella eines Blickes zu würdigen, knallte er mit der flachen Hand auf den Rufknopf.

„Er ist flüchtig. Sein Haus wird permanent überwacht. Sie können aber doch in so einem desolaten Zustand das Krankenhaus nicht verlassen", versuchte sie ihren Kollegen zur Vernunft zu bringen, mit der Gewissheit, dass das nichts nützen würde.

„Was haben Sie noch? Nun lassen Sie sich nicht alles aus der Nase ziehen", spornte er sie an, auf das Wesentliche zu kommen, für Smalltalk und gutes Zureden hatte er augenscheinlich keine Zeit. „Greenwood, was haben Sie in der Zeit meiner geistigen Abwesenheit getrieben?" Er sprach so, als wäre sein Kehlkopf entzündet.

„Ich habe seinen Lebenslauf studiert, ich meine den von Luis Siebert. Er war eigentlich eine arme Seele. Tom hat die DNA verglichen, die zwei Toten sind definitiv Vater und Sohn."

„Aber waren die Leichen oder das, was von ihnen übriggeblieben war, nicht vollständig verbrannt?", hakte Leonhard nach.

„Wir haben den kompletten Garten umgegraben und sind auf einige Knochenreste des getöteten Bruders gestoßen, aus denen wir DNA extrahieren konnten, der Vater lag unter einer Decke, sodass dennoch brauchbare Zellen für eine Probe vom Feuer verschont geblieben waren."

„Was noch?"

„Auch hatten wir die Probe von dem kleinen Steven, natürlich mit dem Einverständnis der Mutter, ins Labor geschickt. Die Übereinstimmung zeigt deutlich, dass der Junge keinen Vater mehr hat und von seinem Onkel all die Jahre hinters Licht geführt wurde."

„Und die Ehefrau? Hat sie etwa nichts gemerkt?"

Der Aufzug kam, sie stiegen ein.

„Doch, aber all die Veränderungen, die in ihr Leben geplatzt waren, haben sie glücklich gemacht. Sie wollte ihren früheren Mann nicht mehr zurückhaben. Sie war glücklich. Ihr Sohn hatte endlich einen Vater, der sich auch um ihn kümmerte. Dennis ging mit ihm sogar auf den Fußballplatz, was der leibliche Vater davor niemals getan hätte."

„Wie hat sich diese Larissa die Metamorphose, die ihr Mann durchgemacht hat, erklärt?"

„Gar nicht, sie hat es einfach hingenommen."

Sie schwiegen einen Moment lang, Leonhard verspürte eine Ruhe in sich, die zu dieser Situation überhaupt nicht passte, die Medikamente zeigten immer noch ihre Wirkung. Sie liefen nach draußen. Ellas Porsche stand direkt vor dem Eingang. Leonhard setzte sich in den Beifahrersitz und ließ sich von Ella anschnallen.

„Wie war das möglich, dass ihr Renate nicht entdeckt habt? Sie war doch direkt vor eurer Nase! Das hat mir Tom verraten, aber ich war gestern noch zu schwach. Ihr hättet nur einen Spürhund einsetzen müssen", sprach er mit einer Traurigkeit in der Stimme, die seine Stimmung widerspiegelte.

„Zuerst haben wir uns um Sie gekümmert, Sie waren dem Tod näher als dem Leben. Später haben wir den Raum komplett abgesucht, sogar an einigen

Stellen die Bretter vom Boden abgenommen, aber das Versteck verbarg sich in der hintersten Ecke, dort, wo wir leider nicht nachgeschaut haben. Auch verfügte der Raum über eine Art doppelten Boden, sodass wir unter den Dielen weitere Dielen fanden, an einen doppelten Boden dachte an dem Tag niemand. Ich gebe zu, wir haben versagt. Wir haben nicht gedacht, dass er dort jemanden verstecken könnte. Was die Hunde betrifft, so hat Dennis den Boden mit seinem Urin und Mageninhalt so verunreinigt, dass die beiden Spürhunde nichts wittern konnten. Zu viel Ammoniak, hat der Hundeführer gesagt."

„Das war nicht der einzige Fauxpas? Wie war es ihm gelungen, Renate ungestört aus dem Versteck zu holen?" Sein Blick blieb an der Frontscheibe kleben.

„Er kam in der Nacht und löste einen Alarm aus. Danach ging er direkt auf die beiden Polizisten zu, die für die Observation zuständig waren. Er trug ein Basecap und täuschte eine extreme Situation vor. Er ist gerissen. Er hat nämlich behauptet, dass vor dem Haus ein Überfall stattgefunden hat. Die beiden Kollegen haben ihn nicht erkannt, weil sie von der Taschenlampe, die er dabei hatte, geblendet wurden. Bei dem ganzen Tumult konnte Dennis ungestört Renate herausholen und sie mitnehmen. So einfach war das."

„Wo fahren wir jetzt eigentlich hin?"

„Zuerst zu mir nach Hause …"

„Und dann?"

„Dann müssen wir uns auf Steven konzentrieren. Das Observationsteam soll den Jungen im Auge behalten."

„Wie bitte?"

„Wen lieben Eltern mehr als sich selbst?"

„Ihre Kinder!", beantwortete Ella die Frage, ohne zu überlegen. „Aber Dennis ist nicht der leibliche Vater."

„Ein Kind zu machen ist keine Kunst, dazu braucht man nur ein Spermium und eine Eizelle. Um es zu erziehen, benötigt man auch etwas von der Hirnmasse und so etwas wie Liebe, wenn es überhaupt existiert. Und Dennis liebt seinen Jungen, nur deswegen hat er seinen Bruder getötet, in dem Jungen sah er das Spiegelbild seines Selbst. Verstehen Sie, er wollte den Jungen beschützen, ihm sogar dasselbe Schicksal ersparen."

Kapitel 91

Luis wartete vor der Schule auf seinen Sohn. Er war seit drei Tagen auf der Flucht, ohne sich recht daran erinnern zu können, warum ihn die Polizei jagte.

Steven lief auf das Tor zu. Er lächelte und winkte den beiden Jungs zum Abschied zu, die seine Schulfreunde waren. Darauf war Luis besonders stolz, sein Sohn war kein Außenseiter.

„Papa, ich habe eine Eins in Mathe", rief ihm sein Sohn zu und wedelte mit einem Blatt, welches er in seiner rechten Hand hielt.

„Das hast du toll gemacht, mein Junge", lobte Luis den Jungen und wuschelte ihm durch das blonde Haar.

Sirenen zerschnitten die Luft, die von unzähligen Kinderstimmen erfüllt war. Luis war hin- und hergerissen.

„Bleiben Sie stehen", rief eine Männerstimme ihm warnend zu. „Herr Bach, Sie sind verhaftet, bleiben Sie stehen und nähern Sie sich bitte nicht dem Jungen." Luis hörte auf die Warnung, doch sein Sohn lief ihm direkt in die Arme. Er umschlang Steven und hob ihn hoch. Dann tat er etwas, das er nicht kontrollieren konnte. Er griff nach hinten, zückte eine Pistole aus seinem Hosenbund und hielt den Lauf gegen den Kopf seines Sohnes. Die Waffe hatte er dem

Polizisten aus den Händen gerissen, dem er ein Stück Fleisch aus dem Hals herausgebissen hatte. Langsam kamen die Erinnerungen zurück. Zum ersten Mal sah er Bilder in seinem Kopf, die er als eine andere Kreatur erlebt hatte.

Er schmeckte Blut, auch die Flucht erlebte er erneut. Renate, diese Frau, nach der die Polizei suchte, hatte er in der Nacht aus dem Häuschen geholt und sie an einem anderen Ort versteckt.

Sie waren ihm viel zu nahe. Sie wussten auch, dass er seinen Bruder umgebracht hatte. Auch dass er nicht Luis Siebert, sondern Dennis Bach hieß, wussten die Bullen. Sie wussten viel zu viel über ihn, weil die blöde Polizistin seine Tagebücher entziffert hatte.

Luis hielt Steven, den Sohn seines eineiigen Bruders, auf dem Arm und wollte am liebsten in der Erde versinken. Warum blieb ihm dieses Glück, eine Familie zu haben, nicht vergönnt? Warum konnte er keine Kinder in die Welt setzen, warum war er derjenige, der mit diesen Stimmen im Kopf geboren wurde?

„Papa, du tust mir weh", winselte der Junge, doch wurde er noch fester umarmt.

Luis weinte bittere Tränen und schrie: „Haut ab, sonst jage ich dem Jungen eine Kugel in den Kopf, und die ganze Welt darf mir dabei zusehen!" Mehrere Passanten sowie auch Kinder hielten ihre Smartphones auf ihn gerichtet. Einige hatten sogar das Blitzlicht an und blendeten ihn. Luis lief rückwärts auf seinen

Wagen zu und versuchte alles im Blick zu behalten, was für ihn gefährlich sein konnte.

Kapitel 92

„Uns fehlt ein neuer, substanzieller Ansatz, Greenwood", murmelte Leonhard und zupfte an seinem Krankenhaushemd, sein Blick war starr nach vorne gerichtet. „Wo fügen sich seine Vorstellungen, das Kontinuum seiner Gewalt, zusammen?" Jetzt drehte er sich zu ihr um, in seinen Augen sah sie so etwas wie Entschlossenheit und Zorn. „Sind diese Taten nur eine Art von Phantasien? Erlebt er sie bewusst? Verstehen Sie, was ich meine?"

Ella sah ihn nur stumm an.

„Mir wurde Einsicht in seine Akten gewährt, mit dem Versprechen, diese nur zu lesen, ohne davon Abschriften zu machen. Selbst damals, als er noch ein Kind war, warfen seine Äußerungen ein Licht auf ein Sexualverhalten, welches die Betreuer nicht richtig einordnen konnten." Leonhard wartete auf eine Reaktion. Ella dachte nach, ohne etwas zu sagen.

Sie schwiegen.

„Ich habe noch einmal mit seiner Frau gesprochen", brach Ella das Schweigen, in das sie verfallen war.

„Und?"

„Es hat sie viel Überwindung gekostet, aber nach einer halben Flasche Wein und gutem Zureden hat sie mir verraten, dass ihr Mann ins Bett machte. Im Schlaf hat er geredet, das häufigste, was er von sich gab, war ein einziger Satz."

„Sprechen Sie, Greenwood", drängte Leonhard.

„Ich brenne das Haus ab, hatte er geschrien und war immer schweißgebadet aus dem Traum erwacht."

„Es läuft also alles nach seinen Vorstellungen. Was hat er als nächstes vor? Alles, was er macht, ist pedantisch durchdacht und in seiner Brutalität einzigartig. Selbst in Stresssituationen weicht er nicht von seinem Plan ab. Wir müssen versuchen, seine Vorgehensweise vorauszuahnen, um daraus abzuleiten, was Dennis damit bezweckt, um ihn rechtzeitig zu stoppen. Die Ärzte haben Tests durchgeführt, welche ihnen dabei helfen sollten, seine Entwicklung einzuordnen, sein prämorbides Intelligenzniveau sprengte all ihre Erwartungen."

„Sie sind mit dem Fall emotional sehr stark verbunden, habe ich recht?"

„Wie kommen Sie darauf?" Leonhard kaute auf der Unterlippe, seine Wangen waren von unzähligen Stoppeln übersät.

„Weil Sie mir diese Informationen vorenthalten haben."

„Damit Sie unvoreingenommen bleiben können", konterte Leonhard.

„Aber Sie können mir doch die Fakten ..."

„Fakten", unterbrach sie Leonhard, „Fakten sind nichts als Stützpfeiler eines Fundaments, auf dem die Unwiderlegbarkeit aufgebaut wird. Gibt einer dieser Pfeiler nach, weil er nicht den Tatsachen entsprochen hat, kann das komplexe Gebäude aus Annahmen und Vermutungen in sich zusammenstürzen wie ein Kartenhaus. Alles wird in Schutt und Asche liegen, und Sie werden zum Sündenbock der Medien erklärt."

Ellas Telefon klingelte, sie ging sofort dran. „Greenwood", meldetet sie sich kurz angebunden.

„Hier ist Maischberger vom Observationsteam. Wir haben eine kritische Situation."

„Was bedeutet das konkret?"

„Das Subjekt hat seinen Sohn als Geisel genommen, wir haben mit so einer Wendung nicht gerechnet, und konnten dementsprechend nicht rechtzeitig eingreifen."

Weil die Sprechanlage eingeschaltet war, bekam Kommissar Stegmayer alles mit und schrie: „Wie lautet die genaue Adresse?"

Der Mann am anderen Ende gab sie durch und ließ sie von Ella bestätigen.

„Wir fahren unverzüglich zur Schule, ich übernehme die Verhandlung."

„Aber Ihre …", intervenierte Ella und wurde mit einer schnellen Handbewegung zum Schweigen gebracht. Sie wandte ein gefährliches U-Turn-Manöver an, das von einer laut hupenden Serenade begleitet wurde, und fuhr mit quietschenden Reifen in die entgegengesetzte Richtung.

Kapitel 93

Renate lag unter der Erde. Die feuchte Luft roch nach welkem Laub und etwas, das sie nicht beschreiben konnte.

Ihre Lider ließen sich nicht richtig öffnen. Etwas, eine Ameise vielleicht, kroch in ihre Nase, dann in den Mund. Renate biss auf das kleine Tierchen, das tote Insekt schmeckte nach Johannisbeeren.

Renate hörte das entfernte Bellen eines Hundes. Ihr Herz pochte schneller.

„Hilfe", flüsterte sie mit den Lippen, und erst jetzt wurde ihr klar, dass in ihrem Mund kein Lappen mehr steckte. Sie war zu schwach, um ein einziges Wort aus sich herauszubringen, er hatte sie einfach lebendig begraben.

Es ist die Angst in deinen Augen, die mir die größte Wonne bereitet, dicht gefolgt von dem seelischen Schmerz, hörte sie die Stimme ihres Entführers in ihrem Ohr. Sie wollte wieder weinen, doch sie hatte keine Tränen mehr. *Obwohl du weißt, dass der Tod naht, flehst du mich nicht an, dich zu töten, du bist noch stärker als meine Mutter, und das bewundere ich so an dir.*

Sein Atem roch nach Karamell und frischer Milch. Renate schloss die Augen und versuchte an nichts zu denken.

Deine schlichte Schönheit, dein natürliches Aussehen sind betörend, Sally, hatte er ihr ins Ohr geflüstert. Renate riss die Augen auf, doch sein Gesicht blieb die ganze Zeit vor ihr und ließ sich nicht wegblinzeln oder wegdenken.

Die Geschmeidigkeit, mit der du dich bewegst, deine Augen, ja selbst deine Füße, besonders die Füße, all das ist wie aus meiner Phantasie entsprungen.

Klammer Angstschweiß hatte ihr Kleid durchtränkt. Sie trug dieses grüne Kleid mit weißen Blumen. Das war sein letztes, welches er nur für mich aufgehoben hat, dachte Renate und hob die rechte Hand, doch das Brennen auf der Hand ließ sie wissen, dass sie gefesselt war.

Die Wahrheit hat mich noch mehr verstört als all die Lügen, mit denen ich aufgewachsen bin und an die ich die ganze Zeit geglaubt habe. Diese beiden Polizisten haben zu viel aufgewühlt, ich komme in all dem Trüben nicht mehr zurecht. Aber mit dir hätte alles enden sollen. Sollen - verstehst du? Aber jetzt bin ich mir nicht mehr sicher. Wir sehen uns bald, Sally, und dann werde ich dich von deinem Leid erlösen.

Mit diesen Worten entglitt Renate das Bewusstsein, und endlich schöpfte sie so etwas wie Hoffnung, nicht mehr erwachen zu müssen, ihr Körper fiel wie ein viel zu enges Korsett von ihr ab. Sie glitt in einen traumlosen Schlaf und wurde von milchig-trübem Nebel umhüllt.

Kapitel 94

Das Bild, welches sich Leonhard darbot, war erschreckend. Der Geiselnehmer schrie die Menge an und hielt dem zu Tode erschrockenen Kind die Pistole gegen die rechte Schläfe gedrückt. Leonhard verspürte dabei selbst das dumpfe Pochen an der Stelle, an der ihm ein rostiger Nagel den Schädelknochen durchstoßen hatte. Die Wirkung der Medikamente ließ allmählich nach, der Schmerz schärfte seine Sinne.

Die Gaffer, es waren nicht nur Kinder, sondern auch Erwachsene dabei, hielten ihre Handys auf das in die Enge getriebene Paar gerichtet und wichen selbst dann nicht von ihren Positionen, nachdem sie von den Polizisten mehrmals verwarnt wurden.

Wir verkommen zu Tieren und verlieren alles, was uns zu Menschen macht, dachte Leonhard und schüttelte enttäuscht den Kopf. Empathie und Sympathie bedeutet für die meisten nichts. Es sind nur irgendwelche Begriffe im Duden, die erst nachgeschlagen werden müssen, um ihre Bedeutung erklärt zu bekommen.

„Machen Sie verdammt nochmal Platz", zischte er und schob einen dicken Mann grob beiseite, ohne sich darum zu kümmern, dass er von dem Fremden wild beschimpft wurde.

„Dennis, ich bin es!", schrie er. „Bitte tun Sie Ihrem Sohn nichts." Er wählte jedes Wort mit Bedacht, doch die Emotionen gingen mit ihm durch. Tränen bahnten sich an, weil ihm das Kind leidtat und die Kopfschmerzen unerträglich wurden.

„Bleiben Sie weg von mir. Ich tue es, ich werde schießen", brüllte der Mann. Spucke flog durch seine Lippen. In seinen Augen spiegelte sich blanker Wahnsinn wider.

Zwei Polizisten wollten Leonhard zurückhalten, doch als sie in ihm den Kommissar von der Mordkommission erkannten, wichen sie zurück.

„Wir machen einen Tausch, Dennis. Ihr Sohn hat es nicht verdient. Er ist ein guter Junge. Sie wollten ihn ja nur beschützen. Jetzt lassen Sie bitte ihn gehen und nehmen mich statt seiner in Ihre Gewalt. Das ist nur fair. Sehen Sie mich an. Ich trage keine Waffe, bin wehrlos und schwer verletzt. Ich stelle für Sie keine Gefahr dar!"

Dennis zögerte. Der Junge hing nicht mehr in seinem Arm. Er stand mit beiden Füßen auf dem Boden und klammerte sich fest an seinen Vater. Beide weinten. Trotz der Waffe, deren Lauf immer noch auf den Kopf des Jungen gerichtet war, wich der Sohn keinen Schritt von seinem Vater.

Leonhard kratzte an den Leukoplasten an seinem Verband und bekam sie endlich ab. Er wickelte den weißen Streifen von seinem Kopf ab und ließ ihn auf den Boden fallen.

„Greenwood, legen Sie mir bitte Handschellen an!", rief er, den Kopf zur Schulter gewandt.

Seine Kollegin zögerte, doch dann leistete sie seiner Forderung Folge. Die Handschellen schnappten zu. „Sie behalten alles im Auge, alles, was jetzt zählt ist, den Jungen unbeschadet hier rauszubekommen", flüsterte er ihr zu und hob die Arme hoch. „Sehen Sie! Ich bin gefesselt und werde Sie nicht angreifen. Lassen Sie nur den Jungen gehen. Ich werde mich Ihnen langsam nähern, dann steigen wir beide in Ihren Wagen." Leonhard sah zu dem Golf, der unweit auf dem Bürgersteig stand. Dieser Wagen gehörte Dennis, das wusste Leonhard.

„Bleib stehen", knurrte Dennis und machte einen Schwinger mit der Pistole.

Leonhard verharrte. „Nur nicht die Nerven verlieren, Dennis. Sind Sie es, Dennis? Oder soll ich Luis zu Ihnen sagen?"

Verwirrung machte sich auf dem Gesicht des Mannes breit. Tränen kullerten aus seinen Augen und hinterließen zwei gezackte Rinnsale.

Leonhard tat einen tiefen Atemzug und machte einen kleinen Schritt nach vorne, die Arme hielt er immer noch gen Himmel gestreckt. Die Wunde an seinem Kopf begann zu bluten. Die Schulter schrie vor Schmerz.

„Kein Schritt näher", ermahnte ihn Dennis, doch in seiner Stimme schwang keine Entschlossenheit mit.

„Papa, nein", winselte der Sohn und drückte sich fest an seinen Vater.

Noch ein Schritt.

Warten.

„Einundzwanzig versenkt, zweiundzwanzig versenkt", zählte Leonhard die Sekunden in seinem Kopf.

Und noch ein Schritt.

Erst jetzt war ihm aufgefallen, dass er keine Schuhe trug. Wie ein Irrer, der aus einer Anstalt geflohen ist, dachte er, und machte noch einen Schritt Richtung Gefahr.

„Dennis, warum lassen Sie Ihren Sohn nicht gehen? Ich bin hier, keiner wird Sie angreifen, solange Sie nichts Blödes anstellen. Lassen Sie uns doch bitte in Ruhe über alles reden. Nur Sie und ich, in Ihrem Wagen."

„Worüber wollen Sie sich denn mit mir unterhalten?", nuschelte Dennis mit tränenerstickter Stimme.

„Über all das, was Ihr Vater Ihnen angetan hat." Leonhard fokussierte seine komplette Aufmerksamkeit auf den toten Vater, er war der Böse. Er versuchte, Dennis zu signalisieren, dass er sein Vorgehen verstehen konnte. „Ich möchte seine kriminelle Entwicklung nachvollziehen können, warum er Ihnen so viel Leid zugefügt hat. Kinder sind das Spiegelbild ihrer Eltern, Sie wollen doch ein guter Vater sein, nicht wahr?"

War das ein Nicken?, fragte sich Leonhard und setzte sofort nach. „Steven soll ein guter Mensch werden. Er soll Kinder haben dürfen und Sie später besuchen können. Wollen Sie miterleben, wie Ihre Enkel groß werden?"

Wieder ein Nicken.

„Wie hat Ihre Mutter Sie früher genannt?", wagte Leonhard einen weiteren psychologischen Schritt, um den Damm zu brechen.

„Denny", winselte der Mann. Die Hand, in der er die Pistole hielt, zitterte, der Griff, mit dem er den Jungen an sich festhielt, wurde zunehmend schwächer.

Leonhards Arme wurden mit jedem Atemzug schwerer. Das Taubheitsgefühl, das anfänglich nur in den Fingerspitzen zu spüren war, kroch langsam nach unten und hatte schon die Ellenbogen erreicht. Noch mehr Blut rann aus der Wunde an seinem Kopf und färbte sein Krankenhausgewand dunkelrot.

„Sie haben das Haus nur deswegen angezündet, weil Ihnen die Situation zu viel abverlangte. Das zweigleisige Leben stieg Ihnen über den Kopf."

„Er wollte es hinter sich bringen", sprach Dennis mit einer kindlichen Stimme über sich selbst in dritter Person und machte dazu ein verwirrtes Gesicht. Seine Augen huschten hin und her.

„War Luis böse?", fragte Leonhard und beschränkte sich auf kurze, prägnante Sätze.

Dennis schien über die Frage nachzugrübeln.

„Er hat Stevie geschlagen. Vor Dennis' Augen. Ins Gesicht, wie das Vater immer getan hat."

„Denny, hörst du mich? Schau mich an." Tränen füllten seine traurigen Augen.

Stevens Rücken zuckte krampfhaft, das Kind fürchtete sich, und Leonhard konnte nichts tun. Wie damals bei seiner ungeborenen Tochter. Aber hier durfte er nicht versagen, dieser Gedanke trieb ihn weiter an.

„Denny, warum musstest du auf diesen Stuhl?"

„Immer, wenn ich nicht brav war …", er schluckte schwer, „… immer dann, wenn ich etwas angestellt hatte … oder auch nur mal so, für … für prophylaktische Zwecke band mich mein Vater daran fest." Dennis strich Steven über den Rücken und begann rückwärts zu laufen.

„Denny, warte …" Leonhard senkte langsam die Arme und streckte sie aus, so als wolle er Dennis dazu bewegen, stehen zu bleiben. Eine bittende Geste, die ihre Wirkung tat. Tatsächlich verblieb der Mann auf der Stelle, wie angewurzelt. Alles schien stehen geblieben zu sein. Leonhard nahm nichts um sich herum wahr als den Mann und den Jungen. „Jetzt bist du aber brav", sprach der Kommissar mit sanfter Stimme. „Dennis hat den Stuhl kaputt gemacht, es gibt keinen Stuhl mehr. Auch dein Vater ist tot. Die Tyrannei hat ein Ende, Denny. Hör auf dein Herz und nicht auf die Stimmen in deinem Kopf. Lass deinen Sohn gehen. Er hat Angst. Er will zurück nach Hause, dein Zuhause, Dennis. Larissa wartet auf euch beide. Lass die Waffe fallen, und dir passiert nichts."

Kapitel 95

Dennis sprach abwechselnd mit zwei Stimmen. Die Intonation und die Klangfarbe unterschieden sich in allen Facetten. Hinzu gesellte sich die dritte unbeteiligte Stimme eines Kindes. Der Junge in ihm sprach in der dritten Person und nannte ihn beim Vornamen. „Nicht so laut, nicht so laut", zischte Dennis mit geweiteten Augen, weil er nicht alle seine Geheimnisse dem Polizisten anvertrauen wollte.

Dennis hielt seinen Sohn fest an die Brust gepresst, weil er ihn vor all diesen Menschen beschützen wollte. Er sah dem Geschehnis ehrfürchtig zu. Die Sonne knallte unbarmherzig auf seinen Kopf und brachte sein aufgebrachtes Gemüt zum Überhitzen.

„Unter der Aufbietung all meines Geschicks als Kriminologe", rief ihm der Polizist im Krankenhaushemd zu, „lassen Sie mich Ihnen folgendes sagen: Das Leben ist etwas, was der Hund aus dem Sand ausgegraben hat, das die Katze kurz davor darin verbuddelt hat."

Dennis' Mundwinkel zuckten kurz. *Hatte der Bulle gerade eben gesagt, dass auch sein Leben nichts als ein Stück Scheiße war?,* überlegte er.

„Lassen Sie Ihren Sohn gehen", sagte dann der Mann und hob die Hände an den Mund wie zu einem

Gebet. Die Handschellen glänzten in der Mittagssonne. Dennis' Handgriff wurde lockerer, weil die Pistole zu schwer in seiner Hand wog.

„Dennis", sprach ihn der Polizist im ernsten Ton an und kam noch näher. Er stand ihm gefährlich nahe. Dieser Mann hatte so viel Courage wie keiner, dachte Dennis und bewunderte den Mann insgeheim. Er war bereit, sein Leben für das seines Kindes zu opfern, konnte er ihm tatsächlich trauen?

„Dennis, hör mir zu. Ich werde jetzt deinen Sohn, nein, du lässt deinen Sohn los, er darf zurück zu seiner Mutter. Larissa steht hinter dem Absperrband." Dennis sah sich um. Tatsächlich waren die Gaffer von den Polizisten weggedrängt worden und der Platz um ihn herum weitläufig abgesperrt. Das Band hing schlaff nach unten. Er stand wie auf einer Bühne.

Der Polizist tat einen weiteren Schritt. Dennis löste seinen Griff und flüsterte Steven zu: „Lauf, mein Kind, Papa kommt später nach." Steven hob seinen Kopf, ihre Blicke trafen sich.

„Gehen wir heute noch Fußball spielen?", wollte der Junge mit zittriger Stimme wissen und fuhr sich mit dem Handrücken über die verweinten Augen.

Dennis wollte ihn nicht anlügen. Ein dicker Kloß drückte ihm die Luft ab. „Vielleicht morgen." Dennis rang sich ein Lächeln ab, die Stimmen in seinem Kopf waren wieder weg. Er küsste seinen Sohn auf die feuchte Stirn. Er roch nach Sommer und Sonnencreme, weil er ja so eine helle Haut hatte.

470

„Steven, ich bin hier", rief eine Frauenstimme. Tatsächlich, es war Larissa, die von zwei Polizisten festgehalten wurde. Sie winkte ihnen zu. „Dennis, tu ihm nicht weh, lass ihn bitte los." Dieser eine Satz brach den Widerstand in ihm. Er ließ seinen Sohn frei.

„Steven, lauf zu Mama", sagte Dennis und schob den Jungen von sich. Doch Steven weigerte sich. Die kleinen Hände gruben sich tief in das T-Shirt an Dennis' Rücken.

„Aber dann werden sie dir weh tun", jammerte er mit weinerlicher Stimme.

„Nein, werden sie nicht. Hast du nicht gehört, was der Mann versprochen hat?" Dann fiel ihm die Pistole aus der Hand. Sie war gar nicht geladen. Dennis ging in die Knie, drückte seinen Sohn ein letztes Mal an sich, und schob ihn mit etwas Nachdruck von sich weg. Steven lief los und blickte sich ständig um. Dann löste sich doch noch ein Schuss aus dem Nirgendwo.

Dennis suchte mit den Augen die Gegend ab und ließ seinen Blick über die Gesichter der Polizisten schweifen. Der verrückte Bulle mit den Handschellen war nicht bewaffnet. Sein Antlitz hatte einen entrückten Ausdruck angenommen, diese Gefühlsregung ließ sein Gesicht zu einer Maske erstarren. Er duckte sich und kroch auf Dennis zu.

Dennis Beine gaben nach, er fiel seitlich auf den warmen Boden, der sich rot färbte, weil er aus dem Bauch zu bluten begann.

Wie durch einen Nebelschleier sah Dennis einen Mann, der immer noch die Waffe auf ihn gerichtet

471

hielt. „Das ist für meine Frau und mein ungeborenes Kind, du Schwein", brüllte er. Bevor er noch einen weiteren Schuss abgeben konnte, wurde der Typ gleich von mehreren Polizisten überwältigt und zu Boden gerissen. Es war dieser Nachbar, Markus Krakowitz.

Kapitel 96

Ella war so geschockt von der Situation, dass sie zu keiner Regung fähig war.

Steven, der kleine Junge, lief, nachdem ein Knall die Stille zerrissen hatte, zurück zu seinem schwerverletzten Vater, anstatt in Sicherheit zu seiner Mama. „Papi!", kreischte Steven und warf sich auf Dennis.

Leonhard war sofort zur Stelle und presste seine Hände gegen das klaffende Loch, aus dem das Blut quoll und das graue T-Shirt des Mannes in ein dunkles Rot tauchte. Erst nach einer gefühlten Ewigkeit lief Ella auf den Jungen zu und versuchte ihn aus der Gefahrenzone zu bringen. Doch Steven war stärker, als sie es angenommen hat. Er hielt sich mit aller Kraft eines verzweifelten Kindes an seinem Vater fest und wiederholte einen Satz immer wieder. „Ich liebe dich Papa, ich liebe dich, Papa, ich liebe dich."

Der sterbende Mann verzog seinen Mund zu einem traurigen Lächeln. Seine Zähne waren rot vom Blut, in den Augen schwammen Tränen. Obwohl er schon so viel Blut verloren hatte, hatte er Kraft, seinen Kopf anzuheben und seinem Sohn einen Kuss auf die Wange zu drücken. Ein rotes Blutmal blieb auf der hellen Haut des Kindes. „Ich liebe dich auch, Stevie …" Er zog den Namen liebevoll in die Länge.

„Kommst du bald nach Hause?", winselte der Junge.

„Ich glaube nicht, mein Sohn." Dennis atmete schnell und flach. Blut rann aus seinen Mundwinkeln. Er schluckte und zuckte zusammen.

„Wo bleiben die Sanitäter?", brüllte Leonhard und presste noch fester gegen das klaffende Loch. Doch Ella wusste, dass alle Maßnahmen vergebens sein würden, darum strich sie dem Kind sanft über den Rücken.

„Steven", flüsterte sie. Tatsächlich sah der Junge zu ihr. Er suchte bei ihr nach Bestätigung, dass alles wieder gut sein würde.

„Können Sie meinen Papa wieder heilmachen?"

„Nein, mein Schatz", sagte Dennis und hob seinen rechten Arm, um dem verzweifelten Kind über die Wange zu fahren. „Weißt du noch, als ich dir über die heile Welt erzählt habe, über das Reich der glücklichen Menschen?"

Steven nickte eifrig und blinzelte schnell.

„Ich werde dorthin gehen und so lange auf dich warten, bis du alt und grau bist, dann kannst du zu mir kommen."

„Aber ich will nicht alt und grau werden, ich will bei dir sein."

„Ich weiß, mein Schatz. Du musst mir versprechen, dass du auf deine Mama hörst und gut in der Schule aufpasst. Später wirst du dich daran erinnern, was ich gesagt habe. Ich werde immer stolz auf dich sein und von oben auf dich aufpassen. Jetzt möchte ich, dass du zu deiner Mama gehst. Sie macht sich bestimmt Sorgen. Sag ihr bitte, dass ich sie über alles in der Welt liebe."

Ella spürte eine schwache Berührung. Zuckende Finger berührten ihre Hand. „Bitte, bringen Sie meinen Sohn zu seiner Mama", flüsterte Dennis und verzog seinen Mund zu einem Lächeln. „Bis zum Mond und wieder zurück", nuschelte er und blinzelte zwei Mal.

Der Junge tat es ihm nach und stand endlich auf. Ella ergriff seine kleine Hand und lief schnellen Schrittes auf die Frau zu, die mit mehreren Polizisten lautstark diskutierte, nein, sie schrie sie an.

Kapitel 97

Leonhard sah, wie schnell das Leben aus dem Mann wich. „Dennis, wo haben Sie Renate versteckt? Sie muss nicht sterben. Bitte, verraten Sie mir den Ort. Sie sind kein schlechter Mensch. Es waren die anderen, die sie zu dem gemacht haben, was Sie sind. Wo ist Renate?"

Das Blut quoll wie heißes Wachs zwischen seinen Fingern hindurch.

Der Sterbende schloss die Augen und schien über die Frage angestrengt nachdenken zu müssen.

„Alles endet mit dem Anfang, sonst kann sich der Kreis nicht schließen", nuschelte Dennis, ohne die Augen zu öffnen.

Leonhard strengte sich an, doch sein Hirn fühlte sich so an, als habe er es durch ständiges Nachdenken wundgescheuert. Das Pochen an der Schläfe tat erbärmlich weh.

„Welcher Anfang?!", schrie er beinahe auf und griff mit beiden Händen nach dem Mann und hob seinen Oberkörper an.

Dennis öffnete die Augen und sah durch Leonhard hindurch. „Um den Anfang zu finden, musst du zurück laufen", sagte er noch und hob die Mundwinkel an.

Der Stoff unter seinen Fingern gab nach, der Kragen des T-Shirts bekam einen Riss. Erst jetzt bemerkte Leonhard, dass kein bisschen Leben in dem Körper des Mannes geblieben war, der mit einem traurigen Lächeln auf den Lippen in den Himmel starrte.

Kapitel 98

„Greenwood, Greenwoood! Machen Sie mir diese verdammten Handschellen ab", brüllte Leonhard sie mit weit aufgerissenen Augen an und hielt ihr seine vom Blut roten Hände einem Zombie gleich entgegengestreckt. Seine Fingerspitzen waren blutverkrustet, das silberne Haar glänzte an der rechten Schläfe in dunklem Rot.

Mit zittrigen Fingern fischte sie den Schlüssel heraus und stocherte, nach Leonhards Befinden viel zu lange, in dem kleinen Schlüsselloch herum. „Machen Sie schon", knurrte der Kommissar.

„Was hat er zu Ihnen gesagt?"

„Wir sollen an den Anfang gehen, um das Ende zu finden."

„Kehre zurück, um den Anfang zu finden? Meinen Sie das?"

Mit leichtem Erschrecken sah er ihr in die Augen und rieb sich die Handgelenke.

„Dieser Satz stand beinahe auf jeder Seite seiner Schriften."

„Was mag er wohl bedeuten?"

„Alles hat einen Anfang und ein Ende wohl nicht."

„Als Symbol war immer eine Schlange abgebildet, die sich in den Schwanz biss", erinnerte sich Ella.

„An welchem Ort hat sich seine Mutter erhängt?", sprach Leonhard in gedämpftem Ton. „Sollte Renate sein letztes Opfer sein? Sie sah seiner Mutter am Ähnlichsten. Hat er das gemeint?"

„Ich habe alle Seiten auf dem Stick und auf dem Server abgespeichert. Warten Sie …" Sie kramte in der engen Jeans nach dem Smartphone.

„Jetzt wird mir so einiges klar", überlegte Leonhard laut. „Das Haus seines Vaters wollte er schon immer abfackeln. Damit konnte er alle seine Taten dem Bruder, der angeblich im Feuer ums Leben kam, in die Schuhe schieben. Aber er brauchte einen anderen Rückzugsort, dort, wo er den Stimmen gehorchen konnte."

„Sie meinen diesen Schuppen? Dort, wo er Renate versteckt hielt?", ergriff Ella das Wort und spann den Gedanken weiter.

„Aber sein Plan wäre beinahe gescheitert."

„Weil Gisela dafür sorgen wollte, dass den beiden gekündigt wurde."

„Genau, daher hat er sie aus dem Weg geräumt."

„Und der Hausmeister?"

„Er hat sich selbst das Leben genommen, weil er daran geglaubt hatte, dass er Gisela umgebracht hat. Im Suff. Daher auch der Knoten, dieser war anders als die von den toten Frauen. SO sollte es zumindest für uns aussehen. Dennis hat tatsächlich an alles gedacht."

Ella war wieder in ihr Handy vertieft. Ihr Zeigefinger huschte über das Display.

„Ich glaube dennoch daran, dass Dennis weiter töten würde, wenn wir ihn nicht gefasst hätten. Zu kaputt ist seine Seele gewesen", sinnierte Leonhard.

„Ich glaube, ich habe da etwas." Sie hielt das flache Gerät an Leonhards Augen.

„Was bedeuten diese Zahlen?" Er sah sie fragend an.

„Das sind Koordinaten, die ich nachträglich hinzugefügt habe."

„Sehr gut, Greenwood, lassen Sie uns fahren. Und starren Sie mich nicht so an. Natürlich würde ich lieber in einem Anzug anstatt in einem Kleid wie ein Irrer durch die Stadt düsen, aber dafür bleibt uns keine Zeit", sagte er und lief leicht taumelnd und barfüßig auf ihr Auto zu.

Kapitel 99

Renate hörte Stimmen. Sie redeten durcheinander.

Sie hörte auch ein Keifen. War das ein Hund oder ein Wolf? Nein, Wölfe können nicht keifen, oder doch? Ein Wirrwarr an Gedanken, die allesamt unterschiedlich waren, schlängelten sich durch ihren Kopf. Sie konnte die Realität nicht von der ausgedachten Welt unterscheiden, in die sie sich seit Stunden verkroch, weil hier draußen unter der Erde vergraben zu sein ihr zu viel Angst machte. Sie flüchtete in das weiße Licht und fühlte sich dort schwerelos. Doch immer wieder holte ihr Verstand sie zurück, so wie jetzt.

Sie musste halluzinieren, überlegte Renate, nachdem das Laubwerk sich über ihr gelichtet hatte und sie einen Mann in einem Kleid vor sich stehen sah. War das etwa Leonhard?

„Es handelt sich nur um eine schlichte Feststellung von Tatsachen", sagte er an jemanden gewandt, den Renate nicht sehen konnte.

Dann sah Renate eine zweite Gestalt auftauchen. Es war Ella, ihr Haar war jetzt blond und schien in den gelben Strahlen der Sonne zu leuchten.

„Renate, schön, dich wiederzusehen, es wird alles wieder gut werden", sprach die junge Polizistin und kniete nieder. „Hilfe ist schon unterwegs", beruhigte Ella sie und lächelte sanft mit leiser Traurigkeit.

Renate warf den beiden einen langen, apathischen Blick zu, weil sie das Flimmern in der Luft nicht zuordnen konnte. „Habt ihr ihn gefasst?", krächzte sie mit leiser Stimme. Noch bevor einer der beiden etwas sagen konnte, leckte sie sich über die rauen Lippen, die an unzähligen Stellen aufgeplatzt waren, und zog in stummem Vorwurf die Augenbrauen ein Stück nach oben, die linke begann wieder zu bluten. Zwei Schmeißfliegen setzten sich auf die sickernde Wunde, die von Ella sofort verscheucht wurden. „Warum hat es so lange gedauert?" Renate starrte in wütendem Schweigen auf den Kommissar.

„Es tut uns wirklich leid, Renate." Seine Entschuldigung klang ehrlich, dann wurden die beiden Polizisten von zwei Sanitätern zur Seite geschoben. Etwas wurde auf ihren Mund und ihre Nase gedrückt. Ihre Lunge füllte sich mit kühlem Sauerstoff. Ein kurzes Stechen in der linken Ellenbeuge spürte sie kaum, dann entglitt ihr die Umgebung und wurde kurz zu einem Aquarellbild, dann verschwand sie hinter einem Vorhang aus Nichts.

Epilog

Ella betrat das Büro und sah ihren Kollegen, wie er mit dem Oberkörper tief über den Tisch gebeugt dastand und einen Briefumschlag mit konzentrierter Miene anstarrte. Mit ausgestreckten Armen an die Kante gestützt stand er einfach nur da und wog die beiden Möglichkeiten ab, *soll ich oder soll ich nicht?*, vermutete Ella und hüstelte vernehmlich.

„Ich habe Ihr Kommen bemerkt, Greenwood, kommen Sie nur rein", sagte er ohne jegliche Begrüßung und stieß sich vom Tisch ab. Dann schaute er kurz auf seine Rolex. Bis an den Verband an seinem Kopf war er wieder derselbe, ein kaum erträglicher Mann mit den Allüren eines launischen Perfektionisten. Er trug heute ein teures blaues Hemd aus feiner Baumwolle und eine helle Hose, dazu auf Hochglanz polierte Lackschuhe. Nachdem er sich überzeugt hatte, dass sein anmaßender Blick keinerlei Wirkung auf sie ausübte, bewegte er seinen Kopf zuerst nach rechts, dann nach links, dabei knackten seine Halswirbel wie trockene Zweige. „Ich muss mir ein neues Kissen kaufen", murmelte er und richtete einen Stapel Blätter Kante auf Kante und verstaute diese in einem Schnellhefter.

„Sind Sie soweit?", fragte er in suggestivem Ton. „Heute hätten Sie aber auch etwas Eleganteres anziehen können. Einen Rock und eine Bluse zum Beispiel", mokierte er sich und tippte sich an das kantige Kinn, weil er sich nicht sicher war, ob er alles für die bevorstehende Versammlung dabeihatte.

Ella starrte auf ihn in wütendem Schweigen. „Wollen Sie den Briefumschlag nicht aufmachen?"

Seine Miene veränderte sich. Aus einem von sich überzeugten Besserwisser wurde ein trauriger Mann.

„Werfen Sie ihn einfach in den Papierkorb."

„Warum? Was ist das überhaupt?"

„Ein Vaterschaftstest", entgegnete er matt.

„Haben Sie etwa jetzt eine Frau von einem Ihrer Kollegen geschwängert?"

„Quatsch", warf er kurz angebunden ein und machte sich daran, das Büro zu verlassen. Ella streifte seinen Arm, woraufhin er dicht vor ihr zum Stehen kam.

„Ihr einziges Kind, das ..." Sie ließ den Satz unausgesprochen und musste an das ungeborene Kind denken, das von Leonhards Ex ohne sein Wissen abgetrieben wurde.

„Und sind Sie es, ich meine, sind Sie ihr Vater?" Es kostete sie viel Mühe, diese Frage laut genug auszusprechen.

„Ja", sagte er schlicht.

„Aber Sie haben den Briefumschlag gar nicht geöffnet."

Er zuckte nur mit den Schultern. „Was können die Zahlen an der Wahrscheinlichkeit schon ändern? Ich trage sie schon seit vielen Jahren hier drin." Er klopfte sich gegen die Brust.

„Was wollten Sie dann mit diesem Test bezwecken?"

„Ich dachte, ich kann danach endlich abschließen. Wenn ich die Gewissheit habe, dass ich nicht der Vater bin, glaubte ich, nicht mehr daran denken zu müssen. Aber das würde nicht funktionieren. Sie ist das Einzige, was ich habe. Ich denke oft an das, was wäre, wenn sie leben könnte. Wissen Sie, immer, wenn ich allein bin, stelle ich mir vor, wie sie und ich etwas zusammen unternehmen, danach fühle ich mich immer besser, weil ich dazu fähig bin, solche Gedanken zu haben. Es klingt wie aus dem Tagebuch eines Psychopathen, ich weiß, aber haben wir nicht alle einen an der Klatsche?" Er warf ihr ein Lächeln zu, seine Augen begannen zu glänzen.

„Ich nicht", konterte Ella und lachte kurz und freudig auf.

„Darum drehen Sie ständig an ihrem Ringfinger, obwohl sie keinen Ring tragen, immer dann, wenn Sie aufgeregt sind, so wie jetzt", erwischte er sie eiskalt dabei, wie sie mit Daumen und Mittelfinger ihrer rechten Hand den Ringfinger ihrer Linken berührte.

Ein sprödes Schweigen legte sich über den kleinen Raum.

„Haben Sie etwas Zeit? Heute Abend? Wir beide sollten einiges reflektieren, wenn wir weiter miteinander arbeiten wollen."

„Können wir uns dabei duzen wie ganz normale Partner?"

„Das wird sich eher kompliziert gestalten, wir sind immer noch Kollegen und keine Partner, Greenwood."

„Sie sind einfach unmöglich, Herr Stegmayer."

„Das bin ich manchmal gern. Nun lassen Sie uns gehen. Danach fahren wir kurz ins Krankenhaus, ich habe für Renate einen Blumenstrauß gekauft und möchte, dass Sie ihn ihr überreichen - von uns beiden."

„Warum das?"

„Weil ich nicht möchte, dass Tom glaubt, ich mache mich an sie ran. Er steht übrigens auf dunkelhaarige Frauen, aber blond steht Ihnen besser."

„Danke fürs Kompliment."

„Das ist nur eine …"

„… Feststellung von Tatsachen", beendete Ella den Satz und schüttelte nur den Kopf. „Ich denke, ich habe heute Abend etwas Zeit", sagte sie.

„Sehr schön, Greenwood, dann bis heute Abend", sprach Leonhard mit monotoner Stimme, warf den Umschlag in den Mülleimer und verließ das Büro, ohne sich umzudrehen.

ENDE

„Was wollten Sie dann mit diesem Test bezwecken?"

„Ich dachte, ich kann danach endlich abschließen. Wenn ich die Gewissheit habe, dass ich nicht der Vater bin, glaubte ich, nicht mehr daran denken zu müssen. Aber das würde nicht funktionieren. Sie ist das Einzige, was ich habe. Ich denke oft an das, was wäre, wenn sie leben könnte. Wissen Sie, immer, wenn ich allein bin, stelle ich mir vor, wie sie und ich etwas zusammen unternehmen, danach fühle ich mich immer besser, weil ich dazu fähig bin, solche Gedanken zu haben. Es klingt wie aus dem Tagebuch eines Psychopathen, ich weiß, aber haben wir nicht alle einen an der Klatsche?" Er warf ihr ein Lächeln zu, seine Augen begannen zu glänzen.

„Ich nicht", konterte Ella und lachte kurz und freudig auf.

„Darum drehen Sie ständig an ihrem Ringfinger, obwohl sie keinen Ring tragen, immer dann, wenn Sie aufgeregt sind, so wie jetzt", erwischte er sie eiskalt dabei, wie sie mit Daumen und Mittelfinger ihrer rechten Hand den Ringfinger ihrer Linken berührte.

Ein sprödes Schweigen legte sich über den kleinen Raum.

„Haben Sie etwas Zeit? Heute Abend? Wir beide sollten einiges reflektieren, wenn wir weiter miteinander arbeiten wollen."

„Können wir uns dabei duzen wie ganz normale Partner?"

„Das wird sich eher kompliziert gestalten, wir sind immer noch Kollegen und keine Partner, Greenwood."

„Sie sind einfach unmöglich, Herr Stegmayer."

„Das bin ich manchmal gern. Nun lassen Sie uns gehen. Danach fahren wir kurz ins Krankenhaus, ich habe für Renate einen Blumenstrauß gekauft und möchte, dass Sie ihn ihr überreichen - von uns beiden."

„Warum das?"

„Weil ich nicht möchte, dass Tom glaubt, ich mache mich an sie ran. Er steht übrigens auf dunkelhaarige Frauen, aber blond steht Ihnen besser."

„Danke fürs Kompliment."

„Das ist nur eine ..."

„... Feststellung von Tatsachen", beendete Ella den Satz und schüttelte nur den Kopf. „Ich denke, ich habe heute Abend etwas Zeit", sagte sie.

„Sehr schön, Greenwood, dann bis heute Abend", sprach Leonhard mit monotoner Stimme, warf den Umschlag in den Mülleimer und verließ das Büro, ohne sich umzudrehen.

ENDE

Printed in Great Britain
by Amazon